外教社 外国文学研究丛书

■ 教育部人文社会科学研究项目基金资助

U0745339

艾略特的哲学语境

T. S. Eliot in Philosophical Context

秦明利 著

上海外语教育出版社

外教社 SHANGHAI FOREIGN LANGUAGE EDUCATION PRESS

图书在版编目（CIP）数据

艾略特的哲学语境 / 秦明利著.
—上海：上海外语教育出版社，2015（2016重印）
（外教社外国文学研究丛书）
ISBN 978-7-5446-3990-3

Ⅰ.①艾… Ⅱ.①秦… Ⅲ.①艾略特, G.(1819～1881)－哲学思想－文学研究 Ⅳ.①I561.064

中国版本图书馆CIP数据核字（2015）第082600号

出版发行：**上海外语教育出版社**
             （上海外国语大学内）　邮编：200083
电　　话：021-65425300（总机）
电子邮箱：bookinfo@sflep.com.cn
网　　址：http://www.sflep.com.cn http://www.sflep.com
责任编辑：张亚东

印　　刷：上海信老印刷厂
开　　本：700×1000　1/16　印张 19.75　字数 327 千字
版　　次：2015 年 6 月第 1 版　2016 年 10 月第 2 次印刷

书　　号：ISBN 978-7-5446-3990-3 / B · 0032
定　　价：42.00 元

本版图书如有印装质量问题,可向本社调换

序

　　作为 20 世纪最伟大的诗人、戏剧家和批评家，T.S.艾略特一生致力于哲学与文学之间的关系，试图通过文学实践阐释和呈现实在的本质。在脍炙人口的《J.阿尔弗雷德·普罗弗洛克的情歌》、《小老头》、《空心人》、《灰色的星期三》、《荒原》、《四个四重奏》等著名诗作中，他用诗性话语对陷入深刻危机的西方文明及"现代人"的状态做出经典的阐释："我是不是敢/扰乱这个宇宙？"；"……想一想/恐惧和勇气都不能拯救我们，违反人性的邪恶"；"我们是空心人/我们是稻草人"；"因为我不再希望重新转身/因为我不再希望"；"四月是最残忍的月份，哺育着/丁香，在死去的土地里，混合着/记忆和欲望……"；"在这个旋转的世界的静止点上"。① 同时，作为著名的戏剧家，艾略特的《磐石》、《全家团聚》、《鸡尾酒会》、《机要秘书》、《老政治家》、《老负鼠的群猫英雄谱》等戏剧作品也同样体现了他对西方文明的危机以及"现代人"生存境遇的深刻反思。艾略特还是一位兼具哲学底蕴的批评家，他构建了以"传统观"、"情感分离"、"非个性化原则"、"客观对应物"、"语言观"为核心的文学批评理论，开创了以"新批评"为标志的理论先河，为 20 世纪的文学诠释提供了全新的视域。

　　近 20 年，艾略特研究在国外已成为显学，相关研究成果层出不穷。其中，既有世界知名的艾学权威朱维尔·斯比尔斯·布鲁克尔不断推陈出新的学术观点，也有保罗·道格拉

---

① 艾略特，《四个四重奏》，裘小龙译（桂林：漓江出版社，1985）7, 44, 99, 107, 69, 189.

斯、罗纳德·舒查德、M.A.R.哈比卜、曼祝·简、简·麦林森等艾学新锐
们的研究成果,更有理查德·舒斯特曼这样的哲学家所推出的具有深刻
哲学思辨的研究论著。具有代表性和影响力的成果可以开列出一个长长
的书单:理查德·舒斯特曼的《T.S.艾略特与批评哲学》、简·麦琳森编辑
的《T.S.艾略特对 F.H.布拉德雷的阐释——七篇论文》、艾瑞克·希格的
《美国的 T.S.艾略特——艾略特早期创作研究》、唐纳德·J·查尔德的
《从哲学到诗歌》、D.K.拉姆佩尔等学者编辑的《一种 T.S.艾略特批评性
研究》、马丁·华纳的《T.S.艾略特〈四个四重奏〉的哲学研究》、乔瓦尼·
凯恩西和杰森·哈丁的《艾略特与传统概念》、伊丽莎白·道梅尔和亚马
尔·巴奇编辑的《T.S.艾略特的国际接受》,等等,这些研究成果围绕艾略
特对 20 世纪文学的影响、对 21 世纪的意义、他与变化中的世界的关系、
其哲学思想和宗教思想的渊源等深层次问题进行探讨和剖析,在世界范
围内形成了多角度、多元化的艾学研究体系。

令人瞩目的是,近年来艾略特研究在我国也渐呈方兴未艾之势。十
年来艾略特研究相关学术成果的发表数量,在我国外国文学研究领域基
本位居前十。我国知名的艾略特研究学者陆建德教授 2012 年所主编出
版的五卷本《艾略特文集》,是中国学者艾略特研究成果的集中体现。此
外,蒋洪新教授、张剑教授、陈庆勋博士、刘燕教授、董洪川教授、邓艳艳博
士等学者,也都分别对艾略特的诗歌、戏剧和文学批评进行了深入的研
究,有影响的学术专著和论文正在成为我国外国文学研究领域新的重要
组成部分。

艾略特研究学者秦明利教授所撰写的这部《艾略特的哲学语境》,是
我国艾学研究领域的又一重要学术成果。这部专著独特的学术价值及学
术贡献在于,与通常以文本为研究对象的路径不同,本书是以追问艾略特
的哲学思想意义为路径,一方面深入挖掘他的哲学思想,另一方面全面阐
述他的诗歌、戏剧和文学批评,其目的是印证其文学创作实践活动和文学
理论构建活动的哲学意义,从而更加完整地还原艾略特一生的思想诉求。
我以为,这部学术专著具有三个重要特点。其一,在深入分析欧文·白璧
德、乔治·桑塔亚那、乔西亚·鲁一士等哈佛大学哲学家的思想,康德和
柏格森的哲学思想,布拉德雷的哲学思想的基础上,作者清晰地阐明了艾
略特哲学思想的三个基本来源及其意义;其二,全面深入地讨论了艾略特
博士论文《F.H.布拉德雷哲学中的知识与经验》的内涵以及该文对艾略

特的重要影响;其三,深刻探讨了艾略特的哲学思想与他的文学实践及文学理论之间的辩证关系。

在本书中,作者提出了三个基本主张。第一,艾略特的文学创作是其哲学学习和研究的延续和文学性表现。艾略特利用了有别于哲学论述和哲学话语的文学语言,构建了一种"具体共相"的形式。他通过讲述故事,将其诗歌中叙述—求索者的探索过程呈现在拯救西方文明危机的舞台上,以可见的形式使读者发现文学蕴含的故事具有阐释世界意义的功能。第二,艾略特文学理论中的主要构件来源于他的哲学研究。他的文论主张,包括"传统观"、"情感分离"、"非个性化原则"、"客观对应物"、"语言观"等,都是其哲学主张及概念的文学化表现。第三,艾略特的"传统观"和他的"但丁论"是他所有文学实践和文学理论的核心。更重要的是,本书不仅全面审视了艾略特在哈佛大学求学期间的哲学学习及其研究对他的影响,而且深入探讨了古希腊哲学、英国哲学、法国哲学、德国哲学、美国哲学对他的影响。其中对艾略特在博士论文《F.H.布拉德雷哲学中知识与经验》中提出的哲学主张及其意义的研究尤为深入。

秦明利教授的《艾略特的哲学语境》是其多年勤奋治学、刻苦钻研的学术成果。作者凭借深入的研究、有力的论证、翔实的资料、丰富的内容以及跨学科的学术视野和功力,为我国艾略特研究增添了又一较高水平、较高层次的学术成果。相信这部学术著作的问世,定将为我国艾略特研究做出有价值的学术贡献,并在艾学研究领域产生一定程度的学术影响。

衷心祝贺这部学术专著的出版!

李维屏

2015 年 4 月

于上海外国语大学

目 录

导　论

　　T.S.艾略特是 20 世纪最伟大的诗人、批评家和戏剧家之一。他处在世纪之交新旧文学交叉的十字路口,也处在蓬勃兴起的文学艺术流派的漩涡之中,还处在曾经的伟大传统已消亡、新传统的精神疆域尚未明确之际。他在哲学、文学和宗教三大语境里,思索、探寻、构建人生的意义。他在秩序混沌的世界中,与各种思潮博弈,探索精神的立足点。同时,他面对崩溃的欧洲文明,思考着人类文明的命运,力图理解世纪之交的这场认识危机,并为拯救危机而建构新的认识图式。他用了一生的时间与哲学、文学和宗教对话,尤为关注的是哲学与文学间的对话、哲思与诗思之间的协调合作,他在这宏大的精神疆域里旅行,力图充分汲取人类文明的精华,不断舍弃其糟粕,为人类锻造救世思想。在 20 世纪初各种思想洪流的不断冲击下,他与哲学、文学和宗教对话的过程就是他思想的形成过程。他关注、研究、运用语言呈现哲学与文学的对话过程,则是他全部心路历程的标记。

　　在诗歌创作领域,他跨越哲学、文学和宗教三大语境,诗歌作品场景恢宏,内容丰富,形式新颖,意义深刻,影响巨大而深远。在毫无诗意、卑污的现实之中,在荒芜和绝望之地,从《J.阿尔弗雷德·普罗弗洛克的情歌》、《小老头》、《空心人》、《灰色的星期三》到巅峰之作《荒原》和《四个四重奏》,艾略特创新了诗歌的表达方式。他将思想与情感相结合,挖掘语言的潜能,翻新陈旧的语言,用更富创造力的语言,精致地塑造了现代人的思考和精神状态,创一代诗风。从 20 世纪初至今,90 年来,他的诗歌广泛地影响了人们对整个西方(尤其是 20 世纪的西方世界)的理解。

在文学批评领域,艾略特继往开来,为 20 世纪贡献了新的批评理念,开启了新的批评维度,建立了新的批评标准。从《圣林:论诗歌与批评文集》、《向约翰·德莱斯顿的致敬》、《致兰斯洛特·安德鲁斯:论风格和秩序文集》、《但丁》、《文选》、《诗的效用与批评的效用》、《信奉异教神祇:现代异端邪说入门》、《玄学诗歌的不同样式》、《基督教社会概念》、《为了给文化一词下定义所做的评论》、《古典文学和文学家》,到《论诗歌和诗人》和《批评批评家》及《批评的界限》,艾略特为描述和评论新的诗歌现象,划时代地创造了"传统观"、"情感分离"、"非个性原则"、"客观对应物"和"语言观"等具有哲学意义的批评理念和概念,构建了他的文学批评理论,开启了新的批评维度,建立了新的批评标准,确立了他的批评权威。他的批评理念和方法为影响 20 世纪的新批评主义奠定了基础。

在戏剧创作领域,艾略特创造了新的戏剧空间,延续他在诗歌和批评中的探索。在《磐石》、《全家团聚》、《鸡尾酒会》、《机要秘书》、《老政治家》和《老负鼠的群猫英雄谱》等作品中,在新的戏剧空间中,他回应着他在诗歌和批评中提出的艺术和现实问题,展现了人的困境和他的宗教关怀、道德选择。

艾略特在诗歌、文学批评和戏剧这三个领域的巨大成就,源于他对人类经验的哲学反思,源于他哲学反思的文学化行动,源于他对人类经验的整体性审视。他以哲学反思为路径,重新审视自古希腊以来欧洲文明史中丰富、卓越的语言成果,力图从经典的传统作品中找到重建人类文明繁荣景象的基本要素。通过这些要素,在新语境中构建新的基本原则,检讨失衡的伦理道德体系,重构价值标准和体系,对衰落的文明施以精神救赎,为人类文明勘定新的秩序。在哲学反思中,艾略特把科学经验、历史经验、文化经验、哲学经验、艺术经验、日常生活经验、个体经验、共同体经验、社会经验以及宗教经验看做人类经验整体的不同组成部分。个人的道德目的隶属于人类经验整体,个人的行为和追求是为了在更广的目的下实现较大的整体[①]。人类经验的每个部分对艾略特来说,都是观察整体的一个维度、一种视角,都在为人类提供理解自身和与周围世界的关系的可能性。艾略特在哲学领域的思想活动和在文学领域的创造活动,始

[①] 张家龙,《布拉德雷》(台北:东大图书公司印行, 1997) 149。

终相互交织、渗透和融合。他以文学为进路,通过追问真理,聚焦自己对世界的思考。他力图在范畴真(categorical truth,实然判断)和模态真(modal truth,应然判断)的对立统一中,实现人类命运得到拯救的愿景。

艾略特对人类经验和人类命运的思考,始于哲学学习时期。艾略特所处的时代是一个各种各样的理性主义、经验主义、实用主义、功利主义、机械论,甚至历史主义、心理主义争相成为西方世界主导的时代。纷杂的理论不仅无法提供一个共享的统一图式,而且造成了思想混乱的状况。西方古典传统与历史意识的缺失使以科学为核心的理性主义成为西方文明的主导,精确性、确定性、量化性、衡量性成为真理的标准。维持自然秩序的道理被广泛地应用于人类世界,公理、公式和逻辑演绎方法取代了历史和传统,成为治理人之世界的范式。在这种情形下,反对机械论、实证主义、历史主义、心理主义、相对主义等流行的哲学与意识形态思潮和对这些思潮的批评成为艾略特哲学思想的发端。在 1909 到 1916 年间,他曾先后赴哈佛大学、巴黎高等师范、牛津大学进行系统的西方哲学学习。期间,曾聆听欧文·白壁德(Irving Babbit)、乔治·桑塔亚那(George Santayana)、乔西亚·鲁一士(Josiah Royce)、罗素(Russell Ira Crowe)、柏格森(Henri Bergson)等一代哲学大师授课。他不仅仅接受了正统的西方哲学教育,学习内容还包括东方哲学,可以说,他谙熟东西方哲学。

艾略特哲学思想体系初步形成的标志是他在 1926 年所做的克拉克系列演讲(Clark Lectures)。这个演讲不仅是艾略特对此前近 20 年思考的总结,也是他后 20 年批评思想的来源。[①] 这个系列演讲构建了一个新秩序,这个秩序弥合了哲学与文学的对立。[②] 艾略特认为思想和情感的结合是诗歌标准的最高境界。这个观念是他批评理论的核心,甚至可以说是他全部思想的核心构件。艾略特在这个系列演讲的第二讲"多恩与中世纪"中对笛卡儿(René Descartes)提出了质疑。他认为笛卡儿的沉思《论物质性东西的存在;论人的灵魂和肉体之间的实在区别》中关于物质存在的主张导致西方认识论走入了误区。[③] 笛卡儿在西方文明中是一个承前启后的核心人物,他虽然在文艺复兴之后进一步颠覆了维系西方世

---

① T. S. Eliot, *The Varieties of Metaphysical Poetry*, ed. Ronald Schuchard (Orlando: Harcourt Barace & Company, 1993) 1.

② Ibid., 31.

③ Ibid., 81.

界思想和信仰稳定的经院派哲学和基督教信仰,但是笛卡儿的理性主义主张和他的《方法论》所提倡的普遍有效的原则和方法,试图通过"理性之光"揭示世界的逻辑秩序和心灵秩序,①形成了二元对立思想。笛卡儿成为英雄人物,笛卡儿的方法成为各个学科门类效仿的方法。艾略特的克拉克演讲针对这种现象以及由这种现象导致的抵制历史和传统的哲学给予了严肃的批判。艾略特的所有创作不仅是对乔治时代的英国文学或是浪漫主义文学的一种反动,更是对自启蒙主义以来的唯理性至上的西方世界的全面反思,尤其是对导致认识论发生变化的哲学根源的反思,当然这种反思也是叔本华(Arthur Schopenhauer)、尼采(Friedrich Wilhelm Nietzsche)、胡塞尔(Edmund Husserl)、海德格尔(Martin Heidegger)等其他知识分子反思的一部分。

哲学学习与研究是艾略特试图解决欧洲文明危机的起点。他试图通过对世界本质的追问,以认识论为进路,通过回答何为知识、如何获取知识、知识与经验之间的关系是什么、如何表述知识等问题,来构建新的认识图式并解决欧洲文明所面临的问题。

艾略特试图从认识论的进路来解决他面临的问题,而且他对哲学思想的表达伴随他创作的始终。然而,艾略特并没有以哲学作为他实现追问和愿景的进路,认为哲学无法完成拯救欧洲文明危机的任务,在他看来,哲学只是阐释世界的一种语言,只能提供对人类整体经验局部性的理解。他要通过文学来实现他对世界本质的追问,因为文学能够提供另外一种阐释世界的语言,只有通过二者有机结合和两种语言的共同追问,才能构建新的认识图式。

艾略特在长达六十多年的创作与思想历程中,始终在多维的时空中探索,并与古希腊哲学、中世纪哲学和自笛卡儿开始的现代哲学、以康德(Immanuel kant)为代表的德国哲学和白璧德、鲁一士、桑塔亚那、柏格森进行对话,寻求理解世界和认识世界的图式和方法;他还试图同古今的诗人进行对话,从他们那里寻求创作的灵感和源泉;他试图同不同的宗教进行对话,在佛教、伊斯兰教和基督教的圣者那里探求精神的慰藉与文学的渊源;他还同不同的艺术门类进行对话,探索这些门类的真谛,使他的创作能够在苦海之中为读者提供一叶扁舟;在这些探索之中,他不断突破自

---

① 汪堂家,孙向晨,丁耘,《17 世纪形而上学》(北京:人民出版社,2005) 27。

己的疆域,不断超越自己,在不同的领域中探寻新的可能性。

艾略特正是在这个历程中历练了自己,使自己达到了一种崇高的境界,使自己创作的全部文本与灿烂的西方文明的整个文本交融互文,将自己的整个创作甚至整个生命与整个欧洲的历史,乃至人类的历史融为一体,创造了无比辉煌的成就。艾略特的创作包含了他成就斐然的诗歌创作,同时也包括他的戏剧创作、文学批评,当然也包括他的哲学沉思。如果要想把握艾略特创作的发生、发展和所有意义,就不能不从对他思想脉络的熟悉和了解开始。

国外现有的艾略特哲学研究成果主要集中在四个方面,分别是:艾略特哲学思想的来源、艾略特哲学思想与布拉德雷哲学思想的比较、对艾略特哲学思想的综合研究、艾略特的哲学思想与文学思想及批评主张之间的关系。

（一）
艾略特的哲学思想来源研究

艾略特哲学思想的形成有着广泛的影响来源,既包括西方哲学,也包括东方智慧,其中,西方哲学既有古典哲学传统又有现代哲学的争论热点。针对艾略特哲学思想来源,国内外专家学者的研究主要集中在这些方面:前苏格拉底哲学对艾略特的影响、在哈佛求学期间受到的哲学影响、现当代哲学流派以及印度哲学对艾略特的影响等,还有柏格森、休谟（David Hume）、布拉德雷（Francis Herbert Bradley）等人的哲学对艾略特的影响。

朱维尔·斯比尔斯·布鲁克尔（Jewel Spears Brooker）编辑出版的《T.S.艾略特与我们旋转的世界》（2001）收录了15篇艾略特研究论文,其中有4篇涉及哲学对艾略特文学创作及批评的影响问题。其中一篇探讨了前苏格拉底哲学家赫拉克利特（Heraclitus）的影响,尤其是对《四个四重奏》中的时间主题的影响。第二篇探讨了1913年艾略特在哈佛大学时关于康德的未发表的论文对艾略特文学批评中的阐释理论和对立理论在主题上和结构上的影响。第三篇探讨了在"意识"主题方面布拉德雷对艾略特早期诗歌的影响。第四篇探讨了印度哲学对艾略特创作的影响,指出尽管艾略特用西方哲学的概念和语汇来表述他的思想,但其思想和创作的源泉是印度哲学①。

杰弗里·M·帕尔(Jefferey M. Berl)在《怀疑主义与现代敌意:艾略特之前与之后》(1989)中以艾略特未发表的哲学笔记为线索,对古典主义者、保皇主义者和英国国教信徒艾略特的创作进行了详尽的研究,指出,艾略特长期以来是个被误解的人物,他的一生创作实际上表明他应该是个怀疑论者。帕尔对艾略特的怀疑主义表现进行了深入挖掘。他认为艾略特的怀疑主义倾向与他的哲学思想根源有关,他的早期哲学学习对促成其思想成熟起了重要作用②。

罗纳德·布什(Ronald Bush)编辑的论文集《T.S.艾略特:历史中的现代主义者》(1991)分四个部分,收录了9篇文章,涉及美国思想与艾略特思想的关系。此外,也有研究涉及布拉德雷对艾略特的影响。

柏格森对艾略特哲学思想形成的影响研究是学界争论的焦点之一。保罗·道格拉斯(Paul Douglass)在他的《柏格森、艾略特、美国文学》(1986)中指出:柏格森在现代主义哲学和文学中扮演了重要角色。道格拉斯提出,柏格森的思想赋予现代主义作家以新的工具,使他们能够将艺术创作推向新的高峰。道格拉斯认为,虽然艾略特本人以及艾略特研究界普遍否认柏格森对艾略特思想的影响③,艾略特本人更是明确否定柏格森的思想转向,但实际上,批评家过分关注柏格森与布拉德雷思想的区别,忽视他们相同的观点,因而没能认识到柏格森对艾略特的影响。柏格森与布拉德雷都关注唯物主义,都反对唯物主义,尤其反对约翰·斯图亚特·穆勒(John Stuart Mill)。他们都对时间、空间、客体和自我等概念表示怀疑,认为这些概念全部出自"独角兽之眼"④。道格拉斯还指出,艾略特从布拉德雷、斯宾诺莎(Baruch de Spinoza)、柏拉图(Plato)这三位哲学家身上汲取了思想。在布拉德雷身上,他学到了英语文风、思想习惯和解决问题的方式,这充分体现在诗歌和批评中;在斯宾诺莎身上,他学到了

---

① Jewel Spears Brooker, ed., *T. S. Eliot and Our Turning World* (New York: Palgrave Macmillan, 2001) xvi-xvii.

② Jefferey M. Perl, *Skepticism and Modern Enmity: Before and After Eliot* (Baltimore: The John Hopkins University Press, 1989) xi-xiii, 157-159.

③ Paul Douglass, *Bergson, Eliot, American Literature* (Lexington: The University Press of Kentucky, 1986) 54.

④ Ibid., 52.

拉丁文风;在柏拉图身上他学到了希腊语文风①。尽管如此,道格拉斯还是提出,柏格森更加深刻地影响了艾略特,他使艾略特更加清楚地认识到了进步主义思想的内涵②。艾略特对柏格森的两个基本概念——记忆与直觉采取了保留的态度,这意味着要在一定程度上承认直觉的作用,因而终极实在和对实在的展示之间的对立问题得以解决③。

本杰明·G·洛克尔德(Benjamin G. Lockerd)在《轻飘的谣言:艾略特的(物理世界)物理知识与诗学》(1998)中在谈到柏格森对艾略特的影响时认为:艾略特对柏格森兴趣的始源是他试图在现代哲学中寻找亚里士多德(Aristotle)哲学踪迹的努力。柏格森的整个哲学是对智力(intellect)和抽象思想的批评。柏格森认为智力肢解了世界,尤其是将时间空间化,使时间失去了延续性,直觉(intuition)经验时间的绵延性,才是真正认识世界的方式。科学对实在的认识是片面的,因为其观察和研究的视角是有局限性的。柏格森的这个观点与布拉德雷一致,布拉德雷认为,视科学为最终实在的观点是"野蛮的形而上学"。艾略特赞同柏格森对科学理性主义的警惕,但反对他的"生命活力"观,艾略特认为柏格森试图解决二元对立,如柏格森在《物质与记忆》中的尝试,而自己还是陷于二元对立无法解脱④。在分析柏格森主义在艾略特批评概念中的影响时,道格拉斯指出:艾略特的哲学思想也是在反思科学与哲学的关系以及科学与文学的关系的基础上形成的,主要表现为艾略特反对科学实证主义,反对情感和理性相分离的二元对立思想。

洛克尔德还对艾略特变换中的时空概念在诗歌中的表现进行了研究。洛克尔德指出,在 20 世纪初,物理学与形而上学边界的相互转换问题,是柏格森(《绵延与同时性》)、布拉德雷(《表象与实在》)等哲学家普遍思考的问题。他们是从哲学的角度出发,爱因斯坦(Albert Einstein)则是从其内部出发,即从物理学的角度,向传统的时空观提出了挑战,而时

---

① Paul Douglass, *Bergson, Eliot, American Literature* (Lexington: The University Press of Kentucky, 1986) 54.

② Ibid., 55.

③ Ibid., 62—63.

④ Benjamin G. Lockerd, *Aethereal Rumours: T. S. Eliot's Physics & Poetics* (Lewisburg: Bucknell University Press; London: Associated University Press, 1998) 54.

T. S. Eliot in Philosophical Context

空问题也是艾略特关注的①。洛克尔德指出,物质与精神、客体与主体、身体与内心之间的联系与矛盾问题都是艾略特关注的。要充分理解艾略特的诗歌如何体现这些关注,最好就是在科学与哲学争论的语境中探讨艾略特。

洛克尔德认为,在 19 世纪末的欧洲,虽然科学实证主义盛行,但也有怀特海(Alfred North Whitehead)、柏格森等哲学家对科学提出质疑,艾略特在这方面受到了影响。怀特海在《科学与现代世界》中把科学实证主义称作"抽象的唯物主义"(abstract materialism),并提出尖锐批评,认为它的要害是二元对立的本质。洛克尔德指出,怀特海对科学实证论批评的观点与柏格森一致,他们都认为科学方法忽视了人的知觉经验。柏格森在其《创造进化论》中指出,科学对物质世界的量化分析失去了物质世界的具象性②。洛克尔德引证了艾略特在 1917 年撰写的评论《威廉·詹姆斯论永恒》,指出艾略特与怀特海持有相同观点。艾略特在文章中提出,要抵制住任何形式的压迫,不论是科学唯物主义的,还是观念论的,自笛卡儿以来观念论和唯物论给哲学阵营带来的分裂应该得到弥合。③

洛克尔德进一步指出,艾略特曾系统学习古典哲学,他把亚里士多德、赫拉克利特等古典哲学家的思想融入了诗歌创作和文学批评中。亚里士多德认为,整体永远大于部分之和,严格的数学对实在的描述无法清晰地再现实在。除了亚里士多德外,赫拉克利特对艾略特的影响也很深。艾略特的《荒原》和《四个四重奏》均使用古希腊自然哲学宇宙观作为标题,其用意在于显示事物本身就是意义,意义并非"自然法则"强加于事物的规律④。白壁德反对科学实证主义,他的态度影响了艾略特。洛克尔德指出,布拉德雷也对科学(唯科学主义)的狭隘与抽象进行过批评,他在《表象与实在》中指出,当科学入侵形而上学的时候,问题就来了,就是科学只研究第二性质(secondary qualities),而非第一性质(primary qualities)。布拉德雷对任何使物理学成为形而上学的企图进行了严厉批

---

① Benjamin G. Lockerd, *Aethereal Rumours: T. S. Eliot's Physics & Poetics* (Lewisburg: Bucknell University Press; London: Associated University Press, 1998) 16.

② Ibid., 19.

③ Ibid.

④ Ibid., 20.

评,这也是自培根(Francis Bacon)《新工具》以来对"科学无需借助主题便能够阐释客体"这一观念最严厉的批评。艾略特的博士论文可以说就是在反唯科学主义、狭隘主义的框架之下展开研究的。在谈到艾略特的哲学渊源时,洛克尔德指出,亚里士多德对艾略特的影响超出了批评家对艾略特的现有分析。艾略特在1920年对"完美的批评家"亚里士多德倍加赞赏,称亚里士多德具有科学的头脑和理性的头脑①。古希腊哲学对艾略特的影响明显地体现在艾略特两首主要诗歌使用自然哲学宇宙观中的元素作为标题这一事实上②。在抵制笛卡儿的二元论方面,亚里士多德的实践智慧成为艾略特的重要思想根基,亚里士多德的物理学和形而上学也是他诗歌中的重要因素③。艾略特在哈佛大学和牛津大学多次研修亚里士多德,他在自己的笔记中对亚里士多德关于物质与形式相结合的观点特别赞同,认为这是解决肉体与灵魂分离的关键④。艾略特在其克拉克演讲中指出,中世纪的神学家,如阿奎那(Thomas Aquinas)和亚里士多德,具有相同的思想,肉体与灵魂不可分割。以太在亚里士多德哲学的运动理论中具有举足轻重的作用。

洛克尔德还指出,艾略特的情感与理性分离说源于他对笛卡儿的二元对立的反思。艾略特不仅在他的《克拉克演讲》中提出反对笛卡儿倾向的二元对立思想,还在《泰晤士报》文学副刊上撰文,评论雅克·马利坦(Jacques Maritain)的《三个改革者:路德、笛卡儿和卢梭》,提出笛卡儿哲学是失衡的,它造成唯物主义与观念论、理想主义与盲目信仰的极端对立⑤。艾略特还在1956年发表的《批评的前沿》中提倡批评目的的双重性——理解性和娱乐性,反对方法化的文学批评,抵制自笛卡儿《方法论》以来的泛方法化,反对人文研究受制于数学计算和方法公式的做法。艾略特不赞同艾弗·阿姆斯壮·理查兹(Ivor Armstrong Richards)把数学作为形而上学的基础,并依此来制定文学批评原则。

① Benjamin G. Lockerd, *Aethereal Rumours: T. S. Eliot's Physics & Poetics* (Lewisburg: Bucknell University Press; London: Associated University Press, 1998) 26.
② Ibid., 40.
③ Ibid., 46-47.
④ Ibid., 51.
⑤ Ibid., 35.

罗纳德·舒查德(Ronald Schuchard)在《艾略特的黑天使生活与艺术的交错》(1999)一书中就 T.E.休姆(Thomas Ernest Hulme)对艾略特的影响问题进行了深入的研究,解决了多年困扰学界的艾略特疑案,即休姆在多大程度上影响了艾略特。舒查德指出,艾略特不仅在思想来源和思想产生的背景上接近休姆及其思想,而且还拥有庞德(Ezra Pound)、路易斯(Bernard Lewis)等共同的朋友,他们还拥有共同发表文章的期刊《新世纪》和共同发表诗歌作品的诗集,更重要的是艾略特在自己的讲课大纲"现代文学出版讲座课程大纲"中对浪漫主义使用了"休姆式的定义",即逃避现实世界和纵容残酷现实①。舒查德还指出,在艾略特对布拉德雷的"绝对"感到失望的时候,休姆为他指明了一条在宗教上得到启迪的道路②。

艾略特早期在哈佛大学的学习对其哲学思想形成和发展的影响也是学者们关注的焦点。M.A.R.哈比卜(M.A.R. Habib)在《早期的 T.S.艾略特与西方哲学》(1999)中对艾略特在哈佛大学学习期间创作的三篇未发表的哲学论文、其博士论文及艾略特的诗歌创作进行了研究。他指出,艾略特三篇未发表的早期哲学论文及论述的是康德和柏格森的哲学,标志着他反自由主义的人文思想开始形成。这种思想对他在诗歌创作中运用"讥讽面具"、缓释和超越"一"与"多"的矛盾,都具有重要意义③。哈罗德·布鲁姆(Harold Bloom)在他编辑的《T.S.艾略特》(2003)中收录了 5篇文章,涉及艾略特在哈佛的哲学学习对其产生的影响。其中一篇梳理了艾略特在哈佛大学的学习经历,尤其是哲学学习方面。该文指出,白璧德、桑塔亚那对艾略特的诗歌创作和宗教思想的形成具有重大影响④。

约瑟夫·麦德雷(Joseph Maddrey)撰写的《T.S.艾略特的制造:艾略特文学影响研究》(2009)一书共分六个部分,对艾略特的成长过程与所受到的文学、哲学和宗教影响进行了全面梳理。其中,第二、第三部分梳理了各种哲学思潮对艾略特后来创作的影响。麦德雷指出,艾略特在哈

---

① Ronald Schuchard, *Eliot's Dark Angel: Intersections of Life and Art* (New York: Oxford University Press, 1999) 60.

② Ibid., 68.

③ M. A. R. Habib, *The Early T. S. Eliot and the Western Philosophy* (Cambridge: Cambridge University Press, 1999) 6-7.

④ Harold Bloom, ed., *T. S. Eliot* (Philadelphia: Chelsea House Publishers, 2003) 9-15.

佛大学读本科期间,不仅仅受到不同哲学思想的影响,更重要的是培养了质疑前人思想、向各种思想开放的态度①。

曼祝·简(Manju Jain)在《T. S. 艾略特与美国哲学:哈佛岁月》(1998, 2004)中,就哈佛在文学、宗教及知识层面给艾略特带来的影响问题进行了研究。他指出,艾略特在诗歌创作和批评方面的关注点也是当时哈佛大学的各种争论热点,包括相对主义的历史观、社会科学的客观主义倾向、阐释的角色和状态、对基础知识的批评和实用主义倾向、科学与宗教的关系等。曼祝·简的讨论围绕两个问题展开,首先是艾略特为什么放弃哲学道路专攻诗歌创作;其次是艾略特为什么放弃对形而上学的追问,转而寻求宗教的慰藉。曼祝·简认为,哈佛大学在学术上追求一种科学与宗教的妥协,艾略特身处这个环境,思想被打上了哈佛的烙印,他无法摆脱这种烙印②;艾略特后来关注哲学与诗歌、思想与情感张力的问题,这些无不与他求学时哈佛大学的学术氛围有关③。甚至他最终皈依英国国教,也与此相关④。

宗教思想是艾略特思想整体的一部分,艾略特宗教思想的形成也引发了学界的诸多争论。拜利·斯波尔(Barry Spurr)在《英国国教:T.S.艾略特与基督教》(2010)中,从艾略特初步认识基督教信仰,到后来深入认知,再到最终深受宗教影响,对艾略特思想进行了梳理和研究。他认为,许多学者,甚至一些知名学者,对艾略特宗教影响的研究并不精确,甚至错误连篇,他的任务就是要恢复艾略特宗教信仰的内涵及其对艾略特 50 多年的影响⑤。拜利还指出,艾略特在哈佛大学期间,威廉·詹姆斯(William James)、罗尔斯·鲁一士、乔治·桑塔亚那等哲学家的思想,对后来他接受柏格森和布拉德雷的哲学思想、形成个人的宗教信念,都有推

---

① Joseph Maddrey, *The Making of T. S. Eliot: A Study of the Literary Influences* (Jefferson:McFarland & Company, Inc., 2009) 63, 13.

② Manju Jain, *T. S. Eliot and American Philosophy: The Harvard Years* (Cambridge:Combridge University Press, 2004) 1–12.

③ Ibid., 244.

④ Ibid., 250–251.

⑤ Barry Spurr, *Anglo-Catholic in Religion: T. S. Eliot and Christianity* (Cambridge:The Lutterworth Press, 2010) xii.

波助澜的作用①。

此外,艾略特思想形成的来源是多方面的,不仅有哲学家,也包括文学家、社会学家和心理学家等,很多学者就这些方面进行了深入研究。伯纳德·布鲁吉艾尔(Bernard Brugière)在《法国影响及在〈传统与个人才能〉中的回响》中,探讨了法国诗人、作家、社会学家、心理学家对艾略特的影响,其中包括茹尔·拉福格(Jules Laforgue)、朱利安·班达(Julien Benda)、夏尔·穆拉斯(Charles Maurras)、柏格森等。他还在艾略特学界首次提出,班达在1918年出版的《法国现代社会美学》中有关情感放纵的观点,对艾略特产生了影响。布鲁吉艾尔又指出,班达认为贵族敬重理性,而民主看重情感,他的这种思想与白璧德的主张一致,艾略特赞同班达的主张,也认为诗人应该通过感觉进行思维,身心不能分离②。

(二)
艾略特的哲学思想与F.H.布拉德雷思想的关系研究

关于布拉德雷对艾略特的影响,学界虽有诸多争议,但大多数学者认为,艾略特哲学思想得以形成和发展,布拉德雷是关键人物之一,他对艾略特的重要性是不言而喻的。学者们的争论焦点表现在不同时期艾略特的哲学思想与布拉德雷的不同程度的或疏或密的关系上。

虽然普遍承认艾略特的博士论文《F.H.布拉德雷哲学中的知识与经验》是探究艾略特哲学思想与布拉德雷之间关系的源头,但它在艾略特哲学思想体系中的地位,仍是学界有争议的话题。舒斯特曼(Richard Shusterman)在《T.S.艾略特与批评哲学》(1988,1999)中,承认哲学对艾略特思想及批评的影响,但不认为其博士论文有举足轻重的作用,主要根据在于,布拉德雷的哲学思想与鲁一士的思想并不一致,而鲁一士对艾略特早期思想有重要影响。舒斯特曼认为极端反经验主义是布拉德雷的思想核心,但对艾略特来说这一点十分陌生。舒斯特曼还认为,艾略特的早

---

① Barry Spurr, *Anglo-Catholic in Religion: T. S. Eliot and Christianity* (Cambridge: The Lutterworth Press, 2010) 16–22.

② Cianci Giovanni, Jason Harding, ed., *T. S. Eliot and the Concept of Tradition* (New York: Cambridge University Press, 2007) 75–76.

期批评,包括《圣林》,都提倡事实和分析,而这两点恰恰是布拉德雷反对的①。舒斯特曼认为,艾略特的批评之路经历了若干次转变。首先,艾略特放弃了布拉德雷的绝对唯心主义,接受了带有分析色彩的经验实在主义,之后又放弃了这个思想,最终转向强调历史性对人类理解的重要性的非实在主义诠释学②。

　　罗素·艾略特·墨菲(Russell Elliott Murphy)在《T.S.艾略特批评指南》(2007)中对艾略特博士论文的主要观点进行了梳理,提出艾略特在撰写博士论文之前就创作了《J.阿尔弗雷德·普罗弗洛克的情歌》、《一位夫人的画像》、《序曲》、《大风夜狂想曲》等早期诗作。虽然把这一部分诗歌成就归结于受布拉德雷的影响并不合适,但布拉德雷关于经验和知识的学说在此后的艾略特身上却很快产生了影响。墨菲指出,无论是在布拉德雷的哲学中还是在艾略特的诗歌中,主体与客体、表现与实在和观念与意义之间的区别均被"抹去"。他们都认为并不是这些区别不存在,而是这些区别都属于"范畴",是为对"实在的本质"的思考而服务的。墨菲还指出,知觉与领悟(理解)的区别也被"抹去",因为知觉就是领悟。他们所面临的问题是如何使被知觉的领悟变成可知之物。他们都认为解决这个问题的唯一办法就是将其转换成语言。语言与经验同源,但并不是经验本身。语言使潜意识成为意识,并以其构成思想,甚至达到理解。这样做的问题就是这个行为使真正的经验萎缩而不是扩充。这样思想永远无法还原经验,对此的解决办法就是诉诸情感。墨菲认为艾略特的博士论文凸显了布拉德雷的思想与艾略特的诗歌、批评理论及智性趣味的密切联系③。墨菲还指出,在艾略特的思想中,情感占据重要地位,它甚至比客体还要真实。正是因为情感不具有实体性,它才能比具有实体性的客体更加真实。墨菲最后指出,艾略特诗歌所表现出来的不透明性、模棱两可性、矛盾性、片段性和用典等方法并不是对实在构成的思考,而是对经验特性的考量。④

---

① Richard Shusterman, *T. S. Eliot and the Philosophy of Criticism* (New York: Duckworth Publishers, 1988) 15.

② Ibid., 17.

③ Russell Elliott Murphy, *Critical Companion to T. S. Eliot: A Literary Reference to His Life and Work* (New York: Facts On File Inc., 2007) 282-283.

④ Ibid., 285.

简·麦林森(Jane Mallinson)在《T.S.艾略特对 F.H.布拉德雷的阐释——七篇论文》(2002)中,梳理了艾略特的博士论文与他的诗歌创作和批评思想之间的关系。麦林森指出,艾略特对布拉德雷哲学的批评,为他的诗歌创作和批评思想打下了坚实的基础。朱维尔·斯比尔斯·布鲁克尔在《掌握与脱离 T.S.艾略特与现代主义辩证法》(1994)中提出了一个新的观点,认为布拉德雷的历史观对艾略特影响很大。布鲁克尔对艾略特博士论文的每一章都做了详细阐释,最后得出结论,艾略特对布拉德雷经验论的认识,帮助他形成了个人诗歌创作和批评的核心原则。该书的第三部分以"掌握与脱离:艾略特辩证想象"为题论述了哲学在艾略特创作中的影响。在这一部分中,布鲁克尔不仅着重讨论了艾略特的博士论文对他创作的深刻影响,也讨论了其他哲学家和哲学思想对艾略特的影响。

艾瑞克·W·希格(Eric W. Sigg)在《美国的 T.S.艾略特——艾略特早期创作研究》(1989)中,既指出了艾略特继承了布拉德雷的思想,也探究了艾略特不同于布拉德雷的独具个人特色的方面。该著作的第二章专门用一个小节讨论了布拉德雷对艾略特的影响,提出,用布拉德雷的哲学可以解释艾略特的部分批评理论①。他指出,布拉德雷与拉福格对艾略特产生了类似的影响,不同的是布拉德雷的影响是渐进的,他为艾略特提供了一个哲学系统和相应的语汇,从而为艾略特提供了理性的支撑②。艾略特称布拉德雷的《表象与实在》为"抽象思想的伤感教育"③。希格进一步指出,布拉德雷的认识论、本体论和形而上学是艾略特思想中不可分割的一部分,艾略特认为,布拉德雷的机智和强烈的反讽是一种严肃的玩笑,他还试图去模仿布拉德雷的写作风格。艾略特的博士论文首次展示了艾略特的一些关注点,涉及艾略特诗歌的主题、艾略特批评的观点,甚至艾略特的宗教转向。布拉德雷系统和艾略特的起点都是"直接经验"(immediate experience),即无主体和客体之分的感觉(feeling)。这是一种在任何心理行为没有发生之前、阐释发生之前、抽象发生之前的前关系阶段。下一个阶段的思想(thought)尽管发展了感觉,但仍然处于表象

---

① Eric W. Sigg, *The American T. S. Eliot: A Study of the Early Writings* (Cambridge: Cambridge University Press, 1989) 49.

② Ibid., 46.

③ 转引自 Eric W. Sigg, *The American T. S. Eliot: A Study of the Early Writings* (Cambridge: Cambridge University Press, 1989) 45。

阶段。思想等于关系意识（relational consciousness），将感觉置放到关系之中，赋予其现实性。布拉德雷形而上学的三元论所包括的三个层次分别为：直接经验（immediate experience）、思想（thought）和绝对（absolute）。直接经验为主客体部分的初级阶段，思想将直接经验带入主客体关系，使直接经验分离，但思想又重新将其合并，重组为绝对。在布拉德雷的系统中，情感转化为思想，在艾略特的系统中思想也可以转化或再创造成为情感。显然，艾略特的批评语汇（情感与分离）与思想融入了布拉德雷的成分①。

希格还指出，艾略特在博士论文中并没有完全遵循布拉德雷的整个体系，他对布拉德雷的"绝对"观念存有疑虑。艾略特认为统一的客观世界并不存在，抱有这种认识论态度并不正确。他主张回到实际实在中，相似、相异、质量等关系意识更能体现实在性。然而关系意识虽然创造出使世界秩序化的模式，但这种模式并不稳定。希格认为，从认识论的角度来看，艾略特主张世界是我们构建的，并不是现成的和给予的，理论无法完全解释实际世界。因为人们持有自己的观点（利益与价值），就会创造或假设一个世界，然而人们的利益与价值并不会一成不变，所以人们的世界也会随之变化。认识论意义上的主客体之分无法提供可靠的实在（reality）②。这个主张可以超越或解决对于世界的认识的矛盾。希格认为，艾略特特别注重语言的力量，他认为语言，尤其是有教养的成人语言的集合，可以构建人的社会属性，这个主张为诗人等划定了疆域③，而且也赋予诗人以合法的利用语言创造世界的权利④。希格在具体分析艾略特《J.阿尔弗雷德·普罗弗洛克的情歌》时指出，普罗弗洛克所体现的自我的双重性延续了自柏拉图以来的传统，柏拉图在《会饮篇》、《斐德罗》和《高吉亚斯》中一方面创造了苏格拉底式的稳定、严肃、具有精神追求的人，向往永恒的美，另一方面也描述了智者学派式的注重社会角色的人，向往世俗的使用⑤。希格指出，发表于艾略特博士论文之后的《J.阿尔弗雷

---

① Eric W. Sigg, *The American T. S. Eliot: A Study of the Early Writings* (Cambridge: Cambridge University Press, 1989) 48.

② Ibid., 51.

③ Ibid., 54.

④ Ibid., 55.

⑤ Ibid., 77.

T. S. Eliot in Philosophical Context

德·普罗弗洛克的情歌》保留了布拉德雷在《伦理研究》中关于自我的观点。布拉德雷在《伦理研究》中指出,如果要实现自我的存在,就要把自我置放到社会语境之中,脱离社会的自我是一种抽象,一种幻象。自我通过不断地建立关系、不断地与外界客体搭建联系确定其存在。为此,艾略特提出了"半客体"的概念①,以语言为媒介,通过与其他"有限中心"的不断协商,一个同一的世界才能建立起来②。在"半客体"的基础上,整体(the whole),建立在多样性之上的同一性,可以显露自身。希格指出,虽然艾略特在皈依英国国教之后诗歌创作有很大改变,但有些思想他自始至终地保持着,他指出,《四个四重奏》中"燃烧的诺顿"中的前三行就带有布拉德雷的印记③。

有些学者的研究突出强调了布拉德雷对艾略特诗歌创作思想及文学批评思想形成的重要性。本杰明·G·洛克尔德在《轻飘的谣言:艾略特的(物理世界)物理知识与诗学》(1998)中提出,布拉德雷对艾略特的影响自始至终,早期艾略特借助布拉德雷的思想构建了思维模式,后期寻找其他替代观念④。布拉德雷对困惑艾略特的笛卡尔式的二元对立问题的解决方案与亚里士多德客体与灵魂相互依存的观点类似,主观与客观、物质与形式、心理与物质相互关联,无法绝对独立存在。这一思想也是艾略特博士论文的核心观点,对艾略特的诗歌理论十分重要,也是指称观点模仿论的基础⑤。布拉德雷通过将知识三分,最后用"绝对"(absolute)实现主客体的统一。而柏格森则一抑一扬,降低智力的作用,提升直觉。因此艾略特更加倾向于布拉德雷的解决方案。布拉德雷对科学的批评是对知识的整体批评,而柏格森的批评则是基于19世纪智力与情感对立的思想。

　　印度学者达史昂特·库马尔·拉姆佩尔(Dushiant Kumar Rampal)

---

① Eric W. Sigg, *The American T. S. Eliot: A Study of the Early Writings* (Cambridge: Cambridge University Press,1989) 79.

② T. S. Eliot. *Knowledge and Experience in the Philosophy of F. H. Bradley* (New York: Columbia University Press, 1989) 142-143.

③ Eric W. Sigg, *The American T. S. Eliot: A Study of the Early Writings* (Cambridge: Cambridge University Press,1989) 220.

④ Benjamin G. Lockerd, *Aethereal Rumours: T. S. Eliot's Physics & Poetics* (Lewisburg: Bucknell University Press; London: Associated University Press, 1998) 56.

⑤ Ibid.

在《T.S.艾略特的诗歌理论与实践》(1996)中以对布拉德雷哲学体系的梳理为进路,阐明布拉德雷的哲学体系对艾略特诗歌创作和诗歌理论的意义。拉姆佩尔首先阐明布拉德雷形而上学的核心是直接经验的假定,世界从主客不分开始,经过分离最后又回到更高层次的绝对,形成了一个完整的体系。拉姆佩尔指出,艾略特虽然做了一些小的调整,但基本上接受了布拉德雷的形而上学体系[1]。艾略特借助布拉德雷之体系形成了他的思想根基,我们可以通过布拉德雷的体系更好地理解艾略特的诗歌、戏剧、文学批评和社会批评[2]。

关于艾略特与布拉德雷思想之间的关系,有学者也指出了前人研究的不足。唐纳德·J·查尔德(Donald J. Childs)在《从哲学到诗歌》(2001)中,对20世纪80年代后的哲学与艾略特创作的影响做了详尽的梳理,指出罗伯特·H·卡纳利(Robert H. Canary)在《T.S.艾略特:诗人与他的批评家》中关于哲学对艾略特影响研究的不足之处,即认为前人普遍认为艾略特的哲学是布拉德雷的二手货,艾略特的核心批评概念来自于布拉德雷的哲学[3]。另外一个不足之处就是将艾略特皈依基督教视为他研习布拉德雷哲学的结果[4]。与此同时,查尔德也指出,一些批评家也认为艾略特不同于布拉德雷,他形成了自己的"声音"。

拉姆佩尔在其编辑出版的《一种T.S.艾略特批评性研究》(2003)中,梳理了哲学对艾略特思想形成的影响,指出艾略特在哈佛大学的三位老师(尤其是鲁一士)引导艾略特去研读布拉德雷,而布拉德雷的思想为艾略特反自由主义、反民主和权威主义、社会的等级划分、精英主义思想提供了哲学基础,同时也为艾略特诗歌提供了两个核心意象:其一是混沌的整体分离出不同的客体和现象;其二是不同的客体和现象聚合成一个绝对的整体。《艾略特形而上学源头》是18篇论文中着重探讨哲学对艾略特影响的文章。这篇文章以艾略特博士论文出版为界限,首先梳理了哲学视角的研究成果,分别指出早期研究的缺陷,即没有将布拉德雷的影响

---

[1]　Dushiant Kumar Rampal, *Poetic Theory and Practice of T. S. Eliot* (New Delhi: Atlantic Publishers & Distributors, 2003) 33.

[2]　Ibid., 39.

[3]　J. Donald Childs, *From Philosophy to Poetry: T. S. Eliot's Study of Knowledge and Experience* (London: The Athlone Press, 2001) 6.

[4]　Ibid., 8.

与艾略特的主要创作相关联的内涵,后期研究的缺陷是将布拉德雷的哲学范畴和艾略特的形而上学论述作为理解艾略特诗歌的主要工具。论文主要探讨了布拉德雷哲学的基本思想及其使用的两个核心比喻——"一"与"多",认为布拉德雷的哲学思想,尤其是布拉德雷的宇宙观,在年轻的艾略特心里打下了深刻的烙印,艾略特在接受布拉德雷宇宙观的基础上做了一些修正,形成了自己的批评思想的核心①。

(三)
艾略特的哲学思想的综合研究

艾略特哲学思想的综合研究,主要集中在艾略特的哲学思想与当代哲学家思想的关系、艾略特的哲学思想在不同文化中的影响、艾略特哲学思想的不同维度等方面。

艾略特哲学思想的来源是广泛的,而对他的哲学思想的解读也可以是多角度、多层面的。唐纳德·J·查尔德在《从哲学到诗歌》(2001)中指出,有批评家认为艾略特接受了从古希腊哲学到他同时代哲学的影响②。查尔德梳理了其他艾略特的研究成果,确定了柏格森式的艾略特、印度哲学的艾略特、人类学式的艾略特、后结构主义的艾略特、实用主义的艾略特、符号学的艾略特、分析主义的艾略特、心理主义的艾略特、存在主义的艾略特、现象学的艾略特、神秘主义的艾略特、诠释学的艾略特、政治的艾略特。查尔德的主要成果是以艾略特哲学思想中的核心概念"知识与经验"为统一索引,全面阐释了艾略特的诗歌作品。

理查德·舒斯特曼出版的《T.S.艾略特与批评哲学》(1988,1999)围绕艾略特的批评理论与当代哲学的相关性问题进行了研究。全书共分五章。舒斯特曼是欧美分析哲学学者,他以分析哲学为进路,指出学者们一直忽视了艾略特与分析哲学的关系。他在研究中不仅分析了艾略特早期与罗素哲学的联系,而且还研究了艾略特与维特根斯坦(Ludwig Wittgen-

---

① D.K. Rampal, ed., *A Critical Study of T. S. Eliot at 100 Years* (New Delhi: Atlantic Publishers & Distributors, 2003) 143–151.

② J. Donald Childs, *From Philosophy to Poetry: T. S. Eliot's Study of Knowledge and Experience* (London: The Athlone Press, 2001) 12.

stein)、乔治·爱德华·摩尔(George Edward Moore)等当代英美哲学的
联系①。舒斯特曼还把研究视角扩大到欧美分析哲学之外。他还就艾略
特与其他当代欧陆哲学的联系问题,包括伽达默尔(Hans-Georg
Gadamer)诠释学中的阐释和传统理论与艾略特传统观的联系,进行了深
入的研究。通过对这些联系的梳理和分析,舒斯特曼发现艾略特的批评
表现出反对以布拉德雷为代表的黑格尔观念、注重科学实在主义和客观
主义的英美分析哲学的转向及与注重历史的欧陆哲学结合的倾向②。在
此基础上,舒斯特曼指出了艾略特研究中的五个误区。他指出,一些学者
将艾略特的批评思想简单化,视艾略特为英美狭隘主义与狭隘的唯美形
式主义的代表。一些学者认为艾略特的批评充满矛盾,没有系统性,因而
走入非理性、反智性和非哲学化的误区(这是简单地将理性、智性、哲学
性和方法联系在一起的原因),舒斯特曼认为这正是艾略特倾向实用主
义的一种表现。另外一种对艾略特的误读就是视艾略特的批评为狭隘的
科学客观主义,忽视或试图驱除主观性和读者的作用。树立主客观对立
的批评标准是一种简单对待艾略特思想的结果。另一个误区就是认为艾
略特的批评思想一成不变。艾略特研究的误区还包括:其批评思想的一
致性体现在艾略特的博士论文的思想,即艾略特对布拉德雷哲学的阐释,
认为艾略特完全是布拉德雷的门徒③。

近年来,随着艾学研究的进一步深入,不少学者整理、编著了艾略特
哲学思想研究的论文集。其中所收录的研究文章既体现了艾学研究的整
体性、系统性,也体现了艾学研究的独特性和个体性。其中,由伊丽莎
白·道梅尔(Elisabeth Däumer)和亚马尔·巴奇(Shyamal Bagchee)编辑
并于2007年出版的《T.S.艾略特的国际接受》,收录了18篇来自不同国
家的学者关于艾略特对其他国家文化影响的研究文章。

由戴维·E·契尼兹(David E. Chinitz)编辑并于2009年出版的《T.
S.艾略特研究指南》,收录了20世纪90年代以来关于艾略特研究的37
篇文章。这些文章在性、性别、大众文化、大众媒介、政治、宗教和哲学等
八个方面体现了艾略特研究的最新进展。安东尼·库达(Anthony

---

① Richard Shusterman, *T. S. Eliot and the Philosophy of Criticism* (New York: Duckworth Publishers, 1988) 2–3.

② Ibid., 3.

③ Ibid., 4–17.

Cuda)在《诗人与压力舱:艾略特的生活》一文中对艾略特的成长进行了梳理,他指出,艾略特阅读西蒙斯(Arthur Symons)的《法国象征主义》不仅使其文学情趣转向法国象征主义诗人拉福格和波德莱尔(Charles pierre Baudelaire),也使其转向哲学怀疑主义;仅次于西蒙斯的影响的是白璧德教授的课程和其思想,尤其是白璧德对个人情感过度的批评、对浪漫主义的否定和对古典主义的崇尚;库达还指出,艾略特在巴黎的一年学习使其接触了柏格森的哲学,之后他开始撰写博士论文,研习东方的文学和哲学思想,这些都对艾略特一生的创作产生了巨大影响①。

斯坦福·舒瓦茨(Sanford Schwartz)在《艾略特的鬼魂:传统与其转化》一文中指出,艾略特"理想秩序"的思想来自于布拉德雷的影响,而"传统作为实存的整体"概念则来自于埃德蒙·伯克(Edmund Burke)②;舒瓦茨还指出,1964年艾略特的博士论文公开出版后,学界开始更深刻地意识到哲学对艾略特诗歌创作和批评的影响。舒瓦茨认为艾略特更加注重辩证性而非教条主义,他更加关注概念性知识的有限性而不是"绝对"的意义。另外,舒瓦茨还认为艾略特在其早期的文学论述中也明显地反对观念论的局限性,其中他反对浪漫主义就是其反对过度强调主观主义的一种表现,但艾略特同时也批评因为强调文学作品的客观性而忽视文学构建实在的创造能力③。

朱维尔·斯比尔斯·布鲁克尔在《是与不是:艾略特与西方哲学》一文中指出,在19世纪末和20世纪初有两大思潮影响了艾略特,其一是对哲学和科学中二元对立思想的批评;其二是社会科学中出现的超越二元对立的许诺。从艾略特的成长环境来说,艾略特对这两种思潮有强烈的诉求,艾略特对形而上学诗人的论述和对情感分离的批评就是艾略特立场的表现④。布鲁克尔对艾略特在哈佛大学学习期间的内容和艾略特的几篇重要课程论文进行了梳理,她指出艾略特所关注的课程内容仍然同如何克服二元对立的思想有关,无论是关于"笛卡儿、洛克(John Locke)和莱布尼茨"(Gottfried Wilhelm Leibniz)的课程,还是关于"康德"的课程,抑或是关于鲁一士的"逻辑学"课程,均为艾略特在诗歌、戏剧、批评

---

① David E. Chinitz, ed., *A Companion to T. S. Eliot* (Wiley: Wiley-Blackwell, 2009) 4-5.

② Ibid., 18.

③ Ibid., 19.

④ Ibid., 54-55.

方面探寻出路奠定了基础①。更加重要的是,布鲁克尔对布拉德雷之前的二元对立思想作了梳理,她认为自笛卡儿以来开启的二元对立思想经历了以笛卡儿等人为代表的理性主义阶段,之后洛克和休谟的英国经验主义对其进行了修正,最终康德综合了理性主义和经验主义,提出了超验的概念,试图弥合两种主张的对立和各自的缺陷,而后黑格尔(Georg Wilhelm Friedrich Hegel)又对康德的思想进行了修正,最终在布拉德雷那里得到了升华,试图彻底解决二元对立的问题。他提出了直接经验、智性经验和超验经验的三段式模式,其智慧在于返回到主客体部分的直接经验。

布鲁克尔指出,艾略特在他的批评中不仅应用了布拉德雷的超越思想,也同时使用了他的语汇②。布鲁克尔从两个角度回答了艾略特为什么弃哲从文的问题,即因为对责任和义务的尊重,因为文学更能够解决他的困惑。布鲁克尔最后还从三个角度回答了艾略特的创作与哲学的关系。她认为,他对殊相"事实"和分析的强调来源于亚里士多德,对经验与系统整体性的强调来源于布拉德雷,而相对主义和宗教的倾向则来源于他对实在主义与观念论的不满③。莱奥纳多·狄丕文(Leonard Diepeveen)在《严肃对待文学:1927 年前的文论》一文中梳理了艾略特博士论文关于知识的论述与其批评和诗歌创作的关系,他指出,艾略特的主要批评概念"客观对应物"、"情感分离"和"非个性化艺术"都是其哲学思想的延续,是其认识论思想的一部分④。

由杰森·哈丁(Jason Harding)编辑并于 2011 年出版的《语境中的艾略特》一书,共分五个部分,全面收录了 37 篇评述艾略特创作语境的文章。这些文章梳理了与艾略特创作相关的文学、文化、社会、经济、哲学、神学和他自己生平及其作品的接受方面的语境。哈丁指出,他的目的是为了给从事艾略特研究的学者和读者提供更加权威、更加一致的语境⑤。

其中,马西莫·伯加鲁普(Massimo Bacigalupo)在《但丁》一文中梳理了但丁(Dante Alighieri)在不同时期对艾略特的影响。伯加鲁普指出,桑塔亚那的《诗与哲学:三位哲学诗人卢克莱修、但丁及歌德》(简称《三个哲

---

① David E. Chinitz, ed., *A Companion to T. S. Eliot* (Wiley: Wiley-Blackwell, 2009) 57–58.

② Ibid., 60–61.

③ Ibid., 62–63.

④ Ibid., 269–270.

⑤ Jason Harding, ed., *T. S. Eliot in Context* (Cambridge: Cambridge University Press, 2011) 1.

T. S. Eliot in Philosophical Context

学诗人》)在艾略特探寻诗歌与哲学的关系的过程中尤为重要,贯穿在艾略特所有对但丁的论述之中①。艾瑞克·W·希格在《新英格兰》一文中指出,虽然寻找艾默生对艾略特的影响是一件比较难的事情,但仍然可以发现艾略特的超验主义深受爱默生(Ralph Waldo Emerson)《自然》的影响②。

威廉·麦克斯(William Marx)在《巴黎》一文中对艾略特在巴黎的生活和学习进行了梳理,麦克斯认为,在巴黎学习、生活的一年是艾略特十分关键的一年。艾略特在巴黎有三大发现,第一个是法国当代文学,第二个是柏格森的哲学,第三个是法国行动党。麦克斯指出,艾略特在巴黎的索邦时,心理学、社会学和文学都在试图用科学的方法来解决本领域中的问题,艾略特批评中的"客观对应物"和"情感分离"等概念或多或少受到了当时学术氛围的影响。麦克斯还指出,在法兰西学院艾略特聆听了柏格森的哲学课程,从艾略特的笔记中可以看出柏格森对艾略特的影响一直存在,如柏格森对过去、现在和未来唯一的论述就体现在艾略特的《四个四重奏》之中。麦克斯还梳理了班达、拉塞尔(Pierre Lasserre)、穆拉斯等法国知识分子对艾略特的影响③。

汉娜·苏利文(Hannah Sullivan)在《古典》一文中对"古典"概念在艾略特创作不同时期的内涵进行了梳理,并对艾略特的哲学学习特别关注。苏利文指出,艾略特在哈佛大学期间选听了柏拉图和其他古希腊哲学家的课程,他曾在罗素的课上对赫拉克利特的哲学与法国诗人弗朗索瓦·维庸(Francois Villon)的诗歌进行过比较,艾略特到达牛津大学后又选听了亚里士多德的《论灵魂》、《伦理学》和《后分析》等哈罗德·约阿欣(Harold Joachim)的课程,为艾略特的诗歌创作和批评增添了哲学的厚重。无论是在艾略特的诗歌中,还是在他的批评中,都能找到这些痕迹,苏利文列举了大量的例子来支持其观点,如在《四个四重奏》中对《赫拉克利特残篇》的引用等④。皮特·怀特(Peter White)在《文学新闻》中对艾略特撰写的哲学评论做了梳理,艾略特为《国际伦理学期刊》、《一元论者》撰写形而上学、伦理学、人类学、社会学和宗教学书评,其中也包括对 F.H. 布拉德雷的评论,这

---

① Jason Harding, ed., *T. S. Eliot in Context* (Cambridge: Cambridge University Press, 2011) 182.
② Ibid., 22.
③ Ibid., 25-31.
④ Ibid., 172.

为日后艾略特的文学评论和批评奠定了一定基础①。

　　曼祝·简在《哲学》一文中对艾略特在哈佛大学的哲学学习做了详细的梳理,指出哲学学习对艾略特一生产生了深刻的影响,尤其是对白壁德的研究,尽管艾略特后来与其在一些问题上意见相左,但白壁德对于传统的重要意义、思想与情感的统一、过去与现在的调和、低层与高层直觉及秩序与控制等观点都对艾略特产生了终生的影响。简在谈到柏格森对艾略特的影响时指出,艾略特对柏格森关于时间、记忆、直觉和意识的思考的关注一直没有停止。艾略特同时也深受穆拉斯的影响,穆拉斯关于秩序、纪律、等级、理性、意志力和古典主义的主张在艾略特那里也产生了持续的影响,而且艾略特的创作体现了柏格森流变的力量(the forces of flux)与控制这种力量的张力②。简还谈到哈佛大学另外一个对艾略特产生巨大影响的哲学家鲁一士。简认为皮尔斯(C.S. Peirce)和鲁一士使艾略特意识到了阐释的重要意义。但是艾略特不同意鲁一士试图沟通宗教与科学的努力。简指出艾略特反对鲁一士建立一个阐释共同体的主张,艾略特认为宗教经验与科学经验没有共同之处。艾略特用布拉德雷的真理程度的观点来质疑皮尔斯和鲁一士的思想。简进一步指出,艾略特始终坚持阐释所涉及的无论是实在还是历史,抑或是文学,都具有主观性、临时性、历史性和有限性,这与后来诠释学的一些主张不谋而合③。简还指出,艾略特虽然因其相对主义、反智主义和人本主义倾向而反对詹姆斯的实用主义,但詹姆斯从心理学角度出发对宗教经验和神秘经验进行的思考也给了艾略特很大启发,而且艾略特也赞同詹姆斯对哲学的抽象性、系统性的怀疑,同时也赞同詹姆斯关于经验的多样性和有限性的观点④。关于罗素,简指出,哈佛大学哲学技术化的倾向日益严重,除了佩利外,访问教授罗素也是一个代表。艾略特选听了罗素在哈佛大学开设的两门课程,"高级逻辑学"和"知识理论"。艾略特批评罗素的符号逻辑与实在没有任何关系,其知识理论中关于世界的认识也是一种假设。艾

---

① Jason Harding, ed., *T. S. Eliot in Context* (Cambridge: Cambridge University Press, 2011) 103.
② Ibid., 318.
③ Ibid., 319–320.
④ Ibid., 321.

T. S. Eliot in Philosophical Context

略特认为认识论中的真实世界只不过是不同观点而已①。在涉及印度哲学时,简指出艾略特在哈佛大学期间选听了印度哲学、日本哲学(含日本与中国哲学比较)的课程,印度哲学中的意象不断在艾略特的诗歌中出现,不过艾略特也认识到真正接受印度哲学是一件需要放弃自己所受的西方教育的艰难的事情。简最后梳理了艾略特博士论文所涉及的主要问题,指出艾略特的哲学道路没有给他提供足够的解决他困惑的思想源泉,导致艾略特最终寻求宗教解决途径②。

(四)
对艾略特的哲学思想、文学实践及批评理论的关系的研究

对艾略特研究的另外一个维度是针对艾略特的创作、批评思想与哲学思想的关系进行的。路易斯·麦纳德(Louis Menand)在《发现现代主义:T.S.艾略特与他的语境》(1987,2007)中,从艺术本质入手,以19世纪和20世纪初的文学为背景,把艾略特的成就看做一种特殊的文化现象,认为艾略特的思想包括三个方面的内容:文学批评、社会和政治批评和诗歌创作。艾略特的文学批评是实践性的,为诗人指出一条如何创作的道路,他的社会和政治批评虽然针对时政,但其立场是哲学性和质询性的,而他的诗歌创作则是为批评服务的。这三个内涵互不重复,相互补充③。麦纳德还指出,在20世纪初,文学被认为可以在社会转型的过程中扮演一个超越一切的推动者角色,即为形而上学问题提供美学解决方案④。

艾瑞克·希格在《美国的T.S.艾略特——艾略特早期创造研究》(1989)中,对艾略特1927年以前创作的诗歌,以美国背景和艾略特的批评为进路进行了研究。希格认为艾略特的诗歌创作中隐含着美国情结。另外,如果把艾略特的批评论述放在同时期的诗歌创作中进行平行研究,

① Jason Harding, ed., *T. S. Eliot in Context* (Cambridge: Cambridge University Press, 2011) 322.

② Ibid., 324.

③ Louis Menand, *Discovering Modernism: T. S. Eliot and His Context*, 2nd ed. (New York: Oxford University Press, 2007) 167.

④ Ibid., 3-9, 162-163.

会在更深的层次上发掘出诗歌的意义。希格还指出,艾略特除了诗人身份,还有一个思想家的身份①。艾略特的早期诗歌《序曲》中隐含了他后来哲学学习所关注的问题②。肯尼斯·艾施尔(Keneth Asher)在《T.S.艾略特与意识形态》(1995)中探讨了艾略特意识形态形成所受的影响,尤其是法国保守主义思想家和政治家查尔斯·穆拉斯对其古典主义主张和其诗歌和批评思想的影响。艾施尔指出,艾略特的意识形态造就了他的文化、社会、诗歌和戏剧创作③。马丁·华纳(Martin Warner)在《T.S.艾略特〈四个四重奏〉的哲学研究》中对赫拉克利特、奥古斯丁(Aurelius Augustinus)、但丁、布拉德雷及印度《薄伽梵歌》对艾略特《四个四重奏》创作的影响进行了研究,他指出,要理解一个诗人的创作,必须对其信仰进行深入了解④。

　　艾略特是对现代主义文学发展产生重要影响的文学家和思想家。朱维尔·斯比尔斯·布鲁克尔在《掌握与脱离 T.S.艾略特与现代主义辩证法》(1994)中试图在历史、心理学和哲学这三个领域,以艾略特诗歌创作为范式,以"掌握与脱离"为线索,定义现代主义文学。布鲁克尔指出,从谱系上来看,以庞德、乔伊斯(James Joyce)和艾略特为代表的现代主义从哲学与科学上来看,包括马克思(Karl Heinrich Marx)、达尔文(Charles Robert Darwin)、尼采(Friedrich Wilhelm Nietzsche)、弗洛伊德(Sigmund Freud)和弗雷泽(James George Frazer)的影响,从文学上来看,荷马(Homer)、维吉尔(Vergil)、但丁、福楼拜(Gustave Flaubert)、亨利·詹姆斯(Henry James)、陀思妥耶夫斯基(Fyodor Dostoyevsky)和法国象征主义是其源头。"掌握与脱离"的辩证思想来自艾略特对黑格尔、马克思、尼采的深刻理解和同时代的乔伊斯、皮特等人的学习,他是现代主义文学家中最具哲学性的人。理查德·拜登豪森(Richard Badenhausen)在《T.S.艾略特与合作艺术》(2004)一书中以"合作"为主要线索对艾略特的诗歌、戏剧和批评中的相关内容进行了全面梳理,指出艾略特在他的诗歌中

① Eric W. Sigg, *The American T. S. Eliot: A Study of the Early Writings* (Cambridge: Cambridge University Press,1989) viii.

② Ibid., 37.

③ Keneth Asher, *T. S. Eliot and Ideology* (Cambridge: Cambridge University Press, 1998) 6-9.

④ Marin Warner, *A Philosophical Study of T. S. Eliot's Four Quartets* (New York: The Edwin Mellen Press, 1999) vii-ix.

使用了大量的题词、注释、戏剧独白的外在框架,在他的批评文章中也频频使用融合类的语汇,在他的戏剧创作中,他同样也在寻求与其他戏剧家合作,这些合作拓展了艾略特的视域①。

作为艾略特重要文学批评思想体现的《传统与个人才能》一文,得到了学者们的广泛关注和讨论。斯泰恩·斯密斯(Sterne Smith)在《恰当的边界:越界与个人才能》一文中对艾略特《传统与个人才能》的哲学根源进行了梳理。斯密斯认为,亚里士多德的《论灵魂》对艾略特文中的"催化剂"、意识的合成作用等概念具有重大影响。乔瓦尼·凯恩西(Giovanni Cianci)和杰森·哈丁在《艾略特与传统概念》(2007)一书中收录了北美和欧陆学者的 14 篇文章。

凯恩西和哈丁在引言中首先指出,艾略特的《传统与个人才能》一文是文学批评的重要里程碑,是 20 世纪英美文学批评领域最有影响的批评文章。文中提出,传统观对欧美文学和艺术的发展起到了重大的推动作用②,其重大影响主要表现在欧美文学对艾略特提出的传统观和其创作以及传统问题所引起的反思的研究上。从利维斯(Frank Raymond Leavis)的《英国诗歌的新动向》(1932)和《启示录:英国诗歌的传统与发展》(1936),到克林斯·布鲁克斯(Cleanth Brooks)的《现代诗歌与传统》(1939)、利维斯的《伟大的传统》(1948)、罗伯特·朗格鲍姆(Robert Langbaum)的《诗歌经验:现代文学传统中的戏剧独白》(1957)、M.H.艾布拉姆斯(Meyer Howard Abrams)的《自然的超自然主义:浪漫主义文学中的传统与革命》(1971)、理查德·埃尔曼(Richard Ellmann)和查尔斯·菲德尔森(Charles Feidelson)的《现代传统:现代主义文学背景》(1965)、艾琳娜·肖瓦特(Elaine Showalter)《她们自己的文学》(1978)、伯纳德·W·贝尔(Bernard W. Bell)的《非洲美国小说与传统》(1987)、格里高利·伍德(Gregory Wood)的《同性恋文学史:男人文学》(1998),都曾直接涉及艾略特的传统观问题。凯恩西和哈丁进一步指出,人类跨入 21 世纪,更需要对传统问题进行重新阐述。对艾略特《传统与个人才能》这样已经获得了同朗基努斯(Longinus)和西德尼(Sir

---

① Richard Badenhausen, *T. S. Eliot and the Art of Collaboration* (New York: Cambridge University Press, 2004) 1-26.

② Giovanni Cianci, Jason Harding, eds., *T. S. Eliot and the Concept of Tradition* (New York: Cambridge University Press, 2007) 1.

Philip Sidney）的《诗辩》同样的地位①的文章进行重新评价是尤为重要的。文章以当代文学理论对《传统与个人才能》的分析为研究进路,通过历史和艺术两个维度,围绕艾略特的传统观与同时代的文学理论,进行了比较研究。

　　值得一提的是阿雷达·阿斯曼（Aleida Assmann）在《驱赶年代之魔:艾略特重新创造传统》中对艾略特传统观的评价。阿斯曼分析了"传统"一词的词源学意义,包括在罗马法中的意义,此外还分析了欧洲18世纪的"经典化"运动;指出传统并没有从现代性中消失,艾略特对艺术的地位和艺术处在不断变化的现代世界中的作用十分关注,他经过改造的传统观的基本观点与尼采和海德格尔等思想家的观点类似。尼采和海德格尔对文学艺术在人类文明中的作用特别重视。尼采认为只有宗教与艺术才能摆脱历史的束缚,宗教与艺术是对历史的侵蚀,是针对现代性的解毒剂②。乔伊斯用自己的小说、T.E.休姆用自己的"古典主义"抵抗浪漫主义的主张,试图重估文学艺术的作用,重新定位传统有别于历史的作用。阿雷达·阿斯曼还指出艾略特的传统观主张与伽达默尔的"卓越文本"观点具有异曲同工之处③,都在辩证过程中进行再创造。

　　朱维尔·斯比尔斯·布鲁克尔在《写就自我:T.S.艾略特的辩证与非个性化》一文中指出,艾略特在《传统与个人才能》中所提出的观点是贯穿在艾略特整个创造中的纲领性宣言④。自艾略特博士论文于1964年公开出版以来,我们对艾略特诗歌与批评中的矛盾有了新的认识,她认为艾略特所强调的非个性化是一个辩证过程,并不是像布鲁克斯（Cleanth Brooks）和弗兰克（Frank Raymond Leavis）等人所说的那样相互矛盾⑤。布鲁克尔指出艾略特文学和社会批评的主要思想都与他的哲学背景有关,对艾略特影响最大的哲学家当属康德、F. H.布拉德雷和乔西亚·鲁一士,不过艾略特并没有完全接受任何一个人的哲学思想,而是从他们的

①　Giovanni Cianci, Jason Harding, eds., *T. S. Eliot and the Concept of Tradition* (New York: Cambridge University Press, 2007) xiii.

②　Ibid., 17.

③　Ibid., 19.

④　Ibid., 46.

⑤　Jewel Spears Brooker, ed. *T. S. Eliot: The Contemporay Reviews* (Cambridge University Press, 2004) 83–87.

思想中汲取了自己所需要的营养①,形成了四个原则。一是感知相似原则(principle of perception of likeness),这是诗人资格认定的首要原则。二是整体原则,即每一个事物、每一个人都是一个囊括其他部分的整体的一部分。三是整体是一个系统,系统中的各个部分紧密相连,任何一个部分发生变化,都会影响其他部分,这条原则是历史感的充分体现。四是辩证动态变化原则②。进而布鲁克尔提出了艾略特"辩证的想象"(dialectical imagination)观点,即"感受统一"(unified sensibility),一个超越感受和理性的情结,一个能够嗅到思想的心灵。布鲁克尔特别提到了布拉德雷的经验三元论,即直接经验、关系经验和超越经验,对艾略特思想的影响(immediate experience, relational experience and transcendent experience)。布鲁克尔指出布拉德雷的直接经验与情感相连,关系经验与理性相连,而超越经验则是一种囊括前两种经验的情结③。布鲁克尔还进一步指出,艾略特的"非个性化原则"也深受后黑格尔哲学观念论影响④。

国内近年的艾略特研究,已从"非个性原则"、反浪漫主义及"新批评"等微观和局部研究,转向整体性、综合性研究,此外还涉及了艾略特诗学在中国的传播与接受。

张剑在其专著《T.S.艾略特:诗歌和戏剧的解读》(2006)中,对艾略特进行了综合性的研究。他摆脱了艾略特"非个人化"主张的约束,以艾略特的生平、个人经历及其生活历史为基础,重新阐发了艾略特诗歌和戏剧的意义,为理解和阐释艾略特诗歌和戏剧意义提供了新的空间和可能性⑤。以艾略特的个人经历和历史为视角,张剑分别对艾略特的诗歌《J. 阿尔弗莱德·普鲁弗洛克的情歌》、《枯叟》、《荒原》、《空心人》、《圣灰星期三》、《烧毁的诺顿》、《东科克》、《干塞尔维吉斯》以及《小吉丁》进行了阐释,将艾略特的戏剧分为前期和后期进行了解读,最后重新探讨了艾略特的"非个性化原则"。作者对艾略特诗歌和戏剧的重新解读,侧重于阐释诗歌和戏剧中的独白、考察作品的时代背景以及艾略特当时的生活和思想状况,

① Giovanni Cianci, Jason Harding, ed., *T. S. Eliot and the Concept of Tradition* (New York: Cambridge University Press, 2007) 43.

② Ibid., 43-45.

③ Ibid., 45.

④ Ibid., 55.

⑤ 张剑,《T.S.艾略特:诗歌和戏剧的解读》(北京:外语教学与研究出版社, 2006) 25.

从作为诗人和戏剧家的艾略特本人出发,揭示诗歌所表现的也是艾略特所表达的宗教、伦理、道德、科学、政治以及艺术等思想主张。

陈庆勋在其博士论文基础上形成的专著《艾略特诗歌隐喻研究》(2008),以隐喻为视角,开辟了一条艾略特研究的新思路。他将艾略特、现代、传统、意象、典故、宗教、文化等贯穿起来,试图建构一种关于艾略特的诗学整体。文章主体部分重点界定了隐喻的概念和隐喻与诗学在思维、意义和审美方面的关系;探讨了艾略特诗歌中经验的隐喻表达方式,提出了"经验诗学"的主张;分析了艾略特诗歌的结构,指出其表面的杂乱无章和碎片化实则是由隐喻建构的内在有机整体。文章还讨论了艾略特诗歌中的宗教和文化问题,指出在艾略特的诗歌中,诗和宗教都是"某种体验的隐喻式表达"①,同时,文化之间的对立也得到消弭。通过对艾略特诗歌的研究,作者得出了新的隐喻意义。

在《现代批评之始:T.S.艾略特诗学研究》(2005)中,刘燕以艾略特的诗学为研究对象,层层剥离并分析了艾略特批评的个性化特征。她首先考察了艾略特诗学思想的背景,将其与20世纪的诗学特质——反传统主义、反浪漫主义等进行了比较。其次,她分别从"审美之维"和"文化之维"的角度分析了艾略特诗学的本体论和宗教批评、社会批评,阐发了艾略特的重要诗学概念,如传统与个人才能、古典主义、非个性化原则、客观对应物的内涵及其关系,揭示了艾略特关于宗教与人文主义、文学、文化、语言等方面的主张。最后,作者回到中国视角,探讨了以艾略特为代表的西方现代诗学与中国古典、现代和当代诗学的关联。②

董洪川在其博士论文基础上形成的专著《"荒原"之风:T.S.艾略特在中国》(2004)中,从作为英美现代派诗歌大师的艾略特、艾略特在中国的译介、艾略特研究在中国以及艾略特在中国的接受等几个方面,全面考察了艾略特在中国的传播和接受过程,作者对艾略特作品在中国的译介、影响和研究进行了历史性的梳理,重视对文献材料的归纳和概括,并思考了文化语境与文学接受之间的关系。③

陆建德在其论文《艾略特:改变表现方式的天才》(1999)中,通过对

---

① 陈庆勋,《艾略特诗歌隐喻研究》(上海:上海人民出版社,2008) 11。

② 刘燕,《现代批评之始:T.S.艾略特诗学研究》(桂林:广西师范大学出版社,2005)。

③ 董洪川,《"荒原"之风:T.S.艾略特在中国》(北京:北京大学出版社,2004)。

T. S. Eliot in Philosophical Context

《J. 阿尔弗雷德·普鲁弗洛克的情歌》、《小老头》、《空心人》、《荒原》、《四个四重奏》等具体诗歌的分析,结合艾略特"非个性化原则"、"客观对应物"、"感性的脱节"等创作主张以及艾略特的古典主义、社会批评和文化批评等思想,分析了艾略特诗歌的不拘一格、新奇、怪诞、"杂乱无序"、隐晦、碎片化的表达方式。同时,针对艾略特的具体诗歌进行了主题式的探讨。①

蒋洪新在其论文中深入研究了艾略特的诗歌《四个四重奏》中的印度思想和②基督教思想,③指出艾略特的诗歌是东西方智慧的"有机整体",突出表现了艾略特诗歌的国际价值。同时,蒋洪新还就《四个四重奏》的时间主题进行了探讨,表明艾略特对时间救赎意义的关注。④刘立辉也在论文(1997,2002)中探讨了艾略特的诗歌《四个四重奏》中的主题结构和时间拯救主题。何世健(1997)分析了《四个四重奏》中所蕴含的宗教思想和感情。张剑(1996)、蔡玉辉(2005)、傅浩(1996)、胡铁生(1996)、潘玉立(1996)、昂智慧(1992)等从美学、神话、现代主义等视角分析了艾略特的诗歌《荒原》。其他艾略特的主要诗歌作品也得到了不同程度的研究和关注。

邓艳艳在其专著《从批评到诗歌:艾略特与但丁的关系研究》(2009)中,⑤将但丁视为艾略特的"前者"诗人和精神导师,探讨了但丁对艾略特重要诗歌作品和批评观念的影响,突出了但丁在艾略特整个诗歌体系中的地位和作用。这部专著首先探究了但丁在艾略特形成诗歌语言观以及锤炼自身诗歌语言过程中所产生的影响,认为诸如俗语、视觉意象、语言的丰富寓意等艾略特的诗歌品质是他效法但丁的体现。接着,作者以1927年作为艾略特文学及批评生涯的转折点,将其文学批评分为三个阶段:1927年以前的纯粹的文学批评阶段、1927年以后的宗教批评阶段以及文化批评阶段。她认为,在纯粹文学批评阶段,艾略特关于非个性化原则、客观对应物以及感受性的统一和分裂等主张受玄学派诗歌的影响;在宗教批评阶段,但丁在艾略特从哲学理性转往宗教信仰的过程中起着深

① 陆建德,"艾略特:改变表现方式的天才",《外国文学评论》03(1999):47—56。
② 蒋洪新,"印度思想与《四个四重奏》探幽",《外国文学研究》02(1996):50—56。
③ 蒋洪新,"艾略特的《四个四重奏》与基督教思想",《外国文学研究》03(1997):89—94。
④ 蒋洪新,"论艾略特的《四个四重奏》的时间主题",《外国文学》03(1988):55—61。
⑤ 邓艳艳,《从批评到诗歌:艾略特与但丁的关系研究》(北京:中国社会科学出版社,2009)11。

层作用;在文化批评阶段,艾略特与但丁在关注欧洲文化和命运方面有着共同的思想渊源。

综上所述,国内外现有艾略特研究成果已在评价艾略特文学思想及批评主张的基础上,逐步走向对其哲学思想的关注。本书作者试图以艾略特创作的时代为背景,以哲学为进路,把艾略特哲学思想体系的建立作为出发点,将艾略特在哲学、文学、宗教等三种语境交错、交织、交融状态下的诗歌、戏剧等文学作品和文学、文化等批评理论置于其哲学统领性思想体系之中加以考察。通过论证艾略特的哲学思想与其文学与批评思想之间的关系,揭示出哲学语境对艾略特的创作思想和批评思想的决定性影响,从而揭示艾略特的哲学思想与诗学主张高度的统一,即艾略特创作和批评思想的发展和演变过程是其一生哲学思想的发展和演变过程的折射。这种纵观一生、挖掘本源、将艾略特所有创作置放在哲学框架下进行的研究,能够在在整体上更好地把握艾略特诗歌创作和批评理论的深层意蕴,能够在很大程度上深化和推进现有国内外的艾略特研究。

为了阐述哲学语境对艾略特的影响,本书考察了艾略特在哲学语境中学习、研究、批评和创作的整个过程。具体包括以下四个方面:

(1) 通过追溯其哲学学习过程,求证出艾略特哲学思想形成过程中的重要因素。这个部分在其求学期间的哲学课程、课堂讨论和课程论文的基础之上,探讨艾略特哲学思想的形成因素。重点阐述布拉德雷、康德、柏格森、白璧德、桑塔亚那、鲁一士、西蒙斯、拉福格、波德莱尔、但丁以及古希腊哲学的哲学主张对艾略特哲学思想形成的影响;

(2) 通过研究体现艾略特哲学思想之成的博士论文《F. H.布拉德雷哲学中的知识与经验》,求证出艾略特哲学思想的核心问题。这个部分将以布拉德雷哲学研究和艾略特对布拉德雷哲学思想的解读为重点,阐释布拉德雷的哲学思想对艾略特思想形成的关键作用;

(3) 通过研究艾略特不同时期的全部诗作,揭示艾略特诗歌与其哲学思想的关系。这一部分包括对《J.阿尔弗雷德·普罗弗洛克的情歌》、《荒原》和《四个四重奏》等艾略特的主要诗歌进行的阐释;

(4) 通过研究艾略特不同时期的文学和文化批评理论,揭示艾略特的批评思想与其哲学思想的关系。这部分将着重分析"传统观"、"情感分离"、"非个性原则"、"客观对应物"、"语言观"等艾略特的主要文学理论观点的哲学意义。围绕这四个方面,本书分六章进行论述。第一章,艾略特的哲学思想来源之一:欧文·白壁德、乔治·桑塔亚那、乔西亚·鲁一士;第二章,艾略特的哲学思想来源之二:康德、柏格森;第三章,艾略特的哲学思想来源之三:F.H.布拉德雷;第四章,艾略特的博士论文:《F.H.布拉德雷哲学中的知识与经验》;第五章,艾略特诗歌创作中的知识与经验;第六章,艾略特文学批评理论中的知识与经验。结语部分为艾略特的"认识图式"。

第一章

艾略特的哲学思想来源之一：欧文·白璧德、乔治·桑塔亚那、乔西亚·鲁一士

　　本章有两个要旨：第一，阐述艾略特哲学思想形成的宏观背景，即 20 世纪初的认识论危机，指出艾略特一生哲学追问产生的背景；第二，阐释艾略特哲学思想的三个主要来源：欧文·白璧德、乔治·桑塔亚那以及乔西亚·鲁一士的哲学思想，在此基础上阐释这些思想与艾略特哲学思想的形成的关系。

　　宏观来看，19 世纪末 20 世纪初西方社会的状况是艾略特哲学思想形成的大背景。20 世纪是有史以来的第二个千年，人类生存的社会环境、历史环境、思想环境、文化环境、经济环境、自然环境在此刻面临着进一步的变化。尤其是自文艺复兴以来的变化，它使封建制塌陷，旧的社会秩序瓦解，社会发展转型，自由的人文主义思想在城市化进程中被资产阶级推崇备至。人类对自己周围的世界和人本身的认识呈现出多样态、多元化状态，共同的、稳固的、统一的理解图式已在瓦解。在这个思想和社会发生深刻变化的过程中，人类又经历了两次世界大战，茫然、失落、不知所措的情绪在整个西方社会弥漫。

　　在原有共同的、稳固的、统一的认识世界的图式瓦解之际，在哈佛大学，一些时代的思想巨擘在思考着西方社会的发展和命运，当时艾略特正在哈佛大学哲学系求学。哈佛大学的诸多学者，帕尔默（George Herbert Palmer）、摩尔

（George Edward Moore）、白璧德、桑塔亚那、鲁一士等等，通过教学与研究，影响了包括艾略特在内的一代人，是 20 世纪思潮的中流砥柱。其中，白璧德、桑塔亚那和鲁一士这三位学者，他们的思想都跨越了哲学、文学和批评语境，在很大程度上影响了艾略特。

这样的背景促使艾略特开始思考跨越哲学、文学和批评语境的问题，这些问题也是他一生从未放弃的追问：什么是真理？真理的性质是什么？如何阐释真理？真理是否可以有不同的解释？阐释与描述的区别在哪里？这些形而上学的问题在艾略特的博士论文中转换为认识论的问题：知识与经验的关系是什么？知识如何获取？如何用语言来表述？在为这些哲学问题寻找答案的过程中，艾略特发现文学可以作为哲学思考和反思的对象，而文学和哲学的结合能够更好地回答这些问题。艾略特的哲学问题又转化为文学问题：文学的本质是什么？文学的功能是什么？文学是否可以提供一种伦理范式？艾略特提出这些问题是为了解决他在形而上学和认识论上的问题的困扰。

这些问题既是艾略特哲学的出发点，也是他哲学的终点。艾略特在自己早期的求学过程中就开始被上述问题所困扰，在一生的求索之中，他始终坚定不移地寻求这些问题的答案。同其他从事哲学研究、进行文学创作的人一样，艾略特对前两个问题的追问一直延续着自古希腊以来的欧洲哲学传统。然而艾略特对后面几个问题的追问则体现出他对时代的不满，他试图寻求不同于传统哲学的轨迹，以挽救西方社会在 20 世纪初面临的认识论危机。

（一）
20 世纪初的认识论危机

20 世纪初的世界是政治、经济、思想、文学、艺术、宗教、个人体验等人类社会的方方面面都在发生复杂变化的舞台。在这个舞台上，哲学家、神学家、文学家、历史学家、科学家、政治家和军事家以及王公贵族们都为自己编撰了最精彩的剧本。在全人类的配合下，各类剧目粉墨登场。在西方世界，尤其是在欧洲，这些剧目并不完全是喜剧，其结局也并非皆大欢喜。有些剧目从美好的开幕演变成了闹剧，更有一些以喜剧开幕，剧终则成了悲剧。在这个舞台上，每一部剧都试图用自己的视角观察人类的经验,都试图为人类提供自己的认识图式。从本质上来说,这场戏剧竞赛就是认识图式的竞赛。在众多的认识图式中理性主义和科学主义似乎占了上风。正如艾略特的老师——哈佛大学教授白壁德所说:科学和物质的进步本意是给人类预示一个伟大而神圣的事件,人类的道德进步会伴随着科学和物质的进步与日俱增,然而其结果却是把人类带入世界末日般的战争。"人之法则"和"物之法则"颠倒,人文传统荡然无存。[①]人与物之法则颠倒的历史原因之一,可以简单地追溯到法国大革命。正像史学家E.J.霍布斯巴姆(Eric J. Hobsbawm)指出的那样:从大的背景上来说,19世纪的欧洲在经济上主要受英国工业革命的影响,而在政治和意识形态上则仍然受制于法国大革命的影响。19世纪的政治是一场斗争,不是支持就是反对法国大革命的原则。[②]这场斗争所产生的深广的影响,不仅当初发动这场革命的人无法预料,就连几百年后的人们也不胜感慨。19世纪末20世纪初,人们开始反思法国大革命给西方文明带来的影响。其中不乏像艾略特的导师白壁德、桑塔亚那、鲁一士和布拉德雷这样的人,也不乏伯克、康德、黑格尔、卡利里(Carlyle)、柏格森、阿诺德、马利坦和休姆这样的人,他们对法国大革命的基本原则抱有敌意。艾略特1941年反对法国大革命的态度和言论应该是他意识形态中的一个部分,而这个部分也应该是他的文学态度的一部分,也是他诗歌和美学创作态度的一个组成部分。[③]艾略特认为秩序是维系一个传统、一个文化和一个文明的核心。

面对动荡不安、秩序混乱、失去传统、失去个性、失去生命活力的社会状态,艾略特深感不安,担心混乱不清的认识和失去传统的平庸会把西方世界吞噬和淹没。对于艾略特而言,产生混乱的秩序和平庸,与人类有关知识的形成、形式及内容的认识有关。科学进步的负效应就是典型的例证,人们开始将"客观有效性"这一标志着科学进步的尺度和标准视为衡量一切的尺度。人的有限性和认识的有限性被抹杀,一切事物均在可控的范围之内,通过将事物分解到最小部分,再对之分门别类,将其置放到各种公式之中,去掉公式无法涵盖的内容,事物的这一部分便被识别和认

---

① 白壁德,《民主与领袖》,张源,张沛译(北京:北京大学出版社,2011)2。

② M. A. R. Habib, *The Early T. S. Eliot and Western Philosophy* (Cambridge: Cambridge University Press, 1999) 2.

③ Ibid.

识了。艾略特承认这种办法在科学上取得了重大成功,对人类的进步、文明的拓展起到了无可替代的作用,但如果将这种方法移植到精神科学领域,则没有太大的用武之地。如果"企图将人性也置于科学的控制之下,将人的个体也作为批量生产的产品,人性将面临严峻的挑战"。① 换句话说,用"物质法则"来取代"人之法则",注定要导致认识和理解图式的混乱以及秩序的混乱,人类必定要陷入认识论的危机和精神危机。

艾略特日后的诗歌、戏剧、文学批评和文化批评深刻地反映了这场危机,也反映出为了恢复稳定的秩序,他在尽力构建一个共同的、统一的认识图式。他试图拯救的世界不仅是一个精神世界,而且还是一个物质世界。随着资本主义势力的扩张,资产阶级思想的核心——物质性、实用性、机械性、功利性、商业性——开始得到更多人的接受和欢迎。市民文化逐渐取代了精英文化,占据主导地位。市民文化的一个不良后果就是平庸化。"中产阶级和中产偏下阶级在固定的工时、固定的工资、固定的退休金和固定的理念中找到了安全感。换句话说,很快,就会形成一个阶级,第二场大洪水即将到来。"② 这是艾略特在评论哈罗德·门罗(Harold Monro)编辑的《乔治时代的诗歌集》时所表达的一种对社会现状的忧虑。白璧德、桑塔亚那和鲁一士的思想和主张契合了艾略特一生为之奋斗的宏大目标。三位哲学家的思想为艾略特文学创作实践和文学批评理论的形成提供营养。艾略特的"传统观"和"语言观"以及哲学与文学的关系是思想与情感合一的主张,都与这三位哲学家的思想有关。更重要的是这三位哲学家的思想为艾略特认识图式的筑建提供了核心要件。

(二)
欧文·白璧德:"一"与"多"的平衡与传统观

欧文·白璧德(1865—1933),美国文学批评家,著有《文学与美国大学》、《新拉奥孔》、《卢梭与浪漫主义》、《民主与领袖》、《法国现代批评大

---

① M. A. R. Habib, *The Early T. S. Eliot and Western Philosophy* (Cambridge: Cambridge University Press, 1999) 2.

② Ibid.

师》等。白璧德被认为是美国人文主义运动的领袖，通晓包括梵语在内的多种语言，还曾在巴黎著名梵语学者塞尔温·列维门下学习印度哲学，且对宗教颇有研究，他最为专注的研究是古典学。他反对浪漫主义，崇尚古典主义；反对科学主义和实证主义，倡导新人文主义。他主张回归古希腊传统，在传统中寻求道德价值。1908年，白璧德以课程讲义为基础，撰写出版了《文学与美国的大学——捍卫人文主义的论文》，这是他的第一部学术专著。他在这本书中批评了美国大学的教育体系。白璧德认为美国高等教育的水准下降，伦理道德标准和文化标准日益遭到侵蚀，而拯救这种衰退的良方就是加强古典主义教育。由于白璧德特别关注文学与哲学的关系问题，强调文学作品与道德价值实现的关系，因此在这部书中，他严厉地批评了文学研究只关注考证，只注意精确性和科学性，而忽视广博性和人类永恒价值的现象。白璧德认为，文学如同哲学一样，具有普遍性和知识性，文学是通过"多"把握"一"，能做到"多"和"一"之间的平衡。

白璧德强调古典作品的力量。他认为优秀的古典文学作品是人类几千年来的文明结晶，古人以丰富的想象力创造出了无数个崇高的艺术形象。这些极具艺术感染力的形象诉诸人类的理性，使其向往崇高，把人类引向一个宏大的统一体，把个人的感受融入于古人的众多感受，从个别的经验走向普遍的经验，从"多"走向"一"，达到了"一"和"多"统一的完美境界，从而实现了真正的自我。这些文学作品在一定程度上起到了类似宗教的作用。《文学与美国的大学》的译者张沛在前言中对白璧德崇尚古典精神的呼吁评论道："……古典结合现代就不会枯燥板滞；现代依托古典则能避免浅薄浇漓之弊。复兴健全文学的希望在于把古今对抗所割裂的人文传统结合起来；无论是好古者还是崇今者，他们都面临着共同的敌人——纯粹的实用主义者与极端科学主义者，因此他们必须停止争执，精诚合作；只有这样，工具化、技术化的学术研究才有可能得到拯救"①。不过对古典文学作品不能一味地照搬，"……古典主义文学作品要注入新的生命，……（要）更广泛地应用比较和历史的方法，把它们作为古代与现代世界一脉相承的发展链条上的环节，以更加广阔、有机的方式将它

---

① 白璧德，《文学与美国的大学》，张沛等译（北京：北京大学出版社，2004）5。

们与现代生活联系起来"①白壁德将建构文学与现代生活的联系作为追求,将文学作为人类伦理道德生活的导引。

白壁德的古典主义思想是一个历时概念,与新古典主义倡导的古典不同。在白壁德看来,新古典主义存在弊端,即教条主义局限性。另一方面,新古典主义试图将古典精神与基督教教义融合在一起,而二者究其本质和精神实质来说,分歧很多,这导致两种思想的矛盾无法调和。所以一些文学批评家认为,基督教试图垄断真理,古典主义试图垄断虚构。新古典主义过分教条,综合性、完美对称性、平衡性以及尊严性等原本属于人类本性的一部分,却被当做某个阶级的特权。古典主义准则与礼仪联系在了一起,诗歌语言变成了贵族语言,其结果导致舞台和文学标准变成了客厅的标准。新古典主义的这种表现——准则的松懈,使形式变成了形式主义,白壁德认为这是伪古典主义的一种表现②。此外,白壁德认为,要想了解古典主义思想的全貌,而不是17世纪新古典主义那种片面的古典主义,就要回到历史中去考察古典主义的真正内涵,用亚里士多德式的"实验精神"去了解古典主义的形成过程:

> 如果我们想区分开古典主义的本质和现象,我们就必须了解17世纪的法国人,了解奠定了新古典主义理论基础的16世纪的意大利人,了解成为大多数新古典主义者的直接典范的罗马人,最后一直追溯到古典主义的源泉——希腊。③

回到古典主义的源头,古希腊的思想,尤其是亚里士多德的主张,使白壁德清楚地看到了古典主义的精髓。亚里士多德不仅用"实证的、实验的方法"对自然的秩序做了详细的论述,更重要的是,亚里士多德认为,人也是这个秩序的一部分。白壁德认为,全面阐述人的本质当然也是古典主义精神的实质所在:

> ……像所有伟大的古希腊人一样,亚里士多德认识到人是两种法则的产物:他有一个正常的或自然的自我,即冲动和欲望的自我;还有一个人性的自我,这一自我实际上被看做是一个控制冲动和欲望的力量。如果人要成为一个人性的人,他就绝不能凭任自己的冲动和欲望泛滥,必须以标准法则反对自己正常自我的一切过度的行为,不管是思想上的,还是行为上的,或是感情上的。这种对限制

---

① 白壁德,《文学与美国的大学》,张沛等译(北京:北京大学出版社,2004)5。
② Irving Babbitt, *Rousseau and Romanticism* (New Brunswick: Transaction Publishers, 1991) 22-23.
③ 白壁德,《卢梭与浪漫主义》,孙宜学译(石家庄:河北教育出版社,2003)10。

和适度的坚持不仅可以确定为希腊精神的本质，而且也是一般意义上的古典主义精神的本质。①

白璧德指出，不同的古典主义者对亚里士多德所谓"限制性的自我"有不同的描述，例如，有的人将它称之为"人之法则"、"高尚之自我"、"理性之自我"，但它们的所指是一样的，都是指一个可以限制"正常的或自然的自我"的准则。这个准则一旦建立，就会被作为典范，让人们去模仿。如果顺应这个典范会被认为是本质性的，否则就会被当做是非本质性的，甚至会被当成"怪异的"。

从本质上来说，人很难在纷繁复杂的事物中辨别是非曲直，因此要想完美地塑造自己的生活，道德规范必然是可以解除人们困惑不可或缺的需求。依照古典主义者和自古希腊以来的传统，这样的道德规范可以在文学作品中或是"想象"中获得，正如亚里士多德所说的那样：

> ……诗人的职责不在于描述已经发生的事，而在于描述可能发生的事，即根据可然性或必然性的原则可能发生的事。历史学家和诗人的区别不在于是否用格律写作，而在于前者记述已经发生的事，后者描述可能发生的事。所以，诗是一种比历史更富有哲学性、更严肃的艺术，因为诗倾向于表现带普遍性的事，而历史则倾向于记载具体事件。所谓"带普遍性的事"，指根据可然性或必然性的原则某一类人可能会说的话或会做的事——诗要表现的就是这种普遍性，虽然其中的人物都有名字。②

白璧德认为，亚里士多德的方法，即希腊思想的精髓，就是通过模仿这种具有创造性的行为，使诗歌（文学艺术作品）可以帮助人们在复杂的事物中寻找普遍性，在可然性中见到必然性，从而实现人们对真实的认识。不难看出早在两千多年前，古希腊的先哲就已经充分认识到了文学艺术作品不仅可以帮助人们认识世界，而且也可以提供一个典范供人们去模仿，从而实现和谐美好的社会。因此在亚里士多德那里，想象和判断并不是对立的，"他只是确立了一个超感觉的秩序，而这种秩序只能够在虚构（作品）的帮助下看到"③。白璧德的所谓古典主义就是这样的一种自古希腊以来的人类文明中可以为人们提供行为典范的作品所体现出来的

---

① 白璧德，《卢梭与浪漫主义》，孙宜学译（石家庄：河北教育出版社，2003）10—11，本书作者略有修改。

② 亚里士多德，《诗学》，陈中梅译注（北京：商务印书馆，1996）81。

③ Irving Babbitt, *Rousseau and Romanticism* (New Brunswick：Transaction Publishers, 1991) 19.

精神。

追求固定的价值观念是白璧德古典主义主张的实质。他极力反对"自然法则",因为:

> 在自然法则领域流行的是无止无息的变化和相对性,因此,自然主义的实证主义者攻击所有的传统法则和教条,原因只是它们渴望固定不变。现在,文明的所有道德价值一直都与这些固定的信仰有关,那么这样的事情就会发生,随着自然主义对这些道德价值的削弱,道德价值本身也面临着被卷进永恒变化的危险。①

可以看出,白璧德试图追求的是永恒的人类道德价值,经过历史过滤和检验的文明经典。他极力反对那些有自然主义倾向的个人主义者,认为这些人坚持"个性的、私人性的自我就是衡量一切的标准,而这种标准本身,他补充说,则是不断变化的"。这样自然就放弃了包含一致性因素的标准,"而(我们)只有借助这个因素,才有可能衡量纯粹的变化和多样性"②。对于白璧德来说,面对这样一个世界,掌握解决柏拉图式的"一"与"多"问题的钥匙就十分必要。不过,他并不完全主张建立起一个形而上学式的"一"与"多"的和谐,因为他认为"生活不会在这里给一个'一'的因素,在那里给一个'变化'的因素。它只给一个始终在'变化'着的'一'。一致和变化是不可分割的"③。"一"与"多"的关系一直是哲学家争论不休的问题,如果能够得到很好的解决,就有了人自身的和谐,随之而来的自然是人与社会的和谐。

白璧德在他的《法国现代批评大师》中指出,19世纪没有很好地解决这个问题,社会出现了诸多不利于文明发展的因素,在一定程度上阻碍了人性的发展和人类文明的进步。白璧德在《卢梭与浪漫主义》一书中提出了解决这个问题的方案,即"通过深入研究'想象'(imagination)以及它在文学和生活中的极其重要的地位才能挽回"④。换句话说,通过古典文学提供的道德范式,建立可以"供人们效仿的典型"(a sound model for imitation)。

白璧德认为,从事文学的人应该是哲人,因为文学批评和哲学面对同

---

① 白璧德,《卢梭与浪漫主义》,孙宜学译(石家庄:河北教育出版社,2003)原序,3,本书作者略有修改。
② 同上。
③ 同上,原序4。
④ 同上,原序5。

样的问题,即协调"一"和"多"①。白璧德在他的《文学与美国的大学》中向他的学生和所有美国学生呼吁:加强古典主义教育。② 白璧德之所以强调古典主义教育,是因为他看到:"……肤浅的现代主义思想使许多人完全疏离了古典,这往往打消人们克服最初困难所必需的信心与热情。"③他指出:

> 上乘的古典文学并不使我们产生某种情感,更不会让我们产生某种冲动,相反它总是诉诸我们更高的理性与想象,这些功能为我们提供了逃离小我的康庄大道,并且使我们得以投身于普遍的生活之中。这样,它带领其研读者离开并超越了自身,因而具有实实在在的教育作用。形式最为纯粹的古典精神感到自己是为更高的、非个人的理性而服务的,于是便产生了克制含蓄、讲求分寸与处处谨严的感觉。通过使我们的行为日益合乎那更高的、非个人的理性,它将把我们——尽管采取了不同途径——引向类似于宗教的目的,与"深藏我们自身之中的惟一真实自我、与之同体即与世界同体的那个"一"日益亲密无间地结合在一起。在这一正确理性的指导与制约下,古代经典作品全面协调地发展了人类的一切官能,这样我们便超越了不断重新堕落的可能,不至于陷入"专横孤独的思考力所铸成的灵肉桎梏、感觉的泥沼或幻想的迷宫。"④

他认为,古典作品中蕴含着无穷的思想力量,会积极推动人们身上的最佳官能、知解力和想象力的实现和提高。古典作品还会适度调节人们的情感,在情感中产生一种平衡的作用,使其不会走向极端。将个人的一切融入到具有普遍性的生活之中。适度克制或适度地规约个人情感,是个体融入普遍性的世界共同体的基础和决定因素。古典主义的这种塑造人们心灵的作用对于白璧德来说就是人们可以克服现代世界的无序状态和精神消沉的一剂良方。它可以拨开迷雾,使天空纯净,使阳光普照大地。

　　艾略特吸收了白璧德的古典主义思想,在自己的创作和批评活动中,不断探索统一"一"与"多"的途径。《文学与美国的大学》的译者张沛在前言中指出,白璧德追求的人文主义实质就是:"人之完美杰出的真正标记,是他协调自身对立之德性的能力,以及他占有这些德性之间所有空间的能力(toat l'entredeax)。人通过这种融合自身相反品质的能力来显示

---

① M. A. R. Habib, *The Early T. S. Eliot and the Western Philosophy* (Cambridge: Cambridge University Press, 1999) 20.

② 白璧德,《文学与美国的大学》,张沛等译 (北京:北京大学出版社, 2004) 106—109。

③ 同上,107。

④ 同上,112。

其人性及其高于所有其他动物的高贵品质"①。艾略特在诗歌和戏剧创作中融入了白璧德的思想,同时在不同程度上用文学批评和文化批评表现这种精神。不难看出,艾略特的主张带有清晰的白璧德的印记。

艾略特认为,白璧德的思想永远与"一"联系在一起,这成为他衡量和检验自己的标准。白璧德的学生斯图亚特·普拉特·施尔曼这样评论自己的老师,"你会认为他是一个柯勒律治,一个卡利里,一个释迦牟尼,(讲课的内容)从他那充满智慧的头脑中倾泻而出"②。白璧德为什么如此执著地追求"一"与"多"的统一呢?他对西方自文艺复兴以来的历史状况做出了这样的观察:"就其本质而言,文艺复兴是反对那个神性有余而人性不足的时代的,它反对中世纪神学对人类某些方面的压抑与阻碍,并反对那种超自然的幻觉——它将某种致命的约束强加给了更纯粹的人性的、自然的人类功能"③。白璧德在充分肯定了文艺复兴时期的人文主义者的功绩之后,接着评论道:

> 意大利早期的人文主义者真正具有人文性的很少。对于他们中的很多人来说,人文主义远不是某种信条与纪律,而是对一切纪律的反抗,是从中世纪的极端走向另一个极端的一种疯狂反弹。在文艺复兴的第一个时期,占据主流的是一种解放运动——对感官的解放,对才智的解放,在北方国家里还涉及对良知的解放。这是第一个伟大的扩张时期,是对个人主义的第一次促进……那个时代的人拥有爱默生所说的对知识的饿狗般的胃口。他们那种打破中世纪传统镣铐和束缚的热情,和他们那种欢庆自然与人性和谐恢复时所表现出的勃勃生气,一时遮蔽了对礼仪和选择的要求……无政府主义的自我张扬和放纵与日俱增,这对于社会的存在似乎已经构成了一种威胁;因此社会便对个体开始反动,在博放时期之后,精约时期便随之而来。④

白璧德认为如果使用"帕斯卡尔方法"进行思维,从两极观念对立入手,去考察人的本性以及世界、人生、社会、历史、哲学知识、宗教信仰等诸多方面的理论和实际问题,从矛盾形式入手去揭示真理,就能很好地把握世

---

① 白璧德,《文学与美国的大学》,张沛等译(北京:北京大学出版社,2004)16。

② Claes G. Ryn, introduction, Irving Babbitt, *Rousseau and Romanticism* (New Brunswick: Transaction Publishers, 1991) xvi-xvii.

③ 白璧德,《文学与美国的大学》,张沛等译(北京:北京大学出版社,2004)11。

④ 同上,11—12。

界①。因此真正的人文主义者应该是一个"行走在极度的同情与极度的纪律和选择之间，并适度调节两个极端的人"，一个能够在这两个极端之间保持一定平衡的人②，像帕斯卡尔（Blaise Pascal）心目中的杰出的人一样。在帕斯卡尔的概念中："人之完美杰出的真正标记，是他协调自身对立之德行的能力，以及他占有这些德行之间所有空间的能力。人通过融合自身相反品质的能力来显示其人性及其高于所有其他动物的优秀品质"③。白璧德坚信："适度的法则乃是人生最高的法则，因为它限制并囊括了其他法则"，而"极端的即是野蛮的"。不过白璧德承认协调这类绝对与相对或是"一"与"多"的关系异常艰难，不然柏拉图不会说："如果有人能使'一'与'多'相结合，我将追随他的脚步，如同追随神的脚步"④。白璧德的这个主张后来被艾略特作为自己文学实践和文学理论构建的一个原则。

　　白璧德在他的《卢梭与浪漫主义》（1919）和《民主与领袖》（1924）两部著作中批评了以卢梭（Jean-Jaques Rousseau）为代表的浪漫主义。他以古典主义为参照，认为古典主义的精神是一种具有普遍性的人文精神，而浪漫主义过分强调个人主义和道德的相对主义，忽视自己的职责，从而导致无政府状态。浪漫主义完全是一种对"多"的痴迷和对"一"的蔑视。其实白璧德在这里坚持的是伯克在他的《法国革命论》中倡导的英国封建贵族的伦理道德。他高度评价伯克的思想，认为伯克是这种伦理道德的一个典范，适度地使用基督—柏拉图式的原则和人文主义原则，将个人主义因素与传统秩序相结合。他反对秩序的静止不动，提倡对旧有制度进行修剪，使经过检验的部分在现存秩序中继续创新，讲求新与旧之间的平衡。通过改良，保留旧有制度的合理部分，新的东西中包含旧有成分，通过保留旧有合理部分，与过去相连。保留旧有制度并改良传统是值得倡导的理想。这样伯克就能在多变的生活中保持永恒的协调能力。这是

---

① 帕斯卡尔，《思想录：论宗教和其他主题的思想》，何兆武译（上海：上海人民出版社，2007）3。

② Irving Babbitt, *Literature and the American College* (Washington：National Humanities Institute, 1986) 82.

③ 白璧德，《文学与美国的大学》，张沛等译（北京：北京大学出版社，2004）16—17。

④ 同上，18。

一种柏拉图式的艺术,在"多"中见"一"的高超技艺和崇高品质①。因此不难看出白璧德的思想带有鲜明的伯克思想的影子,带有浓厚的保守主义色彩:现在的状态在永恒的设计中只是暂时的、瞬间的,创新只能来自对过去的整理和加工。艾略特关于传统的观念也如出一辙,只不过将政治的理念移入美学。艾略特曾发表文章赞扬他的老师白璧德的《民主与领袖》一书,称这部著作是围绕着伯克和卢梭的一场战斗,是现代古典主义倾向的典范②。从艾略特对白璧德的赞扬声中,不难看出他后来在自己的创作实践和理论建构中所主张的传统、非个性化原则和古典主义倾向。

白璧德在多部著作中讨论了卢梭和浪漫主义的问题,他认为卢梭是浪漫主义运动的始作俑者。在白璧德的眼中,卢梭是取代西方传统的古典主义、基督教道德和艺术审美的"伦理—美学"动力的化身。依照白璧德的观点,浪漫主义运动在西方文明中的划时代作用造成了西方现代社会的无序状态。白璧德的另一个主要批评对象是培根。他认为培根是科学自然主义(scientific naturalism)的代表,他与卢梭代表的思想紧密相连,共同营造了西方现代人的伤感的人道主义哲学。《卢梭与浪漫主义》一书表达了白璧德整个思想的核心,即他的伦理美学思想。白璧德虽然批评了以卢梭为代表的伤感人道主义思想(sentimental humanitarianism)以及其在现代人思想道德方面的影响,认为这种思想是对基督教道德的一种败坏,"但他自己却不愿拥抱传统的宗教教义",尽管他主张的"伦理自律"与历史上的基督教,包括美国的新教思想类似,但他却不明确表明他对上帝的态度。他极力反对"为艺术而艺术"的观点,然而却不主张返回到模仿美学的道路上去。他十分反对艺术中的说教,还极力反对将科学的概念和方法应用到人文学科和哲学之中。白璧德还于1910年出版了《新拉奥孔》,这部著作论述了现代艺术概念的不足,后来他又撰写了《现代法国批评大师》(1912)和《论创造性》(1932)。这些著作把文学批评和美学与人类存在的基本问题联系在一起。这些著作主要以文学作品为例证,以伦理特性的状态和想象状态之间的关系为核心,演化出白璧德

---

① 白璧德,《民主与领袖》,张源,张沛译(北京:北京大学出版社,2011)129—130。
② M. A. R. Habib, *The Early T. S. Eliot and the Western Philosophy* (Cambridge: Cambridge University Press, 1999) 17.

的生活哲学和文学哲学。

白璧德反对把宗教、伦理、艺术和社会研究建立在纯粹思辨的方法上，白璧德承认自己在解决"一"和"多"的问题方面希望向东方的智慧学习。具体地说就是向印度的佛教和中国的儒家思想学习，因为这两种人类的智慧可以反证西方传统思想的正确性：

> 东方和西方都不仅拥有伟大的宗教和人文主义的法则——这些法则若根据它们的结果来检验的话，则是相互证明的，而且它们还见证了人类经验中的"一"的因素和永恒因素——而且它们有时是按照实证的精神来设计的。实际上，虽然孔子是一个道德现实主义者，却不能被认为是实证主义者；他将人与过去紧紧联系在一起。①

在这一点上，艾略特和在一定程度上赞同他观点的反对者们对白璧德有些反感，认为他在赞扬佛教②。白璧德翻译的佛教经文《法句经》在他去世后出版，附有白璧德关于释迦牟尼和东方学的论述。

白璧德认为东西方具有一致的人类共同智慧。他认为：

> 他（亚里士多德）对中庸的美德的强调使我们想起了孔子；他的实证方法和强烈的分析气质使我们想到了佛。当亚里士多德上升到宗教层面并且讨论"幻觉生活"时，他是很具佛教特点的。当佛本身从宗教生活转变到俗人生活时，他纯粹是一个亚里士多德主义者。亚里士多德也用实证主义方法来处理自然法则的问题。③

因此白璧德接着说：他解决"一"与"多"问题的途径，与其说是柏拉图式的，毋宁说是佛教式的。

艾略特、泰特（Allan Tate）等美国学者批评白璧德，认为他的人文主义背离了基督教传统，尤其是在伦理问题上，他忽视了宗教教义和信条。不过格雷斯·瑞安（Claes G. Ryn）认为，这些人误解了白璧德。首先，他在《卢梭与浪漫主义》再版前言中指出，白璧德试图挽救西方文明传统中的伦理和宗教核心，目的是使西方文化复活。要想成功，白璧德认为，就必须直面现代思想中的深层次挑战，但传统的宗教教义和信条无法承担

---

① 白璧德，《卢梭与浪漫主义》，孙宜学译（石家庄：河北教育出版社，2003）原序，8，本书作者略有修改。

② Claes G. Ryn, introduction, Irving Babbitt, *Rousseau and Romanticism* (New Brunswick：Transaction Publishers, 1991) xi.

③ 白璧德，《卢梭与浪漫主义》，孙宜学译（石家庄：河北教育出版社，2003）原序，9。

T. S. Eliot in Philosophical Context

起这个任务。其次,白璧德的"高尚之志"理论包括可以在经验中得到肯定的基督教信条和教义在内的一切优秀传统。第三,白璧德认为讨论文明这样的重大话题,仅谈几点思想,或仅谈其他宗教思想,而把别的信仰排除在外,是很不明智的。白璧德在反对伤感和抽象的普世教会主义的同时,坚定地主张人类文明应该包含各种信仰的经验,宗教性的和非宗教性的,这些经验共同形成了人类伦理和宗教的普世主义智慧。瑞安还指出,白璧德承认宗教教义中存在那种人类经验无法证实的真理。从上面的三个方面不难看出,白璧德主张,判断一个人对一种宗教和其他伦理是否坚持并不是看他是否参加一种教义或者一些仪式,而是看这个人是否真正坚持其精神成果。形式上的信仰和忏悔,都是一种躲避自我改造艰苦过程的表现。所以白璧德强调的是一种内省,或他所说的"内在制约"对人的作用,用伦理行为的实际结果而不是用抽象的教条,用"高尚之志",去帮助人们恢复信念,相信普遍的善的实在性(the reality of the universal good)。白璧德的思想主张不仅包含了自古希腊以来的世俗文明的价值观,同时也包含了基督教以及其他宗教的价值观,是一个泛文明的、全景式的价值观的概念,是一个跨历史、文化、文明和宗教语境的概念。

　　然而,白璧德的古典主义思想以及他主张的人文精神,并不是一个一成不变的清规戒律。这一点在他 1912 年出版的《法国现代批评大师》中展现得十分清楚。他说:

> 我们在寻找的批评家是一个根据过去制定戒律和选择的人,而不是纯粹的传统主义者,他对传统的理解是一个稳定而明确的思想不断变化的过程,换句话说,就是不断调整过去的经验以适应变化的需要。①

艾略特的传统观也有同样的主张,即传统并不是一成不变的封闭的内容,而是随着时代的变化不断调整自己,在调整的过程中,传统也会吸收新的内容,不断地对原有的内容做出新的阐释,通过不断融合来不断创新。白璧德比较歌德(Johann Wolfgang von Goethe)和法国批评家圣·伯夫(Charles-Augustin Sainte-Beuve)时,十分赞赏圣·伯夫,他说:

> 如圣·伯夫所说,他吸收的不只是一种传统,而是所有传统,而又没有停止成为一个现代人中的现代人,他观察着地平线上出现的每一只新帆船,但他是从高山

---

① 白璧德,《法国现代批评大师》,孙宜学译（桂林:广西师范大学出版社, 2002）245。

上俯瞰的。他用宏大的背景和感觉来丰富和支持他的个人见解，并因此使现在成为它应该有的样子——不是对过去奴颜婢膝的模仿，也不是绝对否定过去，而是对过去的创造性的延续。他说："我们必须以大量的一般历史来反对时代的错误和对常规的脱离。"他让我们不要再从理论上说明绝对，而是要学会认识其实际的表现形式。人道（文）主义艺术这种在"多"中看到"一"的特殊形式似乎特别适合我们这个时代，我们这个时代与其他时代——如古希腊和罗马——的不同之处首先就在于它可以自由使用经过证实的人类经验。①

白壁德这个关于传统的观点有几点值得注意。首先，白壁德的传统观对后来艾略特的"传统与个人才能"中有关传统的思想产生了深远的影响。这个"传统"具有一种兼收并蓄的内涵。它汲取不同文明传统的精华，既丰富多彩，又具有包容性。其次，新的传统建立在不同时期的各种文明传统的基础之上，它是一个历史过程。第三，这个传统的建立过程不是一个僵化的过程，而是一个不断扬弃、去粗取精、去伪存真、不断创新的过程。更重要的是，这个新建立的传统不是对过去的简单回归，而是既从过去的传统中汲取了有机养料，在选择中保留了过去传统中的精华，又有别于过去的传统，从而成为更适应当前文明状态的传统。从上述三个方面可以看出，白壁德的传统概念既包含古希腊和罗马文明的世俗传统，又包括各种宗教传统的整体。摆脱单一的文化传统，站在视野无限开阔的高山之巅上，人们可以俯瞰每一个山峰上的壮美景色。这个传统形成的过程自然是一个个体不断融入集体的过程，一个在"多"中见"一"的过程。其目的是建立一个综合性的、平衡的、宽容的、既能矫枉又不过正的价值观，一种宏大的洞察力，一个具有"高尚之志"的伦理道德标准，为拯救社会提供一个良方，使人们"在目前的无序状态中看到一种更高秩序的潜在可能性"，即具有预见性和前瞻性的传统。

　　由此可见，白壁德的思想主要是围绕"一"与"多"的关系展开的，而最终的目的是要达到"一"与"多"的平衡。他倡导古典主义，用古典主义作品来反对实用主义、科学主义以及工具化和技术化的学术倾向。而古典主义实质上是一种人文主义，古典主义作品中蕴含人类道德价值，而这种道德价值是普遍的、永恒的。因此，如果说古典文学作品是"多"，其中永恒的人类道德价值就是"一"，从而实现了"一"与"多"的平衡。同时，白壁德指出，古典文学作品中充满了丰富的想象，而作为

① 白壁德，《法国现代批评大师》，孙宜学译（桂林：广西师范大学出版社，2002）246。

纷繁现象的"多"在想象中和作为标准的"一"联系在一起,具体地说则体现在道德中的"高尚之志"(作为"一")通过意志想象对"低下之志"(作为"多")具有的内检功能上。白壁德也强调在传统中达到"一"与"多"的平衡。这里的"传统"包括宗教传统和世俗传统(主要是古希腊和罗马传统)。传统中包含着超越人类经验的普世智慧,因此包含"一",但传统同时是极其丰富的,具有包容性的,因此也是"多"。如此,在论述古典主义、想象和传统的过程中,白壁德实现了倡导"一"与"多"之间达到平衡的目的。

白壁德关于道德想象的主张对艾略特也有影响。"想象"在白壁德的批评体系中是一个关键词、一个关键概念。他在《新拉奥孔》和《卢梭与浪漫主义》两部著作中对想象进行了深入的探讨。白壁德在《民主与领袖》一书的前言中讨论了想象一词的演化。白壁德认为,想象从词源和词义的角度来说,具有双重含义。首先,英语"想象"一词直接来自拉丁语 imaginatio,而拉丁语中的这个词汇来自希腊语(fantasy or fancy)。fancy 意思是表面的,换句话说它的意思是感觉的印象,或贮存这些印象的功能,相当于记忆。希腊哲学中对实在更加看重,而轻视表象的作用。因为实在常与理性联系在一起。对于斯多葛学派来说,理性在印象所在的大门之外。马可·奥勒留(Marcus Aurelius)就曾说过,把每个印象驱走,就会立即得到平静。对意象的诋毁在柏拉图那里就有,他希望获取真理,不被印象拖走。基督教也有相同的思想。人本身是不能获取真理的,因为人靠自己不能战胜感觉的欺骗。帕斯卡尔也同样对想象持有类似的观点,像斯多葛学派那样,他贬低想象的作用,不过他还认为,在这个贬低的作用下,理性遭到了破坏。帕斯卡尔反对的是"作为错误的情人"的想象,因为内心无法抵制这种想象。他同柏拉图一样认为可以在想象和实在中划出一个严格的界限。正如贝尔所说,"幻象是实在的一部分"。其次,想象的另外一个含义是构想(conceive),正如柯勒律治(Samuel Taylor Coleridge)所说,想象是将分拆的事物合成在一起的力量。如果将想象的这两个原始意义合成在一起,那么想象就是将看到的外在事物,在内心将它们合成在一起。在这个意义上,想象就同"一"与"多"的问题联系在一起。然而在多样和变化的生活中,如果没有一个标准,这些纷繁的现象就不可能在想象中被构成为一个整体。因此,想象同时也与标准联系在一起。

　　不过白壁德在分析想象时也指出，想象的这种性质既可以被善来利用，也可以被恶来利用，因此想象需要有第三方来控制其不偏向于恶，这个第三方就是意志。所谓意志并不是一个抽象的概念，它具有丰富的内涵。想象的这种三分法具有人为性，但这种分法却在实践中颇有益处。意志与二元论紧密相关。真正的二元论主张在人的内部有两个意志：一个是巨大的冲动意志；另外一个是有力的控制意志。关键在于人的智力在"高尚之志"中的地位。

　　在白壁德的理论中，意志和想象是十分重要的两个概念，也是他的理论创新。意志有两个层面的意义：意志作为一般伦理概念；非伦理学概念中的意志——作为能量承载所有人类行为，无论是实践性的，还是哲学性的或美学性的。许多词汇如：冲动、兴趣、倾向、愿望、激情等都含有人的因素，如果没有人的因素，这些词汇可能就没有意义。意志是驱动个体完成某项任务的原动力。人无论在什么时间处于什么特殊状态都是意志的体现。意志在人处于静思的状态和行为的状态时有同样的作用。也就是，人处在哲学沉思之中和想象之中时，意志都在工作，因此，可以说意志和想象意义相同。在人意识中形成的愿望并不是盲目的欲望。如一个吞咽食物的人，如果想象不到食物的快感，就很难驱动他的身体去完成这个动作。白壁德认为人的每一次本能性的愿望的转换都与人对生活整体的看法有关。

　　意志决定行为的方向，但意志具有双重性，它总是在高尚和低下两个层次间撕扯、徘徊。意志的这种状态都会在人的想象中展现。如果将这种情形转换为诗歌的直觉，愿望要求意志是一种正确和形象的力量。作为直觉，它们无法在实践中得以实现，不过作为一种活生生的形象，它们却可以带动人的自我，邀请与之相呼应的行为。高尚之志和低下之志都会在具有磁力的意象中表达出它们的目的。高尚之志是善潜在的表现，它必须在与对立的意志的冲突中得以实现。在这场冲突中，想象掌握着平衡的力量，正如白壁德在《民主与领袖》中引用的拿破仑的观点一样："想象统治着人类"①。白壁德的整个体系强调伦理的努力能够给实在提供最终的答案，其中，关键概念是"内在制约"（inner check）、"高尚之志"（higher will）、"卑下之志"（low will）。白壁德认为他所处的时代是一个

---

① 　白壁德，《民主与领袖》，张源，张沛译（北京：北京大学出版社，2011）32。

秩序混乱的时代,其根源是人们失去了对传统的追求,失去了寻求生命中的宏伟目标的兴趣,从而失去了对自己进行道德约束的动力。其结果自然是社会伦理失去了标准、物欲横流、道德沦丧。自古希腊以来的西方传统一直为维护西方文明做着不懈的努力。伟大的先哲提出的各种思想对人本性中的弱点,尤其是人的片面性,给出过许多良方,对战胜人的弱点起到过至关重要的作用。白璧德比较推崇的就是保持"一"与"多"之间平衡的思想。因为白璧德认为只有保持平衡,力求"中庸之道",才能使人获得人文心智。这是最高的人生法则。如果偏向自然主义或超自然主义就会使这种平衡失调,导致毁灭。因此在人的行为准则中就要用"高尚之志"或"文明之志"(the will of civilization)去克服"卑下之志",对自己进行"内在制约",在精神上循规蹈矩、中庸适度,使人格日臻完善。不过白璧德主张的"高尚之志"是一种世俗的伦理标准,完全是一种意志的努力,而不是理性的;是一种人文主义的努力,而不是宗教性质的,[①]其途径是古典主义的熏陶。

白璧德的"高尚之志"通过对"普通的"、"暂时的"、"自然的"或"卑下的"自我的监视和审查,扬弃糟粕,肯定积极因素,并与之共同构建和实现它的目标。这样个体通过"高尚之志"的协调,与整体达成一致,携手走向美好社会。由此可见,白璧德的文明社会是一个个体通过与具有道德至上的社会的不断融合而达到和谐的社会,是一个充分发扬个性的至真、至善、至美的社会。

白璧德认为,对于一个高尚的人来说,"高尚之志"对他的意志想象性流动具有"内检"(inner check)的作用。如果一个人被具有魔力的想象或是与之类似的行为驱动,那么"内检"功能就会发生作用,使人对这样的所思所想或者行为感到不安,因为它们威胁他的伦理道德原则,这样人就会修正他的所思所想和他的意志方向。这种否定性为"高尚之志"提供充分的空间,在想象中发挥作用。伦理道德占上风之后,人会产生痛苦的感觉。"卑下之志"得不到认可,执行"卑下之志"的意志从而消失。

"卑下之志"对于另外一些长期沉迷于自私自利的人来说并不容易

---

① Claes G. Ryn, Introduction, Irving Babbitt, *Rousseau and Romanticism* (New Brunswick: Transaction Publishers, 1991) xxxiv.

被摧毁。想象在这些人的内心也许会增强"卑下之志"的力量，反而使这类人压制他的道德约束，甚至会被当成滑稽可笑之事——按照瑞安在《卢梭与浪漫主义》英文版的序言中所说的"资产阶级式的清教徒"的狭隘心理。更为严重的是，他们可以将这种想象当做崇高的自由意愿的表达①。白壁德认为人的自我具有二重性(duality)：它包含无穷无尽和形形色色的欲望，但在人性的核心存在一个更高层次的道德义务(higher obligation)。人拥有一种伦理意志(ethical will)，它可以超越瞬间的冲动(the impulse of the moment)，驱使生活走向一个更高的目标(higher purpose)，这就是幸福的力量。伦理意志与试图摆脱它的欲望之间存在着永久的紧张和对立，因为这种欲望试图逃离伦理约束，寻求享乐。人妄图挣脱约束、瞬间战胜永恒伦理义务的欲望被白壁德称为"普通的"、"暂时的"、"自然的"或"卑下"的自我。由于这个自我占有统治地位，因此个人与社会的和谐就要遭到(挫折)破坏。这个自我自然与那个监控任何破坏人与社会和谐的动向的"高尚之志"产生矛盾冲突。"高尚之志"不断克服"卑下之志"，使人性得到充分实现，达到人与社会的和谐共处。不过白壁德认为这种和谐共处并不以牺牲个性和多样性为代价，"高尚之志"是一个普遍意义上的"高尚之志"，它通过个性和个体的努力来实现自己，并以此为载体来达到更高尚的目标②。这个高尚目标通过教化实现，白壁德强调教化的过程是一个整体经验的教育过程。

由此可见，越是具有创造力的想象，就越是有可能制造幸福和善良，同时也越有可能制造邪恶。正是因为这个原因，白壁德认为，人们要十分注意艺术的作用。在艺术作品中这两种想象分别创造出两类作品：一类以高尚情操为核心；另一类则忽视高尚情操，为人们提供一个扭曲的现实。真正伟大的作品充分展示人类的丰富情感，为人们提供深刻的伦理洞见(ethical vision)，艺术家的人物与驱使他实现幸福的意志相一致，使人物控制这种意志力量实现他的理想。将声色行乐作为自己理想的作家，当然会创造出与之相应的艺术作品来，那么这些作品为人们展示的完

---

① Claes G. Ryn, Introduction, Irving Babbitt, *Rousseau and Romanticism* (New Brunswick：Transaction Publishers, 1991) xlvi–xlvii.

② Ibid., xxxiv–xxxv.

全是另外一幅图景,一幅零碎的、有欠缺的画面。失去人类生存的道德核心,艺术作品就会缺少平衡感和全面性。想象的两重性给人们的启示是符合伦理道德的,扎根于现实的想象能够为人们提供一种趋向"高尚之志"的美学升华。

强调伦理道德在艺术作品中的功用,并不意味着白壁德将伦理道德和艺术作品的说教功能作为衡量艺术的唯一标准。正如瑞安指出的那样:"白壁德的观点是所有真正的艺术都是想象,并不是道德行为。作为直觉,它置于美学浓缩和美之标准之下。艺术不能仅仅被限制在对道德奋斗的描写方面,必须带有具有特色的直觉的新鲜感,彻底的、全方位地展现生活"①。白壁德的主张实际上是以高尚的伦理道德的感染力为核心力量,将所有生活和对生活感觉的不同侧面凝聚在高尚的伦理道德的旗帜之下,使文学作品更全面地、更深刻地展示生活、使文学作品脱离简单的说教或布道,使文学真正起到启迪和提升人的作用。从白壁德对但丁、索福克勒斯(Sophocles)和埃斯库罗斯的态度上,可以一目了然地看清他的文学主张。白壁德十分尊敬但丁,他认为:索福克勒斯和但丁的作品表达了灵魂深处的东西,是具有丰富意义的道德想象。不过但丁的想象中包含了一些神学的内容②。索福克勒斯和埃斯库罗斯的作品也都表现了深刻的道德想象,不过索福克勒斯的作品要比埃斯库罗斯(Aeschylus)的作品更上乘一些,因为索福克勒斯的作品少了一些说教③。因此,真正的艺术作品要依靠强烈的艺术感染力来征服读者或观众,在使观众得到美的享受的同时,也受到道德的感召力的熏染。

白壁德对美学的贡献有两点:其一是提出艺术表达普遍性的主张,其二是提出想象的主动品性。古希腊有关想象的观点认为想象是一种直觉的被动接受,而且是富有创造性的。真正的艺术与历史和哲学认识世界的方式不同,是那些以伦理道德为中心的想象,这些想象通过对生活的直觉,透过"幻想的帷幕"观察生活,积极地创造鲜活的形象去表达自己的意念。换句话说,白壁德充分认识到了艺术的美学真谛,即"艺术可以

① Claes G. Ryn, Introduction, Irving Babbitt, *Rousseau and Romanticism* (New Brunswick: Transaction Publishers, 1991) xlviii.
② Irving Babbitt, *Rousseau and Romanticism* (New Brunswick: Transaction Publishers, 1991) 358.
③ Ibid., 204.

开启新的、有时甚至是出人意料的经验的潜能，把人从繁琐的、僵化的日常生活中解放出来"①。因此，艺术对人们认识生活、认识世界具有相当大的促进作用，在艺术的帮助下，人们对现实能够更加敏感，包含"高尚之志"的艺术作品越是魅力无穷，对人们的指导作用就越大。艺术是生活不可分割的一部分。

　　白璧德从1902年开始在哈佛大学比较文学系任教，艾略特在1909至1910年间选修了白璧德的法国文学批评课。白璧德擅长的古典学也是艾略特的兴趣所在。艾略特12岁时学习拉丁语，一年后开始学习希腊语。上大学后他的古典学兴趣始终未减，他的18门本科课程中，7门是古典学内容，希腊文学、希腊语作文、古代艺术史、拉丁文学和古代哲学史等。他于1906—1907年在哈佛学习古典学期间的阅读文献包括：柏拉图的《申辩篇》《克利同篇》《吕西阿斯》，色诺芬（Xenophon）的《回忆苏格拉底》，欧里庇得斯（Euripides）的《美狄亚》《伊菲吉妮娅》；1907—1908年的课程包括：阿里斯托芬（Aristophanes）的《阿卡奈人》和《鸟》，埃斯库罗斯的《被缚的普罗米修斯》，索福克勒斯的《俄狄浦斯王》等。E.K.兰德在1908年为艾略特这届学生开设了"什么是古典学"这门课程，他讲授的贺拉斯（Quintus Horace）和西塞罗（Marcus Tullius Cicero）的作品给艾略特留下了深刻的烙印，他曾在后来的书评和作品中多次提及他的这位拉丁文学教师。艾略特在1908—1909年的课程中修读了拉丁文学界彼德罗尼厄斯的《萨蒂里孔》。艾略特的这些早期的学习和研究为其后来的文学实践提供了丰富的思想宝库，同时也为他的文学理论的形成，特别是他的"传统观"的构建，提供了必要的思想资源。

（三）

乔治·桑塔亚那：哲学与诗歌的对立统一

　　乔治·桑塔亚那（1863—1952）是西班牙裔天主教哲学家、美学家、小说家和文艺批评家。他著述颇丰，主要有《美感》（1896）、《理性的生活》（1905—1906）、《三位哲学诗人》（1910）、《柏拉图主义与精神生活》（1927）和《存在领域》（1927—1940）等。他提出了"特性复合体"（character-

---

① 　Irving Babbitt, *Rousseau and Romanticism* (New Brunswick：Transaction Publishers, 1991) 1.

complex)的概念,认为"特性复合体既不只是主观的意识形态,也不只是客观的物理实在",而是处于主客体之间的、认识主体和认识客体之间的一种中介物①。桑塔亚那在其关于历史哲学的著作《理性的生活》中,提出了理性的生活发展的五个阶段,"即常识中的理性、社会中的理性、宗教中的理性、艺术中的理性以及科学中的理性"②。在这五种理性之中,艺术中的理性对艾略特的文学实践和文学理论的形成具有重要意义。桑塔亚那在其《存在领域》中,提出了关于存在(being)的四个范畴:本质、物质、真理和精神③。桑塔亚那对艾略特的影响主要体现在他所倡导的情感和理性对立与统一的思想(即哲学与诗歌目的的协调统一)上,艾略特诗歌创作实践中的核心意象和文学理论建构中的核心概念都体现了桑塔亚那情感和理性相结合的主张。

桑塔亚那对艾略特诗歌创作和文学理论构建的影响体现在桑塔亚那哲学与文学关系的主张方面。诗歌思想与情感的结合成为艾略特文学创作实践的最高标准,艾略特这个观点的形成深受桑塔亚那的影响。1907年至1908年期间,艾略特在哈佛大学选修了桑塔亚那的课程,包括"现代哲学史"和一门延伸课程"历史哲学"。这两门课的讲义分别以《三位哲学诗人》(1910)和《理性的生活》为书名出版。桑塔亚那哲学与诗歌结合的主张极大地影响了艾略特后来的诗歌、戏剧创作和他的批评思想。曼祝·简在她的《艾略特与美国哲学》中指出,桑塔亚那在艾略特诗歌和哲学关系的界定中扮演了重要角色。艾略特在《批评的功能》、三篇讨论但丁的文章以及克拉克演讲中探讨了桑塔亚那的思想。艾略特1926年在克拉克的演讲中,把他关于"形而上学"的概念等同于桑塔亚那《三位哲学诗人》中哲学诗人的概念,并认为《三位哲学诗人》是桑塔亚那最好的一本著作。艾略特认为桑塔亚那的哲学诗人具有宏大的宇宙胸怀,并有在宇宙中实现自己角色的思想。桑塔亚那论述的三位哲学诗人分别是卢克莱修(Lucretius)、但丁和歌德。因为桑塔亚那是哲学家,所以他感兴趣的是诗性哲学,而不是哲学性的诗歌④。桑塔亚那之所以在他的《三位

---

① 涂纪亮,《美国哲学史》(上)(武汉:武汉大学出版社,2007)633。

② 同上,634。

③ 同上,638。

④ Manju Jain, *T. S. Eliot and American Philosophy: The Harvard Years* (Cambridge: Cambridge University Press, 2004) 96-97.

哲学诗人》中谈到卢克莱修、但丁和歌德，是因为这三位诗人不仅是三个时代的杰出代表，更重要的是这三位诗人身上体现了哲学和文学的统一，这是一种最高形式的统一。在桑塔亚那看来，卢克莱修和但丁代表自然主义，歌德代表浪漫主义。他们的诗歌与哲学之间的关系是桑塔亚那关注的重点。

　　桑塔亚那探讨卢克莱修和他的《物性论》时，指出，"用诗歌讲述哲学"是这位伟大诗人思想的真谛。桑塔亚那认为，卢克莱修主张，人在读诗歌的时候，在愉悦的同时，心灵得到了净化，得到了启迪，而且整个感悟的过程是在不知不觉的状态下实现的。文学艺术的教化作用被融化到了情感的波澜起伏之中。在卢克莱修的笔下，这个过程是这样的：

> 第一因为我所教导的是极重要的东西，
> 并且是急切地去从人的心灵解开
> 那束缚着它的可怕的宗教的锁链；
> 其次因为关于这样晦涩的主题，
> 我却唱出了如此明澈的歌声，
> 把一切全都染以诗神的魅力——
> 这，应该说并不是没有理由的：
> 而是正如医生企图把讨厌的苦艾
> 拿给小孩子吃的时候，
> 就现在杯口四周涂满了
> 甜汁和黄色的蜜糖，
> 使年轻而无思虑的孩童的嘴受了骗，
> 同时就吞下苦艾的苦汁，这样
> 孩子虽然被逗弄，却不是全然受欺害，
> 反而因此恢复健康并重新长得强壮；
> 由于我的论说对从来未尝过它的人
> 看来一般是有些太苦，
> 大家总是厌恶地避开它，
> 所以现在我也希望用歌声
> 把握的哲学向你阐述，
> 用女神柔和的语声，
> 正好像是给它涂上诗的蜜汁——
> 如果用这个方法我幸而能够
> 把你的心神留住在我的诗句上，
> 直至你看透了万事万物的本性，

> 以及那交织成的结构是怎么样。①

对人的教导,首先要打破封闭和禁锢人心灵的枷锁。打开枷锁是一个晦涩的主题,只有诗歌才能够用蜂蜜把良药送入待解救病人的口中。只有用诗歌的方式才能够真正打动已经无动于衷的心灵,才能使心灵保持长久的记忆。用诗歌去讲述哲学,用故事的形式使哲学思想具体化,成为卢克莱修诗学的核心内涵之一。不过对于卢克莱修来说,诗歌如果仅仅作为思想的载体,很难使深刻的哲理深入人心。诗歌自身的性质和特点以及诗歌的故事性使其能够直接诉诸人的情感和心灵,并使人产生共鸣,真正发挥其教化作用。诗歌的这种特质和功能决定了诗歌是一种比哲学更容易打动人心灵的形式。艾略特文学实践和文学理论的构建深受桑塔亚那的主张的影响,他在自己的文章中曾经多次提及这种影响。

桑塔亚那认为诗歌与哲学一样,可以运用丰富的、富于情感的想象力将混乱的秩序通过崇高的想象变成一体,使诗歌富有哲学韵味;而哲学在其最高的追求之中,也要借助飞扬的想象力,通过具体的故事来实现自己对一切事物秩序性的思考,这个过程的结果自然是带有诗性的哲学。诗歌借助意象,通过释放浓缩的体验和冲动使人们通过故事"纵览事物",浮想联翩,就像"能在一滴露水中看到太阳的光辉一样",以点带面:

> 关注某一点体验,在一定范围中,有一定深度地表达你的感觉,使之富有想象力;关注一切体验,更大范围地表达你的感觉,使它成为哲学家看待世界的图像,它将最富有想象力,也最有诗意。有了要加以象征的体验之后,困难仅仅在于有足够的想象力把握住它并把它保持在思想里面,进一步是给予这一思想某种文字表达,以使其他人能够理解它,被它所激励,好像一阵微风扫过他们整个记忆的森林。②

如果诗人面临的是一个更大的题材,站在一个更高的视角,他就会用更锐利的目光、综合性更强的想象,使用更浓烈和深刻的意象和象征,在保持多样性的同时使其更加完整统一。艾略特的文学实践,《荒原》和《四个四重奏》,正是桑塔亚那主张的具体例证。为此桑塔亚那用赞赏的口吻说:

---

① 卢克莱修,《物性论》,方书春译(北京:商务印书馆,1981)50—51。
② 桑塔亚那,《诗与哲学:三位哲学诗人卢克莱修、但丁及歌德》,华明译(桂林:广西师范大学出版社,2001)导言,8。

> 对于每一位哲学诗人来说，人的整个世界都聚为一体。他一声呐喊，召来了宇宙中与他共鸣、赞颂他的最终命运的所有一切，这时，他比任何时候都更是诗人。理解生活就是生活的顶点。而诗的顶点便是说出众神的语言。①

不过"哲学是某种理性和严肃的事物；诗歌却是一件高飞、闪动和有灵感的事物。"哲学家处在最佳状态时，可以是一个诗人，而诗人则很难在其最佳的状态成为哲学家②。在诗歌中，哲学家和诗人相遇，哲学家的思想通过诗歌中的故事和故事中人物的情感传递给读者，诗人的故事在打动人心、震撼心灵的同时使读者能够体会到生活的哲理。诗歌和哲学融为一体。

桑坦亚那主张，诗歌与哲学的融合、思想与情感的融合都指向一个"多"融于"一"的过程。在谈到希腊哲学家和犹太人关于世界为一个整体的认识时，桑塔亚那说：老色诺芬仰望苍穹喊道，"一切为一"之后，希腊人开始更加关注世界整体性的问题。在古人的面前，

> 尽管死亡到处发生，自然却总是年轻而完整。取代旧事物的新事物时常在性质上和它明显相似，普遍的变化无常与事物的伟大单一并非不能共存。因此，当赫拉克利特感叹万物处在流动中时，《传道书》的作者虽然完全相信这一真理，但却还是感叹道阳光之下没有新的事物。③

早期人类对"变异"和"再生"的这种双重体验，使他们深切地体会到了他们身边的事物，"在保持数量不变和内在质量不变的同时，不断重新分化"④，而这种重新分化的结果使一个新的集合体得到再生。与过去的集合体相比较，这个新的再生集合体与过去的别无二致。这使得古人感觉到："它们［事物］不断消失和重现。万物都是尘土，它们归于尘土。这一物质概念给广阔的世界带来了一种更伟大的统一。它要我们相信，一切事物相互转化，它们从一个共同根基那里不断产生，并返回那里"⑤。

艾略特的《荒原》中干枯的沙漠希冀甘霖的降临，自然的复苏带来人的兴旺，《四个四重奏》中历史中人的轮回与大自然的轮回等都是这种思

---

① 桑塔亚那，《诗与哲学：三位哲学诗人卢克莱修、但丁及歌德》，华明译（桂林：广西师范大学出版社，2001）导言，8—9。
② 同上，6。
③ 同上，12—13。
④ 同上，13。
⑤ 同上，13。

T. S. Eliot in Philosophical Context

想的具体再现。在这些作品中读者识见大千世界如此丰富多彩,如此千变万化,使人美不胜收;同样是这个世界,年复一年地重复着相同的主题,生命沉浮,时间永恒,使人感慨万千。人类在慨叹之际,创作了一首首抒情的诗歌和悲情戏剧。抒情的诗歌发现了大自然的慷慨和恩惠,为人类的生存提供了取之不尽、用之不竭的物质,养育了所有的生命。然而大自然同时又是一个十分吝啬、无情、易变的暴君,它不断地宣布着死亡的判决,使人类有时沉浸在无限的忧郁之中,悲情戏剧也不断地在延续。因此诗歌揭示了人类对世界的认识,形成了一个理性思维的过程,是一种对世界的洞见。诗歌中的故事形成了一种理性,读者不断通过故事理性加深对历史的认识、对历史中人的认识。与此同时,人与自然的关系以及相互影响在更深的一个层次上,在哲学的层面上,固化在人的情感之中。不仅如此,桑塔亚那认为,它也是"宗教冥想的主题……一向就是严肃的开端"①。从桑塔亚那的观点出发,无论是诗歌也好,宗教和哲学也罢,都是对世界本源和变化的一种关注,而它们的不同点在于所关注的侧面不同。这无疑对艾略特的学术研究和文学创作产生了巨大影响。无论是在艾略特的诗歌创作实践中,还是在他的其他文学作品创作以及批评思想中,桑塔亚那的思想都无处不在。艾略特穿越三大语境本身就是桑塔亚那有关诗歌和哲学思想的一种实践。

桑塔亚那认为卢克莱修是一位伟大的天才,认为他的身上体现了"多"与"一"的和谐。因为,

> 这个天才的最伟大之处就是他那种自己消融在自己对象中的能力,它的非个体性。我们似乎并非在读诗人关于事物的诗,而是在读事物自己的诗。事物有它们自己的诗,不是我们给了它们什么象征,而是它们自己有自己的运动和生命……②

不过,桑塔亚那同时也认为:

> ……我们在自然中看到的诗,起源于景观在我们身上产生的感情。自然的生命可以像它做过选择一样浪漫和崇高,但是如果我们心中没有崇高、浪漫之物可供

---

① 乔治·桑塔亚那,《诗与哲学:三位哲学诗人卢克莱修、但丁及歌德》,华明译(桂林:广西师范大学出版社,2001)13。
② 同上,21。

> 自然激动并引起共鸣，自然也会如灰如土。①

只有人类情怀的同自然的互动，才能产生美妙的诗歌。因此在一定程度上，主体与客体、观察和感悟、情感和理性自然地结合在了一起。这样的诗歌应该是"一种观察的哲学，一种可见事物的想象。自然的一切声光都进入其中，把它们的直接性、生动性和强迫力量加之于它"②。同时，这样的诗歌"……也是一种智力哲学。它推测到现象后的物质、变化后的连续、机遇后的规律"③。具有哲学洞见和观察力的诗歌会产生巨大的感召力。如此产生的诗歌才能拉紧人类灵魂的心弦，创造动听的乐章。

人类正是在这种动人心弦的音乐中，享受着大自然的造化和美妙的乐曲：

> 就会在使人欢乐的牧场上舒展地躺卧，
> 白色的乳汁就会从涨大的乳房上滴下，
> 幼畜就用弱小的四肢在嫩草上跳跃，
> 新生的心由于暖热的鲜乳而充满快乐。④

诗歌凭借想象的翅膀，在大千世界的上空拨开无序的乌云，使苍穹之下的人类得以在心理上获得宽慰。之所以有这种宽慰，是因为人类暂时达到了"一"与"多"的和谐。当然也是通过诗歌，人类得以看清"创造"与"毁灭"相伴而生的永恒性：

> 任何东西都不会绝对消亡，虽然看起来好像如此；
> 因为自然永远以一物建造他物，
> 从不让任何东西产生，
> 除非有他物的死来做补偿。⑤

无论是江河、湖泊、大海，还是雨、雪、雾；无论是植物还是生物，都在遵循这一规律。诗歌在这里使人类发现，有一种力量永远地、一刻不停地编织着生命，而另一种力量一直在瓦解这种创造力。这两种力量的较量是"世界永恒的活动"，从而使人类"免于日夕疑惑不止"，平静安宁地生活。

---

① 桑塔亚那，《诗与哲学：三位哲学诗人卢克莱修、但丁及歌德》，华明译（桂林：广西师范大学出版社，2001）21。

② 同上。

③ 同上。

④ 卢克莱修，《物性论》，方书春译（北京：商务印书馆，1981）14。

⑤ 同上。

艾略特的诗歌也同样发挥了解惑的作用，他的整个文学实践都充分起到了使西方文明"免于日夕疑惑不止"的作用。但丁在自己的诗歌中，使叙述者的道德救赎过程客体化，故事化成为艾略特文学实践和文学理论的追求。但丁的《神曲》主题是道德救赎。但丁在他的作品中所做的就是将一些历史人物确定为某种道德的代表，用这些人物在肉体和精神上的痛苦及其象征意义来表现道德与他们之间的关系。换句话来说，就是将自己的意念注入这些人物身上，也就是后来艾略特所倡导和使用的"客观对应物"的概念。但丁使用这种方法获取了非常奇异的效果：

> 道德上的区别可以从这些区别在人类历史的表现中加以辨认。造物主自己就是一位制造寓言的诗人：物质世界是他在空间中建立的一个用来上演的寓言，历史是个伟大的字谜。人间诗人的象征是词语或形象；神的诗人的象征是自然事物和人的命运。他们是为一个目的设计出来的，这个目的也像《古兰经》中宣称的那样，正说明神的眼光中善与恶之间的巨大区别。①

但丁用地狱、炼狱和天堂作为置放各种道德品行的人，通过地狱、炼狱和天堂之间的关系界定人物的命运。救赎只属于那些可以拯救的灵魂。"但丁对于道德进行客观化，他给予理想美德与邪恶可见形式和各自所需的艺术，对他来说这完全是一件严肃的哲学工作"②。艾略特也不断地通过这种方法将《情歌》中的"我"、《空心人》中的"我们"、《荒原》中的各类传说和历史人物等置放在道德天平上进行拷问。

桑塔亚那对但丁的理解给艾略特产生带来的另外一个重要影响是他的传统观。桑塔亚那认为，但丁使个人与传统融合得完美无缺③，而且但丁的传统并不是简单地继承，而是根据不断变化的时代和不断变化的思想重新进行梳理，重新构架，在充分吸收古典精华的基础上形成一个对传统的新的理解。桑塔亚那指出，

> 但丁所采取的理论介于两种早期观点之间。一种是古希腊的观点，它把永生理想化了，把它看做是某种永恒的事物；一种是希伯来的观点，它设想永生是新的存在和第二次不同趣味的生活。④

---

① 桑塔亚那，《诗与哲学：三位哲学诗人卢克莱修、但丁及歌德》，华明译（桂林：广西师范大学出版社，2001）68。

② 同上，69。

③ 同上，54。

④ 同上，73。

桑塔亚那列举了但丁的具体做法：

> 大众的想象和荷马及维吉尔的先例的确为他完成了这一象征性劳动的一半，正如传统总是帮助成功诗人一样。远古以后，人类已经构想出一个隐于地下的黑暗的地狱，里面住着悲惨的鬼魂，由恶魔折磨着。但是，但丁面前有着亚里士多德的恶的目录，他把这些缥缈无形的洞穴变成了一个匀称的迷宫。①

但丁重新构架的传统是在原有的传统基础上创造的新的景观。在这个宏伟的景观之中，他填充了确定的形象，而且这些形象完全在"人能想象的范围内，它们扩展了人类的住地和命运"②。他将个人的命运置放在自己设计的舞台中心，体验其中的每一件事件。"他不但把自己的影子投到了炼狱的地上，而且投到了整个意大利和欧洲，从而增加了诗歌的悲怆要素，增加了哲学深度。因为但丁将个人的命运与整体的命运联系在一起，并使之成为意大利甚至欧洲命运的一部分"。桑塔亚那指出个人情感无论如何都是片面的，"偶然的个人情感，无论多么富有激情，也不能够代替有同情心的洞察力和广泛的经验。前者领会事物，后者加以判断"③。艾略特在他的《传统与个人才能》中充分吸收了桑塔亚那的主张，而且给出了具体的文学实践方法，在理论上进一步细化了传统观的思想。

桑塔亚那主张文学具有道德属性，可以通过故事将人的行为具体化，从而实现对人的道德教育，这个主张提升了文学艺术作品的地位，对艾略特一生的文学实践和文学理论具有一定的影响作用。歌德与卢克莱修和但丁的哲学诗人相比是否具有哲学性？或歌德是否是哲学诗人是桑塔亚那关注的核心吗？"歌德是位哲学家吗？《浮士德》是一篇哲学诗吗？"这是桑塔亚那提出的问题。桑塔亚那认为，歌德虽然是斯宾诺莎的追随者，然而却不像哲学家那样有一个理论体系。相比于严肃的哲学家，歌德有更多的自由与灵活、更多的个性与想象、更多的情感与意象。既然如此，歌德更应该是一位诗人而不是哲学家，那么他的作品《浮士德》又何以能成为哲学诗呢？在桑塔亚那看来，《浮士德》之所以具有哲学性，是因为它包含道德问题的探讨与解决，尤其可贵的是，《浮士德》提供了一个解决道德问题的过程，一个追求理想的过程，而不是理想本身。过程在于实

---

① 桑塔亚那，《诗与哲学：三位哲学诗人卢克莱修、但丁及歌德》，华明译（桂林：广西师范大学出版社，2001）77。

② 同上，80。

③ 同上，83。

践,而理想在于教导,桑塔亚那认为,"让人实践优于给人教导"①。通过对比《神曲》和《浮士德》,桑塔亚那得出,但丁和歌德的区别之一在于"但丁给予我们一个哲学目标,我们还得回忆追寻这一历程。歌德则给予我们一次哲学历程,我们还得推测目标"②。目标与历程之间的区别也暗示出但丁以追寻上帝意志为目标的超自然主义与歌德重视生活体验的浪漫主义之间的区别。

　　桑塔亚那认为,《浮士德》是带有古典主义的浪漫主义作品。其中一个表现就是当浮士德想到女性美时,他想到的是海伦,而海伦也只不过是一切美的象征,尤其是"希腊之美"的象征③。然而对于歌德来讲,古典主义并不仅仅代表一种古代文明,更是一种可以激发灵感、召唤情感的"活的观念",这种观念使歌德对古典事物充满了热爱和想象④。《浮士德》所蕴含的哲学思想是某种洞见,桑塔亚那将其归结为"以永恒的形式看待事物",这也是一种天赋,具体说来,

> 这种天赋在人脑中是基本的,通常的感觉和记忆是它的偶然形式。因此,当我们运用它来处理终极问题时,我们没有与经验相离异,而是相反,是被赋予了经验及其结果。当从一件事物的所有部分或阶段的真实关系来看待它,因而它也被整体地加以看待时,也就是以永恒的形式来看待它了。⑤

桑塔亚那认为,"永恒的形式"之所以永恒,并不是因为它是超脱经验的,正好相反,它是在经验基础之上的,它将经验所包含的各个部分、各种关系归结起来,作为一个整体来加以看待,这种基于部分同时又超越部分的整体性,就是永恒的来源。

　　歌德的《浮士德》给读者一种体验的过程,体验就是生活,而"生活的价值在于追求而不在于获得"⑥。桑塔亚那并不想将歌德的诗歌所体现的哲学归结为某种最终的哲学观念,其目的也是强调歌德哲学观念的开放性与灵动性。歌德诗歌的哲学体现是浪漫主义的,而浪漫主义生活的

---

① 桑塔亚那,《诗与哲学:三位哲学诗人卢克莱修、但丁及歌德》,华明译（桂林:广西师范大学出版社, 2001) 90。

② 同上,91。

③ 同上,114。

④ 同上,116。

⑤ 同上,126。

⑥ 同上,130。

本质就是"追求多样、追求无限、追求永无终止"①，这种浪漫主义脱离了常规知识的累赘与混乱，同时突出了被常规知识所压制的其他体验。桑塔亚那认为，"浪漫主义的反思具有双重效用，批评和唤醒——折掉死去的树枝，喂给饥饿的幼苗"②。但是，桑塔亚那也指出，作为浪漫主义诗人，作为注重生活体验的诗人，所能够提供的是或长或短的生活片段，很难达到整体。

　　桑塔亚那通过分析卢克莱修、但丁和歌德的哲学诗人角色，来阐述哲学与诗歌结合的主张。卢克莱修的《物性论》是在用诗歌讲述哲学，诗歌中的想象、意象和象征直接诉诸人的情感和心灵，同时诗歌富有深刻的哲理，具有教化作用。但丁的《神曲》把道德客观化为在地狱、炼狱和天堂中的具体的历史人物的活动，通过人物的命运来表现道德，是一部哲学诗。人间诗人借助词语和形象，同时借力于神性诗人对自然事物的和人的命运的安排，具有哲学家的特征。歌德的《浮士德》既具有浪漫主义诗歌强调体验的特征，同时包含着对道德问题的探讨和解决，在经验基础上强调永恒，在部分之上强调整体，因此也是诗与哲学的结合。桑塔亚那对这三位诗人的讨论和他的见解为艾略特诗学的形成提供了丰富的参照系统，艾略特对但丁和法国象征主义表现经验的手法很赞赏。桑塔亚那在他的《诗与哲学》的结尾呼吁一个新的伟大诗人的诞生，由他来修复已经破碎的世界，重归"一"与"多"的和谐之路。

　　桑塔亚那强调文学经典的作用。他认为，文学经典是人类取之不尽、用之不竭的精神源泉。随着时代的变化、历史的变迁，人们需要对文学经典重新进行阐释，从而赋予文学作品以活力。对过去的文学经典只有进行真正的批评，才能更好地继承。桑塔亚那在《三位哲学诗人》中谈到古典作品的意义时指出：

　　　拥有文学巨著的唯一好处在于，它们能够促使我们发展变化……每一代人都得重新翻译和重新解释外国名著，以自己的方式再现它们原有的自然面貌，使其永葆人文价值的生命力，能够被人消化吸收。甚至每位读者也都要重新理解本国名著。正是对这种以往所提供的内容的不断消化，才能提供对影响现在与未来的过去的洞察。生动的批评，真正的鉴赏，是我们年复一年从那些一去不复返的

① 桑塔亚那，《诗与哲学：三位哲学诗人卢克莱修、但丁及歌德》，华明译（桂林：广西师范大学出版社，2001）132。
② 同上，131。

人类天才资本中提取的利息。①

应该说桑塔亚那对传统的关注高于一切,保住传统就意味着文明能够薪火相传。从这个角度理解桑塔亚那关于文学经典的论断,就会发现这个论断具有历史性和辨证性。

关于古典主义思想,桑塔亚那的主张与艾略特的其他两位老师白璧德和亚当斯的并不完全一致,他主张建构一种吸收和超越历史的古典主义,其实质是哲学与诗歌的统一,艾略特在这方面深受影响。白璧德和亚当斯主张的核心是对西方历史演进中从统一到多样化的担忧。他们认为,这种多样化的倾向导致资产阶级道德观念的上升,导致工作至上、个人主义、求新求变、注重现在和实证主义。这些道德观念的一个恶果就是秩序的失衡和人的精神迷失。桑塔亚那主张不能僵化地、不加妥协地向古典主义伦理道德寻求帮助,他指责浪漫主义和启蒙主义助长了自由主义的倾向,致使人类精神迷失。他与后来的艾略特一样,主张建构一种吸收和超越历史的古典主义。这个主张直接导致桑塔亚那将哲学和诗歌结合起来,因为它们同样会应对因"一"和"多"的对立产生的矛盾。

(四)

乔西亚·鲁一士:绝对、个体及传统观

乔西亚·鲁一士(1855—1916),是美国新黑格尔主义者、绝对实用主义的倡导者,他最为关注的是"绝对"与"个体"的关系问题,他在这个方面的思想影响了艾略特。关于"绝对",鲁一士主张"存在就是有效"的"绝对实用主义";通过"绝对",人们可以认识、把握"实在",达到真理;同时,"绝对"是完善的,具有整体性。鲁一士主要从伦理道德的角度探讨了"绝对"与"个体"的关系,试图调解"绝对"的忠的精神和"个体"之间的关系。但鲁一士在肯定个人的毅力、良心和自主选择的前提下,更加肯定对整体的服从,强调"绝对"的重要性。鲁一士的主张对艾略特传统观、真理程度论的构建具有重要影响。艾略特在他的文学理论和博士论文中对鲁一士的思想都有一定的回应。

---

① 桑塔亚那,《诗与哲学:三位哲学诗人卢克莱修、但丁及歌德》,华明译(桂林:广西师范大学出版社,2001)1。

　　鲁一士认为，"绝对"是一种观念。在《世界与个人》一书中，鲁一士通过探讨实在来建构他的观念论的形而上学。在他看来，实在包括三种形式：上帝的实在（reality）、世界的实在和人的实在。观念是鲁一士关注的重点问题。他认为，观念有两个层次的意义：内部意义和外部意义。内部含义指观念表达意图或目的；外部含义指观念指代某种东西，有某种客观的对应物。关于观念的两层意义之间的关系，鲁一士认为，观念的外部意义是内部意义的补充和完善，外部意义可以作为内部意义的一个方面。

　　鲁一士还认为，"绝对"是理性和意志的活动，是存在或有效观念的辩证发展过程。他强调"绝对"，主张之一就是"绝对实用主义"（absolute pragmatism）。他相信人类存在是时间之中的一系列实际行动，人能够运用理性能力抓住复杂多变的事物中的规律和秩序。同时，鲁一士强调意志的规定性逻辑，理性活动具有规定性，正如康德所说的道德的规定性①。例如，鲁一士在《忠的哲学》中特别注重实际的一面，而不是对纯粹哲学的探讨和对伦理学系统的建构，为的是不给人们增加格外的烦躁感。他指出，我们思考道德的问题"只能是为了行动的缘故"，"从它对生活的实用角度出发"②。鲁一士认为，意志的逻辑是所有逻辑的基础，所有的观念都是对行动的计划③。鲁一士倡导绝对实用主义，这与他对哲学的基本问题的定位相关。鲁一士认为，哲学的基本问题是：存在的本质是什么以及生活的意义是什么④（What is the nature of existence, and what meaning can or should we find in life）。在他看来，"存在就是有效"，他把存在等同于有效，认为存在就是观念的辩证发展过程，而他最终的目标就是黑格尔的绝对的观念。

　　鲁一士还指出，通过"绝对"，人们可以把握"实在"，从而达到真理。鲁一士对"绝对"的强调体现在他对"实在"的分析上。约翰·K·罗斯指出了鲁一士关于"实在"的三个哲学特征：其一，人们可以认识实在的

---

①　Grover Smith ed., *Josiah Royce's Seminar, 1913－1914*（New Brunswick：Rutgers University Press, 1963）xiv.

②　洛依思，《忠的哲学》，杨缤译（上海：青年协会书局，1936）4。

③　Grover Smith ed., *Josiah Royce's Seminar, 1913－1914*（New Brunswick：Rutgers University Press, 1963）xv.

④　Josiah Royce, *The Philosophy of Josiah Royce*, ed. John K. Roth（Cambridge：Hackett Publishing Company, 1982）3.

结构,且能够发展出可以描述、分辨和证明这种结构的哲学体系;其二,实在是一种永恒且绝对的思想和意志;其三,人类生活是这种绝对的体现。关于第一个特征,鲁一士与其好友、同是哈佛大学的教授威廉姆·詹姆斯存在着巨大的差别。鲁一士主张人们可以确切地知道实在的本质,理性的分析可以达到存在结构的明确的和最终的结论。而詹姆斯则持保守态度,认为人们所达到的哲学结论可能存在错误。关于命题或意见,鲁一士对于真理和错误的确切区分是基于一个"绝对的知者"(absolute knower)。而詹姆斯强调命题只有在经验中被检验后,才能算是真理。当然,鲁一士也同意真理需要在经验中被确证①。可以看出,针对实在的认识问题,鲁一士更加强调运用理性的功能,而具有超验作用的"绝对的知者"则可以保证实在的真理性和谬误性之间的区分。相比来说,詹姆斯更加注重经验,因此对人们是否能够认识实在持怀疑的态度。关于真理的性质问题,鲁一士坦言,他与他的老师和朋友威廉·詹姆士教授有区别,作为"真理是更大的朋友"的信奉者,鲁一士认为,各自发表自己对真理的主张,是一种忠诚的表现②。

最后,"绝对"是完善的,具有整体性。关于实在,鲁一士并不否认我们通常所经验的物体、人物以及事件的真实性,然而它们也并非通常看上去的那样。最终,鲁一士将物体、人物以及事件的真实性归结为"绝对思想"(absolute thought)或"上帝"(God)。因此,鲁一士是从永恒的视角来定义实在的。鲁一士重视事物的道德价值,"绝对"本身就是道德理想的体现,由于"绝对"是完善的,因此依托于"绝对"的存在整体也是完善的。道德理想因此而被证明,哲学的宗教面向也因此得到支持,人们是生活于有意义的且有道德的世界的,这样的世界也朝向上帝的世界③。但如果世界是善的,为何会有恶呢?鲁一士在《约伯的问题》中讨论了这个问题,认为恶以及受难是与我们的自由相伴而行的,善好的生活包含恶以及对恶的克服。

"绝对"与"个体"的关系是鲁一士强调的另外一个问题。在伦理道

① Josiah Royce, *The Philosophy of Josiah Royce*, ed. John K. Roth (Indianapolis/Cambridge: Hackett Publishing Company, 1982) 4-7.
② 洛依思,《忠的哲学》,杨缤译(上海:青年协会书局,1936)译者序 3-4。
③ Josiah Royce, *The Philosophy of Josiah Royce*, ed. John K. Roth (Indianapolis/Cambridge: Hackett Publishing Company, 1982) 14-15.

德方面,鲁一士将"绝对"与"个体"的关系转化为忠诚的精神与个人自主选择之间的关系。《忠的哲学》是鲁一士的伦理学著作,是在他 1906-1907 年间在哈佛大学、伊利诺大学和波士顿罗威学院进行的伦理学讲演的基础上整理而成的。在这部著作中,鲁一士表达了他对伦理道德的意见,把忠诚的精神看作伦理行为的最高原则。他把忠诚视为伦理的原则,一旦完成对忠的界说,便可以把整个道德世界建筑在忠的观念之上。"正义、慈善、勤力、智慧、灵性,全可以用开明的忠来界说。"①可以说,"忠"是统领道德领域的关键所在。

"绝对"的忠诚精神和"个体"的自我是和谐的。作为新黑格尔主义者和绝对唯心论者,鲁一士认为忠诚的精神是永恒不变的,是绝对的。不管在什么社会,在什么时代,人都应该有忠诚的精神。作为自我的个体是多样的,忠诚的表现形式也是多种多样的,但忠诚的内在精神却是唯一的、绝对的。"忠诚虽有千变万化的外表形式,而其内在的精神则始终只是一个。封建武士对领主的忠心、海盗的互相团结和杀人越货、国王的爱护国家等等都是这种奔赴主义精神的产物。"②但鲁一士认为,个体的多样性并不与绝对的忠诚精神相冲突,因为忠诚是个人自主选择的结果。需要指出的是,鲁一士的忠诚的精神主要体现在对"主义"的维护和坚守上。正如译者杨缤所讲,"寻求主义时十分需要个人自主的选择,选择了之后,主义已经变为你本人的东西,就如你自己的一样。你全力全心去积极地在行为上表现这种主义,就是你在主张你的自我,你在完成个人生活的目的③。"也就是说,忠诚的精神与个体的自我选择是不矛盾的,在这里,"绝对"和作为自我的"个体"之间达到了一种和谐的关系。

既然如此,有着"绝对"特征的忠诚的精神与作为他人的"个体"又有什么关系呢？鲁一士强调,忠诚的精神是以不损害他人为前提的,不能因为追求个人忠诚的精神,而使他人失去忠诚的机会,因为"忠诚是普遍的主义,妨害别人的忠诚,等于不忠于主义"④。也就是说,忠诚的精神是无论哪个个体都可以自主而自由地选择的,这种选择不会受到其他个体的干预,因此,作为"绝对"的忠诚精神和作为自我的个体或他人的个体处

---

① 洛依思,《忠的哲学》,杨缤译（上海：青年协会书局，1936）7。

② 同上,译者序,10。

③ 同上,译者序,5。

④ 同上。

在一种融洽的关系中。"绝对"的忠诚精神离不开"个体"的毅力。忠诚如此重要,如何训练忠诚呢? 在鲁一士看来,忠诚的训练依靠对毅力的锻炼,而这主要通过"自我牺牲、经历失败"的过程来实现。① 如果一个人能够经受住挫败的打击,从中汲取教训,以此磨炼毅力,并将毅力扩大化,就能将毅力转化为某种宗教精神,这是一种"精神的真实",也是一种绝对。这里,鲁一士指出了一条通过"个体"达到"绝对"的路径,确切来讲,是通过世俗个体的努力,达到某种宗教精神的"绝对"。"在这真实的王国里,我们一切实际的行为和零碎的观念,都能得到完成"②,也就是个体的集合能够走向"绝对"之路。

鲁一士认可个体的自主选择,但并不代表他宣扬个人主义,正好相反,鲁一士所想要宣扬的恰好是一种整体主义的观点。资本主义社会崇尚个人自由主义,极力主张"良心的自由、判断的自由、意志的自由、行为与生活等等一切的自由"③。但在鲁一士看来,服从主义更加重要,这种主义是外来的约束,是一种任何人都不得不遵守的超越力量。换句话说,个人应该服从于社会和集体,这也是鲁一士整体主义的体现。而个人之所以能进行自主选择,也是在"绝对"之内的或在忠诚的前提下的。鲁一士认同黑格尔关于真理就是全体的观点,坚持整体主义,认为个体只有融入全体当中为社会全体服务,才能有价值,才能实现自己的目标。

> 毕竟,我们的教训既古老又简单。国家或社会秩序才是神圣的。我们都是尘土,社会秩序给予我们生命。当我们把社会秩序作为我们的工具、我们的玩物,而把个人的财富作为唯一的目的时,这种社会秩序对我们来讲就会变得邪恶;我们称其为卑鄙、堕落、腐败、颓废,我们探问如何能够永远逃离它。但是,如果我们转过来服务于社会秩序,而不是仅仅服务于我们自己,我们就会发现,我们所服务的仅仅是我们自己的以身体为形式的最高的精神。社会秩序并不是真的卑鄙、腐败或颓废;反之,当我们忽视我们的职责的时候,腐败和颓废的是我们自己。④

由此可以看出,对于鲁一士来讲,作为整体的国家或社会秩序是高于个人之上的,如果个人发现社会出现了问题,最应该做的也是反省自己,而不

---

① 洛依思,《忠的哲学》,杨缤译(上海:青年协会书局, 1936)译者序,5。

② 同上,译者序,6。

③ 同上。

④ Josiah Royce, *The Basic Writings of Josiah Royce, ed.* John J. Mc Dermott (London: The University of Chicago Press, 1969) vii.

是责怪社会秩序或国家。鲁一士受达尔文进化论影响,认为进化的目的是通过忠的观念将个人的生活融入到社区当中①。这种绝对的忠诚的精神在鲁一士那里是不容怀疑和改变的,而个体的自主选择也是在这种绝对的范围之内的。同时,鲁一士认为,"忠诚"最内在的精神是"一切德行的中心,一切义务的中心义务"②。换句话说,我们对国家、对社会的忠心是一种履行义务的过程。"这本书(《忠的哲学》)所阐明的是忠的观念。若我是对的,那么以忠的观点去考虑义务的观念,所得的结果真是很深刻的,而且含有改造性,不但是改造伦理学,就是对于宗教,对于大部分人的真理观和现实观都有作用"③。鲁一士希望《忠的哲学》的读者不仅仅是哲学家们,也是爱好理想的人和爱国家的人,他的目的是希望面对社会政治的混乱,人们不要把道德问题简单化④。鲁一士的言外之意是解决道德问题不能简单地依靠普世性的道德律令。

"绝对"的忠诚的达成,离不开"个体"的良心的作用,因为忠诚的行为就是有良心的行为。良心就是社会的主义,主义决定人的理想,而良心就会时时督促这种理想的达成和表现。忠诚的精神作为一种"绝对",离不开理性的作用。同样,理想的实现离不开感情,而且鲁一士尤其强调感情的作用。"理想本身的起源,八成是感情,只有两成是理智,而感情是对社会状况极敏捷、极精微的反应,所以一切理想自然都与社会有非常密切的关系"⑤。鲁一士对良心和情感的强调又是偏重个体的,也就是说绝对忠的精神的达成,离不开个体的良心和情感的作用。可以说,在承认忠诚的绝对性的同时,鲁一士也看到个人的意义。因此,鲁一士的形而上学在某种程度上又带有个人主义的特征。他认为个体性就是规定性。而每个人的个体性并不等同于生活中的每一瞬间,而更重要的是体现他的意志。同理,他人的个体性也体现在其决定上⑥。这主要体现在鲁一士在提倡主义的同时警惕说,不能因为主义而导致某种奴性的精神。鲁一士

---

① Grover Smith ed., *Josiah Royce's Seminar, 1913–1914* (New Brunswick: Rutgers University Press, 1963) xvii.

② 洛依思,《忠的哲学》,杨缤译(上海:青年协会书局,1936)译者序,2。

③ 同上,译者序,2—3。

④ 同上,译者序,4。

⑤ 同上,译者序,9。

⑥ Grover Smith ed., *Josiah Royce's Seminar, 1913–1914* (New Brunswick: Rutgers University Press, 1963) xiv.

在提倡个人主义的同时,也提醒人们,不要因为提倡个人主义而制造奴性。鲁一士认为防止奴性产生的方法是在个性和特性之间掌握好平衡,为此鲁一士指出:

> 你所处的地位,要求你尽量否认你自己,要求你抬起虔敬的眼睛来仰望别人的崇高光荣。你的言语,你对人的称呼,都提醒你把自己放得比人低;不管是精神上还是物质上。这一切内内外外的形色声态在你的感觉神经、思虑神经上起综合作用,你明白,也会觉察到你的本分是执行人家的意志,谋求人家的舒适,因为你的主义就在于做一个好的侍女、仆人,并且为了他人的存在而存在着,你不是为了事务而存在的;因此你的关系也成了对人的关系,而不是对事务的关系。你的精神很容易是一种卑屈的奴隶精神,而与忠诚精神两不相干。奴隶精神与忠诚精神之区别本来很微妙,很精细,然而其间却含有本质上的根本性差异,这差异是一心奔赴志愿行动的要求与环境训练、生活以及个人的气质互相结合的运动过程所决定的。①

鲁一士这种否定个人、将个人与他人融合的主张对艾略特的传统观的形成具有一定的启发作用。但总体看来,关于"绝对"与"个体"之间的关系,鲁一士更加偏重"绝对"。鲁一士的《忠的哲学》时是立足于其所处的时代背景的,一个社会处于思想变革时期时,人们往往处于怀疑的状态,精神无所寄托,而鲁一士所倡导的忠诚精神恰好给人们一种指向,那就是,你可以有一种忠诚主义。鲁一士的忠诚概念,就是要阐发一种忠于集体、忠于社会、服务于集体、服务于社会的理想。对传统的怀疑态度和改良态度影响到人们对道德标准的怀疑。相比对数理科学的怀疑而言,对道德的基础的怀疑所带来的后果更加严重,"似乎深入到我们的心底去了"②。在鲁一士看来,对道德基础的怀疑已经严重影响了人们的信念,给人们带来了烦扰。

为了解决人们在道德标准方面的迷茫和存在的种种不确定感,鲁一士所要做的是帮助人们修改道德标准,给人们一种确定的道德形式。但是这并不意味着完全否定传统和过去,而是要把新的道德标准建立在传统之上,是在用新的眼光重新审视传统的意义和精神。从另一种意义上说,传统的"死去"是为了更好地"生发起来"。③

---

① 洛依思,《忠的哲学》,杨缤译 (上海:青年协会书局, 1936) 译者序,12。
② 同上,2。
③ 同上,5。

"绝对"的统一性，体现在他致力于将哲学与宗教联系起来的努力上。关于哲学与宗教的关系，鲁一士主张，两者各有特性，相互之间是一种补充的关系，而不是替代关系。鲁一士的著作《哲学之宗教方面》谈论了什么是宗教的问题。他认为，宗教问题涉及三个方面：道德法则，宗教仪式和实在的本质。其中关于实在的结构是哲学和宗教关系之所在。哲学与宗教的关系主要体现在两个方面上：其一，哲学具有批判和分析的特性，这种特性使哲学能够对宗教所提出的实在和道德问题进行检验。哲学的本质是对"生活的批评"以及"为自己的意见寻求理由的努力"[①]。其二，哲学提出诸如"我应该做什么"、"我应该希望什么"的问题，而这些问题可以得到来自宗教的启示。在鲁一士看来，宗教和哲学是不能相互代替的，二者共同构成了人类生活的两个方面[②]。这也是艾略特的思想来源之一。

逻辑学作为方法论，是实现各门科学、各种知识"绝对"统一的重要手段。鲁一士主攻逻辑学和认识论，企图用数学来证明上帝的存在，将宗教问题数学化、科学化。鲁一士的逻辑学在其哲学思想中占有重要地位。逻辑学研究思维作用，而思维作用也是一种方法论，是对科学及各门艺术方法的研究。而其逻辑学，作为科学方法论，具有融合性。哈佛大学对鲁一士的评价是"他对学校教学最大的贡献是通过开设逻辑研讨班实现的，逻辑研讨班成了真正的科学交流场所。有着广泛而不同的学术和技巧的人们——化学家、生理学家、统计学家、病理学家以及数学家，他们虽然彼此不能够相互理解，然而在研讨课上，鲁一士理解他们所有的人，并且让他们相互理解"[③]。在人类知识的问题上，鲁一士认为，人类知识具有统一性，虽然这种统一性表现为多种多样的具体的形式，但这些形式都是艺术，而所有这些艺术都有共同的纽带，这正是哲学的关切点[④]。

但艾略特反对鲁一士将哲学科学化和技术化的倾向。在艾略特看来，道德以及宗教的问题——关于上帝存在以及自由的问题，属于信仰的

---

① 洛依思，《忠的哲学》，杨缤译（上海：青年协会书局，1936）6。

② Josiah Royce, *The Philosophy of Josiah Royce*, ed. John K. Roth（Cambridge：Hackett Publishing Company, 1982）10–11.

③ Grover Smith ed., *Josiah Royce's Seminar, 1913–1914*（New Brunswick：Rutgers University Press, 1963）xi.

④ Ibid., 2.

范畴,是不能通过逻辑科学的方式加以解决的,因为宣称可以为宗教经验提供客观分析的科学模型本身会威胁到宗教信仰。其次,这种威胁也来自人类学和社会科学,当时在哈佛大学,随着人类学和社会科学的兴起,人们企图在关于人和社会的问题上拥有一种统一的看法,因为"科学"本身就带有某种确定性。然而,具有讽刺意味的是,这种努力的结果却是知识的多样化和碎片化,因而带来了更大的不确定性。而早期人类学家们试图为宗教建立一种实证且科学的基础的努力,即试图用系统的、可分析的、经验的数据来解释宗教的做法,也是艾略特问题的来源之一。在艾略特看来,宗教是超自然的,不能到达客观而理性的理解①。要想解决类似的问题,哲学必不可少。

鲁一士关注"绝对"与"个体"的关系问题。其最重要的问题是在保持"绝对真理"的前提下,真正解释个体的存在和知识。鲁一士的对立面是对"绝对观念"的传统反驳以及认为人类自由不可能实现的主张。而鲁一士所要达到的目的有二:其一是"绝对"与"个体"的和谐;其二是更加强调"绝对"的统一性和整体性。在伦理道德领域,体现为忠的精神与个人主义的一致以及对整体主义的强调。在各门科学和知识的方法论问题上,体现为运用逻辑学来解决哲学、宗教以及道德问题。

鲁一士主张的"绝对"虽然与布拉德雷哲学中的"绝对"内涵不尽相同,但他们的主张的逻辑是一致的,即试图通过一种预设来统一众多的个体,从而实现"一"与"多"的统一。艾略特既不完全赞同鲁一士的"绝对",也不完全赞同布拉德雷的"绝对",但作为一种具有统领性和超验性的预设,艾略特还是赞同的。艾略特从鲁一士身上学到的是试图通过文学的途径来解决鲁一士无法解决的问题,因此可以说鲁一士的哲学主张为艾略特的文学创作实践和文学理论的构建提供了必要的启示。

---

① Manju Jain, *T. S. Eliot and American Philosophy: The Harvard Years* (Cambridge:Cambridge University Press, 2004) 112-117.

第二章

艾略特的哲学思想来源之二：
康德、柏格森

本章有两个要旨：第一，阐释艾略特对康德哲学的批判，确立康德思想在艾略特文学创作实践与文学理论构建中的地位；第二，阐释艾略特对柏格森哲学的批判，确立柏格森思想在艾略特文学创作实践和文学理论构建中的地位。

（一）
经验知识与先验知识的问题：
艾略特对康德哲学的批判

18 世纪，德国哲学正经历一场史无前例的危机，导因是哲学在寻求最终依据和原则问题上陷入难以逾越的困境。[①] 人类理性的本质要求所有一切都要放在理性的天平上进行衡量，这与人类理性的承受能力发生冲突。这场危机涉及两大派别，大陆理性哲学和英国经验主义哲学。这两大派别都有致命弱点。大陆理性哲学以莱布尼茨—沃尔夫学说体系为代表，有独断论倾向，主张在没有任何经验材料做根据的前提下，凭借理性逻辑推断在我们之外存在着某些终极客体知识。英国经验主义哲学以大卫·休谟的学说体系为代表，具有怀疑论倾向，主张放弃所有形而上学的预设，只接受经验直观。

---

① 中译本序，康德，《纯粹理性批判》，邓晓芒译（北京：人民出版社，2013）中译本序，1。

其实这场形而上学危机的核心没有偏离哲学自开端以来的轨道。哲学从一开始就追问知识及其对象，追问客观事实及客观事实的总体，追问全体人类共同的世界。我们（的问题）——客体（的问题）——实在（的问题）的关系便成为一个问题。理性主义主张实在是知性被世界中的理性秩序所冲击的结果，经验主义主张实在是物诉诸感性的结果。两个主张存在共同之处，即实在与实在的再现（representation）或呈现共有一个预先的协调。

这场危机同时孕育着一场深刻的变革，变革的核心人物是康德。康德用他的三大批判（《纯粹理性批判》、《实践理性批判》、《判断力批判》）、《道德形而上学基础》和《道德形而上学》创立了他的批判哲学，并依此来应对形而上学危机。康德的批判哲学围绕四个问题展开。问题一：我能够知道什么？这是认识论方面的问题，它涉及认识的界限、范围和质料，以及知性、感性、直观、范畴、时间和空间关系问题。问题二：我应该做什么？这是道德方面的问题，是康德《实践理性批判》要解决的问题。问题三：我可以希望什么？这是宗教方面的问题，涉及人们应该去做的时候，如何在宗教中使期望和德福一致。问题四：人是什么？这是关于知识、道德和宗教与人之间关系的问题。更明确地说，在康德的批判哲学体系中，"形而上学回答第一个问题，伦理学回答第二个问题，宗教回答第三个问题，人类学回答第四个问题。"[1]康德对这四个问题的回答，"……对形而上学做出了全新的诠证，通过这个诠证，康德表明，未来科学的形而上学如果可能，那么它的关切已经从存在本身（物自体）转向经验现象判断。……[康德]彻底放弃了古希腊传统形而上学的关切，将形而上学与认识论整合为一体，使形而上学受到认识论的约束。"[2]

这样康德的诠证过程便完成了对传统形而上学的改造，是对形而上学进行的一种哥白尼式的革命。因为"传统的形而上学所要解决的是两个问题：一个是本体论的问题，即关于终极的客观存在的对象知识（世界整体、灵魂实体、上帝和自由意志等）；另外一个是认识论问题，即为自然科学的知识提供真理性的哲学保证，要解决的问题为：我们的知识或观念如何才能应用于对象。"[3]无论是传统形而上学的本体论还是知识论都使

---

① 康德，《逻辑学讲义》，许景行译（北京：商务印书馆，1991）15。
② 韩水法，《批判的形而上学》（北京：北京大学出版社，2009）4。
③ 康德，《纯粹理性批判》，邓晓芒译（北京：人民出版社，2013）序，15。

形而上学陷入泥潭、无法自拔。处于胶着状态的康德从哥白尼的革命中得到启发，用康德自己的话来说："哥白尼在假定所有星体围绕观测者旋转时，对天体运动的解释已无法顺利进行下去了，于是他试着让观测者自己旋转，反倒让星体停留在静止之中，看看这样是否有可能取得更好的成绩。"①康德按照哥白尼（Nicolaus Copernicus）的技术路线重新改造了问题的方式，尤其是在认识论上，将原来的"我们的知识或观念如何才能应用于对象"改造成为"对象如何依照我们的知识来构建"。这样康德就实现了从"知识依靠对象"到"对象依照知识"的转变，完成了他的"哥白尼式的革命"。

康德认为我们的世界从经验的角度来说虽然杂乱无章，但是可知的。世界的可知性是通过我们的知识（即概念）来实现的。因此证明概念可知性的合法地位就成为康德的一个核心课题。要完成这个课题，康德首先回答概念可知性的来源问题。康德认为对这个问题的回答不可能来自对经验的考察，而是要对认知的律法进行研究，从而定义心灵（mind），更确切地说定义和阐明理性如何认识和解释世界。为此康德在《纯粹理性批判》中将理性招致到"最高法庭"，对纯粹理性进行审视。作为纯粹理论理性，它向人们提出认识独立于经验的要求；而作为纯粹的实践理性，它则提出意志决定独立于经验的基础要求。也就是说客观对象，即我们的认识客体要符合我们的认知模式和认知方法。因为"如果直观必须符合对象的性状，那么我们就看不出，我们如何能先天地对对象有所认识；但如果对象（作为感官的客体）必须符合我们直观能力的性状，那么我倒是完全可以想象这种可能性。"②也就是说，客观对象是否能摆脱主观认识、主观是否可提供一种认识模式成为康德的主要任务。

为了完成这项任务，使我们的直观具有这种能力，康德认为要使用这样的方法，

> 即将经验视为概念的产物，这样我们马上就看到了一条更为简易的出路，因为经验本身就是知性所要求的一种认识方式，知性的规则则必须是我还在对象被给予我之前因而先天地就在我心中作为前提了，这个规则被表达在先天的概念中，所以一切经验对象必然依照这些概念，且必须与它们相一致。③

---

① 康德，《纯粹理性批判》，邓晓芒译（北京：人民出版社，2013）序，15。
② 同上。
③ 同上，序，16—17。

经验对象依照概念框架和模式进入人的认识过程,成为经验知识。不过,在这个过程中,概念或范畴成为固化知识的关键所在。因为依照康德的理路,在认识世界的过程中,人们通过经验中的对象进入范畴而获得知识,这就是所谓概念或范畴的先天性。只有提出概念或范畴的先天性主张后,才能充分证实和明确先天性的概念或范畴可以成为经验知识的可能性条件。因此,

> 范畴表在康德理论哲学中的重要地位是不言而喻的,按照康德的说法,它对制定整个科学的体系的计划是必不可少的,因为它不仅包含了所有基本的知识概念,甚至也包含了人类知性之中概念体系的形式,因此它提示了计划好的思辨科学的所有环节甚至所有秩序。①

康德以这个先天性命题为武器,从根本上治理了怀疑论和经验论制造的形而上学内含和意义理解上的混乱,从而"向形而上学许诺了一门科学的可靠道路"②。康德这项研究的目的是要建立科学的形而上学,为认识和自然科学奠定基础,以求掌握自然的必然性,为自然立法。康德发现几何学和其他自然科学是可靠的科学,因此几何学和其它自然科学的方法可以作为范例成为康德论证纯粹理性的合法性所依赖的方法和模式,依此保障得出的推断具有明晰性和确定性,从而可以去批判和检验纯粹理性。

康德的批判并没有停留在《纯粹理性批判》对理性的认知能力和条件的批判上,1788 年他又完成了《实践理性批判》。在这个批判中,康德进一步对理性的能力和限度进行了探讨,其中主要涉及人与社会的关系和人的伦理行为问题。康德曾说过,他越是持久地对头顶上的星空和心中的道德凝神思索,越是内心充满常新而日增的惊奇和敬畏。康德认为,

> 在这两者之中,康德所指的前者所起的作用是从"我"在外部感官世界中的位置开始的,将包括"我"在内的连接拓展到世界,到星系,到"恢宏无涯";而康德所指的后者的作用是,……把我作为一个理智者的价值通过我的人格无限地提升了,在这种人格中,道德律向我展示了一种不依赖动物性、甚至不依赖于整个感性世界的生活,这些至少都是可以从我凭借这个法则而存有的合目的性使命中得到核准的,这种使命不受此生的条件和界限的局限,而是进向无限的。③

康德的感叹可以被视为他对自己哲学中两个核心之一的道德哲学的深刻

---

① 韩水法,《批判的形而上学》(北京:北京大学出版社,2009) 9。
② 同上。
③ 康德,《实践理性批判》,邓晓芒译 (北京:人民出版社,2003) 186, 220—221。

认识。康德的认识可以分为三个层次。首先,人生活在社会之中,人际关系及人与社会之间的关系是人生活中无处不在的连接,而且是必然的连接。其次,通过人际关系和人与社会之间的关系的连接,人的价值得到了提升和实现。第三,道德律凸显其在人的生活中的作用,康德尤其认为这种道德律不仅应该摆脱动物性,而且更重要的是要摆脱感性世界的束缚,成为一种合乎目的性的法则。在《实践理性批判》中,康德对道德原则如何成为律令做了详尽梳理,考察和推演了道德律如何必然在最日常的实践行为中成为纯粹意志的规定根据和理据。

康德认为在人的道德生活中,日常经验固然十分重要,一般的理性活动也一直伴随着人们的日常生活,但它们或基于现实欲求和感性欲望,或基于个人的幸福和自怜自爱,只是以资料的实践原则作为目的,不具有稳定性,不具有明晰性和确定性,无法成为普遍原则,因而无法成为人人可以遵守的道德律。康德指出:如果能够对于一块石头的落地和一个投石器的运动进行数学计算,就能创造出对于世界结构明晰的、有确定性的而且“永远不改变的洞见”。为了得到这种永远不改变的洞见,对于道德的考察和思考必须置放在理性的框架之中,将道德原则视为理性而非经验事实,因为只有这样才能够得出纯粹理性的先天普遍的规律,即道德律。“道德律使人认识到人在实践中事实上是自由的,并反过来确定了人的自由是道德律‘存在的理由’”,这样自由便从“先验自由”过渡到“实践自由”,也就是“自由意志”。[①] 康德的自由意志具有丰富和重要的实践意义。首先,它与康德《实践理性批判》中的自由概念不同,它并不带来任何有关对象的知识,而是立足于实践,对人的行为发生作用,具有实在性;其次,它也富有理论诉求,为了保证道德律的实践性,它必须假定一个上帝的概念和灵魂不死,只有承认这样的公设,才能保证德性与幸福的必然联系;第三,它具有摆脱经验束缚的前提,这样才能保证它的普遍性,才能为构建对其他意志也普遍有效的客观法则奠定基础。这三点均通向从形式上对道德法则进行规定,依此康德得出:“要这样行动,使得你的意志准则任何时候都能同时被看做一个普遍立法的原则”,这个原则本身还要求在行为之中不将人看成实现自己的工具或手段,既充分尊重个人的自由,又让人承担社会责任,这样的理性使人将自己从感性世界中分离开

---

① 康德,《实践理性批判》,邓晓芒译（北京:人民出版社, 2003）2—3。

来,走进理智的世界,由此自由摆脱了经验和一般理性的束缚,为自己立法,其形式就是道德律。

康德的批判哲学对年轻的艾略特产生了巨大影响,艾略特早在在哈佛大学求学期间,便开始了对康德的研究。艾略特的研究现留存有康德手稿共有三篇,分别为"康德范畴研究报告"(1913 年 3 月 27 日)、"康德批评与不可知论关系研究报告"(1913 年 4 月 24 日)和"康德《实践理性批判》伦理学研究报告"(1913 年 5 月 25 日)。这三篇报告均是艾略特1913 年参加查尔斯·蒙泰格·贝克威尔(Charles Montague Bakewell)(一位来自耶鲁大学的访问教授)"康德哲学"研讨课的作业。[①] 艾略特康德研究在他的博士论文《知识与经验:布拉德雷的哲学》中也有充分的体现。不过康德对艾略特的影响远不止这些。1952 年,艾略特回顾他自己早期的哲学生涯时,将哲学与神学的分离归结为他放弃哲学的原因。也就是说康德对待形而上学危机的解决方式,即康德的批判哲学,并没有在实际上解决艾略特在 20 世纪初所面临的问题。因此艾略特试图寻找哲学以外的途径来解决他的问题,他充分利用了诗歌这个自柏拉图以来一直被认为与哲学竞争的形式来应对关于真理、理解与意义的危机。(当然艾略特也曾试图用宗教去解决他面临的问题,这并不是本文的讨论内容。)可以说康德对艾略特的影响同时也渗透在他的文学批评理论、社会批判理论和宗教思想之中,一直伴随他终身。

关于艾略特的《康德范畴研究报告》

艾略特撰写了《康德范畴研究报告》,对康德的范畴论的性质、意义和作用进行了详细的辨析与梳理。艾略特通过对康德的范畴论、柏拉图范畴论(《智者篇》)和亚里士多德范畴论(《范畴篇》)进行对比,指出了康德范畴论的问题,虽然他也承认康德的范畴论为认识论提供了一种便捷的方法和途径[②]。关于康德道德律,彼得·温奇(Peter Winch)认为,不

① Jewel Spears Brooker, William Charron, T. S. Eliot's Theory of Opposites: Kant and the Subversion of Epistemology, ed. Jewel Spears Brooker, *T. S. Eliot and Our Turning World* (New York: Palgrave, 2001) 47.

② T. S. Eliot, *The Letters of T. S. Eliot: Volume 1: 1898–1922*, eds. Valarie Eliot, Hugh Haughton (New Haven: Yale University Press, 2011) 80.

存在没有限制的善恶行为，人的道德无法规约化和普世化，只能在具体的行为范例中得到阐释[1]。麦金泰尔（Alasdair Chalmers Macintyre）对康德的批评相似[2]。艾略特反对康德的道德律，他认为脱离传统和社会语境的范畴只能是一种抽象，无法解决认识论的危机。

艾略特在康德范畴论的报告中指出，康德提出的问题也是他那个时代的核心问题，即我们如何认识外部世界。康德暂时接受了笛卡儿和休谟的假设，之后又将之其推翻。康德首先接受了主客体之分，这种假设不仅承认客体与主体空间上的分离，而且还强调客体相对于主体意识的完全独立性；其次；康德接受了概念与感觉的完全区分，即理解的抽象呈现与殊相感性呈现的区分；最后，康德接受了认知经验与先验的区分。[3] 康德转而指出，如果依以上陈述，经验必须是主体对客体的意识，那么主体意识实现的条件就是它能够识别出一个先前客体秩序，只有一种情况能满足这个条件，即概念和因素范畴成为经验的先验条件。艾略特认为康德对认知过程中的主体和客体的讨论重新定义了经验的概念。

艾略特认为康德通过拒斥现代传统中的三个假设解决了认识论的问题。这三个假设分别是：①主体和客体各自的独立性。康德承认主体和客体在经验中的相关性。②概念和知觉的区分是徒劳的，知觉的解析必须通过概念才能够实现。③范畴并不是认知的先验要素，而是经验的组成部分。艾略特从上述康德的推理和结论中得出的结论之一是康德解决了主客体对立的问题，并且在经验中发现了主体和客体相互依存的关系。[4] 艾略特得出的第二个结论是任何实在都是实在程度（degrees of reality）的呈现，都是视阈不同所导致的结果。而且艾略特在布拉德雷的哲学中也发现了关于实在程度的主张。艾略特整合了康德和布拉德雷实在程度的相关主张，并将这个主张纳入到自己的思想体系中。可以说实在程度说一直伴随着艾略特对哲学、文学、文化和宗

① Peter Winch, *Ethics and Action* (London：Routledge & Kegan Paul, 1972) 182.

② 阿拉斯代尔·麦金泰尔，《伦理学简史》，龚群译（北京：商务印书馆，2003）253—263。

③ Jewel Spears Brooker, William Charron, T. S. Eliot's Theory of Opposites：Kant and the Subversion of Epistemology, ed. Jewel Spears Brooker, *T. S. Eliot and Our Turning World* (New York：Palgrave, 2001) 50-51.

④ Ibid., 51-52.

T. S. Eliot in Philosophical Context

教的思考。第三个结论是现象即实在。艾略特指出观念性与实在性、心灵的与非心灵的、积极与消极这样的术语只能应用于现象,适用于狭窄的、实际性的语境。[1] 艾略特的实在程度说并不意味着艾略特主张相对主义,而意味着他对人的认识局限性的思考。艾略特试图通过他的诗歌将古希腊以来各个阶段所形成的视域与现代的视域结合起来,将哲学与文学结合起来,将人类的经验置放在一个整体中去解决人的认识有限性导致的认识论危机。

艾略特指出,在历史上存在三种主要范畴论,每一种都有自己的术语、定义和用法。在第一种(柏拉图的)范畴论中,形而上学和认识论问题具有相同的地位,它们是一个整体。在第二种(亚里士多德的)范畴论中,范畴作为对外部实在的描述而存在。在第三种(康德的)范畴论中,范畴论是一种认识论的怀疑论。应该说,艾略特更倾向于柏拉图的范畴论,因为在这里人类的经验是一个整体。柏拉图的范畴论与亚里士多德范畴论的最大区别就是柏拉图关注整体性,而亚里士多德关注局部性和分析性。亚里士多德的范畴论在一定程度上属于艾略特所批评的用量化的标准来衡量人类经验的"科学主义"。

艾略特在论文中首先讨论了柏拉图范畴论。他认为柏拉图在《智者》、《巴门尼德》(通种论)中的范畴所涉及的形而上学和认识论问题同等重要、密不可分。柏拉图的理型(forms)与其在《智者篇》中的概念一致。其次,艾略特对亚里士多德的范畴内涵进行了讨论。他认为,亚里士多德的范畴阐释的是外部实在,而康德的范畴是关于认识论上的怀疑论[2]。哈比卜指出,艾略特关于柏拉图的理型观与柏拉图在《智者篇》和《巴门尼德》中关于理型的看法一致。柏拉图在此批评了他自己早期在《斐多》和《理想国》中阐释的理型观。在《裴多》,柏拉图把理型视为实在(reality),真正的知识客体。而在《智者篇》中柏拉图改变了自己的看法,"实在"变成了施加影响与被影响的能力。柏拉图认为:"知"就是在某物上施加的行为,而"晓"则是被施加的行为。因此施加

---

① T. S. Eliot, *Knowledge and Experience in the Philosophy of F. H. Bradley* (New York: Columbia University Press, 1964) 157.

② M. A. R. Habib, The Prayers of Childhood: T. S. Eliot's Manuscripts on Kant, *Journal of the History of Ideas* 51(1990): 93-114.

能力应该在形成（*becoming*）与变化（*change*）的世界中发挥作用。① 在《智者篇》中，柏拉图说诉诸心灵的客体，如同知觉和判断的混合体。柏拉图的范畴论中包含五个内容：动（change）、静（changelessness）、同（sameness）、异（difference）和存在（existence）。艾略特认为，柏拉图的范畴即是他的形而上学的实在论，也是其认识论的工具。换句话来说，在柏拉图那里，"意识与其客体没有分离"②。而洛克和休谟的经验则是主客分离，即意识与外部客体之间的分离。而这个分离导致了第二个分离，"双重外在性"，即外在性与一个更加遥远的实在的分离③。艾略特之所以从哲学转向文学也是因为在他的视域中，主客之分和二元对立带来的问题是哲学过于强调自身经验的独立性的后果。艾略特认为哲学无法从根本上解决这个问题。

艾略特在论康德的文章中强调，在柏拉图那里没有内在与外在的区分，即概念与对象的分离关系。洛克和休谟将"经验"（experience）化约为知觉（perception），让知觉提供个别的观念和印象，其结果概念成为共相，外在于经验。"休谟问题"便由此产生，其症结，是他无法连接"观念的连接"与"事实的真相"。艾略特认同柏拉图的看法，即"纯粹知觉"仅仅是一种"假设的抽象限制"的主张。而且艾略特比柏拉图更进一步，他将"观念"（idea）等同于"流变"（flux），认为它们相互可以置换。艾略特认为，它们是不同程度上的实在，最终走向善的观念，既是目的又是具体的共相。④ 艾略特的这些观点构成了他"真理与实在程度"的主张。

一些学者认为艾略特"真理与实在程度"的主张源自布拉德雷，而实际上柏拉图在《斐勒布》中就曾阐释过。柏拉图本人并没有直接提出存在与变化（being and becoming）为一体的概念，这是黑格尔在《逻辑学》中提出、后来爱德华·开尔德（Edward Caird）在《康德的哲学》（艾略特的康德文章中唯一的二手参考）中所强调的观点。艾略特赞同柏拉图对理

---

① M. A. R. Habib, The Prayers of Childhood：T. S. Eliot's Manuscripts on Kant, *Journal of the History of Ideas* 51（1990）：93–114.

② Ibid.

③ T. S. Eliot, *Knowledge and Experience in the Philosophy of F. H. Bradley*（New York：Columbia University Press，1964）104.

④ T. S. Eliot, Report on the Kantian Categories, Three Essays on Kant, 5, 转引自 M. A. Habib, The Prayers of Childhood：T. S. Eliot's Manuscripts on Kant, *Journal of the History of Ideas* 51（1990）：93–114.

型理论的批判,他认为知性和感性是统一体。他同黑格尔和开尔德一样反对柏拉图关于范畴具有独立性和不可化约性的观点。艾略特坚持存在与变化具有统一性,统一的程度依靠视角来调节。

柏拉图和康德的范畴的作用是构建世界,从而实现对世界的认识和理解。而亚里士多德的范畴则只是描述世界中的客体。亚里士多德在他的《形而上学》中,将存在(being)等同于实体(substance),将原初实在(primary reality)作为一切实在(reality)的根基。范畴(空间、时间、关系和质量)是存在的不同感觉,是实体的修饰。实体是原初的存在,是范畴的原则。因此艾略特认为范畴是思考实在的一系列方式。实体即是独立的,又是范畴的一部分。艾略特认为亚里士多德解决了柏拉图遗留下来的一个难题——理型与个别的联系,即共相与殊相之间的联系,但他没有解决实体的问题,即他没有将范畴与客体的先验性联系在一起。不过艾略特还是认为柏拉图和亚里士多德一样对外部客体世界的独立性不予承认,他们的范畴是思想与实在的结合,无需利用观念来调节个别的心灵与外在实在之间的联系。洛克和休谟则坚决抵制实体观,将实体视作实在的底层,用心灵的个别观念来取代实体稳定的功能。艾略特认为这种取替造成了思想与实在的分离、概念与知觉的分离。

艾略特认为概念与知觉(concept and percept)、观念与事实真相之间(idea and matter of fact)的分离正是康德批判的历史背景。知觉和概念是康德知识论的两个来源。康德的目的是赋予概念或范畴一种先验性,使思想的主观状态具有客观合法性。康德认为知识和知性经验可以预设理解性范畴。首先,海量的感觉受时间和空间的限定通过知觉给予形成确定的内容。内容的获取通过三种综合得以实现:(1)对呈现的领悟;(2)想象中的再生;(3)概念中的辨识。判断功能综合知觉中客体的概念和感知。其次,知识与客观实在和客体的关联。三种综合是三种知识的主观来源,依此心灵获取与客体的关联。康德的这个观点与洛克和休谟正好相反。

哈比卜认为,总体上来说,艾略特拒斥康德式演绎的"经验假设",认为任何关于经验的概念或多或少具有主观任意性。[①] 康德的起点是

---

① M. A. R. Habib, The Prayers of Childhood: T. S. Eliot's Manuscripts on Kant, *Journal of the History of Ideas* 51(1990): 93–114.

经验主义的馈赠，是基于认识的主客体之分的经验主义主张。艾略特认为，依照康德的观点，为了批判"物自体"，首先得树立物自体，艾略特认为这是批判哲学的特色。其次概念与知觉对象之间存在鲜明的差异，这是康德理解功能和感性分离的重现。最后是经验中先天与后天要素的区别。艾略特进一步指出，康德还做出了一个区分，"纯粹普通逻辑"和"超验逻辑"的区分。在这里，"纯粹普通逻辑"指形式（form），而"超验逻辑"指内容（content）。艾略特对形式与内容的分离持有怀疑态度：形式与内容的区分只有在任意性的前提下才有可能，排除内容的前提下去思考殊相与共相的区分是不可能的。[①] 艾略特提倡整体性，这在其诗歌中有充分的体现。艾略特坚持黑格尔和布拉德雷"具体的共相"（concrete universals）的观点，认为殊相构成了共相。这也导致艾略特对离开经验的抽象概念的怀疑。艾略特还坚持认为，纯粹的知觉（perception）是无法实现的。康德坚持判断可以因使用的概念和范畴而得到区分，而艾略特则认为知觉因判断而存在。换句话说，判断在先而知觉在后，没有判断便没有知觉，概念与知觉具有内在联系。艾略特不仅在他的博士论文中坚持这个观点，而且在他的批评中，尤其是在关于形而上学诗人的论述中，明确地阐释了这个观点，这也是他诗歌创作的思想核心。

另外，艾略特认为康德的演绎逐渐淡化了主客体的区分，人的认识始于主体，但随着内部世界与外部世界逐渐清晰化，随着知觉主体被清晰地阐释，主体越来越成为客体的一部分，范畴被应用于客体，抑或是范畴被主体接受的问题，转化成为一个把重点放在哪一个方面的问题。艾略特还认为，康德赋予"想象"的中介功能进一步模糊了思想与感觉的界限，理解与想象相互交错，想象是理解的一个侧面，它综合了感觉中的杂多。[②] 艾略特关于想象的认识后来在他的博士论文中得到了进一步加强，也应和了鲍桑葵（Bernard Basanquet）、布拉德雷的相关主张。

---

① T. S. Eliot, Report on the Kantian Categories, Three Essays on Kant, 6, 转引自 M. A. R. Habib, The Prayers of Childhood：T. S. Eliot's Manuscripts on Kant, *Journal of the History of Ideas* 51(1990) 93–114.

② Ibid.

艾略特还认为,康德的超验自我和物自体是必要的假设,一旦知觉、想象和认知进行综合就会实现自我意识的统一,概念和知觉对象的区分就会被超越。康德的超验自我,就像笛卡儿的自我一样,具有抽象性,无法超越作为主体的自身和知识客体的对立。康德的超验自我使人们回归到笛卡儿的"我思",而且比笛卡儿更强调主体性。艾略特认为如果接受康德的范畴在经验中的有效性,就必须承认范畴不仅可以应用于客体,也应该应用于概念。康德的范畴只是在方法论上有意义,而康德所提及的知觉和物自体的超验与终极实在在人的经验中无法实现。① 哈比卜认为艾略特在这个报告中表达了对康德的怀疑,而不是对布拉德雷的怀疑。

关于艾略特的《康德批评与不可知论的关系研究报告》

在康德研究的第二份报告"康德批评与不可知论的关系研究报告"中,艾略特将康德的"物自体"概念与斯宾塞(Herbert Spencer)的不可知论以及实证论进行对比,艾略特指出,斯宾塞的不可知论与康德的"物自体"不仅有所不同,而且比康德的"物自体"更深入。布鲁克尔认为艾略特对这两位哲学家进行对比的目的有两个:(1)澄清康德关于经验的观念,康德将物自体仅仅视为一个概念,而不是外在于经验的客体。(2)通过揭示康德对阐释本质认识的不足来调和康德的相对主义。② 除了独断论外,艾略特总结了三种对待宗教的态度:怀疑论[休谟、布拉德雷、约阿欣、巴尔弗(Balfour)]、不可知论者[斯宾塞、赫胥黎(Thomas Henry Huxley)]和批判哲学(康德)。艾略特试图证明康德批判哲学中不包含不可知论和怀疑论的元素③。

---

① T. S. Eliot, Report on the Kantian Categories, Three Essays on Kant 14. 转引自 M. A. R. Habib, The Prayers of Childhood: T. S. Eliot's Manuscripts on Kant, *Journal of the History of Ideas* 51(1990) 93−114.

② Jewel Spears Brooker, William Charron. T. S. Eliot's Theory of Opposites: Kant and the Subversion of Epistemology, Jewel Spears Brooker, *T. S. Eliot and Our Turning World* (New York: Palgrave, 2001) 53.

③ T. S. Eliot, Report on the Relation of Kant's Criticism to Agnosticism, Three Essays on Kant, 转引自 M. A. R. Habib, The Prayers of Childhood: T. S. Eliot's Manuscripts on Kant, *Journal of the History of Ideas* 51(1990) 93−114.

　　艾略特指出，康德对休谟经验观念进行了梳理，认为休谟的经验主张只局限于一个狭窄的框架，只能是主观状态流的意识，其中范畴是其关键构件，在范畴范围内客体的秩序得以展现；而康德的经验观念包含两个侧面，一个是内部的侧面，另外一个是外部的侧面。依据内部侧面，客体世界在范畴的框架内得以体现。在这个侧面中经验展现了相互没有关联的且混沌的现象的秩序化。① 依据外部的侧面，经验是一个整体，一个想象的我们世界的假设之物。它囊括了三个方面，(1)客体经验，包括用来解释暂时性表象的科学客体和经验关系；(2)感觉表象，即休谟式经验；(3)使客体经验得以实现的现存的范畴与假设。② 在艾略特的分析中，客体和主体只有在经验作为一个整体的时候才有意义，脱离任何一方，另外一方都无法理解。现象与物自体的划分也同样无法令人理解。物自体并不是超出现象的无感觉客体，它只不过是与感觉现象的秩序无关联的客体，这样现象与真实合二为一(the phenomenal and the real are one)。③ 布鲁克尔认为，艾略特对康德物自体和现象的讨论实际上针对的是知识的有限性问题。依据艾略特对康德的解读，所有的知识均来自内部。康德认为知识成为可能必须事先拥有先验的假设，这种先验的假设在艾略特那里被理解为信念(faith)。关于这一点，艾略特在他的博士论文中进行了详细的讨论。艾略特始终认为康德对先验范畴过于依赖，以至于范畴成为一成不变的东西，忽视了变化性，无法涵盖其他可能性的知识。艾略特认为，范畴从另外一个角度来说也是经验的一部分，所有可知的经验必须与范畴发生关系才能够被感知。经验在这个意义上是从某一个角度出发的经验，知识也自然是来自某一个角度的经验，而且与我们同它的距离密切相关。因此艾略特在后来他的博士论文中坚持了这种观点，即知识的程度是知识的一个重要特征。

　　艾略特认为，洛克与贝克莱(George Berkeley)是半个怀疑论者、半个独断论者，而休谟则是一个完全的怀疑论者。黑格尔和布拉德雷之后，怀疑论的步伐加快了，随着整个体系的解体，人们已经无法区分知识与无

① Jewel Spears Brooker, William Charron, T. S. Eliot's Theory of Opposites: Kant and the Subversion of Epistemology, ed. Jewel Spears Brooker, *T. S. Eliot and Our Turning World* (New York: Palgrave, 2001) 54.

② Ibid., 53.

③ Ibid., 54.

T. S. Eliot in Philosophical Context

知。对于布拉德雷来说，唯一的稻草是"绝对"，这是一个可怜的原始信条;绝对是绝望的,因此是神秘的。终极真理仍然无法接近。① 哈比卜指出,艾略特哈佛大学的导师乔希亚·鲁一士也将布拉德雷的绝对定义为神秘性。② 对于艾略特来说,布莱德雷的"绝对"超越了康德的现象和物自体的区分,跨越了知识与无知的界限,将上帝假定为一个抽象的实体,作为绝对的一个侧面。③ 这样,艾略特试图说明布拉德雷关于"绝对"的预设解决了"一"与"多"的对立问题。

艾略特认为,怀疑论、不可知论和独断论都无法说明物自体,观念论、实证论也无法明确物自体的意义,所有这一切主义赋予物自体的只能是对它的限制。艾略特指出康德的限制与其他主义有所不同,康德将客体分成现象和物自体、感知世界和理解世界。康德认为他的物自体是一个限定性的概念。艾略特赞同康德的这一点,不过他指出,康德的客体不应该是两种客体,而应是两种关系。④ 哈比卜指出,艾略特认为康德的观点是经验属于形式和物质存在之间的矛盾。⑤ 那么范畴是超出经验的律法还是经验中的律法呢? 艾略特认为经验永远呈现出内在和外在两个侧面。⑥ 对于艾略特来说,范畴无法超越自己身为其中的经验。⑦ 如果把范畴作为知识的工具,就必须坚持它是完全外在于我们的东西。⑧ 艾略特认为认识世界必须始于信念(faith),即外在于我们实在的关系概念。⑨ 这又回到了康德对客体与客观实在的定义。这也正是艾略特在他的博士

① T. S. Eliot, Report on the Relation of Kant's Criticism to Agnosticism, Three Essays on Kant, 4, 转引自 M. A. R. Habib, The Prayers of Childhood: T. S. Eliot's Manuscripts on Kant, *Journal of the History of Ideas* 51(1990) 93-114.

② M. A. R. Habib, The Prayers of Childhood: T. S. Eliot's Manuscripts on Kant, *Journal of the History of Ideas* 51(1990) 93-114.

③ Ibid.

④ T. S. Eliot, Report on the Relation of Kant's Criticism to Agnosticism, Three Essays on Kant, 4, 转引自 M. A. R. Habib, The Prayers of Childhood: T. S. Eliot's Manuscripts on Kant, *Journal of the History of Ideas* 51(1990): 93-114.

⑤ M. A. R. Habib, The Prayers of Childhood: T. S. Eliot's Manuscripts on Kant, *Journal of the History of Ideas* 51(1990) 93-114.

⑥ Ibid.

⑦ Ibid.

⑧ Ibid.

⑨ Ibid.

论文中阐释的"信念飞跃"的观点。[1] 艾略特认为构建任何哲学都需要一个信念的飞跃。[2] 在艾略特的理解中，哲学并不能完全理解和呈现所有的人类经验。

在这份报告中，艾略特还提出了另外一个问题。他质问康德的推理，为什么上帝是一种物自体。艾略特认为上帝和一张桌子的区别不在于抽象的概念，而在于其在社会经验。哈比卜认为艾略特强调经验社会化是受黑格尔《精神现象学》的影响，后者通过布拉德雷进入艾略特的博士论文。艾略特在博士论文中提出，纯粹的直接经验无法识别，理论与实践相互渗透。除此之外，艾略特还对斯宾塞的不可知论进行了批判。斯宾塞抵制对终极真理的追求，在他的《第一项原则》中，斯宾塞对现象背后的不可知性进行了阐释，认为只有科学才真正思考现象的问题。所有现象均可以通过物质、运动和力等最简化的符号去阐释。艾略特认为斯宾塞拒绝哲学、将一切阐释归结为物质原因直接导致将现象与实在等同，即现象的直观等于实在。这无疑否定了真理符合论的原则。

艾略特的《康德〈实践理性批判〉伦理学研究报告》

艾略特这份研究报告的主题是康德建立在先验律法（categorical imperative）基础上的伦理的不可靠性。[3] 在这份研究报告中，艾略特对康德《实践理性批判》中现象和物自体区分与伦理关系的问题进行了探讨，他指出康德将伦理有效性置于实践理性和纯粹理性的区分上是一种错误，这种错误直接导致了二元对立。康德认为纯粹理性涉及的是理解客体，所以受经验制约；而实践理性涉及的是主体，受意志制约，它与经验条件的客观性无关，其基础是纯粹理性。由此可以得出，实践理性，即道德功能，依据理性做出决定，不受变化的经验所制约。实践理性的基本律法是绝对命令式，它决定意志，不受经验限制。其目的是最高的善（good），即

---

① M. A. R. Habib, The Prayers of Childhood: T. S. Eliot's Manuscripts on Kant, *Journal of the History of Ideas* 51(1990): 93–114.

② Ibid.

③ Jewel Spears Brooker, William Charron, T. S. Eliot's Theory of Opposites: Kant and the Subversion of Epistemology, ed. Jewel Spears Brooker, *T. S. Eliot and Our Turning World* (New York: Palgrave, 2001) 55.

德性与幸福(virtue and happiness)的综合。实践理性必须预设永恒、自由和上帝。纯粹理性涉及的是理解、现象、感性、客观性和因果关系。而实践理性涉及意志、物自体、纯粹知性、实体、主观性和自由。

艾略特反对康德《实践理性批判》中的二元论,反对康德所做的二元论区分。首先他反对感知客体(自然世界)和思想客体(自由世界)的区分,他指出万有引力定律可以理解为直接观察到的,也可以理解为间接得出的,从树上掉下来的苹果既可以是直接观察的结果,也可以是假设,因为我们无法将感觉经验同理智活动直接分离。艾略特认为感觉客体和思想客体的区分存在问题,事实上客体有无限个层次,例如苹果的坠落既是知觉、直接的观察,又是假设、间接的推理,我们无法将感觉经验与知觉经验截然分开。我们所知道的是它们之间的关系。艾略特构建了三种可以连接道德和现象世界的方式。如果将这两个世界视为绝对,像观念论和实在论那样是一种错误,康德的物自体与现象之分在人与上帝之间制造了一个不可逾越的鸿沟。艾略特坚持这两个世界的联系,而只有它们之间具有联系性,它们才有意义。

哈比卜认为,艾略特在两点上赞同康德,一是道德律是人类活动的必要假设,二是上帝的存在对道德解释的必要性。不过艾略特对康德认为上帝的存在对道德有依赖性表示怀疑和反对。尤其是他抵制康德把上帝看成是一个空洞的概念的做法。艾略特认为自然世界与道德世界是人类经验的两个侧面,[①]是一整体中的两个构件。在布鲁克尔的解读中,艾略特用以抵制康德二元论的方法就是亚里士多德的中道观。艾略特指出:只有中道(the mean)才有意义。[②] 实践智慧与先验律法完全不同,是制衡二元对立的良方。

布鲁克尔指出,艾略特解决两个世界(自然世界,即机械性自然的秩序和道德世界,即自由与义务秩序)对立的方法就是将自己的观点置

① T. S. Eliot, Three Essays on Kant, 8, 转引自 Jewel Spears Brooker, William Charron, T. S. Eliot's Theory of Opposites: Kant and the Subversion of Epistemology, ed. Jewel Spears Brooker, *T. S. Eliot and Our Turning World* (New York: Palgrave, 2001) 56.

② Ibid., 10-11.

于另外三种立场之中。① 其一，自然主义将道德世界化约为自然世界；其二，观念论将自然世界化约为道德世界；其三，康德的二元论抵制还原论（reductionism）对自然世界与道德世界的彻底分离。② 艾略特认为自然世界与道德世界是相互包容、相互对应的，两者必须置放在一个相互的关系之中，其中一方才有意义。它们是经验的两个有机组成部分，③单独强调任何一方都会使另外一个方面失去意义。

艾略特还对康德绝对命令的有效性提出质疑，他指出，在每一个行为中都存在一个以上的绝对命令，布拉德雷也持这个观点。伦理应该为人应该做什么和不应该做什么指出一条道路，黑格尔和布拉德雷都持这种观点。艾略特更加赞同亚里士多德的共通感，他认为古希腊的伦理思想在人感觉到不平衡和过度时非常有意义，为制衡人的行为提供了良好的指南。这个指南包括：审慎、得当、恰到好处。艾略特认为康德的律令远不及亚里士多德的中道有意义。

哈比卜认为艾略特发现了康德最高的善观念的矛盾性。"如果最高的善是目的，那么人性就是手段。如果最高的善不是目的，人性就没有任何意义。"④艾略特指出，康德的这种观点不仅不准确，而且也极具危险性。艾略特认为康德将伦理学降低为逻辑科学注定要失败，因为康德的做法必然要在一个相对的关系中制造一种绝对的分割。艾略特认为，伦理、上帝和自由均依靠"信仰"或"共通感"这类模糊实体（a vague entity）。因为将伦理作为科学对待无法为人们提供行为规范和准则，会

---

① Jewel Spears Brooker, William Charron, T. S. Eliot's Theory of Opposites: Kant and the Subversion of Epistemology, ed. Jewel Spears Brooker, *T. S. Eliot and Our Turning World* (New York: Palgrave, 2001) 56.

② Ibid.

③ T. S. Eliot, *Three Essays on Kant*, 8–9, 转引自 Jewel Spears Brooker and William Charron, T. S. Eliot's Theory of Opposites: Kant and the Subversion of Epistemology, ed. Jewel Spears Brooker, *T. S. Eliot and Our Turning World* (New York: Palgrave, 2001) 56.

④ T. S. Eliot, Report on the Relation of Kant's Criticism to Agnosticism, Three Essays on Kant, 12, 转引自 M. A. R. Habib, The Prayers of Childhood: T. S. Eliot's Manuscripts on Kant, *Journal of the History of Ideas* 51(1990) 93–114.

使人无所适从。① 哈比卜和布鲁克尔都认为"共通感"对于艾略特来说是一个关键的概念。艾略特的这个概念来自黑格尔和布拉德雷。共通感是解决主客体对立的钥匙,共通感化解了主客体之间的冲突。艾略特的这个观点在他的博士论文中进一步得到了发挥——实在与观念之间的区别是暂时性的,这是艾略特对柏拉图理型的理解、对康德经验形式与内容区分的拒斥。不仅如此,艾略特还认为经验不能够用个人的标准来定性,因为经验具有社会层性,他由此认为实在就是习俗(convention)。② 艾略特认为,艺术、哲学和宗教存在着一种内在的联系,这种联系使它们能够共同为人们提供亚里士多德所提倡的实践智慧。

哈比卜得出两个结论:(1)艾略特三篇康德论文显示出他的哲学功底,这三份研究报告是艾略特在白璧德和休姆影响下形成的古典主义思想(如秩序性和传统性等)的源头,充分显示了艾略特在关于"一与多"问题的研究方面比白璧德和休姆更加深入。(2)艾略特的康德研究显示出他对古典哲学,尤其是对柏拉图和亚里士多德的理解对他后来的博士论文和文学思想产生的深刻的影响。③ 而布鲁克尔认为艾略特的诗歌创作、诗歌批评理论、艾略特的文化批评理论无不渗透着艾略特在早期康德研究中得出的结论,艾略特的对立理论(theory of the opposites)和视角(points of view)理论在其"传统与个人才能"和"形而上学诗人"的经典论述中更是具有重要意义。④ 传统与个人才能是人类文明经验中不可或缺的两个侧面,从个人才能的角度来看,传统需要个人才能来不断丰富,而从传统的视角上来观察,传统为个人才能提供基础和丰富的资源。两者共同努力才能使人类文明生机勃勃地延续下

---

① T. S. Eliot, Three Essays on Kant, 13, 转引自 Jewel Spears Brooker, William Charron, T. S. Eliot's Theory of Opposites: Kant and the Subversion of Epistemology, ed. Jewel Spears Brooker, *T. S. Eliot and Our Turning World* (New York: Palgrave, 2001) 57.

② M. A. R. Habib, The Prayers of Childhood: T. S. Eliot's Manuscripts on Kant, *Journal of the History of Ideas* 51(1990): 93-114; Jewel Spears Brooker, William Charron, T. S. Eliot's Theory of Opposites: Kant and the Subversion of Epistemology, ed. Jewel Spears Brooker, *T. S. Eliot and Our Turning World* (New York: Palgrave, 2001) 57.

③ M. A. R. Habib, The Prayers of Childhood: T. S. Eliot's Manuscripts on Kant, *Journal of the History of Ideas* 51(1990): 93-114.

④ Jewel Spears Brooker, William Charron, T. S. Eliot's Theory of Opposites: Kant and the Subversion of Epistemology, ed. Jewel Spears Brooker, *T. S. Eliot and Our Turning World* (New York: Palgrave, 2001) 58.

去,而情感与理智(思想与感觉)也是共生共张、相互依存的关系。这些主张在艾略特的《克拉克演讲》以及诗歌《空心人》的第五部分中都有具体体现。

艾略特对康德的研究尽管只有现存的三篇文章,但上述讨论及哈比卜和布鲁克尔的结论首先清晰地显示出艾略特对"一"与"多"问题的哲学思考及这些对其后来的诗歌创作、戏剧创作和文学以及文化批评理论的影响。"一"与"多"的问题是一个从古希腊哲学一直延续到当今西方哲学的根本问题。柏拉图、康德、黑格尔和布拉德雷等都试图通过一种超验的形式来赋予"多"以秩序,他们或多或少把观念等同于实在,而亚里士多德和阿奎那等哲学家则视特殊性为实在性。笛卡尔用理性取代神性,洛克和休谟的经验主义和怀疑主义之后,具有超越性的"上帝"逐渐失去了"一"的性质和作用。康德通过对现象与物自体的划分,完全隔断了现象的经验世界与物自体的超验世界的联系,康德试图依此来为"上帝"的"一性"保留余地。艾略特对康德范畴的批判、对康德《实践理性批判》中二元论的批判以及艾略特对康德与不可知论不彻底的割裂的批判都是艾略特试图解决"一"与"多"相互冲突的努力。艾略特的哲学思考、诗歌和戏剧创作和文学文化和社会批评乃至宗教皈依无不体现了他调解冲突的努力。抽象的哲学思辨无法完全呈现艾略特的思考,他通过诗歌和戏剧的范式给哲学思考提供了一个说明自身的条件。

其次,故事叙述(story-telling)或文化叙事与道德律令这两种形式哪一种在培养人的行为规范方面作用更大是伦理学研究的一个重要课题。康德通过《纯粹理性批判》、《实践理性批判》、《道德形而上学奠基》和《道德形而上学》构建了一个完整的律法式伦理道德规范,建立了一整套伦理道德话语体系。在这个话语体系中,康德通过把实践理性中的伦理道德规约置放在纯粹理性之中,建立了超验的、不受任何日常生活变化影响的规则和律法。然而,艾略特认为,这些规则与律法虽然依照康德的理论具有"普世的、不证自明的"特性,实际上这些做法是将人的理想和人的情感分离,使一个完整的人不思人间烟火,只生活在抽象的教条之中,它们无法应用于人的具体生活实践,因而无法为人们建立一个可以遵循的行为准则。正如麦金泰尔在《追寻美德》中、纳斯鲍姆在《善的脆弱性》中一再指出的那样,这种在逻辑上有效的、客观、非个人的标准无法在实践中真正发挥伦理道德的指导意义。真正能够在日常生活中发挥作用的是能够使人身体力行的具体的道德规范，即艾略特的共通感，它既不是大多数人的意见，也不是此时此刻的想法，而是成熟之人通过读书和学习形成的、自古希腊以来的传统精华。① 而"共通感"可以通过诗歌、戏剧等文学作品中的道德伦理事件，而不是通过逻辑论证所得出的教条，不断得到强化和延续，也许正是因为对共通感的认同，艾略特才选择了布拉德雷的哲学作为自己的博士论文研究对象。

艾略特关于康德的三篇论文是艾略特面对 20 世纪初理性主义、机械论造成的混乱以及多种叙事造成的困惑时所进行的哲学思考。艾略特试图通过自己的努力探求一条诠释真理的道路。艾略特的三篇研究康德的论文还为他的博士论文《F. H. 布拉德雷哲学中的知识与经验》奠定了基础。艾略特对康德现象与物自体分离的批评在他诠释布拉德雷哲学的过程中得到了延续，他在自己的博士论文中进一步阐释了知识与经验的区别和关系。此后，他在自己一生的诗歌和戏剧创作中为自己的理论找到了有效的论证，与此同时，艾略特也在自己的文学批评和文化批评中进一步丰富并阐明了他的思想。由此可以看出，艾略特的康德研究是理解艾略特所有思想的一个重要组成部分。

（二）
对柏格森哲学的批判

亨利·柏格森（1859—1941）是法国哲学家、思想家和文学批评家。柏格森 1859 年在巴黎出生，在巴黎的孔多塞公立中学以优异的成绩毕业后在 1878 年进入师范学校，1881 年获得学士学位，1889 年获得博士学位。1897 年任高等师范学院讲师。他在 1889 年出版了处女作《时间与自由意志：论直觉的直接材料》，1896 年出版了《物质与记忆》。在这两部著作中，柏格森认为，物质过程和心理过程是不同的领域，用于探索物质世界的方法不适用于对人们精神生活的研究。他的《笑》在 1900 年出

---

① T. S. Eliot, *For Lancelot Andrewes: Essays on Style and Order* (London: Faber and Faber, 1970) 67.

版,这部著作的内容主要是介绍笑这种个人心理表象的缘由和形式及其社会功能效应。他 1903 年出版《形而上学导言》,一部关于他的反科学、反理性主义思想的著作,他提出,与理智相对的"直觉方法"才能"朝向事物的内在生命的真实的运动"。① 柏格森在 1900—1914 年被聘为法兰西学院教授,与此同时他还兼任国际知识界合作委员会主席至 1925 年。1914 年他当选为法国科学院院士,1927 年因《创造进化论》而获得诺贝尔文学奖。这部著作使他享誉世界。柏格森因此成了家喻户晓的人物。这部著作很快被翻译成英语、德语和俄语,一时间在欧洲大陆洛阳纸贵。柏格森开始每周在巴黎举办讲演。他的"讲演中所涉及的时髦的社会事件,不仅吸引了巴黎人,而且引起国际知名人士的关注。"②各式各类的人士纷纷从世界各地涌入巴黎聆听柏格森的讲演。柏格森的哲学主张不仅在哲学领域兴盛一时,而且也延伸到了人文学科的各个领域,其中包括文学创作实践和文学理论的构建以及宗教领域。

柏格森曾被誉为"解放者"和"使西方思想摆脱 19 世纪'科学宗教'的救世主"。英国诗人、批评家 T. E. 休姆承认,柏格森借助消除"决定论者的噩梦""解除了整个一代人的痛苦"。③ 休姆曾一度构建了一个英国式的柏格森主义观点——怀疑传统的形而上学,拒绝理性主义对历史和社会进步的认可。休姆在他的《沉思集续编》的《波洛尼亚大会札记》中比较明确地阐述了这种思想。④ 休姆的主张也曾经影响过艾略特。柏格森所提倡的直觉主义也常常被人误解。他实际上对科学的认识非常深刻。他的一个学生梅尔曾经引证过柏格森对科学的看法,柏格森认为人们不应该忽视科学,对待科学应该像对待哲学一样,可靠的真理来源于在经验中获取的东西。在某种意义上看,哲学应该是一连串的实验。⑤ 柏格森的思想不仅颠覆了西方哲学的柏拉图主义传统,还开创了 20 世纪法

① 柏格森,《形而上学导言》,刘放桐译（北京:商务印书馆, 1963）31。

② 彼得·沃森,《20 世纪思想史》,朱进东,陆月宏,胡发贵译（上海:上海译文出版社, 2006）73。

③ Philippe Soulez, Frédéric Worms, *Bergson: Grandes Biographies*, ed. Frédéric Worms（Paris: Flammarion,1997）132–133.

④ Thomas Ernest Hulme, *Further Speculations*, ed. Sam Hynes（Lincoln: University of Nebraska Press, 1962）21–27.

⑤ 约瑟夫·祁雅理,《20 世纪法国思潮:从柏格森到莱维·施特劳斯》,吴永宗, 陈京璇译（北京:商务印书馆, 1987）17。

国哲学的繁荣场面。柏格森的思想曾一度对艾略特和休姆都有过很大的影响,但他们后来都因为柏格森所主张的流变观和知觉观拒斥柏格森的其他思想。他们认为柏格森虽然抵制原有的形而上学,但却以牺牲传统和历史为代价,无法解决现存的认识论危机,无法为拯救欧洲文明提供必要的解决方案。

　　柏格森所处的19世纪末的法国哲学思潮大致可以分为三大趋势。第一个趋势,以孔德(Auguste Comte)为代表的实证主义主张社会进化的三个阶段,即神学的、形而上学的和实证的阶段。第二个趋势是查理·勒努维耶(Charles Bernard Renouvier)为代表的观念论,这个主张受康德的影响,综合实证主义和观念论思想的核心。第三个趋势以曼恩·德·比朗(Maine de Biran)和维克多·库辛(Victor Cousin)为代表,倡导精神主义的实证主义。柏格森属于第三个趋势,试图利用实证主义的方法来论证和融合"形而上学的思想潮流"。① 柏格森的哲学思想是他那个时代的组成部分,反映了那个时代的特征。虽然这些特征看上去有些"支离破碎",但"正如康德主义包含了18世纪的理性主义或黑格尔主义包含了19世纪的唯心主义和浪漫主义一样,"②这些特征也在一定程度上被包含到柏格森的哲学之中。柏格森的法国也是孔德的实证论的法国,孔德将科学视为知识唯一合理的模式,并将之设立为构建知识的基本原则。柏格森的法国是立体派和象征主义的法国,柏格森以唯心主义构建法国,为美学知识的可能性提供了一个主观基础,并且赋予诗歌一种超验的价值。与此同时,这个法国也是进化论生物学、心理学、唯灵论、小说和戏剧中自然主义的法国,是像杜尔克姆(Durkheim)那样的社会学家的实证论唯物主义的法国,更是具有德雷福斯(Dreyfus)案件那样的社会冲突的法国。③

　　柏格森反对孔德式的理性主义,因为这种有限的理性主义失去了"休谟的精巧细致或康德的区分入微"。他同时也反对休谟式的经验主义,尤其反对休谟的联想主义心理学。柏格森为什么反对自柏拉图以来的崇尚理智、崇尚固定的思想呢?用詹姆斯的话来提问:"知觉之流的什么特点在概念的转变中被遗漏了呢?"这里我们也用詹姆士的解释来回

① 尤昭良,《塞尚与柏格森》,(桂林:广西师范大学出版社,2004)148。

② 约瑟夫·祁雅理,《20世纪法国思潮:从柏格森到莱维·施特劳斯》,吴永宗,陈京璇译(北京:商务印书馆,1987)21。

③ 加里·古廷,《20世纪法国哲学》,辛岩译(南京:江苏人民出版社,2004)15。

答这个问题：

> 生命的本质就在于生命继续在变化着的性质；但是我们的概念是断续而且固定了的，因而使得概念符合于生命的唯一办法是任意地假定生命被捉住的状况。有了这些捉住，我们的概念就变合适了。但是这些概念并不是实在的诸多部分，并不是实在所取得的真实状况，而是诸多假定罢了，只是我们自己所做的标记，因此你不能用概念来探究实在的实质，正好像，不管网眼多么细密，你都不能用网来取水一样。①

理智主义企图用概念这个"静态来切割、来取代经验道德之间的单位，"这种做法的结果使我们难以理解真正的运动。因为我们在将我们经验到的东西概念化的时候，必须对经验进行裁剪，留下一些我们所需要的，排除一些我们不需要的，将留下来的重新进行安排，使之形成一个概念。"一个概念就是一个东西，而不是其他的东西。"于是开始了一个排除的过程。柏格森认为：

> 在概念上，时间排除空间；运动排除静止；静止排除运动；接近排除接触；存在排除不存在；单一排除众多；独立排除相对；"我的"排除"你的"；这个联系排除那个联系——等等以至无穷；而在生命之真正、具体、可感知之流里，经验相互渗透，竟然不容易知道什么被排除，什么没有被排除。②

在历史上虽然有怀疑论者和经验论者，但从来没有人认真怀疑过理性主义。理性主义是证实知识和真理确证性、明晰性的有效方法之一。

> ……批评理性主义最尖锐的人们在心里对于理性主义总怀有一丝柔情，因而都接受它的一些命令。这些批评家并不是前后一致的；他们对于这个敌人时松时紧；而柏格森一个人一直是激烈的。③

在谈到西方哲学传统时，詹姆士指出，

> 哲学中占统治地位的传统一直是柏拉图式的和亚里士多德式的信念：固定比变化更为崇高，更有价值。实在必定是一，而且是不可变的。概念本身是固定不变的东西，概念和真理固定不变的性质最为相符，所以，要使我们的任何知识十分真，就必定是由一般概念，而不是由特别经验得来的知识，因为特别经验是不固定的、不可靠的，已为人们所熟知。这就是哲学里的理性主义的传统，……④

---

① 威廉·詹姆士，《多元的宇宙》，吴棠译（北京：商务印书馆，1999）139。
② 同上，138。
③ 同上，129。
④ 同上。

T. S. Eliot in Philosophical Context

既然生命是动态的,我们如果使用概念去理解生命,就意味着我们在割裂生命。在柏格森看来,概念是知识的一个组成部分,不能代表知识的整体。因此,柏格森认为,如果我们使用概念去理解生命,我们只能得到对生命之流上的几个点的相关解释,而无法得到"真正活动以及任何种类的真正联系;因为按照我说的理智主义,可以辨别就是不能联系。"①割断了生命的联系,生命的意义也就不复存在。

柏格森处在实证主义和意识精神两大思潮的汇合点上,从两种思想中不断学习,他试图得出哲学应将运动、经验甚至意识和实在作为一个整体,而无法将其分裂或割碎的结论。在柏格森这里,经验、理性与真正的实在是有距离的,他的哲学思想的核心"直接材料"论,就是要彻底摆脱先验哲学,直达实在。"直接材料"论使柏格森哲学摆脱了一元论、二元论和多元论等各种僵化的旧哲学模式。② 这一新的思想为 20 世纪的法国哲学开启了新方向。他反对传统,反对柏拉图以来的理性主义,认为存在呈"绵延"而非固定不变的状态,世界存在是"意识之绵延"、"世界之绵延"、"宇宙之绵延"。他不再拘泥于"存在"到底是物质的还是精神的这样的所谓唯物和唯心之争,而是从一开始就超越了传统哲学的二元对立。③ 然而艾略特认为柏格森所超越的二元对立是暂时的,因为这种超越是通过自身的意识对自我的超越,而不是将自我视为整体的一部分的传统和历史意义上的超越。

柏格森哲学体系

柏格森的哲学思想集中表现在对生命的本质的追问,他认为把握生命本质的重点是对直觉的理解。在柏格森那里,纯粹绵延、内在时间、直觉、意识和意志自由都是一个东西。④ 它们都是行动和内在的自我的表现形式。依此,柏格森认为获取完整或绝对的客体知识需要通过两个渠道,其一是把握知识对象整体,其二是把握对内在现象的想象。柏格森对于生命的本质的探求体现在他提出的概念之上,这些概念内在是互相关

① 威廉·詹姆士,《多元的宇宙》,吴棠译 (北京:商务印书馆, 1999) 134。
② 莫伟民, 姜宇辉, 王礼平,《二十世纪法国哲学》(北京:人民出版社, 2008) 34。
③ 同上。
④ 同上,30。

联的。通过对这些概念的构建,柏格森试图最终超越概念,达到内在的现实,柏格森在这里所指的内在现实并不是永恒的、不运动的柏拉图式的理念,而是自我的意识、"对有关它的绵延的认识和与它同存在的相互关系的认识"。① 柏格森的哲学体系包括五个核心内容,(1)生命的冲动观;(2)理智与直觉观;(3)时间与自由观;(4)精神与物质观;(5)宗教与道德观。

(1) 生命的冲动观

柏格森对旧的形而上学的不满促使他重新思考哲学的根本问题：生命到底是固定不变的还是变化着的。他的切入点是质疑机械论和目的论阴影笼罩下的生命问题。在持有机械论观点的人的眼中,只要掌握了宇宙内在的法则,就可以认识包括生命在内的所有物质;而在主张目的论的人那里,任何事物都是朝向一个目标发展的。柏格森认为,这两种观点都存在缺陷,不足以解释千变万化的世界。在柏格森看来,宇宙是一个在不断进行创造的过程,生命的进化来源于一种创作冲动(vital impulse, élan vital)。柏格森将这种冲动概括为一种自由的创造性行为。这种自由和创造性来自于生命这穿过物质而被激发的意识,而"物质是必然性,意识是自由……生命则寻求调和二者。"因此生命本身从根本上说是一种自由行动,物质是它所要克服和超越的"障碍"。② 生命的核心问题是时间问题。时间对于机械唯物论者和实证主义者来说是一个物理问题,在他们的时间观念中,时间是均匀流逝的,可以量化。这就是柏格森称之为"实验室时间"的感念。他在《创造性进化》一书中强调抵制"实验室时间",将人直觉的地位置于理性之上。柏格森指出,"实验室时间"无法真正描述物质世界。人们必须依靠意识,必须考察这种非物质世界,才能接近并真正了解物质世界。换句话说,心理时间能够更精准地表述物质世界,"科学"将人们引上了一条狭窄的道路。在柏格森看来,自亚里士多德以来的时间观犯了一个长久的基本错误,其原因在于时间是人的意识,而不是物体的运

---

①　加里·古廷,《20 世纪法国哲学》,辛岩译（南京：江苏人民出版社, 2004）21。

②　莫伟民, 姜宇辉, 王礼平,《二十世纪法国哲学》（北京：人民出版社, 2008）74。

动,并且真正的时间与生命一样是不能分割的。[①] 因此,柏格森倡导建立一个新学科:直觉哲学,来解决这个问题。他以拯救时间为己任,试图依此构建自己的哲学体系。

柏格森在《时间与自由意志》中认为,人的意识可以一分为二,一个表层意识,一个深层意识。表层意识就像河面上结的冰,不能够真实地反映人的状态,而真正的深层意识是心理绵延,心理绵延是真正的实在。他提出了绵延的概念。所谓绵延,就是时间的另一个说法。纯粹的绵延的时间是完全异质、不可分割的,是不能被空间化的。纯粹绵延是"性质变化的连续体,这些变化相互融合、渗透,相互间没有清晰的界限,并与数目没有任何亲缘关系:纯粹绵延是纯粹的异质性"。[②] 在我们的经验中,我们能够体会到:"经验的诸多变化不是完全毁灭,接着是某种绝对新颖的东西,完全创新出来的许多东西。有部分的凋谢和部分的生长,因而一直有一个相对守常的核心,凋谢的从这个核心脱落,嫁接的就由这个核心吸收,一直等到最后产生了某种完全不同的东西。"一旦我们的经验和经验的内容概念化了,一切就会"密封不动了"。未来能更清楚地说明在我们经验的过程中"核心"的意义和作用。詹姆士用多条线相交的例子来进行说明,他说:"相交的许多线相交于同一点上,而这个点又在这些相交的许多线上。"[③]交叉点就是核心,这个核心在柏格森这里即为:"生命冲动"(élan vital)。

柏格森的生命冲动是对整个世界存在的一种重新表达。"宇宙是绵延着的东西,而生命冲动,即创造之力,就是这个绵延本身。"[④]柏格森的生命冲动实际就是将世界绵延贯通为一,形成一个巨大的绵延,能够时刻变化却又连续不断地持续下去,从而在"生命"的维度上构成一个完满、统一的整体。

(2) 理智与直觉观

柏格森对传统的形而上学改造的初衷是他认为认识生命的方法应该是直觉而不是理智。方法的错误导致传统的形而上学无法认识生命的本质,因此,他把新的形而上学建筑在直觉的基础之上。"如果形而上学以

---

① 尤昭良,《塞尚与柏格森》,(桂林:广西师范大学出版社,2004) 149。

② Henri Bergson, *Oeuvres*, ed. PUF (Paris: Gouhier, 1959) 61.

③ 威廉·詹姆士,《多元的宇宙》,吴棠译 (北京:商务印书馆,1999) 141。

④ Albert Thibaudet, *Le Bergsonism* (Paris: Tome I, 1939) 221.

揭示和把握生命的本质作为目标的话,它就应该以直觉作为方法论的原则"。①　柏格森的生命哲学是以"直觉与理智"为辩证双轴,试图推演出"新形而上学"的新方法,去认识生命的本质。柏格森认为:"所谓直觉乃是一种'智的同情',人以自我置入于对象之中,而一致于其独特且不可言状的本质。"②直觉能够使人认识到事物的实在,以"智的同情"和将"自我置入于对象之中",摆脱依赖象征符号直接获取绝对的知识困境。直觉能够避免人类对"思维"的歪曲,并能随意分割、组织"直接材料",从而保证其原初的事实性。过去哲学所崇尚的理性恰恰擅长抽象、推导和分隔对象,因此柏格森认为:理性阻断了我们对世界的认识。理性反抗绵延的行为,它的目的是生存。它在我们和绵延之间置放了一道帘子,妨碍我们与真正的自我建立联系。因为它所具备的照相机式的功能使我们把一切事物作为静止的东西来对待。它给我们提供的只是影子而不是真实。它所具备的分析功能使我们要认识的客体被缩减到我们已知的要素。而直觉则与之相反,哲学直觉是一种方法,它能够赋予我们自由,它会使我们认识到生活是四维的,我们可以利用这个方法来分析经验,也只有通过这个方法,我们才能够知道只有一个事实。要克服理智对事实于绵延的滥用,就必须求助于直觉。经验主义与理性主义使用类似的分析方法,但他们所依赖的是既定的现成的概念,而不是出自变化的直接经验。概念与外在的分析无法获悉事物本身,而直觉则能超越这些对立,直接把握实在。③　柏格森认为我们观察事物的方式决定我们对现实的把握限度,如果我们只注意事物重要的和可以证实的方面,就会忽略其他方面。直觉可以使我们注意到生活的流动,捕捉到其自由和鲜活的内涵。

　　柏格森的直觉"非常接近于柯勒律治和康德的想象,这种想象就是理解事物的整体和真正实在的能力。"④直觉成为人类的本能,与其他本能和理智一起构建人类的精神生活。通过直觉这种"共感",我们置身于

①　张汝伦,《现代西方哲学十五讲》(北京:北京大学出版社, 2004) 70。
②　Henri Bergson, *An Introduction to Metaphysics*, trans. T. E. Hulme (London: Collier Macillan, 1913) 23-24.
③　尤昭良,《塞尚与柏格森》,(桂林:广西师范大学出版社, 2004) 170。
④　约瑟夫·祁雅理,《20世纪法国思潮:从柏格森到莱维·施特劳斯》,吴永宗, 陈京璇译(北京:商务印书馆, 1987) 16。

对象之内,以便同对象中那些独一无二的、不可表达的东西融为一体。①
直觉所具有的独特的"共感",能够进入到对象之中,不借助任何中介,从
而实现最"直接的认知"。柏格森对于直觉的重视并不代表其完全反对
或忽视理性或理智对生命活动的意义。理智长久以来都忽视了自我绵延
的存在,尤其以经验主义和理性主义的表现最为突出,他们所针对的在柏
格森看来,仅仅是"表层自我"的各种心理状态而已。柏格森在《道德与
宗教的两个来源》之中对理性主义进行了谴责,不过他所谴责的理性主
义是:

> ⋯⋯干巴巴脑袋的产物,与人心及其豪放的冲动及更富于仁爱心肠的人类远见
> 没有任何联系。他所否定的是这样一种人,他们只靠风俗、习惯、规章制度生活,
> 把自己局限在狭小的范围内、束缚于受教条支配的宗教和道德中,而不是否定真
> 正的宗教、由基督而产生的道德或作为活生生的有改造作用的罗各斯的理性。②

柏格森并非完全反对理智,他所反对的是柏拉图以来单纯以理智作为判
断依据、忽视生命意识的独特性和多样性的做法。柏格森的哲学从更加
全面的角度分析人的存在,但是"柏格森的直觉不能代替辩证的推理和
逻辑,完全不能;直觉是辩证推理和逻辑的补充,是人的最本质属性即理
性的一部分。"③柏格森的直觉主张对艾略特的早期诗歌具有一定影响。

(3) 时间与自由观

宇宙绵延是一种精神,这个精神的本质就是自由。柏格森认为,意识
绵延本身就是自由;宇宙与生命的创造也是对自由的追求;人类社会发展
的过程也是一个朝着开放自由的社会行进的过程。④ 在柏格森看来,"自
由即真理本身",⑤而非选择。具体自我与其所做动作的关系被称作自
由。柏格森在1889年博士论文答辩后发表了他的论文《论意识的直接材
料》。他在这部著作中重点关注的是自由的问题。为了阐明这个问题,
他在这部书的前两章详细地描述了心理状态的性质和这些心理状态的内

---

① 莫伟民, 姜宇辉, 王礼平,《二十世纪法国哲学》(北京:人民出版社, 2008) 66。
② 约瑟夫·祁雅理,《20世纪法国思潮:从柏格森到莱维·施特劳斯》,吴永宗, 陈京璇译
　(北京:商务印书馆, 1987) 48。
③ 同上,16。
④ 莫伟民, 姜宇辉, 王礼平,《二十世纪法国哲学》(北京:人民出版社, 2008) 79。
⑤ Henri Bergson, *Melanges* (Paris: Gouhier, 1972) 157.

容：欢乐与痛苦之间的关系、愤怒与怜悯之间的关系、对外部世界的感知与美感。柏格森认为，人们通常将这些心理状态看成是"某种内在的量的状态，因为我们能够把它们的强度说得或大或小"。① 柏格森认为如果人们使用这样的语言来描述心理状态，只能谈及"心理状态外部原因的数量特征"，或者"心理状态更多地涉及我们的有机体或精神生活"。这样做的结果只能是将时间空间化，即把这些心理状态"在时间上的演替想象为由不连续的可数要素组成的一个整体"，从而"使时间变成把诸多不连续的心理状态统一成一个可量化的（如可数的）整体的坐席"，②达到人们通常可以使用数量来进行统计的情形。柏格森认为人们的这种惯常性的做法实际上是用"不可化简的质的和暂时性的东西来错误地描述心理状态"。其结果毫无疑问会破坏心理的有机性和统一性，用"并列和毗连的多样性"来取代"融合或相互渗透的多样性"。③

　　柏格森的时间观念是对斯宾塞时间观的一种反叛。柏格森在对斯宾塞的著作进行反复研究后认为：从严格的意义上说，机械时间并不是时间，它只不过是用钟表所衡量的一系列不连贯的时刻。如果人用钟表来衡量时间，运动就会被割裂成一连串静止的点，人就会陷入芝诺的那个阿吉里斯乌龟的难题之中。只有空间和时间的纯粹直觉才能产生绝对的肯定性的知识，因为空间和时间在柏格森这里都被归结为关于内在的"我"的实在。柏格森在《时间与自由意志》即《论意识的直接材料》中明确指出："绵延的直觉或意识也就是存在与不断变化两者的意识，……［它］排除了任何划分，排除了任何自在与自为的观念。绵延的意识是单一，它总是现在，而且不可分割，不可空间化，也不可能把时间分割为瞬间。它是过去与现在不断运动的熔合点。……内在自我［即中心流（central flux）］把作为个体化存在的自我的众多性与单一或存在连接起来。"④真正的时间，只有一个囊括一切的不具有人格的时间。生命的意识在这个时间里绵延，获取一切必需或者不必需的知识，在行动中是自由或者不自由。而意志如何才是自由的呢？柏格森的回答是："一种行动当它倾向于使资

① 加里·古廷，《20世纪法国哲学》，辛岩译（南京：江苏人民出版社，2004）68—69。
② 同上，69。
③ 同上，69。
④ 约瑟夫·祁雅理，《20世纪法国思潮：从柏格森到莱维·施特劳斯》，吴永宗，陈京璇译（北京：商务印书馆，1987）49。

深与内在的'我'相等时,总是更自由的。"①内在的"我"并不是某种静止的东西,而是不断地变化的东西。被描述为自由的行动包含了某种关于实现了行动的内在的"我"的真正本质的东西,即"生命的本质就是'自有'穿过'物质'时激发的意识。"②

人的生命的本质就是意识,"意识本质上是自由的,意识就是自由本身"。③ 在生命创造和演化的过程中,生命不断地接触物质,并在必然性的物质之中引入"尽可能多的非确定性和自由。"④因此,生命运动正是不断从物质中争取自由的过程,而宇宙绵延抑或是意识绵延都是一种争取自由的演化运动,在绵延的时间中,借助物质获得新生和自由。

(4) 精神与物质观

唯物论与观念论的二元对立是柏格森哲学要解决的重要问题之一。柏格森认为,唯物论和观念论的二元对立忽略了作为物质的大脑状态与精神上的心理之间的关系,要想认清宇宙的绵延的存在,必须把"物质"与外在世界考虑进"意识"的直接材料的范围。内在意识,即精神,和意识之外的物质一起构成了真正"世界的"存在。柏格森的第二部著作《物质与记忆》出版于 1896 年,这部著作的副标题是"论身体与精神的关系"。他利用实用主义的身体观阐述了身体与精神的关系:身体是行为的,并且是行为的工具。他首先给出了物质的界定:物质就是意象(images)的集合。其中,意象包含了观念论所谓的表象以及实在论者提出的物体,它介乎二者之间,是一种自在存在的物象。⑤ 不同于观念论或者唯物的思想,柏格森提出了身心统一的目标,即"我们对每天接触的世界的实际感知是纯粹感知和纯粹记忆的综合物。"⑥柏格森为了说明他的观点,对两个认识现象——感知和记忆——分别进行了论述。感知在柏格森这里,不同于唯物论单纯的认知,也不完全是观念论针对心灵表现的认识,而是一种非表征主义,即把身体视为"活动的中心",从外部世界把

---

①　Henri Bergson, *Oeuvres*, ed. PUF (Paris: Gouhier, 1959) 110.

②　莫伟民,姜宇辉,王礼平,《二十世纪法国哲学》(北京:人民出版社, 2008) 81。

③　Henri Bergson, *Oeuvres*, ed. PUF (Paris: Gouhier, 1959) 724.

④　Ibid., 708.

⑤　Ibid., 161-162.

⑥　加里·古廷,《20 世纪法国哲学》,辛岩译 (南京:江苏人民出版社, 2004) 78。

"振动"收入它的"感知中心"。① 记忆，在柏格森这里并不只是生理学和心理学上大脑存储的一种能力，而是精神和物质的交叉，即精神和物质的融合点，因此精神和物质都是实在的。② 因为记忆具有如下特征：

> 因为在记忆中过去存在活到现在里面，并且渗透到现在里面。离开了精神，世界就会不断死去又复生；过去就会没有实在性，因此就会不存在过去。使得过去和未来实在的、从而创造真绵延和真时间的，是记忆及其相关的欲望。只有直觉能够理解过去与未来的这种融合，在理智看来，过去与未来始终是互补和外在的，仿佛是在空间上互补外在的。在直觉的指导之下，我们理解到"形式不过是对于变迁的一个瞬时的看法"，而哲学家"会看见物质世界中融合成单一的流转"。③

柏格森将记忆分成两种形式：机械性记忆和纯粹记忆。机械性的记忆是对外在刺激的一种习惯性反应。它不包含对往事的意识，也不是生命经验的一部分。而纯粹记忆则不然，它包含对往事的场景以及相关内容的回忆，它不忽略任何细节；它保留着每件实事、每个姿态的时间和地点。④ 纯粹记忆能使已经体验到的直觉知识化，从而给予我们在记忆中"追觅某个特定形象"的能力。然而，每个直觉都被延伸为一个初期的行动，那些形象在这种记忆里获得了自己的位置与次序以后，它们的那些后续运动就改变了机体，在身体中创造出针对行动的新配置。⑤

在柏格森看来，直觉创造了记忆的绵延，而物质本身就是绵延的。物质世界是不可分割的，正如意识一样，而纯粹直觉是物质在意识空间中的展现，即是物质的一部分，那么物质实际就直接具有了精神"属性"。物质和精神之间并不是一种势不两立的东西，从某种意义上来说，物质是最低程度的绵延，或者说是最低程度的记忆。身体成为从物质到记忆的行为中枢，把"物质"和"精神"连接成一个有机的整体，即我们的生活。

（5）宗教与道德观

宗教与道德问题是柏格森哲学体系中的核心问题，也是柏格森影响

---

① 加里·古廷，《20世纪法国哲学》，辛岩译（南京：江苏人民出版社，2004）76。
② 罗素，《西方哲学史》，张作成译（北京：北京出版社，2007）352。
③ 同上，354—355。
④ 柏格森，《材料与记忆》，肖聿译（南京：译林出版社，2011）64。
⑤ 同上，65。

艾略特文学实践和理论构建的重要因素。柏格森1932年出版的《道德与宗教的两个起源》是他对自己哲学思想的一个总结。在这部著作之中，柏格森将开放与封闭、相对与绝对、人性与抽象等概念引入他对道德与宗教方面的研究。在这个研究的基础上，柏格森为他的创造进化理论或生命冲动理论和生命起源的真实意义提供支持。道德和宗教的两个来源分别是：一个低于理性的源泉，即由社会强迫机制所产生的习惯，这种习惯是所有社会习惯积聚起来的力量所构成的习惯。这种根深蒂固的习惯与纯粹的社会义务相对应，这也就是柏格森所谓封闭道德的含义。道德的另外一个来源就是所谓的绝对道德，即来自圣贤、先知和圣徒等人物的那种热爱全人类的志趣。它完全是开放的。与封闭式道德紧密相连的驱动力是社会习惯；而驱动开放式道德的力量是情感。在封闭式道德的控制下，人们是反应性的，用赞成的口吻回应被根深蒂固的习惯肯定的东西，他们往往趋向平淡无奇。而在情感的驱动之下，处于开放式道德范围内的人们热情、欢乐，具有创造性，伴随着这群人的是"艺术、科学和总体文明的伟大创造"。[①] 这种创造是文明的基石。

宗教的来源可以分成两个。柏格森在谈到宗教来源时将宗教的源泉也分为静态的来源和动态的来源，这两个来源分别对应上面的封闭道德和开放道德。处在静态之下时，宗教的主要功能是捍卫宗教的权威性，抵御来自哲学、自然科学和其他不同信仰的质疑和挑战。开放式的道德和动态的宗教十分相似：开放式的道德把自己的道德义务从一个社会延伸到全人类；动态的宗教用一个部落的保护神给每一个人提供保护。开放式的道德是由英雄、伟人将自己的精神传播给人类，动态的宗教也是通过像耶稣、圣保罗、圣女贞德等天才和神秘主义者传播自己的思想。静态宗教和封闭道德构成了封闭社会，前者通过"仪式"、后者通过"习惯"来维持群体的稳定和团结。而在开放社会中，其本质决定了它不是狭隘的小团体，而是对所有人开放的。这里，动态宗教给予博大的神秘精神，开放道德则有崇高的道德情怀，二者成为引导和提升整个人类群体和社会的两个方面。封闭社会和开放社会在不断转化、交替，从而形成一个无限向上的进化过程。

---

① 亨利·柏格森，《道德与宗教的两个来源》，王作虹，成穷译（贵阳：贵州人民出版社，2007）26。

宗教与道德在柏格森的哲学体系中相辅相成，二者缺一不可。只有二者结合起来，才是一个完整的具有创造精神的社会。宗教和道德本质上成为柏格森"创化论"的一种展现方式。生命冲动在不断克服生物进化的过程中，触及道德与宗教，正如途中所碰到的物质进化、生物进化一样，在这个过程中，它们保证人类沿着生命冲动的路线顺利前进、进化。

柏格森是亚里士多德以来西方文论史上另一位将艺术家视为世俗造物者传统的人。柏格森秉承了自文艺复兴时期以来有关诗人创造源泉说的传统，即诗人的原动力来源于同宇宙创造中心的接触，他认为诗人最多能够暂时穿透这层帘幕。艺术家所创造的世界提醒我们，他们可以片刻地打开那层帘幕，瞥见一缕阳光。艺术家的现实是一种自我发现和自我创造。柏格森提倡挖掘语言的潜质，用艺术作品启动我们的直觉，把我们介绍给艺术品，从而使我们暂时忘掉自己，伴随作品翩翩起舞。柏格森指出了一条为艺术家打开帘幕的手段，这个手段可以使艺术家在旋转的世界中找到那个静止点、找到如维特根斯坦所说的词可以达意的办法。艺术的终极真理建立在直觉上，即建立在通过想象把自己放进事物核心的能力上。柏格森大力提倡内在绵延对文学作品的意义，他指出，

> 内在的绵延就是把过去延长到现在的一种连续不断的记忆生活，不管现在包含着一种明晰的、不断增长的过去的形象也罢，还是通过其不断变化的特性证明有一种随着我们年龄的增长而越来越沉重的负担也罢。如果没有从过去到现在的这种续存，就没有绵延，而只有瞬间。①

这种内在的绵延就是记忆，艺术创造就是把个人的记忆同宇宙的记忆，同荣格的广漠无际的下意识、叶芝的宇宙灵魂（anima mundi）或作为生命延存的存在，联系起来的能力。② 柏格森的主张对发端于 19 世纪末和 20 世纪初的现代主义产生了巨大影响。

柏格森对艾略特文学实践活动和理论构建过程产生了很大的影响。艾略特早在哈佛大学就读时对柏格森做了大量研究，并留有《柏格森研究手稿》。在《柏格森研究手稿》中，艾略特否定柏格森关于意识和物质的分离的主张，质疑柏格森关于空间和时间概念的见解，反对柏格森提出

---

① 　Henri Bergson, *Oeuvres*, ed. PUF（Paris: Gouhier, 1959）1411.
② 　约瑟夫·祁雅理，《20 世纪法国思潮：从柏格森到莱维·施特劳斯》，吴永宗，陈京璇译（北京：商务印书馆，1987）37.

T. S. Eliot in Philosophical Context

的时间高于空间的结论,并且反驳了柏格森试图区分现实主义和理想主义的想法。[①] 艾略特不仅抵制和拒斥柏格森的理论主张,而且没有公开承认过柏格森对他一生的文学实践活动和文学理论构建的影响,但柏格森的哲学及美学思想对艾略特诗歌的影响是无法否定的。1910 年从哈佛大学毕业以后,艾略特到法国大学旁听柏格森的讲座。在法国期间,艾略特更加深刻地认识到了柏格森的哲学思想,同时艾略特的文学创作实践和他的文学理论构建也逐渐走向成熟。柏格森关于生命冲动、理智与知觉、时间与自由、精神与物质和宗教与道德的主张都不同程度地体现在艾略特的诗歌创作和文学理论的构建之中,并伴随他一生。

　　首先,柏格森的主张不仅体现在艾略特早期诗歌《情歌》中叙述—求索者被麻醉在病床上时意识的漂流上,也体现在《序曲》中时间与意识的交错中,更体现在他的《荒原》中叙述—求索者在更广泛的时间、更广阔的场景中对西方意识的追忆上,艾略特的叙述—求索者通过时间上的连接对整个西方文明进行反思,对西方危机的原因进行研判。更重要的是柏格森时间与自由的主张仍然对艾略特的晚期诗歌《四个四重奏》具有统摄作用,艾略特的叙述—求索者站在一个静止的时间点上审视时间的轮回和历史的轮回的交错;在这个静止点上艾略特的叙述—求索者观察自然的循环和人类历史的循环,试图从中得到拯救西方文明危机的途径和解决方法。其次,在艾略特的文学理论的构建上,柏格森的影响也非常明显。艾略特关于传统和个人才能的论述与柏格森的观点一致,所谓传统就是柏格森的记忆,即历史经验。因为柏格森认为记忆不是大脑的功能,而是我们存在的方式。实际上"它只能是前意识或无意识的东西,是以主观形式出现的绵延历史存在本身"。[②]艾略特同样希望从神秘主义中寻找无限的创造精神和动力,从而解决生命进化中无法容忍的罪恶、痛苦与不断死亡的存在。柏格森在自己生命的尽头走向了天主教,这意味着他试图从上帝那里得到爱,而创造的最本质的生命冲动也来自这样的爱。此外,英国柏格森哲学和美学思想批评家 T.E.休姆提出:诗人应该创造新的语汇、新的思想和新的表达方式,尽管这样做会对读者提出更高的要求。艾

① 　M. A. R. Habib, *The Early T. S. Eliot and the Western Philosophy* (Cambridge:Cambridge University Press, 1999) 42.

② 　张汝伦,《现代西方哲学十五讲》(北京:北京大学出版社, 2004) 74。

略特也特别赞同这个观点。他在他翻译的圣琼·佩斯（Saint-John Perse）的《阿纳巴斯》序言中指出，读者必须敞开心扉，将智力抛在一边，迎接直觉的到来。文学艺术的作用在于唤醒经验，而不是去表达概念，不是去命名事物。柏格森的主张不仅在欧洲大陆的作家乔伊斯、伍尔夫（Virginia Woolf）和艾略特身上具有巨大影响，他的影响也延伸到了北美大陆，受他影响的美国作家就包括庞德、菲斯杰拉德（Francis Scott Key Fitzgerald）、福克纳（William Faulkner）、弗罗斯特（Robert Frost）和亨利·米勒（Henry Miller）等作家[1]，一些现代主义作品如：《尤利西斯》、《海浪》、《荒原》、《诗章》、《喧嚣与骚动》、《北回归线》等中的过去、未来和现在都是现在、记忆和历史浑然一体。正如艾略特在《烧毁了的诺顿》（《四个四重奏》）里所说：

> 现在的时间与过去的时间
> 两者也许存在于未来之中，
> 而未来的时间却包含在过去里。[2]

绵延的直觉或意识在过去、现在中不断变化，绵延成为过去和现在的融合点。所有意识在时间的绵延中实现对内在自我的理解，从而还原自我的存在。

柏格森和艾略特的目的都是为了人更好地生活，只是柏格森从哲学的角度考虑，而艾略特以诗歌为工具探索，但是艾略特同样肯定哲学思考的重要性，并且将其思想融合到诗歌当中，从而达到教育批评的作用。然而艾略特同休姆一样，完全不赞同柏格森的一些主张，甚至抵制和拒斥柏格森的相关主张。这使他同休姆一样转向一个政治团体，"法国行动党"（Action Française）。这个组织的两个头面人物是文学批评家皮埃尔·拉萨尔（Pierre Laserre）和政治家查理·穆拉斯（Charles Maurras）。这个组织之所以吸引艾略特和休姆是因其主张政治与文学的结合。这个组织的核心主张是保皇主义、政治超级保守主义和反浪漫主义，其他主张为：反对犹太主义、民族主义和对宗教机构的尊崇[3]。艾略特和白璧德也是法

---

[1] Paul Douglass, *Bergson, Eliot, American Literature* (Lexington：The University Press of Kentucky, 1951) 2-3.

[2] 艾略特，《荒原：艾略特文集·诗歌》，汤永宽 宽小龙等译（上海：上海译文出版社，2012）233。

[3] T. E. Hulme, *Selected Writings*, ed. Patrick McGuinness (New York：Routledge：2003) xiv.

T. S. Eliot in Philosophical Context

国行动党的支持者。皮埃尔—约瑟夫·蒲鲁东(Pierre-Joseph Proudhon)的著作和索莱尔的《论暴力》是法国行动党所尊重的理论。这样法国行动党表现出反动、政治上极左、宗教上的正统、极端的民族主义和坚定的古典主义。艾略特在其诗歌创作中,尤其是在《荒原》和《四个四重奏》中,大量使用自古希腊以来的典籍,在其文论中坚持传统观,后来在他的文化批评中坚持秩序思想,这都是对柏格森的一种反驳。

艾略特对康德哲学思想和柏格森哲学思想的研究和批判构成了他哲学思想的基础。这个思想基础在艾略特的文学实践和文学理论的构建中发挥了重要作用。柏格森为艾略特提供了一个不同于白璧德、桑塔亚那、鲁一士和布拉德雷的思想源泉,艾略特能够在自己的诗歌创作和文学理论构建中融合这两种不同的资源,这使艾略特的诗歌独具特色,开创了一代诗风。柏格森对 20 世纪初狭隘的科学观的批判和他的哲学语汇经过艾略特的整理和加工也进入了艾略特的批评理论之中。艾略特深知 20 世纪需要一个更加强大的灵魂来容纳人性的延展,他的传统观便是这样一种应和。艾略特关于康德的三篇论文更是他对 20 世纪初西方社会认识危机的哲学思考,他试图通过自己的努力探求一条诠释真理的道路。这三篇论文还为他的博士论文《F. H. 布拉德雷哲学中的知识与经验》奠定了基础。艾略特在他的文学创作实践和文学理论构建的过程中吸收了他对柏格森和康德的研究成果,在哲学与文学的对立中,他选择了文学作为消解对立的路径。

第三章

艾略特的哲学思想来源之三:
F.H.布拉德雷

　　本章有三个要旨:第一,梳理布拉德雷认识论的背景,阐明布拉德雷哲学问题的缘起的因由;第二,勾勒布拉德雷认识论的基本构架,阐明人的有限心智和认识条件不足造成的认识论困境以及所带来的问题;第三,明晰直接经验—绝对的内涵,指出直接经验—绝对作为先验预设的意义,进而为下一章对艾略特博士论文《F. H. 布拉德雷哲学中的经验与知识》的阐释奠定前期理论基础。

　　F.H.布拉德雷是英国后康德观念论的杰出代表,曾被誉为在世的最伟大的哲学家①,他的著作《表象与实在》(1893)被誉为最具人性的本体论著作②。他的思想发端于1883年《逻辑原理》(第一版),成熟于1922年《逻辑原理》(第二版)。布拉德雷的其他著作包括《伦理研究》(1876)、《真理与实在论集》(1914)和《论文选集》(1935)。理查德·沃尔海姆(Richard Wollheim)认为,布拉德雷的哲学,尤其是他的道德哲学,是从康德和休谟的传统向亚里士多德和古希腊哲学的一种回归③。约翰·帕斯摩尔(John Passmore)认为,布拉德雷试图弥合自然与精神、事实与价值的对立,他的观

---

① W. J. Mander, *An Introduction to Bradley's Metaphysics* (Oxford: Clarendon Press, 1994) v.

② 转引自 W. J. Mander, *An Introduction to Bradley's Metaphysics* (Oxford: Clarendon Press, 1994) v。

③ F. H. Bradley, *Ethical Studies* (Oxford: The Clarendon Press, 2006) xvi.

念论是制衡机械论世界观的中流砥柱①。

艾略特在 1927 年发表的《论布拉德雷》一文中对布拉德雷做出了高度评价。他指出,布拉德雷的价值是毋庸置疑的。首先,布拉德雷试图用一种更加广泛、更加文明、更加成熟、更加欧洲化的哲学取代狭隘、粗糙、不成熟和保守的英国哲学,布拉德雷的哲学是关于共通感的哲学,他使英国哲学走近古希腊哲学传统。其次,布拉德雷的哲学是一种智慧哲学,他哲学的智慧体现在对怀疑主义和玩世不恭的反思,这种反思促进了对宗教的理解。第三,布拉德雷的文化批评言简意赅。第四,布拉德雷哲学具有危险的一面:"减少个人的价值和尊严,把个人作为教会和国家的牺牲品。"②艾略特在 1916 年完成了他的博士论文《F. H. 布拉德雷哲学中的知识与经验》,布拉德雷关于经验与知识关系的论述,即布拉德雷的知识论,对艾略特梳理哲学与文学的关系、用文学的方式去拯救认识论危机的路径的选择,起到了重要影响;明晰布拉德雷的哲学内涵,特别是他的知识论,对理解艾略特的文学实践活动和他的文学理论具有不可替代的重要作用。

布拉德雷认识论的核心主张是他的直接经验论。1909 年,布拉德雷首先在《心灵》期刊上发表了《论我们直接经验的知识》一文,阐述了他关于直接经验的观点。他指出,在我们的经验中,我们的意识和被意识到的东西没有区分,这是一个知晓与实存一体的阶段。这便是知识之源,知识从这里开始③。布拉德雷的直接经验主张是对密尔父子哲学观的反驳。詹姆斯·密尔(James Mill)主张原子主义,他认为世界是纯粹殊相的寓所,名称只不过是人为了自己的感觉或感觉团所做的标记,为此世界就是感觉或感觉团,不存在一个有结构的世界。约翰·斯图亚特·密尔(John Stuart Mill)在继承詹姆斯·密尔的殊相世界观念的基础上,主张类的名称有其必要性,不过这个必要性是对语言和沟通方面的考量,虽然他开始将结构带入到认识过程,但这个结构是外在于世界的。托马斯·希尔·格林(Thomas Hill Green)哲学对密尔父子的经验主义哲学进行了有力的反驳。格林指出,密尔父子的哲学意味着世界没有结构,因为他们将知识

---

① John Passmore, *A Hundred Years of Philosophy* (London: Penguin Books, 1957) 71.

② 艾略特,《艾略特文学论文集》,李赋宁译(南昌:百花洲文艺出版社,1994) 168—182。

③ F. H. Bradley, *Essays on Truth and Reality* (Oxford: The Clarendon Press, 1914) 159.

降低为感觉,而格林则试图将结构带回世界,不过他的结构是一个心灵作用的结果,心灵是经验结构和秩序的唯一来源。格林认为感觉客体成为思想客体后能够被认识,如果没有思想,感觉客体永远是殊相感觉,无法被识别。麦克(Mike Gold)认为格林这样做有两个用意,一是格林将实在视为一个单一、永恒、包罗万象的关系系统,二是这个关系系统的过程与构成我们思想的过程一致。格林无疑将感觉排除在实在之外。他的这种观点受到了布拉德雷的强烈批判。针对格林将知觉视为知觉结构及其知觉共相观念的主张,布拉德雷指出,每一个人的世界,包括他自己在内,对于他的心灵来说都是一个宇宙……有希望、欲望、梦境、癫疯、酗酒和错误等,假若你不把这些感觉当真,它们至少也是人的全部实在的要素①。布拉德雷进一步指出,"我"的经验是坚实的,这并不意味着它具有超级结构,而是因为它是一个系统。这是一个尽量包罗万象和融会统一的世界。"我"不仅要进行反思,也要诉诸感觉材料(the materials of sense)。这样可以确证已有的材料,并通过新的感觉材料去增强它。要做到这一点必须依靠知觉判断。② 布拉德雷主张的直接经验,一方面可以为哲学的追问提供一个起点,另外一个方面也可以为与实在的连接提供一个直接的通道。尤其是在思想对实在进行解剖、截断了整体性和系统性的状态下,即经过直接经验阶段、关系阶段,用"绝对"重新构架和重新统一经验不失为一个良方。因为这个统一具有整体性,能够修复对经验进行阐释时所形成的思想对实在的扭曲和肢解,与此同时也弥补了用语言和知识无法完全阐释和说明的实在的不足。

布拉德雷认为知识是对所有领域经验的系统描述。知识的确定性包括对感觉、欲望和直觉等非认知性经验(no-cognitive experiences)的描述,这些非认知性经验是思想诞生的基地。思想一经产生便在一定程度上遗弃它赖以产生的直接经验。因此思想只不过是实在的一部分。布拉德雷在《表象与实在》中指出,我们既要把实在当做"多"来对待,也要把实在当做"一"来对待。在这样对待实在的时候,我们还要谨防这两种做法产生矛盾③。直接经验—绝对的预设对于布拉德雷来说为真正认识实

① F. H. Bradley, *Essays on Truth and Reality* (Oxford: The Clarendon Press, 1914) 31.
② Ibid., 210.
③ Ibid., 28.

在提供了一个解决方案。在这个预设下,布拉德雷解决了思想,即认知性经验与感觉经验,即非认知性经验各自独立表述的问题。对于布拉德雷来说,思想的产生也就意味着经验进入关系的层面,被感知的整体经验世界在一定程度上被肢解,一部分经验被人为地保留,另外一部分被人为地遗弃。原本以"多"或"差异"状态被呈现的世界转化成单一的世界。被保留的部分,即"知识",统领一切经验。也就是说直接经验并不稳定,难以作为衡量知识的尺度。直径经验—绝对的预设具有系统性、整体性和完整性,这种预设既是思想的起点,又是思想的落脚点,它不仅能够弥合认知经验与非认知经验的不和谐,又能够将这两种经验合而为一,形成一个统一体。更重要的是,它能够超越主体和客体的分离,避免认知经验与非认知经验、主体与客体面对阐释知识标准的冲突,使布拉德雷的融贯和非冲突真理原则得到贯彻,从而为知识的确定提供了基础性的、明晰的验证保障。

布拉德雷50多年的哲学历程构成一个庞大的哲学体系,其前后的哲学主张也并非完全一致。他丰富的哲学思想也没有集中在一本论述之中,其主要哲学概念、主张散见在不同的著作和论文之中,限于本书的目的和篇幅,这一章只就布拉德雷的认识论进行梳理和阐释。

(一)
F.H.布拉德雷认识论的背景

西方近代哲学开端于以笛卡儿、莱布尼茨和斯宾诺莎为代表的理性主义和以洛克、休谟和培根为代表的经验主义的主张和争论。理性主义和经验主义的第一个争论的焦点是知识的来源问题,即有无天赋观念的问题。理性主义与经验主义关注的核心问题已经从中世纪关于上帝的问题转化为知识的问题,实现了哲学问题的转向。理性主义主张独立于感知的、清晰的、自明的天赋原则是知识的来源;理性主义认为思维是超越感觉经验的,因为经验是个别和偶然表现;理性主义认为世界是二元的,从方法上将世界划分为两个实体,其中一个是心灵的内在世界,另外一个是物质的外在世界。知识是心灵的内在世界对外在世界的认识。而经验主义则认为一切知识均来源于经验。洛克在《人类理解论》中指出,人类的一切认识都来源于感觉经验,人类的一切知识概念都是从感性的经验中整理、概括、归纳和抽象出来的。① 康德对笛卡儿的理性主义和洛克、休谟和培根的经验主义进行了批判和综合，形成了超验的批判哲学。康德试图弥合理性主义与经验主义的对立，进行了哥白尼式革命，将人置放在认识论的中心，视人的意识或理性而非存在为形而上学的核心，试图解决心灵或意识与外部世界构建的图式之间的矛盾，来阐明和澄清知识如何产生的问题。

理性主义与经验论争论的第二个焦点就是方法论的问题。个别与一般的关系问题是方法论的集中表现。理性主义认为一般无法从个别的经验中得出，个别只能产生偶然，必然不可能从个别的经验中得出。经验主义则主张一般原理可以从对个别的经验的综合中得出。培根在《新工具》中提出了归纳法，使个别的经验事实得以通过这个方法上升为一般原理。理性主义与经验主义的第三个争论的焦点就是认识的可靠性问题。布拉德雷面对的不仅仅是理性主义和经验主义的矛盾问题，他同时还要与怀疑论者进行针锋相对的斗争。怀疑论者提出把握实在是不可能的事情，首先，人们无法掌握第一原则，其次，如果真有人掌握了第一原则，他们也不知道自己是否已经掌握了这个原则，因此认识和把握实在是不可能的事情。② 这个结论把人获得知识的问题进入了困境。

在上述三个争论焦点中，同一性与观念之间的关系问题实际综合了知识的来源、知识的方法论和知识可的靠性三个因素。经验主义者和实在论者并不认为同一性存在问题，他们认为同一性具有自明性和确定性，是不容置疑的。布拉德雷之所以纠结于同一性的问题，是因为他深受笛卡儿和康德等理性主义天赋论的影响。他认为普遍必然性的原则和真理不可能来自人的感觉经验，这些相关的东西应该来自人固有的、先天的观念，是先天的存在，这种先天存在具有普遍性和公理性，是知识的真正来源。而洛克等经验主义者则主张人的心灵是一块白板，是一片空白，洛克的白板说把人类知识的来源归于经验。洛克在分析理性主义原则时指出，一切知识都是两个概念之间的联系或者相符合或者不相符合，即两个概念或者具有同一性的联系，或者具有非同一性的联系。洛克将符合与

---

① 洛克，《人类理解论关文运译》（北京：商务印书馆，1981）简介，1。

② F. H. Bradley, *Appearance and Reality: A Metaphysical Essay* (Oxford：The Clarendon Press, 1930) 119.

T. S. Eliot in Philosophical Context

不符合关系分成四种,即相同与差异性关系、相等关系、并存或必然关系和实在的存在与观念之间的关系。洛克同时把知识的可靠性分成三个等级,即知觉知识、最可靠的知识和证明或推论知识。比较可靠的知识和感觉知识,只具有或然性。

休谟试图修正洛克的绝对经验主义。他主张,

> 人类心灵中的一切知觉(perceptions)可以分为显然不同的两种,这两种我称之为印象和概念。两者的差别在于:当它们刺激心灵,进入我们的思想或意识中时,它们的强烈程度和生动程度各不相同。①

休谟指出印象(impressions)是进入我们心灵中的那些强烈的知觉,而观念(idea)则是进入我们心灵的微弱的知觉。休谟认为,"……我们所有简单的观念在初出现时都是简单的印象,这种简单的印象和简单的观念相应,而且为简单的观念的精确复现"。② 他仍然认为实在性在于"心"所得到的观念要与对"物"的感觉相一致,即存在与同一性符合。休谟进一步指出,在哲学上存在七种关系,其中同一关系(identity)"是在严格意义上应用于恒常和不变的对象上的那种同一关系……在一切关系中,同一关系最为普遍,它是一切具有持续存在时间的存在物所共有的"。③ 休谟的同一性地位在各类关系中的断言指的是在人类认识中,"心"与"物"契合,这一断言确立了同一关系是人类认识世界的关键。这种二分法首先是承认了"心"与"物"的二分,即有人具一个内心世界和一个相对于内心的外部世界。内心世界和外部世界各自是独立的存在。其次是说人的认识是外部世界作用于人"心"形成"意识"的结果。很显然,洛克和休谟的做法试图以具体的感觉经验作为知识的基础去否定笛卡尔以天赋观为基础的知识论。洛克和休谟确立了独立于内心世界的外部世界的存在。在方法论上,他们认为知识获取的方法是经验,在经验过程中人对内心感知的客体进行比较、综合和抽象,进而得到知识。在洛克和休谟等经验主义者的认识论中,主体和客体或者"心"与"物",各据一方,相互孤立,互不沟通,保持距离。

以布拉德雷为代表的英美观念论与以洛克、休谟和密尔为代表的实

---

① 休谟,《人性论》,关文运译(北京:商务印书馆,2005)1。
② 同上,16。
③ 同上,26。

在论者构建的认识论原则展开了激烈的交锋。知识的来源问题成为他们论战的焦点之一。布拉德雷是观念论的领军人物，他指出，任何知识理论（形而上学）必须直面经验问题①。布拉德雷的著述虽然不多，但影响深刻。布拉德雷的《表象与实在》可以说是其哲学的核心。在这部著作中，布拉德雷"按照黑格尔的精神，以'绝对'为最高哲学范畴，以'内在关系说'为基础，建立了本体论和认识论的绝对唯心主义体系。"②从本体论的角度来说，现象到实在的过程就达成了本体，实在就是本体论意义上的"绝对"。而从认识论的角度来说，直接经验必须通过关系经验才能过渡到绝对经验，绝对经验实际上就是认识论意义上的"绝对"。《表象与实在》一书不仅讨论了形而上学问题，逻辑学和伦理学也是其中的重要内容③，可以说绝对是布拉德雷通向人类最高目的真、善、美的必由之路。

（二）
F.H.布拉德雷认识论的基本构架

布拉德雷哲学的基石是内在关系理论，他主张事物之间的关系从根本上来说是内在关系，事物在发生关系后会相互作用、相互影响并相互变化。具体来说，布拉德雷的内在关系是指：

（1）一个单纯的外在关系没有任何意义或存在，因为一个关系必须（至少在一定程度上）限制它的项。（2）关系蕴含着它们在其中的一个统一体，离开统一体它们就没有任何意义或存在。（3）在诸多方面（项和关系两者）都是一个单一的属性，实在存在于它们之中，没有实在它们就是虚无。④

布拉德雷还认为在关系中存在着前关系阶段、关系阶段和超关系阶段三个不同阶段，每一个阶段都是关系的不同呈现。前关系阶段具有关系的潜在性，虽然没有具体地呈现关系，但同关系具有相同性，这个前关系阶段也被布拉德雷称为直接经验（immediate experience）阶段，而超关系阶

① F. H. Bradley, *Essays on Truth and Reality* (Oxford: The Clarendon Press, 1914) 127–128.
② 张家龙，《布拉德雷》（台北：东大图书公司，1997）2。
③ F. H. Bradley, *Appearance and Reality: A Metaphysical Essay* (Oxford: The Clarendon Press, 1930) 2.
④ F.H. Bradley, *Appearance and Reality*, 559, 转引自张家龙，《布拉德雷》（台北：东大图书公司，1997）5。

段是关系的完满,是"绝对"(the Absolute),是实在和真理。布拉德雷的关系理论是对黑格尔辩证思想的继承。如黑格尔在《精神现象学》中所说的那样,植物要经历三个重要阶段,蓓蕾、开放和种子,每一个阶段都是前一个阶段在整体上的一种呈现,虽然种子是一种绝对,但没有前两个阶段就不会产生最后一个阶段。布拉德雷的关系理论也预示着艾略特真理程度的理论衍生与发展。"绝对"对于布拉德雷来说就是表象之后的实在。张家龙认为"绝对"是布拉德雷哲学体系中的最高范畴,是实在。而且,"在'绝对'中,一切都是完满的、完全的,每一种展开都达到了它的目的。……关系之路是从不完全的东西进步到它的完满性的必然方式"。[①]

而这一理论实质是西方哲学自柏拉图理型理论以来不同阶段的不同表现形式。无论是基督教神学还是浪漫主义,抑或是黑格尔主义、法国象征主义、叔本华或波德莱尔的主张,在某种程度上都是"绝对"的不同变种。[②]"绝对"透过关系凸显出自己的地位与作用,在布拉德雷的本体论中具有与实在相等的地位。"绝对"亦即一致性、"不自相矛盾"、"和谐的全体",因为相互矛盾的东西不是实在。换句话来说,实在就是观念与存在的结合,它们达成一致才成为实在。而现象则是观念与存在的分离,如果一个事物只具有观念性的同一性,它就不是实在的。因为一个存在的事物的实在性在于它的同一性。特别需要指出的是,对于布拉德雷来说,现象与实在不是绝对对立的。布拉德雷认为,

> 实在具有一种不包含冲突的积极性质,在这个意义上,实在是一;这种性质必须贯彻在一切实在的东西里的。实在的多样性,只有在不发生抵触的情况下,才能是多样的;凡是在任何一点上有异于此的东西,都不是实在的。然而从另一个方面来说,任何一个显现的东西一定是实在的。现象必属于实在,因此它必须和谐一致,与它所显示的样子有所不同。因此,现象的多样性尽管林林总总,使人感到迷惑,却必须在某种意义上是统一的和自我一致的;因为它只能在实在中,不能在任何别的地方,而实在是不包含冲突的。或者我们又可以说:实在是单个的。实在的积极性把一切差异都包括在一种无所不包的和谐之中,在这个意义

---

① F.H. Bradley, *Appearance and Reality*, 559,转引自张家龙,《布拉德雷》(台北:东大图书公司, 1997) 8。

② M. A. R. Habib, *The Early T. S. Eliot and the Western Philosophy* (Cambridge: Cambridge University Press, 1999) 130.

　　上实在是一。①

由此可以看出，一致性和无冲突性就是实在的标准，而且是"绝对"的标准。这个标准不仅说明了实在这个"一"的自我完善性，而且还说明众多的表象在实在中不发生抵触，将一切差异性都包容在实在之中，即表象归属于实在，使实在处于和谐一致的状态。

　　布拉德雷认识论的核心问题可以表述为如何认识和表述实在的问题，这个问题实则是思想与其客体的关系问题，即观念与实在的关系问题。布拉德雷在《逻辑学原理》中就开始讨论这个问题，之后他又在《表象与实在》中继续深化了他对这个问题的讨论。观念与实在的问题也是在通常意义上的认识论中我们能否真正认识世界的问题。布拉德雷一生殚精竭虑去追问这个问题，他坚信思想和其客体（观念与实在）之间的联系可以建立，并指出，思想在本质上介于"什么"（what）和"那个"（that）之间，

　　　　因为思想至少在某种程度上显然是观念性的。没有观念就没有思维，而观念包含着内容与实在的分离。思想是"何"，就思想仅仅是观念而言，它又显然不是"何"，如果思想曾经是何，那么迄今为止，思想就不会被认为是观念性的了。因为人们的想象力能将性质与存在分开。……就观念产生出与它的存在直接统一而言，观念是事实内容的任何一部分。②

由此布拉德雷应该说阐明了思想与观念的相互关系问题。不过他认为思想无论如何接近实在，终究无法完全表现实在。

　　认识实在就是用语言明晰、确切、令人信服地澄明和呈现实在。布拉德雷认为表述实在的关键在于如何把握述谓行为或判断的完整性，做出判断的路径是推理和观念的使用。布拉德雷依据这样的思想路线对推理做了缜密的分析和设计。布拉德雷指出推理应该具备下列六个突出的特征：（a）每一个推理都是实在的一定对象之观念的发展；（b）给予的对象是一个观念的内容，我们把它视为实在，它的存在和"实在"合二为一；（c）推理要想仍然为推理，就要保持其一致性，不能半途变成不是观念的东西；（d）推理的根本困惑就是停留在起始点就无法称其为推理，而

---

① F.H. Bradley, *Appearance and Reality*, 123, 转引自张家龙，《布拉德雷》（台北：东大图书公司，1997）10。

② 张世英编，《新黑格尔主义论著选辑》（北京：商务印书馆，1997）191—192。

超越界限就破坏了推理;(e)推理的对象同时是观念的,又是实在的,探求推理的本质应该求助于对象的双重本性;(f)逻辑假定了蕴涵的存在,而蕴涵只要是正确的,便是真实的,它假定了一个观念的宇宙以及呈于这个宇宙之中的各种从属的整体和体系的实在。[①] 由此可见,推理的实现首先必须假定一个整体,通过观念的关联关系形成一种秩序。其次,依照观念的秩序对推理对象进行分析推导,形成一个可以理解的"事实",并且将这个"事实"当做"实在"。布拉德雷认为推理不在于其对象在"真实"时间和空间中拥有的秩序,也不在于终极实在的存在。这就意味着人们只要在推理设定整体中对其拥有详尽的知识,依照观念秩序去理解推理的对象,就能够在"推理的领域和逻辑的境界中实现对世界的认识"。[②]

推理是一种视角的选择,选择也是一种视角的排除行为。由于选择的条件限制,选择同时也是一种假设。无论假设的前提多么充分,它也是一种化约行为和趋同性行为。所以任何一种推理都存在一定的缺陷,这些缺陷的共同点表现为其抽象性,而且都是建立在一个或几个假设甚至虚构之上的。因此可以说由推理而来的判断的内容是经过中介的,是观念的——不真实(ideal-not-real),同与料有区别。布拉德雷对辩证式推理、选言式推理、推理方式、三段论式推理、算术式推理、时间和空间式推理、分析和抽象式推理、比较式推理进行了解析,指出了它们对实在断言时的不足。

针对辩证式推理,布拉德雷指出,选择推理对象,就是选择了内容,其中含蓄着一个实在,一个观念系统的"整体"。这个"整体"中的每一个部分相互牵连,相互依靠,如果在其中选择了一个对象,就是一种臆断。推理的起点和结果无法把握"整体",其缺陷显而易见。

布拉德雷认为,在选言式推理中,其整体可以设为 RaRb,消除任意一方,(R)a 或者(R)b,则意味着对另一方的肯定。选言推理的缺陷是将 R 分裂为 Ra 或者 Rb,单纯的 R 是 a 或者 R 是 b 是自相矛盾的,因为这里缺少了一个未知条件,即 x。布拉德雷认为在这个选言推理中实际上是 R(x)a 排斥了 b。这个外来因素 x——"一个外来的异体"——破坏了这

---

① 布拉德雷,《逻辑原理》(下册),庆泽彭译(北京:商务印书馆,1964)229—233。

② 同上,233。

个推理。①

　　像前面讨论的一样,布拉德雷认为,三段论式推理也要假定一个多种属性组成的整体世界,然而在推理的过程中,整体并没有作为整体赋予"前提",在这里所选择的出发点和所牵扯到的选择都是任意的,它的缺陷一方面是抽象的,另一方面其"所蕴含的东西纯然是外在的"。

　　布拉德雷认为算术式推理假定了一个整体,是在这个整体固定不变的条件下进行的。算术式推理也同前面的推理形式一样,首先,"……它只能做到抽象,从而不能说明自己本性的另一方面。"②其次,它所依靠的整体的本身就充满矛盾。它的过程的每一步都从属于外在的条件,无法实现自身的关联。

　　布拉德雷认为时间和空间式推理有两种缺陷。首先,它具有同其他推理一样的缺陷,即抽象性,其次,它在其过程中给它的对象注入了一个外在的因素,而这个因素并不包含在时间和空间的本性之内。

　　布拉德雷在对比分析抽象式推理与比较式推理③的不同缺陷后指出,

> 逻辑在原则上也非进行抽象不可。……它经常要和观念打交道,而最后涉及或关联的却仍然只是一个或几个对象。可是不管是什么对象,到头来必是一个抽象,所以逻辑对于任何真理,总是要忽略或抹杀其分不开的一面。④

这就意味着推理和判断在抽象的过程中有所得,也有所失。它得到了自我选择出来的一面,失去了为实现选择而不得不丢弃的一面。

　　判断是一种剪裁和修补的过程。在这个过程中,我们丰富的感觉经验被分割成各种碎片,之后按照一定的逻辑顺序选择进行分类归档。由此可见判断的一个结果就是整体感的消失。整体感并非一种思想行为,而是一种感觉。布拉德雷认为,感觉经验给我们传递了一种实在的感觉,然而这种感觉并没有真正渗透到我们意识生活的方方面面。判断是实在感的传递方式。而且判断是实现我们认识的独特方式,它将具体实在的感觉注入我们的意识之中。判断是一种观念性行为,它与更加丰富的具

---

① 布拉德雷,《逻辑原理》(下册),庆泽彭译 (北京:商务印书馆, 1964) 234—235。

② 同上,237。

③ 同上,233—45。

④ 同上,245。

体实在感觉直接对立。① 感觉经验与判断虽然并不是两种截然对立的经验形式,但它们的区别还是鲜明的。感觉经验是具体的实在,而推理和判断则不然,它不完整,不具体,其实现的必由之路是对其对象进行抽象。无疑,推理和判断对终极实在的把握是一种不足。布拉德雷进一步指出,对于任何一门科学来说,如果忽略了它的限定范围,试图去利用它说明整个题材和全盘的真理,那就是迷失了方向②。面对推理的困境,布拉德雷感叹说要想得出一个走出困境的途径并非易事③,由此,他得出结论,我们的每一个判断、每一种对世界的描述都是表象,而不是实在。布拉德雷的结论是所有的述谓行为都无法实现其目的,任何判断都无从得到一个彻底的、全面的事实(fact)④。在布拉德雷的理论中,判断无法呈现与料(given)的具体真实性和独特性,不具备真正的直言性。判断对于实在而言都是假言的、有条件的。但判断又具有另外一面,即总是关于事实的,是实在的一定呈现,它也具有直言性(法雷拉认为这是布拉德雷的矛盾性所在)。

直言判断、假言判断和选言判断对于布拉德雷来说没有本质上的不同,它们的区别只在于主体在进行判断时对于实在把握程度的差别。布拉德雷在对判断进行分析的过程中发现判断存在三个问题,一是其不完整性,二是其扭曲性,三是其独特性。判断的这三个问题使其难以承受对实在完整、彻底的把握,这也使我们对实在有了更进一步的认识。布拉德雷指出,

> 我们都揣度实在是自存的、本质的、有个性的东西;但当其呈现于表象里面的时候,便根本不是这样。表象里面的内容渗透了相对性,它的本身只是描写性的,它的整个部分当然也是属于形容词性质。每一个部分虽作为事实被给予,但却指谓着别的东西而存在。给予的现象在时间中不断地消逝,这件事本身便是它自己存在的否定。其次,如果我们把它看做就是显现着的那样,那么我们就可以说,它的界限也是不稳固的,绝不能免于非实在的成分的侵入。在空间和时间里面,出乎它的边缘,它唯有靠着外面东西的关系,才能成其为事实。它凭借对它

① Phillip Ferreira, *Bradley and the Structure of Knowledge* (Albany: State University of New York Press, 1999) 23.
② 布拉德雷,《逻辑原理》(下册), 庆泽彭译 (北京:商务印书馆, 1964) 246。
③ 同上,229—233。
④ Phillip Ferreira, *Bradley and the Structure of Knowledge* (Albany: State University of New York Press, 1999) 52.

排斥的东西的关系而生存,这就超越它的界限而与另一因素相连接,也就把那一因素引到自己的界限以内。①

判断是对与料的一种整理和组合,是在一定框架之下,依据一定的原则秩序化成"普遍有效"的知识的过程。在这个过程中,要完成从整体中进行选择的程序,整体经验的突兀部分进入视线,成为选择对象,与此紧密相连的经验被推到时间的边缘,从感觉中消失。这样的对象选取就是对实在的扭曲。实在失去了完全和彻底性,同时也失去了独立性和稳固性。布拉德雷进一步指出,

> 只要我们下判断,就不能不进行分析,不能不有所区别。我们一定要把呈现于我们面前的在感觉上形成整体的东西加以剖析分割。……假若实在表现为 X=abcdefgh,那么我们的判断不过是 X=a,或 X=a-b。而 a-b 也还不是本来给予的东西,根本不是真正的表象。它只是包括在事实之中,而我们却把它抽取出来。它原来是属于事实的一个成分,而现在我们承认了它的独立。我们已经做了一番分辨、割裂、剪裁、解剖,我们已经使给予的东西支离破碎。②

然而如果我们在认识过程中不去做这样的工作,不去将一个整体中的一部分从这个整体中分离出来,不对其进行分辨、割裂、剪裁和解剖,或"当一个事实出现在我们面前明明是整体的时候",我们不去做大胆的假设,将其中一部分分离出来,让其独立,不去注意和关注其余部分,我们又如何认识世界呢? 布拉德雷指出,

> 在我们面前给予的事实,总是显露于感觉中的许多性质和整体复合体。但我们关于这个给予的事实所能确述的,却只能是一个观念的内容,此外没有别的东西。显而易见,我们使用的观念不可能完全表现显露于我们的面前丰富的特殊性。③

布拉德雷对判断的认识有一个关键动因,那就是尽管我们知道判断来源于实在整体,一个完整的感觉经验中的一种截取,我们只能感觉到它的存在,而无法表述那个整体的感觉经验。我们之所以要进行判断是因为我们无法把握这个整体。我们说我们把握了实在、把握了具有独特性、单一性的客体,不过是思想的一种补偿,而且在意识中也没有明确的显

---

① 布拉德雷,《逻辑原理》(上册), 庆泽彭译 (北京:商务印书馆, 1964) 78—79。
② 同上,104。
③ 同上。

T. S. Eliot in Philosophical Context

现,只是观念性的存在。① 我们凭借语言概念去完成判断无法把握的实在的完整性,因为语言概念的抽象性质使我们难以把握和清晰表述客体。然而若没有语言,概念思想无从谈起,也不会有认识。感性直观不能实现,思考就没有对象。为此布拉德雷认为思想(thought)与真实性经验(experience of actuality)需要相互作用,才能实现判断。正如康德指出的那样:"思想没有内容是空的,直观没有概念是盲的。"②概念作用于真实性经验,即感性直观,才能实现判断。"判断就是对于某个事实或实在有所说明。……我们不仅必须有所说明,而且所说的还必须与某种真确的事物相关。"③

布拉德雷进一步指出,真正的判断乃是说明,S-P 为一种实在事物 X 强加于我们心智之上。换句话说,真正的判断肯定的是 S-P 与 X 的联系。④ 也就是说判断行为的本身把一个观念的内容归结于一个外在于这个行为的实在事物。这就是说,X 独立于 S-P,为 S-P 这个行为提供证词。不过在这个过程中,X 应该是一个整体的一部分,只不过 X 是在特定条件下的一种显现。为了说明这个过程,布拉德雷举了两个例子,一个是站在小船上观察岸边房子上的门牌,吸引我们关注的总是面对我们的那个门牌,但我们的焦点会随时发生变化,因此我们面前的门牌号也是不断地发生变化。布拉德雷的另外一个例子就是我们面对朦胧的大海,在黑暗中俯瞰水上的漂浮物,水上出现一道明亮的光环,照耀着水上的漂浮物。我们所看到的漂浮物只能在光环之内。定格在光环之内的是当下的实在,从时间顺序来说,它是过去的一部分,也是未来的内容。为此,可以看出实在的此时此刻现象,绝不是实在的全部,而是光环的一种截取,是我们对其进行分离、使其静止的结果,而且它永远是流转变化、转瞬即逝的一个过程。

S-P 就是观念的内容,指谓实在。而观念则是抽象的、具有普遍性的和理想性的东西,而不是存在于时空中的事实。每一次判断都是在丰富的内容中的一种取舍,都是一种对选取材料的重组,因而每一次观念试图超越真实的尝试都是一种难以完成的任务。尽管如此,布拉德雷坚持认为在

① Phillip Ferreira, *Bradley and the Structure of Knowledge* (Albany: State University of New York Press, 1999) 79.
② 康德,《纯粹理性批判》,邓晓芒译(北京:人民出版社, 2004) 52。
③ 布拉德雷,《逻辑原理》(上册),庆泽彭译(北京:商务印书馆, 1964) 45。
④ 同上。

判断中,考量的语境越大越接近实在。因为判断是对差异中统一的理解,是对实在的一种综合分析。在这个过程中,对过去经验不断筛查和重组甚至变化视角去审视过去的经验是必不可少的环节。换句话说,依据是判断的重要元素,依据不足,判断就容易被推翻。概念的深度和丰富性是保证依据充足的必要条件。尽管我们无法从视觉直观过去的经验,但可以通过观念进入过去的经验和绝对经验来达到判断的真实和具体。

　　由此可以引出布拉德雷关于真理的理论。真理就是整体,在判断中通过概念整体展现的程度,能够把握实在和真理的程度。布拉德雷认为判断中的真实来自于判断中所囊括的存在于内容的统一,即"什么"与"那个"的全部内容。"那个"就是对象的特殊性和独特性,而"什么"就是一般性的内容。真理就是独特性和一般性、形式与内容的结合。判断所显示的对象的内容与形式、一般性与独特性结合所囊括的内容越广泛,越深刻,真理程度就越高。换句话说,判断所展示的内容与存在、独特性与个性越具有系统性,判断对象就越显得真实。

　　真实与实在的最高境界就是"绝对",即作为个体的具体系统整体(the concrete systematic whole as the individual)。个体蕴含着自我的全部,因此,绝对是完美、完满的真理,它具有两个特性:完整性与和谐性。布拉德雷在《表象与实在》中指出,真理必须展示出内在的和谐性或拓展和兼容并包性。实现和谐的路径是在一个更加广泛的范围内重新审视不同与歧义。所谓兼容并包性就是扩展空间、容纳歧义、稀释歧义,使其逐渐消失[1]。这实际上就是德国哲学家伽达默尔视域融合的概念。布拉德雷又进一步指出,所有真理都在观念中显示出内在性,这种内在性并不稳定。我们从中选择完成判断行为,因此判断的结果带有瑕疵。瑕疵就是错误,依照布拉德雷,错误也是真理,是部分真理[2]。这种错误是片面和不完整性造成的,如果增加其广泛性和完整性,它的歧义就会消除,就会实现和谐,绝对就没有这些缺陷。至此布拉德雷为其直接经验—绝对的预设铺平了道路。

----

① F. H. Bradley, *Appearance and Reality: A Metaphysical Essay* (Oxford: The Clarendon Press, 1930) 321-222.

② Ibid., 169-170.

（三）

F.H.布拉德雷的途径与方法：直接经验—绝对的预设

直接经验—绝对的预设是走出认识论困境的一种策略。布拉德雷在《表象与实在》中多次指出，①真、善、美是他哲学追求的目标。这是一个总体目标，在这个目标下还设有若干个分目标来支撑对真、善、美的认识和实现路径。布拉德雷认为，作为认知主体，我们不仅要相信某些实在中的东西是真的，而且更重要的是我们必须要有实现某些目的的欲望②。在这种观念的推动下，布拉德雷认为只有设定最高目标为直接经验—绝对，一个超验的目标，其他相对的目标才能实现，而克服无限的知识与有限的认知者的矛盾是实现这个目标的途径。而且对于认识而言，不存在试金石一样的标准。"我们的标准就是我们的知识总体，这个总体我们愈益尽可能使之广阔而首尾一贯，则愈益可以表现实在界的本性。"面对认识的困境，布拉德雷感叹说要想找出一个走出困境的途径并非易事。③因此可以说，布拉德雷认为自己的认识论体系虽然不能称得上完美，但毕竟为认识论困境提供了一条出路。布拉德雷的认识论包括四个方面。

首先，人类认识来源于感觉，感觉基础（感觉基地，feeling base）包含三个维度，它们分别是感知（merely feeling, less than all-inclusive）、直接经验（immediately experience）、感觉（feeling）。感知具有转瞬即逝的性质。直接经验是与实在的前概念的遭遇，其中包括关系意识（relational consciousness, or assertive consciousness），它超出感觉实在，低于完全理解④。直接经验与有限关系意识相对（relational consciousness, or assertive consciousness）。尽管直接经验包括内在关系，但它基本上是无缝的感觉连系统（continuum）。没有这个连系统，就无法知道关系意识的不连贯性和片面性。但进入判断之后，连系统就会遭到破坏。在判断中连系统表现为判断与整体经验的对比，即判断选择的内容与余下整体的

---

① F. H. Bradley, *Appearance and Reality: A Metaphysical Essay* (Oxford: The Clarendon Press, 1930) 356-357, 365-370, 410-414.

② F. H. Bradley, *Ethical Studies* (Oxford: The Clarendon Press, 2006) 86.

③ 布拉德雷,《逻辑原理》(下册), 庆泽彭译 (北京:商务印书馆, 1964) 255。

④ F. H. Bradley, *Essays on Truth and Reality* (Oxford: The Clarendon Press, 1914) 178.

对比,从而显示判断的缺陷,同时也呈现出弥补关系意识或判断的缺陷的可能性。直接经验的功能不仅是提供感觉数据,而且还是感觉数据的源泉,直接经验不仅是感性的,而且也受制于我们的前知性经验。因此它能够提供丰富的具体的内容,既是感性的,也包含知性和意志的内容。(比如,一个人先目睹了约翰打狗,之后又目睹了约翰爱猫。)直接经验为判断提供参照系统,判断从这个系统中截取其中的一部分,将其置于关系意识或断言意识中。这是一种认知与存在合一的状态①。由此可以看出,直接经验并不简单地具有感性、知性和意志性,而是所有这些特性的合成体,而且这个整体大于其中的任何部分。知性永远被其与感性融合所超越,而意志则巩固了它们的结合,使直接经验更加具体。

　　不过直接经验同时会受到两个方面的限制:一是我们的前知性经验,二是超越直接性的经验的差异,而且"我的直接经验只限于我的有限中心(finite centre)之内"。② 这样意味着所谓直接经验,就是"我的经验",这还意味着直接经验并不是所有经验,它是有限度和界限的,或者说直接经验是受视角限定的。③ 与此同时,"有限中心或是我的经验"也蕴含着超越"有限中心或是我的经验"的经验的存在。也就是说"我的经验"要同他人的经验、同更多的人的经验形成一个持续整体,才能突破"我的经验"的限制、我个人视角和视阈的限制。

　　这就需要一个可以克服直接经验不足的预设,它就是布拉德雷感觉的第三个维度:包罗万象的感觉(feeling),即绝对(the Absolute)超越直接经验的维度。④ 感觉的三个维度决定了人的认识前提和获取知识的可能性。布拉德雷认为真理是对宇宙的观念性表述,它不能与本身发生矛盾,完满真理就是对系统性整体的观念性说明。这个整体必须拥有两个要素,即融贯性(coherence)和广泛性(comprehensiveness)。所谓融贯性是指当下的判断与预设的经验体系的适合性;而广泛性则就是融贯性。只不过我们在进行判断的时候有些概念涵盖内容少一些,有些内容则可

---

① F. H. Bradley, *Essays on Truth and Reality* (Oxford: The Clarendon Press, 1914) 159–160.
② Ibid., 189.
③ Phillip Ferreira, *Bradley and the Structure of Knowledge* (Albany: State University of New York Press, 1999) 172.
④ Ibid., 157.

能多一些。这两个要素相互支撑,实则为一体①。将二者分离就会造成整体性的消失。

布拉德雷认识论的第二个方面是真理是观念与实在关系的呈现。在布拉德雷哲学中,真理是观念性实在或观念化的实在。② 而判断是基本的认知行为,认识真理是通过判断来实现的。布拉德雷指出,

> [真理中的]实在必得意味着被视为一个可以理解的整体;而每一个判断和推理都须以这样的实在为直接目标。各种不同的推理形式能或不能达到这个共同的目的,其所实现的程度便决定它们各自的地位以及在整体中的等级。③

推理和判断的缺陷或是逻辑的缺陷并不意味着其意义的削减。就其真实性而言,布拉德雷认为,我们不应该对其"是"或"否"进行判断,而是要对其"究竟具有多少程度的问题"进行辨别。布拉德雷认为意识并非空无内容的与料,在形成意识之时,经验的内容已经形成了关系,换句话来说,与料已经经历了阐释的过程。或者,判断自意识产生伊始便伴随着我们,与我们如影随形。判断的目标就是述谓完全能够描述和限定主体,对主体进行锁定,使主体能够在一个明晰的轮廓之内展现其具体细节。但布拉德雷对判断行为能否履行这个职责则没有任何信心,他认为判断行为永远也无法真正完成这个使命。主体与判断(述谓)之间会存在缝隙。思想永远是受限制的、有限的,尽管我们试图在认知行为中用思想和语言锁定其客体(实在),但这是办不到的。其原因在于思想的客体(实在)完全是具体化的、殊性的,而思想和语言则是抽象的、共相性的,基于这一点,思想和语言永远无法完全捕捉到实在。布拉德雷的结论是所有知识均有缺陷。④ 在主体与述谓相结合形成判断的过程中,述谓的行为受制于许多外在的条件,诸如时间、场所等因素。这种外在条件的制约使得我们的判断行为一直处于不稳定的状态。换句话来说,在布拉德雷的语境中,真理是处在变化之中的。在这种情形下,对于主体的判断就很难保持不变。这也就意味着述谓对于主体的描述是有限的,因此判断行为本身

---

① Phillip Ferreira, *Bradley and the Structure of Knowledge* (Albany: State University of New York Press, 1999) 223.

② 布拉德雷,《逻辑原理》(下册), 庆泽彭译 (北京:商务印书馆, 1964) 255。

③ 同上。

④ Phillip Ferreira, *Bradley and the Structure of Knowledge* (Albany: State University of New York Press, 1999) 4.

无法实现判断内容的完全共相性，每一个判断至少部分是错误的。

布拉德雷指出，对于我来说，所有的真理与错误都是相对的。它们最终的区别只是程度上的差别。布拉德雷进一步指出，真理与错误的差别还在于其所处的语境，关于真理的判断应该是完全自足的，即不依靠任何外在的条件。正是由于判断受到其语境的制约，或是说受到条件的限制，对判断的赞许和否定都是成立的。① 因而菲利普·法雷拉指出，布拉德雷由此常常被误解为怀疑论者。② 其实，这是对布拉德雷思想的一种误解。

布拉德雷同时坚信，虽然我们的判断并不完全正确，每一次判断或多或少会都有缺欠，每一次判断还会对前一次判断有所借鉴，因每一次判断都会向离真理走近一步，都会有更大程度的真实性。判断虽然并不完美，但对真理的实现具有一定的推动作用。布拉德雷认为，我们的知识的每一次增加都是其条件细化的结果，但每一次都无法实现知识的绝对。"这就是知识与错误相对论的基础。"③他指出在一个"一"与"多"、"同一"与"差异"构成的直接经验整体中，一旦有判断介入，这个整体就会解体。在任何一个判断中都不会完全再现这个整体。高级形式的同时能够满足我们情感、感觉和智力的结合不可能出现。布拉德雷认为，我们的目标是追求直接经验的整体性，我们会永远去接近这个整体，但我们永远不会真正找到这个整体。④ 直接经验的整体是前判断的状态。在这个状态中依照布拉德雷的主张，关系还没有产生，在感觉和情感的整体中，相同性与差异性并非不受任何限制，而是这种限制是我们在智力上无法发现的。⑤ 因此一个更广泛的视域是必不可少的。

布拉德雷认识论的第三个方面是他将真理的概念是与实在联系在一起的主张。如何定义实在成为辨别真理的重要环节。布拉德雷认为，

> 无论什么东西，都可以分为两个方面，(ⅰ)存在(existence)，(ⅱ)内容(content)。换句话说，就是我们察觉有了那个东西(that)，又知道它是什么东西(what)。但

---

① F. H. Bradley, *Essays on Truth and Reality* (Oxford: The Clarendon Press, 1914) 252.

② Phillip Ferreira, *Bradley and the Structure of Knowledge* (Albany: State University of New York Press, 1999) 5.

③ F. H. Bradley, *Essays on Truth and Reality* (Oxford: The Clarendon Press, 1914) 255.

④ Ibid., 256.

⑤ Ibid.

T. S. Eliot in Philosophical Context

T. S. Eliot in Philosophical Context

是一个符号除了这两个方面外,还有第三个方面,即它的指谓,或意思。①

在我们面对一个事物的时候,察觉到"那个"东西的存在,它的具体性和特殊性使其呈现在我们的面前。如果对它进行抽象,它就会失去其呈现的状态。与此同时,它还有另外一个侧面,即它的内容(content),它的"什么"(what)。存在与内容之间存在着一种断裂,内容总有一定的残留无法被固定,无法被捕捉。布拉德雷指出,与料内容总是与没有被给予的具有相对性,因此"什么"在本质上是要超越"那个",这种现象被称为有限与料的观念性。这种现象不是思想的结果,正相反,思想本身是内容与存在相互作用的结果。② 事物的"什么",即内容要不断地超越"那个"的抽象,在知觉事物的过程中,这种过剩为观念提供了充足的表现空间。与此同时,布拉德雷认为,关于事物认识两个侧面的区分是人为的,它们实际上彼此依靠,互为条件。这种性质因素并不是独一无二的,它具有共相性。在这里布拉德雷列举了几种花卉的例子,作为玫瑰花和勿忘我的个体它们分别都是独特的,不过在内容上,它们共享花卉的同一性。只识别出这一事物的内容和存在并没有完成认知的任务,对这一事物的判断是这个过程的阶段性的结束。

布拉德雷主张,判断就是识别这一事物的指谓或找出其意义所在。不然,我们无法得知它是真实的还是虚假的。同一性能够赋予判断真实和虚假的可能性。布拉德雷指出,

> 所谓实在就是在表象或直观知识中所知的对象,也就是我们在感觉和知觉中所遇到的东西。它呈现于空间和时间所发生的事件系列之中,同时又可以和我们的意志相对抗;一个实在的东西,就可能发生一种强制的力量,或表现一种必然的性质。简单说一句,就是它能发挥一种作用,并保持其自身的存在。③

布拉德雷又进一步指出,一项活动之所以能够被认识是因为它能够使空间和时间发生变动,在变动的过程中它自身可以显现,换句话来说,只有在活动中事物才得以显现。布拉德雷说:"实在即自己的存在。"④布拉德雷接下来说实在也就意味着是个别事物,然而:"个别绝不只有特殊性,

---

① 布拉德雷,《逻辑原理》(上册),庆泽彭译 (北京:商务印书馆, 1964) 3。

② F. H. Bradley, *Appearance and Reality: A Metaphysical Essay* (Oxford: The Clarendon Press, 1930) 146.

③ 布拉德雷,《逻辑原理》(上册),庆泽彭译 (北京:商务印书馆, 1964) 48—49。

④ 同上,49。

从它本身内部的差异对比来看,确实还有普遍性。"布拉德雷说,"……这样的实在明明是显露而且持续于殊异之中的同一,当然是一个实在的普遍性。"①

可以看出,布拉德雷的实在有两个维度:物性维度和形式维度。所谓物性维度指实在具有可呈现性、感觉性和直觉性。正像布拉德雷指出的那样:

> 我们很自然地以为实在的东西,至少在我认识它的范围以内必是就在眼前。除非我直接和它发生交涉,我就绝不能对它确信无疑。归根结蒂,只有我所感觉到的东西才能是实在的,而任何一种东西如果不和我接触,我就绝不能感觉得到。可是除了呈现之物,有没有别的东西可以和我直接遭遇。……当下呈现就是实在。②

然而,布拉德雷认为"现在"并不是实在的全部,它只不过是我们在变化直流中所采取的一个点。这个点可以在我们的心灵中固定连续的事实间的相互关系。"在这个意味中,'现在'便表示'联立'或'同时并列';它所指的不是存在,而是时间序列中的单纯位置。实在之成为现在,绝非就是给与于唯一原子式的瞬间以内。"③

实在的另一个维度是形式维度。实在的形式维度表现为自我存在性、实体性和个性。布拉德雷认为呈现在知觉中的实在并非眼前的实在,"现在"也不能够与实在画等号,眼前的并不是实在的全部。眼前的是独特和特殊的现象,然而实在并非独特的而是一般的。布拉德雷指出,

> 我们都揣度实在是自存的、本质的、有个性的东西;但当其呈现于表象里面的时候,便根本不是这样。表象里面的内容渗透了相对性,它的本身只是描写性的,它的整个部分当然也属于形容词性质。每一个部分虽作为事实而被给予,但其给予却指谓着别的东西而存在。给予的现象在时间中不断地消失,这件事本身便是它自己存在的否定。其次,如果我们把它看做就是现在存在的那样,那么我们可以说,它的界限也是不稳固的,绝不能免于非实在的成分的侵入。在时间和空间里面,出乎它的边缘,它唯有靠着外边东西的关系,才能成其为事实。它凭借对它排斥的东西的关系而生存,这就是超越它的界限而与另一因素相连接,也就是把那一因素引进到自己的界限内。④

---

① 布拉德雷,《逻辑原理》(上册),庆泽彭译(北京:商务印书馆,1964)49。
② 同上,56。
③ 同上,58。
④ 同上,78—79。

对于实在来讲,它本身并不稳定,依靠自身难以生存,在时间和空间上都找不到一个固定的点。我们所能看到的实在具有不完整性和片面性。实在只有依赖自身以外的东西才能获得其本质。换句话来说,实在只有在整体中才能获取自己的地位。因此,布拉德雷指出,"实在的本身绝不等同于表象中呈现的内容。"那么完整和全面的实在在哪里呢? 我们可以到什么地方去追寻它呢?

布拉德雷认为"同一性"是确定实在的出路。布拉德雷指出,"一切推理都建立在不可分辨之物的同一性上。性质的相同就证明实在的相同,这个同一性在这里具有双重形式,(1)首先,符号的内容必须具备'这个状态'(thisness)。(2)其次,它必须和'这个'(this)共有一个点。"①对于这两种形式,布拉德雷进一步解释到,这里所涉及的观念必须在空间上或时间上是某一事变的观念,它必须有个别性,即一般观念所具有的无限细节和无穷关系。在这个前提条件下,它就能够和与料的内在一致,属于一个品类。两个事物具有"这个状态",它们在本质上就可以获得同一性。关于同一性,布拉德雷列举了这样一个例子:在一个房间中有一个人站在那里,房间的四壁挂满了这个人在不同时期的画像,根据这个人的同一性,我们不仅了解了这个有血有肉的人,因为他站在那里,呈现在我们的面前,而且我们也知道了他的过去和未来,因为我们超越了此时此刻呈现在我们面前的景象,"眺望到这个人的实在的生命延伸于时间里面的全系列了。"②布拉德雷的结论是如果我们单纯地将实在理解为感觉事实,那么除了屋里的血肉之躯外,我们就什么也认识不到了。据此,布拉得雷认为记忆和预测也应该是实在的一部分。

实在是一个整体,它既包含当下呈现在我们面前的事实,也包含记忆和预测心灵事实。然而在我们对其进行描述的时候,我们只能给它一个观念性内容。这个观念内容是有限的,无法呈现实在的丰富性和特殊性。正像布拉德雷所指出的那样:

> 我们一定要把呈现于我们面前的内容在感觉上形成一个整体的东西,加以剖析分割。我们的判断所包含的选择当然不过是任意的,随便决定的。我们说"那里有一条狼,"或"这棵树是绿的;"这都是很寒碜的抽象语,含义是如此的贫瘠,

---

① 布拉德雷,《逻辑原理》(上册),庆泽彭译(北京:商务印书馆, 1964) 80。
② 同上,87。

比我们所见到的狼和树确实差很远；如果和狼或树由之而分开的全部特殊情节、整个内外负责的背景比较起来，更不知要打多少折扣。[1]

布拉德雷认为原来属于事实部分的那条狼或那棵树，如果我们将其抽象出来，赋予其独立性，就意味着"我们已经作了一番分辨、割裂、裁剪、解剖，我们已经使给予的东西支离破碎。"实在经过"篡改"，已经面目全非了。[2] 布拉德雷明确地指出，这种将实在简单化、赋予"部分"独立性的大胆举动是以休谟为代表的经验主义的惯用方法。布拉德雷认为解决经验主义片面性的方法就是："……必须把握给予的东西恰如其真实的状况，不可省略，不容改变，也不能使之破碎支离。"[3]

布拉德雷也承认要想做到实在的完整性是非常艰难的。那么如何才能做到这一点呢？布拉德雷认为，首先我们不能假定现在可以脱离过去而存在；其次，我们更不能把整个绵延中的任意一段视为自存的东西，与其他部分没有丝毫关系。[4] 因为在我们的认识过程中，感觉转化为思想，呈现转化为再现，知觉成为判断，直接经验成为关系经验，通过分析整理和超越给予物，直接感觉经验的综合变成了逻辑的观念综合。[5] 感觉自有感觉的优势，对于思想来说它是一体的，非综合性的；而思想自有思想的优势，它可以排除感觉的此时此地性的限制，但两者结合成为一个整体才能提供更明确的认识。因此，经验主义试图利用个别来代替整体，将整体切割成局部、对局部进行独立性分析、再将局部简单地合成为整体是无法获得实在的。

布拉德雷的真理观主张真理并不是实在，真理是思想的产物。真理属于观念范畴。观念属一般形容词性，不是实体和个别物。布拉德雷指出，

真理的目的以观念的形式成为实在并占有实在。这首先意味着真理必须毫无剩余地包括在任何意义上所给予的东西的整体，其次意味着真理必须在智力上包括这一点。……换句话说，真理只有在它是无所不包的并且是一的情况下才得

① 布拉德雷，《逻辑原理》(上册)，庆泽彭译 (北京：商务印书馆，1964) 104。

② 同上，104—105。

③ 同上，108。

④ 同上，110。

⑤ Martin F. Sorensen, *F. H. Bradley: Hegelian or Kantian?* (Lexington：The Sand Hill Review Press, 1969) 20.

以满足。①

由此看来满足真理的条件是其无所不包性、完整的系统性以及完美的和谐性。② 但根据布拉德雷的主张，真理是一种观念形式的实在，而观念的形式又包括观念、判断和推理，因此这个无所不包性就无法完全实现。张家龙在解读布拉德雷的真理观时指出，对于布拉德雷来说，"真理是观念形式的实在，因而不同程度的实在就同不同程度的真理相应。"③那么真理的标准是什么呢？对此布拉德雷的回答是"绝对"。布拉德雷认为只有在绝对之中，我们的真理诉求才能得到真正的实现。

布拉德雷认识论的第四个方面是其认识论的伦理维度，他认为"绝对"的预设是实现作为道德目的"自我实现"的必要通路。"自我实现"是布拉德雷伦理主张的核心。所谓"自我实现"就是自我意志的展开和呈现以及实现的过程。"自我实现"中的自我不是单纯的无他性的自我，而是作为一个整体来考量的自我。它既不是"我的某一个特殊状态的总和，也不是一个孤立的自我，而是一个整体。"④布拉德雷阐述了他的用意，即"我们的目的之所在是自我，是一个整体的自我；换言之，这个整体的自我归根结底就是我们的意志内容。"⑤那么这个意志所指的是什么呢？布拉德雷指出，"我们的真正存在不是极端的统一，也不是极端的殊异，而是统一和殊异的完全同一"。⑥

而这"实现你自己"之意，也不仅是"成一个整体"之意，而是"成一无限的整体"之意"。⑦ 这就意味着布拉德雷的意志是一个普遍的意志，是一个囊括了统一与殊异的无限整体。张家龙阐述布拉德雷的意志观的主张时强调，布拉德雷的设计有两个含义，意在澄清人们的两种误解：

(1)认为无限是"非有限"，这就是"无终点"的意思。此种无限如为真实的存在，则必有终点；有终点，则那是有限。不论如何把这个终点延长，延长的结果如

---

① F. H. Bradley, *Essays on Truth and Reality*, 114, 转引自张家龙，《布拉德雷》(台北：东大图书公司, 1997) 18。

② John Passmore, *A Hundred Years of Philosophy* (London：Penguin Books, 1968) 67.

③ 张家龙，《布拉德雷》(台北：东大图书公司, 1997)1。

④ 同上，143。

⑤ F. H. Bradley, *Essays on Truth and Reality*, 71, 转引自张家龙，《布拉德雷》(台北：东大图书公司, 1997) 144。

⑥ 同上，74。

⑦ 同上。

为真实的,仍必有一个新终点,这仍是有限而已。(2)认为无限不是有限,而这已不再有量之更多的意思,却仍是一种意思,即是性质之不同的意思。这无限不在有限事物的世界之中,而是存在于自己独有的范围内。①

布拉德雷的设计在现有的形而上学体系中是无法实现的,这就为他的"绝对"形而上学的预设提供了充分的理由和依据。为此他进一步界定了他的设计的内容和应用范围:

这无限确实否定有限,以使有限消失,然而否定的方式不是拿一个否定同有限对抗,而是把有限置于较高的统一体中,使有限成为这统一体的一部分,从而有限失去其原有的性质,这样,有限是同时被制止,又被保存。因此,无限是"有限和无限的统一"。②

"有限与无限的统一"即"绝对"是实在的真谛。

在这个"有限与无限的统一"的整体中,自我依靠整体而存在,而实现;整体不能离开自我而独立存在。自我,亦即我们先前讨论的"有限中心"是有限的,它的实现是一个不断超越的过程,在这个过程中自我不断地融入整体,整体在吸收自我的情况下又形成了新的整体,自我在融入整体之后也获得了新生。在道德生活中,自我的凸显和自我被溶解形成了新的自我,自我既被限制又被提升,直至成为整体的一部分。整体的道德律法就是自我的道德律法,而整体的道德律法又是个体道德律法的充分体现。正像布拉德雷指出的那样,在这个整体中,"……你的私我,你的有限性不复存在,而成为一个有机体的机能。你必须成为整体中的一个分子,而不是单纯的一小块,这样,你又必须知道自己并运用自己的意志"。③ 如此这般,道德才会号召整体中的人去克服自己遇到的各种矛盾,走向从善之路。

布拉德雷的"自我实现""不仅是或此或彼的自我,而且要被实现为意志。这意志也不仅是此处或彼处碰巧存在而自行发现的意志,而是作为善良意志的意志,也就是实现一个目标的意志。"④亦即是说,这个意志是一个不以我的意志为核心、为准绳的意志。因为我的意志属于特殊的

---

① 张家龙,《布拉德雷》(台北:东大图书公司, 1997) 144—145。
② F. H. Bradley, *Essays on Truth and Reality*, 77,转引自张家龙,《布拉德雷》(台北:东大图书公司,1997)145。
③ 同上,79。
④ 张家龙,《布拉德雷》(台北:东大图书公司, 1997) 146。

意志,特殊的意志在贯彻执行的时候时常会同其它的自我意志发生矛盾冲突,普遍的意志即一个超出自我的意志。超出自我的意志必须置放在整体意志之中才能实现,为此布拉德雷指出,

> 人是社会的动物;他之所以是实在的,仅因为他是社会的,他之所以能够实现他自己,仅因为他是社会的。单纯的个体是一个理论的幻念;企图在实践中实现这个单纯个体,那无疑是人类本性的饥饿和残缺,不是一无所获,就是产生怪物而已。①

所谓人是社会的动物,就是人依赖社会而存在,没有社会的存在人将失去存在的可能性,也就是说,一个孤立的人是无法生存的。从某种意义上来说,

> 一个人之所以是人,是因为他曾从人类社会中吸取了他的存在,而且因为他是一个较大生命的个体表现。这个较大的生命,如家庭、社会、民族,乃是一个道德意志,乃是一个普遍,而这个普遍实现在他个人的意志中时成为一个人的道德。②

因此在布拉德雷那里道德世界是一个有机体,它囊括了外部世界,即从家庭到民族直至国家的内涵,也囊括了内部世界,即个人的道德因素。这个有机体的灵魂是整体意志。灵魂通过个体的意志得以显现,而个体意志通过灵魂而富有生命。这样整体意志实则是公共精神,公共精神团结和凝聚每一个个体意志,使其形成一个统一的整体。与此同时,个体意志如果没有公共精神,这个民族或国家也就不会有公共精神。个体与整体互为依存,无法独立存在。只有整体意志与个体意志的结合才能完成构建共同精神的任务,从而完成"自我实现"。

"自我实现"是布拉德雷道德哲学体系的核心。依照张家龙的解读,这个"自我实现"实则是善的自我的实现。它包括三个来源。其一,我的岗位和义务的客观世界;其二,作为道德义务的社会理想;其三,非社会的至善之意志。③ 这三个来源是构成布拉德雷道德最高境界的要素,虽然各自不同,但都服务于"自我实现",若想统一,"绝对"的预设则是必由之路。

---

① F. H. Bradley, *Essays on Truth and Reality*, 174, 转自张家龙,《布拉德雷》(台北:东大图书公司, 1997) 149。
② 张家龙,《布拉德雷》(台北:东大图书公司, 1997) 157。
③ 同上,156—157。

布拉德雷哲学中的认识论始于直接经验,止步于绝对的预设。这种做法的学理基础源于布拉德雷所面临的认识论理解困境和走出困境的设计。在布拉德雷的观念论的理论中,科学关注的世界并不完全真实,科学需要利用推理和判断,建立关系。对于布拉德雷来说只要涉及关系必定会停留在表象世界,无法进入实在世界。表象与实在之间有一道不可逾越的鸿沟,只有预设"绝对",才有通向实在的桥梁,只有诉诸"绝对",才能克服自相矛盾,才能实现并发现真正的实在。直接经验—绝对首先预设,假定知识具有一个起点,依此为出发点,重新审视这些原始的终极数据,探寻知识成为知识的机理;其次,在此基础上进一步反思自己的经验和所有知识,从而在这个过程中确定知识的可靠性。

知识标准问题也是布拉德雷知识论中比较重要的问题。自柏拉图和亚里斯士德以来,知识是依照其功能来定义的,衡量知识的标准是知识能否实现所宣称的功能,而不是依照知识的来源来确定知识的真伪。在衡量知识的功能的过程中,重要的是构建知识的原理并证实其原理,让原理去说明事物的运作机理,并观察能否证明其预测的功能。如此这般,知识便有了可靠性。由此可见,知识的原始来源并非是检验知识可靠性的方法。那么追求直接经验的做法,或是这种哲学方法对于知识的确定性,有什么优势呢? 布拉德雷对直接经验进行探求,试图建立第一原理。罗伯特·麦克指出,布拉德雷对直接经验的追求有两个用意,其一是为反思经验提供特别的材料;其二是为证实探究提供路径,唤起对先前探究之不足的关注。①

直接经验便是"绝对"的一种表现。布拉德雷的所谓绝对就是"一"。"一"是一个统一体(a unity),②布拉德雷的统一体中包含了"多",这就是布拉德雷关于"具体共相"(theory of concrete universals)的理论。如果没有"多",布拉德雷的统一体就是一个空洞的概念,布拉德雷分别列举马和社会作为一个个体和共相的例子来说明他的观点。由此可以断言,布拉德雷的"一"是一个包罗万象的整体的那个绝对,他认为"绝对"必须是经验,没有被经历过的实在没有任何意义,没有被知觉到或

---

① Robert D. Mack, *The Appeal to Immediate Experience: Philosophic Method in Bradley, Whitehead and Dewey* (New York: Heights King's Crown Press, 1945) 7.

② John Passmore, *A Hundred Years of Philosophy* (London: Penguin Books, 1968) 67.

察觉到的任何东西都是无意义的东西。不过布拉德雷这里的"绝对"不是一般经验性的绝对,而是一个"超越关系的经验性绝对"。[①] 布拉德雷认为我们可以创造一个"绝对"的环境,形成一个"绝对"的观念,在"绝对"中一切关系和现象的区别均被消除、化解和融合。这样我们便得到了一个更高级的不失去其丰富性的具体的共相,即"绝对"。[②]这个直接经验—绝对的预设弥补了人的有限性的不足,从而使认识的其它目的得以从容实现。"绝对"的预设也同时为"自我实现"奠定基础,铺平道路。

布拉德雷以拒斥经验论和怀疑论为路径,从整体主义的原则立场出发,在哲学维度和伦理学维度上为解决道德矛盾提供了良方。布拉德雷形而上学与逻辑学的主要目标是提供一种机制去连接"心"与"物",解决"距离问题"(the problem of distance),克服经验与其客体之间的距离,[③]或解决认知心灵(the knowing mind)与认知客体(its object)思想与客体分离的问题。为了达到这个目的,布拉德雷设定思想、感觉与实在为一个统一体[④],将宇宙经验结构化,首先解决了"心"与"物"及认识及心灵和认知客体之间的问题。布拉德雷距离问题的解决方案的关键在于将思想视为更广泛经验的一个侧面,而把感觉经验视为客体宇宙的持续。布拉德雷将所有可经验的内容视为相互渗透、持续不断,即差异中的同一(identity-in-difference),使整个结构与每一个有限认知者的更广泛的感觉经验持续不断,由此布拉德雷为客体的观念性阐释提供了一个理论机制。在更深的层次上,布拉德雷认为我们只有一个宇宙(经常被指责为唯我论)。当我们从潜意识走入光亮之地的时候,具有差异性的经验才开始出现。事实上,在感觉经验的深层次上,"我的知识"同"你的知识"同为一体。"说到底,真实就是我们的感觉,在感觉之外没有实在。最终,实在就是经验。我们的基本事实是直接经验或感觉。"[⑤]布拉德雷认为,我们一只脚踏在有限的、有条件的暂时性之中,另外一只脚踏在无限

---

① John Passmore, *A Hundred Years of Philosophy* (London: Penguin Books, 1968) 68.

② Ibid., 69.

③ Phillip Ferreira, *Bradley and the Structure of Knowledge* (Albany: State University of New York Press, 1999) 183.

④ F. H. Bradley, *Essays on Truth and Reality* (Oxford: The Clarendon Press, 1914) 326-317.

⑤ Ibid., 316-327.

之中,于是布拉德雷试图用"绝对经验"(Absolute experience)来解决这个矛盾,①在整体中考量知识的历史与文化条件,其中包括历史意识和文化意识。这种策略为他摆脱认识论的困境指出了一条明确的道路。

　　由此可见,艾略特关注并研究布拉德雷并完成博士论文《F. H. 布拉德雷哲学中的经验与知识》,并非出于偶然,而是出于解决自己所面临的同样的认识论难题和、寻求出路的动机。

---

① 　Phillip Ferreira, *Bradley and the Structure of Knowledge* (Albany: State University of New York Press, 1999) 188.

第四章

艾略特的博士论文:
《F. H.布拉德雷哲学中的知识与经验》

　　本章有两个要旨:第一,阐释艾略特的博士论文《F.H.布拉德雷哲学中的知识与经验》的主要内涵;第二,阐释艾略特对布拉德雷哲学的认识,明晰艾略特哲学思想的本质,探究他的博士论文与他的创作实践和文学批评之间的关系。本章将首先梳理艾略特博士论文的前六章,阐述每章的主要观点,分析其论证过程。然后,评述艾略特博士论文的结论部分。最后,阐明艾略特博士论文与艾略特的诗歌和戏剧创作、文学、文化和社会批评的内在关系。

　　1911 年 10 月至 1914 年 6 月期间,艾略特在哈佛大学攻读哲学博士学位,他于 1916 年 4 月在牛津大学完成博士论文的撰写工作。当时,这个学习过程包括三个重要环节:第一个环节是在入学第二年进行资格考试,考核所学课程,同时考察对法国哲学和德国哲学的经典原著英译的能力;第二个环节是撰写并完成博士论文,并通过哲学系的审核;第三个环节是博士论文答辩。在哈佛大学完成学习后,为了撰写博士论文,艾略特由希尔顿旅行奖学金资助,前往牛津大学莫顿学院继续哲学学习,师从布拉德雷的弟子、英国著名哲学家哈罗德·约阿欣。在牛津大学期间,艾略特主修了约阿欣讲授的"亚里士多德的《后分析篇》"这门课程。1916 年 4 月,艾略特在牛津大学完成了博士论文。论文寄回哈佛大学哲学系后经审核通过,鲁一士代表哲学系对其评定,认为艾略特的论文已达到专业哲学家的要求,准予答辩。但由于种种原因,艾略特未能回美国答辩。关于自己的博士论文,艾略特曾说,在完成后的 17 年里,他没再读过自己的论文。[①] 虽然如此,艾略特在此期间及其一生所主张的传统观、真理观、语言观、哲学与文学对立统一的思想,无不显示出布拉德雷思想的影响。

　　艾略特的布拉德雷研究建立在他对西方哲学的深刻认识上,尤其是他对亚里士多德和康德哲学的认识上。艾略特对布拉德雷知识与经验关系的研究并没有一味地应和布拉德雷的主张,而是批判地继承了他自己认为合理的部分,摒弃了他认为不合理的部分。可以说,艾略特的布拉德雷哲学研究对其后来的诗歌创作、戏剧创作、文学批评主张、文化批评主张和社会批评主张都产生了重要影响。

　　艾略特的博士论文《F.H.布拉德雷哲学中的知识与经验》共分为七个章节:第一章,论我们的直接经验知识;第二章,论"真实"与"观念"之区别;第三章,心理学家对知识的处理;第四章,认识论者的知识理论;第五章,认识论者的知识理论(续);第六章,唯我论;第七章,结论。

（一）
关于博士论文第一章"论我们的直接经验知识"

　　艾略特博士论文的第一章为"论我们的直接经验知识"。艾略特在第一段开宗明义,指出他的论文不是要涵盖知识论的全部内容,也不探讨知识论涉及的问题,包括一般观念的形成、判断和推理理论、知识的可能性和确证性。他强调,论文仅略微涉及有关认识论错误的问题。论文的第一章主要讨论布拉德雷将"直接经验"(immediate experience)作为知识起点的主张。第二章到第六章讨论直接经验、主体与客体的呈现、主体与客体的独立性问题,其中着重探讨"客观性"(objectivity)的精确意义。[②] 布拉德雷认为人类认识的起点是直接经验,对知识起点的考察能够为知识论提供必要的理论依托,因此布拉德雷对知识来源的追问有举

[①]　T. S. Eliot, *Knowledge and Experience in the Philosophy of F. H. Bradley* (New York: Columbia University Press, 1989) 10.

[②]　Ibid., 15.

T. S. Eliot in Philosophical Context

足轻重的作用。艾略特对布拉德雷认识论的研究重点必然落足于对直接经验的批判上。

艾略特在第一章首先致力于澄清布拉德雷的直接经验概念。他指出,在布拉德雷的《表象与实在》和《论我们的直接经验》中,直接经验和感觉(feeling)两个概念具有共同的指向,内涵是相同的。所谓直接经验并不等同于意识,经验也不能作主体的定语,不是主体的属性(adjective)。同时,我们也不可混淆直接经验与感受(sensation),更不能将二者作为心灵的内容。艾略特进一步指出,在布拉德雷的语境中,我们必须习惯并接受此处的感觉并非心理学家语境中的感觉,尽管这个感觉仍是心理学意义上感觉的延续。那么感觉是什么呢?艾略特引用了《表象与实在》中对感觉(直接经验)的定义:感觉不仅是心灵或意识的感觉,更是有限心理中心(a finite psychical centre)的凝聚或统一(unity)。首先,对于"我"来说,它是在任何区分和关系衍生之前就存在的状态,是主体、客体还未生成的状态。其次,任何真实的东西都应该呈现在心灵之中,但这并非意味着它就是感觉。① 艾略特接着引用了布拉德雷关于经验的阐释。布拉德雷指出,经验并非一个显示了开始就消失了的一个阶段,经验作为最基础的东西存在于最底层。在其自身之中,它包含了每一个发展阶段,并且超越了自身。它不仅保留了每个发展阶段,还对自身进行判断。② 布拉德雷这段话用意何在呢?《真理与实在论文集》第六章标题为"论我们的直接经验知识"。布拉德雷于此详细论述了直接经验在认识中的作用。布拉德雷认为,我们的经验不仅是客体,经验并无主体和客体之分,在经验中认知者和被认识对象合而为一。经验是知识的起点。尽管它会超越经验,但它是知识的基础。如果删除主客体合而为一的状态,意识就会崩溃,最终会形成一方面是经验过的客体另一方面是没有经验过的东西的情形。③ 艾略特对布拉德雷的直接经验进行了总结:布拉德雷的直接经验无始无终,包含自身的一切发展,具有不可分割性,不是

---

① F. H. Bradley, *Appearance and Reality: A Metaphysical Essay* (Oxford: The Clarendon Press, 1930) 406-407.

② F. H. Bradley, *Essays on Truth and Reality* (Oxford: The Clarendon Press, 1914) 161.

③ Ibid., 159-160.

感觉数据,不是主体的属性,不容置疑。[1] 布拉德雷直接经验设计的目的是为了解决二元对立主张的认识论缺欠的问题。

艾略特就布拉德雷的直接经验学说进行了解析和批判。艾略特指出,我们在研究认识论时必须要考察和思考知识之源的问题。如此这般,我们就不得不将知识的构建看作是一个时间性的问题。我们首先必须考虑进入我们注意的感觉数据在整个与料中的问题;我们还必须考虑我们的意识在生物进化过程中的表现;其实对成年人而言,知识已成为一种抽象的东西,经验中的各类元素也没有先后顺序。但如果考察低级心理状态(如儿童和动物),我们所研究的成熟的意识(the developed consciousness)却是不存在的。因此,艾略特认为并不存在没有思想的情感或没有反思的呈现。情感与思想、呈现与反思相伴而生,相互交融。情感与思想、呈现、重整与抽象均处于低级阶段。

艾略特认为,布拉德雷主张的直接经验并不切合实际,也无法在实践中进行操作。在认知过程中,情感与思想、呈现、重整与抽象等因素在判断中如果不分主次,均等地发挥同样的作用,那么在实践上认知就无法成为可能。[2] 艾略特进一步指出,如果不承认意识在某一时刻比另外一个时刻更接近纯粹经验,感觉数据(sense datum)先于客体,行为、内容、在即、超验的客体相互之间并不独立,那么这些区别将是无用知识的绝佳案例。[3] 直接经验在这个维度上是缺欠的。艾略特认为,如果将直接经验与理想构建相比较,直接经验在某种程度上先于理想构建。但在实际中,我们发现并不存在具有直接性的实际经验。即使存在这种经验,我们也将对此一无所知。在与料(the given)、经验过的(经验)(the experienced)和构建的(经验)(the constructed)之间不存在清晰的界线。在相对和变幻的视角之外很难找到直接经验的案例。尽管直接经验是认知的基础和目的,但并不存在仅仅作为直接原料的经验。视角的差异使人的经验各不相同,不存在区分真实与观念的标准。艾略特指出,不存在绝对的、可以将真实与观念进行切分的视角,因此我们无法给真实和观念分别贴上标签。所有术语都是抽象的,不过我们可以通过它们所表达的

① T. S. Eliot, *Knowledge and Experience in the Philosophy of F. H. Bradley* (New York: Columbia University Press, 1989) 16.

② Ibid.

③ Ibid., 17—18.

T. S. Eliot in Philosophical Context

存在与我们所有实际活动中的知识理论,赋予其实在性与有效性,这也是我们唯一拥有并需要的有效性。这样我们可以允许、认可低级的纯情感的相关性,承认知识来源于情感(feeling,在布拉德雷的语境中,feeling 与experience 一致)。[①] 就此,艾略特总结道:情感与思想并不相互排斥,最善于思考的人也善于情感;认为情感与思想相互排斥是巨大的错误。[②]

艾略特批判布拉德雷的直接经验主张,反对情感与思想相互排斥,这为其后来在文学批评中倡导思想与情感交融的主张奠定了基础。他撰写的《玄学派诗人》、《哈姆雷特》、《批评的功能》、《伊丽莎白时代的四个诗人》和《但丁》等批评文章都强调思想与情感的交融。从上述艾略特对布拉德雷的批判中可以看出,艾略特对布拉德雷的直接经验不仅持怀疑态度,甚至从基本上来说是否定的,不过艾略特还是承认直接经验具有一定的理论意义。艾略特指出,尽管我们无法认定我们哪一段生活是直接经验式的,尽管我们无法找到一个直接经验的元素,尽管我们无法将直接经验作为客体来认识,我们还是能够推断直接经验是知识的起点,因为只有在直接经验中知识与客体才是一体的。[③] 这样,直接经验就可以为认识论提供一种立基的可能性。

虽然直接经验具有一定的理论意义,可以为认识提供可供观察的起点,艾略特仍认为在现实情形中直接经验是不可能的。单一情感无法在客体世界中找到位置,它在某种程度上是任意情形的抽象。……情感在知识过程中只不过是一个侧面,而且是不稳定的侧面。[④] 从某种角度来看,世界史是"我"的经验史;而从另一个角度看,"我"的经验在很大程度上只是一种观念,它需要外在于此的存在来支撑。经验比任何东西都真实,然而这个真实需要外在于这个经验的东西,[⑤]因此,情感并不是实在一致的一个侧面,尽管实在需要遭遇情感或视觉。[⑥] 情感却能使主客体合一。客体因其被感觉的与有限中心之外的一致性成为客体;主体因其

---

①   T. S. Eliot, *Knowledge and Experience in the Philosophy of F. H. Bradley* (New York: Columbia University Press, 1989) 18.

②   Ibid.

③   Ibid., 19.

④   Ibid., 20.

⑤   Ibid., 21.

⑥   Ibid., 19.

与不同的任何客体发生联系的情感核心保持一致成为主体。……从一个角度来看,它是主体,而从另外一个角度来看,它是客体。① 如果作为情感的客体业已萎缩、枯竭(尽管在某种意义上它也延伸和发展了自己),萎缩是因为作为意识的客体比意识狭窄了;萎缩延伸了,是因为其成为客体后发展了关系,超越了自己。② 最后,艾略特认为布拉德雷的直接经验的问题在于:情感并不是意识的全部,情感可以用关系来阐释和说明,但先决条件是情感必须存在。存在本身并没有将情感与其他客体分开,关系并不能穷尽所有情感。这种单纯的存在(bare existence)就是直接经验。情感随时都可能成为意识的客体,如果情感成为意识的客体,它与意识中的其他客体别无二致;如果它仍然停留在意识之外,它就没有主客体之分。③ 而且,

> 我们无法从独立于经验的实体中创造经验。如果这些观念性连接不能进入经验,打破它的统一,我们也根本无法有意识。不过原始的统一———"中性实体"———尽管已经超越,永远不会被分析至消失。在我们看到红色花朵时,原始的红———意识与被意识之物是一体———仍然持续存在。④

因此,艾略特认为直接经验无始无终,在所有地方向所有人显现自己的整体。只有在客体世界中才有时空的存在。只有在客体世界中,在一个缺少和谐和贯通的世界中,我们才发现自己拥有灵魂。直接经验是虚无与黑夜。⑤ 直接经验阶段是主体与客体部分的阶段,也是没有进入关系的阶段,知识无法在这一阶段实现。

(二)
关于博士论文第二章"论'真实'与'观念'之区别"

"真实"(real)与"观念"(ideal)的关系是布拉德雷认识论的关键问题,对理解艾略特思想中实在与虚构之间的关系及作用至关重要。艾略

---

① T. S. Eliot, *Knowledge and Experience in the Philosophy of F. H. Bradley* (New York: Columbia University Press, 1989) 22.

② Ibid., 22-23.

③ Ibid., 24.

④ Ibid., 30.

⑤ Ibid., 31.

特首先对两个概念进行梳理,比较了布拉德雷与摩尔、罗素和鲍桑葵的主张,之后对两者的关系进行了详尽论述。这一章还讨论了与知觉、判断相关的客体理论、非真实和想象客体、意向性客体和成为客体的过程。艾略特对真实、观念以及它们之间关系的认识影响了他日后的文学创作和批评。

艾略特所讨论的"真实"与"观念"的关系问题,是布拉德雷《表象与实在》第二十四章的内容。第二十四章题为"真理与实在的程度"。布拉德雷试图构建关于实在的理论,认为实在与真理具有度的区别,有些存在更真实一些,有些存在则具有较少的真实性。布拉德雷以思想(thought)过程为实例对问题进行了分析和阐释。布拉德雷指出,思想存在于什么(what)从那个(that)之中分离出来的过程中。假如我们将此作为一个有效的原则,就会拒斥所有制造事实的努力,思想就会囿于内容之中。假如我们接受这个原则,并将此推至极致,思想就会间接复原破碎的整体。为此,布拉德雷认为,我们在对待这个问题方面实际上处于进退两难的境地。思想的过程就是试图自己完满并构建一个实在的标准,但最终这种努力会以自杀式的失败告终。真理意味着它的所指和指谓相符合,因为这两个维度无法重合,主体与述谓无法相互取代,删除它们的区别就会摧毁整个思维。① 在两个与料当中,包容性强、自足性大的一个会显得更和谐,真实度更大,也就越接近完满。② 布拉德雷的这个思想是艾略特《传统与个人才能》主要观点的基础。那么真实或实在的基础和标准是什么呢? 首先,布拉德雷认为有两个观点值得注意:一,感性直觉是唯一实在;二,时间中的表象为实在(无动于衷)。布拉德雷认为这种将实在划分为观念与存在的做法只有在表象世界中才行得通,但只有理性知觉与感性知觉相结合、所有事实与观念的表象的共同呈现才是真理的基础。如果一个观念适用于宇宙,它没有办法可以使自身从实在中分离出来。③ 这意味着,感性知觉与理性知觉的结合共创实在。④ 艾略特在自己的文学创作实践及文学理论的形成和发展过程中,通过批评情感与思想的分离,

---

① F. H. Bradley, *Appearance and Reality: A Metaphysical Essay* (Oxford: The Clarendon Press, 1930) 319.

② Ibid., 322.

③ Ibid., 334−35.

④ Ibid., 333.

不断强化情感与思想合一并共同创造实在的这个主张。

　　艾略特在其博士论文的第一章对布拉德雷的直接经验学说进行了分析和阐释，曾经得出结论：实在的标准是经验。艾略特认为从某种角度来说这个标准应该是"我们"的经验。基于布拉德雷的结论，人们将不得不进一步去考察经验中的每个环节，真实与实在的根本区分就会被看做是对瞬间和暂时的划分。① 艾略特反对这种截然区分，他指出一般流行的关于"真实"与"观念"之间关系的观点认为：我们在经验中的与料是事实，所以具有独立性；这些事实具有独立性，所以这些与料具有客体性，也可以被当做实在或真理。而且这种事实并非感觉或物理实在，而是从外部视角得到的观念，一个置放在实在中的观念。② 基于流行认识论的这些特性，艾略特认为这些观点具有双重性：其一，这些主张具有实在主义（realism）的特性，即坚持只有"理式"或者理念——共相性才具有充分的存在和实在性，个别或殊相没有充分的实在和存在性，这种主张蕴含着唯名论（nominalism）的特性；其二，否认共相具有客观实在性，认为共相后于事物，只有个别或殊相性感性事物才是真实的存在。艾略特认为无论我们采取什么样的对策，都无法逃脱这种对立。③ 共相与殊相的实在性之争是西方哲学的主要争论，也是自柏拉图以来观念论一直所坚持的主张。

　　艾略特认为尽管无法逾越和弥合实在论和唯名论的对立，有些理论和方法还是值得注意的。首先值得注意的是康德的主张——感觉和思想的区分，即获取材料的外在实在和意识活动的区分。艾略特认为这种区分是主动与被动的区分，也是观念论与实在论的区分，这个主张可以视为追问"真实"与"观念"区分和关系的起点。其次，一些心理学家如斯托特（George Frederick Stout）等主张完全区分内容与客体、心理客体与物理客体。第三种主张就是迈农（Alexius Meinong）、罗素和伍德豪斯（Wodehouse）女士等的主张，他们均主张对客体与直接理解进行区分，④将一切客体化、数据化的研究均归为这个区分。艾略特认为所有这些主张都将知识作为最后超越和弥补各种对立的灵丹妙药。为了使人们清晰

①　T. S. Eliot, *Knowledge and Experience in the Philosophy of F. H. Bradley* (New York：Columbia University Press, 1989) 32.

②　Ibid., 33.

③　Ibid.

④　Ibid., 34.

T. S. Eliot in Philosophical Context

地认识上述观点和主张的问题所在,艾略特对布拉德雷的主张进行了解析。布拉德雷在其《表象与实在》中指出,实在是一个整体,"真实"和"观念"并不是两组可分的客体,也不能将其分成客体和过程或行为。绝对的真实或绝对的观念都不能进入这个语境。① 真实不过是意向的东西,观念发挥意向的作用。实在只是意向的,观念是意向的主体,意向是意向的全部,而被意向的是实在的整体。真实和观念不过是实在的两个维度②。然而艾略特认为将实在划分成真实和观念两个维度是一种自然倾向。那么真实与观念如何构建实在呢? 艾略特认为:"我们意指的实在是一种观念性的建构。它不是作为一个整体的实在,而是一个从某一个特定而无法界定的点的投射,一个内容不确定、内容被假定和选择的领域。……观念是某种真实的东西,否则就不会是一种观念……"。③ 真实与观念所构建的是一种暂时性的实在(a provisional reality),艾略特认为,一方面它带有观念性构建的特征,是观念性活动的延展;另一方面,它在那一刻脱离了观念,处于谓述的行为之中,以至于被接受。这样观念可以通过谓述行为构建出一个观念性世界,亦即观念等同于实在,故事(如小说等虚构作品)等同于实在,因为故事符合实在的条件。④ 观念与实在关系的公式是艾略特诗歌创作、文学批评和文化批评理论的核心,艾略特之所以努力构建他的诗歌世界和戏剧世界,就是因为这是他的哲学研究尤其是布拉德雷研究得出的真知灼见。

艾略特在关注真实与观念的同时,对观念中的词语(word)也十分关注,并且区分了观念与词语之间的关系。艾略特指出,一个词可以意味着一个观念,但不能将作为概念的词与作为观念的词混为一谈。因为一个观念可以在一个体系中有一个位置,指谓实在,被假定为真实,而概念则无法证明其真实性。概念的意义能够超出观念,直至无限。观念是其所处世界的一种持续,观念的内容已经涵盖了已知世界的一部分内容,而且

---

① F.H. Bradley, *Appearance and Reality: A Metaphysical Essay* (Oxford: The Clarendon press, 1930) 352.

② T. S. Eliot, *Knowledge and Experience in the Philosophy of F. H. Bradley* (New York: Columbia University Press, 1989) 36.

③ Ibid., 35.

④ Ibid., 37.

是它的持续,因此这个世界已经准备了其被接受的条件。① 艾略特依此对概念和观念做了区分:观念是任何呈现中我们意为实在的所有内容,其意义与所意向的实在部分同一;而概念可以被认为是观念性的,却不能与观念中的观念性混淆,将概念称为真实更加妥帖。概念首先是超心理的,它超越所有真实和可能的内容或界定。任何事情都难以保证凭新经验扩展自己。事实上概念不可界定,因为界定行为将其限定在一个固定的观念圈子中。如果概念如此与观念同一,它就不再是概念,如果它在场,而且具有实际性,它可以代表一系列观念。如此,我们得出这样错误的结论:概念与一系列观念同一,也就是说我们既将概念当成表象,又将其当成实在。艾略特认为在某种意义上,概念只有通过观念才能够存在,但又不能够将它们画等号。② 艾略特对布拉德雷将概念混同于观念的主张和摩尔将观念混同于概念的主张进行了批评,艾略特同时指出鲍桑葵虽然发现了布拉德雷的问题,并且也提出了批评意见,但鲍桑葵本人也没有明晰地发现布拉德雷的问题究竟出现在什么地方。艾略特指出,实际上布拉德雷和摩尔就观念与概念只做出了一种区分,那就是物理意义上的观念与逻辑上的观念之间的区分。同样罗素也只是将观念当成思维行为的客体,③这正是艾略特后来抵制分析哲学的重要原因。

　　真实与观念的关系问题涉及的一方面是如何界定真实或实在的问题,另外一方面是如何呈现真实或实在的问题——即界定真实或对真实下定义涉及判断。布拉德雷指出,“判断本身是一种行为,它把一个观念的内容(知其为如此)归于超出这个行为以外的一个实在的事物”。④布拉德雷这里所说的观念的内容就是逻辑观念,就是意义。为了说明这个问题,布拉德雷列举了一个海蛇的例子。布拉德雷说海蛇是一个观念,但如果下判断说海蛇是真实的,则需要断定海蛇是一种真实的存在。由此,在判断海蛇是实在的时候,我们不只是提示了一个观念,还提示了事实,或说将事实显露出来。⑤ 布拉德雷又进一步指出,

① T. S. Eliot, *Knowledge and Experience in the Philosophy of F. H. Bradley* (New York: Columbia University Press, 1989) 39.
② Ibid., 40.
③ Ibid., 41.
④ 布拉德雷,《逻辑原理》(上册),庆泽彭译 (北京:商务印书馆, 1964) 11.
⑤ 同上,12.

T. S. Eliot in Philosophical Context

> ……我们可以说一切判断都只有一个观念。我们不妨任选一个想象内容,一个错综复杂的性质和关系是总体,加以区分和分割,然后这样得出来的结果成为个别的观念以及彼此之间的关系。……观念彼此之间的关系还是属于观念的,这都不是内心事实的心理关系。它们并不存在于符号之间,而是寄托于符号所代表的东西里面。它们是意义的一部分,不是存在的一部分。它们所附着的整体是理想的,所以是一个观念。①

艾略特认为布拉德雷的观念的目标是实在,独立于关系的真实,而且这个观念依赖于其表达的形式。观念就是我意向的实在,其同一性是假想的一个世界。这并不是观念的特性,而是世界的特性,②因为世界需要通过观念来呈现。

语言在定义、表述、真实和观念呈现中具有发展、拓宽实在和拓宽观念的作用。艾略特指出,语言仅作为观念发展的观点并不正确,语言也是实在的发展。语言展示其丰富的内涵、错综复杂的联系,丰富可以捕捉到的实在,观念在其中也得到发展。③ 一种呈现一旦与主题相关,就会产生一个观念和一个判断,例如,海葵接受与拒绝食物是由海葵与其世界的关联的观念所决定的,这个固定性是由海葵在自己世界中的地位所决定的。这说明一个从主体的立足点所构建的世界,对于主体来说就是唯一的世界。④ 也就是说视角决定了相对应的识见,主体的视角就是主体可识见的可能性。作为观念的语言(词语)与作为概念的语言(词语)的不同之处在于,概念是一个词所指涉的物自体(a thing-in-itself),在概念中一个词恰当地说应该是一个标记或象征。而观念是一个词所指涉的实在,这个指涉是偶然的,是变化的。⑤ 概念是指语言在这两个领域发挥各自的作用。总的来说,语言的发展是我们对概念世界探索的历史,在这个意义上,语言的目的是无法企及的。原因很简单,它是一个完整的概念词汇,每一个都独立于其他,所有的词汇都通过其不同的组合提供完整的和最后的知识,这只会成为没有知者(knower)的知识。⑥ 这种知识是脱离语

---

① 布拉德雷,《逻辑原理》(上册),庆泽彭译(北京:商务印书馆,1964)13。

② T. S. Eliot, *Knowledge and Experience in the Philosophy of F. H. Bradley* (New York: Columbia University Press, 1989) 43-44.

③ Ibid.

④ Ibid., 44.

⑤ Ibid.

⑥ Ibid., 46.

境的知识,也是抽象的知识。

艾略特对摩尔的概念主张进行了批判。他指出,世界是由概念组成的,只有将世界解析成概念,世界才能够被理解。① 艾略特并不同意概念是知识的唯一客体这种认识,因为摩尔将这个认识论问题简单化了。他认为摩尔是将影子当成实体,将观念当成概念。……因为我们关于所予表象的实在程度的唯一标准是其连续性和完成性,所以实在即是概念。但恰恰相反,并不因为实在即概念,实在就是可知的。② 与之相关的问题是对符号(sign)的理解与阐释。艾略特从符号(sign)和象征的维度阐释了观念与意象、观念与心理的呈现关系问题。艾略特指出,在这个问题上他同布拉德雷的观点相左。布拉德雷认为在逻辑意义上观念就是符号,除符号以外,它没有任何其它作用。任何事物都具有存在与内容两个向度,也就是说我们首先察觉那个东西的存在,又知道那是什么东西。布拉德雷还说,符号除了上述两个功能外还有指谓功能。被指谓的意义实际上是内容的一部分,通过加工而成③。布拉德雷用花的例子来说明这个问题:

> 每一种花都是存在着的,都有其自己的性质,然而并非每一种花都另有它的意义。有些花根本不表示什么,有些花代表一个名种,有些花可以象征希望和爱情。但不管怎么样,花本身绝不能就是它指谓的东西。④

无论是玫瑰还是勿忘我,当人们将其赠送给自己的情人或朋友时,花的象征意义就被留存了下来,而花本身是否已经枯萎无关宏旨。布拉德雷依此指出,一个符号就等于一个事实,符号是一个东西的代表。换句话说,事实已被符号替代了,而且事实一旦被符号取代,就失去了其个别和特有的殊相性;它放弃了自己的实在性,随之它获得共相性,进入了普遍的状态。也就是说,一个事实一旦成为符号后就完成了其作为事实的任务,不再是实体。语言和文字也具有相同的特征:

> 白纸和黑字都是独特的事实,具有确定的性质,和世界上一切其他东西都不相像。但读起来,我们所领会的却不是白纸黑字,而是其所表达的东西;……它已经不是为了它的本身而存在,它的具体个性却消失于它的普遍意义之中。……

---

① T. S. Eliot, *Knowledge and Experience in the Philosophy of F. H. Bradley* (New York: Columbia University Press, 1989) 47.

② Ibid.

③ 布拉德雷,《逻辑原理》(上册), 庆泽彭译 (北京:商务印书馆, 1964) 3—4。

④ 同上。

> 正是因为它本来的性质消融在更广大的意义里,所以它才能超越自身,与他物相关联,成为他物的表征,从而开辟一个新的天地,获得前所未有的功能。片纸只字往往引起人们的无穷欢喜,大仁大智者一言可以使全世界人得到启发和鼓舞,这都是意义的效力。①

在语言或其他事物的具体特性消失、其内容被符号化或标记化的过程中,它的实体性也随之消失,但其本来具体的意义成为抽象普遍的意义。不过艾略特指出,在标记具有一定意义之后,如果我们对其进行分析,我们就要将之分割开来,使之固定化。它的问题就是使标记脱离其具体性而抽象地存在。② 依照布拉德雷的思想,符号或标记的这种抽象存在破坏了经验的整体性。自然之物可以获得两次标记的可能性,如狮子象征勇敢,狐狸象征狡猾等。狮子和狐狸的意象可以"抽取其内容的一部分来另指其他的对象,同样,这个意义又被分割,它的内容的一部分由心智的作用固定化,再用意义指第二个对象——即无论在什么地方发现的一个性格"。③ 在个别和具体转向普遍的过程中,感知的内容必须观念化才能够被继续利用。用艾略特的话来说,这并不意味着它表现了两个实体,毋宁说,一个是实体,另外一个是意向中的客体。

在实在与观念区分的框架中,语言的意义与实在的对比也并不十分鲜明。意向的实在是一种当下的感知,而记忆和期待虽具有意向实在的意识和当下的意义,它们在时间上并不同步。艾略特认为我们在直觉中意向的客体与我们记忆的客体不同。这并不是说它们是两种不同的实体,而是说它们是意向性的客体。艾略特又指出在知觉中我们意向客体,而在记忆中则是情感加意向。这个新的客体并非记忆中我们经历过的那个客体,④也就是说记忆中的客体是一个更加丰富的客体。艾略特用另外一句话对此进行阐释:亲历的过去并不是记忆,记忆中的过去从未亲历过。⑤ 艾略特试图用文学的形式,用故事来展示他对时间的思考。这种思考同他文学理论中所主张的传统观和语言一样,都是对时间考量和反

---

① 布拉德雷,《逻辑原理》(上册),庆泽彭译(北京:商务印书馆,1964)4。
② 同上。
③ 同上,5。
④ T. S. Eliot, *Knowledge and Experience in the Philosophy of F. H. Bradley* (New York: Columbia University Press, 1989) 49.
⑤ Ibid., 51.

思的具体表现。

真实与观念之间的关系还展现在记忆和想象两个维度上,艾略特在记忆和想象、真实和观念关系方面的主张,对《荒原》和《四个四重奏》的创作产生了直接的影响。艾略特对记忆做了详细的论述,他指出,记忆的客体与意向的客体是不同的。在记忆中观念与实在不再有区别,实在是我们过去经验的记忆,观念是我们觉得满意的实在。如果我们对观念不满意,我们可以置换一个记忆或者想象中的实在。① 艾略特还指出,记忆中的过去与亲历的过去在意向方面实际上是一致的。……你抑或亲历过去,实际上是现在;抑或是记住它(过去),实际上并不是同一个你亲历过的过去。其区别并不在于两个客体的不同,而是两个视角的不同。② 期待与记忆和想象具有相似和不同之处,期待中的观念占据记忆与想象中的观念之间的位置。依据其实现程度和与现在链接的程度,③这类观念会向两重形式变化。期待的原则是:作为经验的现在无法界定,在这个意义上来说是不可知的。但其特性最终的存在依靠真实和观念性的内部条件而存在,在这个意义上,现在是一种观念式构建。在这个构建中,过去和现在的观念式构建是结合在一起的。这些观念无法适合于真实的过去与现在,因为根本就没有真实的过去和现在与它们相符。过去与现在只是观念性构建,过去的观念是真实的,并不是由于其与一个真实的过去相关,而是由于它们相互贯通,更重要的是与现在贯通。一个过去的观念能够成为真实,其原因是它们内部相关联。与此相同,未来的观念并不被应用于代表这个观念的真实情结之中。观念式构建的现在、意义的现在和并不仅仅是物理或心理的过程,是包括过去和未来的现在观念的范围。未来的实在是一种现在的实在,正是这个现在—未来—实在使我们期待的观念成为谓述。……其实只有一个观念,这个观念是现在—未来。实在接近观念,不然这个观念就不是这个实在的的观念。④ 不过观念无论如何也无法成为实在的替代物,它只能无限接近实在。

总体上,艾略特赞同布拉德雷的观点:判断是实在观念预测,观念是

---

① T. S. Eliot, *Knowledge and Experience in the Philosophy of F. H. Bradley* (New York: Columbia University Press, 1989) 52.

② Ibid., 51.

③ Ibid., 53.

④ Ibid., 54-55.

一个整体。但艾略特认为观念可以是意义,而不是像布拉德雷所说的那样只是象征。在观念的问题上,存在与意义不可分割。① 每个观念自身显示意义,其观念性包含在指向它自己的实现之中。相对于实在来讲,它无法捕捉实在,只能用那个实在来描述自己,这样你只有那个实在而没有那个观念,如果你用别的实在来描述,观念会失去意义。观念的存在对于真实来说只不过是一个过程,一旦你触摸到了它,它就会融化到观念之中。② 艾略特在本章所讨论的内容,真实与观念之间的关系,为艾略特的诗歌创作、批评思想奠定了基础,主要表现在为真实与虚构的关系、传统与现在的关系、艺术作品的功用等学说奠定了基础。

(三)
关于博士论文第三章"心理学家对知识的处理"

艾略特在博士论文第三章中继续致力于探讨前两章中关于经验、真实与观念的问题。这一章着重讨论了德国心理学家、哲学家、美学家特奥多尔·李普斯(Theodor Lipps)、H. A.普里查德(Harold Arthur Prichard)、G.斯托特(G. Stout)、贝恩(Alexander Bain)等关于意志、记忆、心理事件和理解行为与认识的主张,艾略特对他们主张的不合理因素进行了分析和批判,指出这些理论在实践中无法企及。艾略特接着讨论了布拉德雷形而上学中一些模糊不清的理论。

艾略特在前两章的讨论中得出这样一个结论:在经验和实在构成的整体之中,真实与观念是有区别的,但其区别最终是表象。真实与观念之间的区别与客体、行为,或客体和呈现之间的区别息息相关,而且实在在某种意义上依赖于思想、依赖于一个相关的视角而存在。世界完全是真实的或是观念式的,观念性与实在性最终是一致的。观念永远也不能与真实相对抗;它或前进或倒退,进入意向中的或创造出来的真实之中;因为这些真实只不过是发展中的一个阶段而已。③ 每一个阶段都会不断吸收前一阶段的留存物,并在新的语境中进行重新诠释,重新构建成真实的

---

① T. S. Eliot, *Knowledge and Experience in the Philosophy of F. H. Bradley* (New York: Columbia University Press, 1989) 56.

② Ibid.

③ Ibid., 57.

另外一个阶段。

艾略特首先列出了流行的心理学有关真实与观念区分的不同表现形式:实在与心理内容之区分、外在实在与心理内容的区分不存在有效区分,只有客体与行为的区分;完全否定行为到意识的过程;实在包含感觉因素,其余是观念性构建。艾略特同时梳理了布拉德雷的相关主张:每一个事物都是心理的,客体与行为的区别不同于内在与外在实在的区别,不过可以缩减成对自己内心的了解。为了说明这些主张各自存在的缺陷,艾略特提出这样的问题:在理解行为中是否有严格的心路和外在两个部分之区分;如果能够区分,能否将之作为心理学的研究对象。综合来说,就是是否存在着知识的可能性、知识形态学和知识结构可能性的问题。[①]这个问题的要旨在于,在认识的过程中,心理判断与外在客体是否可以截然分开。这也是艾略特论文的主题知识与经验关系问题的分解。

艾略特在前两章中对布拉德雷的经验说进行分析,他认同布拉德雷关于经验的整体性的观点,同时也指出如果完全按照布拉德雷的经验论,即直接经验是保持知识整全性的要件,认识或知识就无法获取。在讨论真实与观念的关系时,艾略特认为真实与观念相互交融,观念独立于真实或真实独立于观念都无法保证知识的可能性。艾略特对心理学家试图将认识截然分成心理和外在两个部分的看法进行了分析和批判。这些心理学家包括:主张心理内容是心理历史的延续、外在内容是物理世界的延续的沃德豪斯女士(Miss Wodehouse),主张物理现象以空间形式呈现、心理现象不占据空间位置的胡夫勒(Hofler)和主张将心理经验分解成最小组成部分之后进行分析的斯托特。

艾略特对心理学家的相关主张进行分析时着重讨论了斯托特、亚历山大和李普斯(Theodor Lipps)的观点。斯托特认为无论是在这个瞬间察觉到的还是想到的,整体经验任何瞬间的构成元素都直接决定客体的本质,这些要素被称为呈现(presentation),也就是说客体与呈现是二分的。斯托特还认为观念与客体互不相容,观念不带有客体的物理特性,因此观念与客体不同。[②] 艾略特列举了斯托特为了说明问题所给出的三

① T. S. Eliot, *Knowledge and Experience in the Philosophy of F. H. Bradley* (New York: Columbia University Press, 1989) 58.
② Ibid., 61-62.

种情形：吸烟者所知的雪茄；心理学家所知的雪茄；市民身份的心理学家所知的雪茄。斯托特认为从心理学家的观点来看，这是三个构建外部世界的不同视角。① 基于此，斯托特认为心理学家可以如此对实在进行抽象，之后再予以还原。

意动心理学派代表人物亚历山大同样认为可以将世界划分为物理世界和非物理世界。如意象活动是心理活动，属于内心世界，那么意象则是意象活动的对象，属于物理世界。即，我们所看、所思的事物（意象和观念）只是意识的内容，是看和思的对象，而非心理学的对象。我们的意识活动就是我们关于感觉的意识，并非其他东西，比如我们对绿色客体的关注也许只是我们对绿色的感觉。又如享受状态下的主体只能通过意动行为延续的方式进入心理学，心理学会描述我们在感觉或察觉到或是有意识的状态下是如何感受或享受的。②

李普斯的基本学说认为，意识是由保留在下意识状态中的旧经验和新开始的感觉（统觉）之间的交互作用来决定的。心就是组织成了一个统一体的这些旧经验的总和，这种组织支配着领会、回忆、思想和行为的途径。快乐是旧经验和新经验的和谐的交互作用；不快乐从不同成分的冲突中产生。李普斯理论的核心是心理与物理状态是二分的，他认为事物和感觉是与料，一个人看到什么东西，并不是看到了感觉、呈现（外显）、知觉或经验。感觉是自我的决定，与此同时，感觉也是一种决定。李普斯认为自我、我的感觉和感觉到的东西或者感觉的内容是有些区别的。李普斯进一步指出：去想某物，或者想到某物，就是将某物作为客体。这个客体是我们的客体，是被我们的知识所限定的某物。但这个客体又是真实的，它独立于我们。心理状态没有独立的存在，它由构成外在或客体的参照与构成心理的参照的关系决定。由此，李普斯认为感觉即是对客体的感觉，也是自我的感觉。自我与客体构成一个形而上学的整体，一个我们可以任意抽象的整体。外在客体是科学研究的对象，而自我是心理学研究的对象。逻辑学、伦理学和美学是抒情的，提供描述；而心理学是史诗性的，提供报告。③ 在李普斯的主张中，自我、感觉和感到的区分

---

① T. S. Eliot, *Knowledge and Experience in the Philosophy of F. H. Bradley* (New York：Columbia University Press, 1989), 65–66.

② Ibid., 66.

③ Ibid., 71–72.

虽有一定意义,但自我是被给予的,客体也是被给予的,感觉不是单独的客体,不应该阻碍我们同客体之间的联系。① 在讨论这些观点的注释中,艾略特解释道:他自己的观点是在普理查德《康德知识理论》的启发下形成的。普理查德指出,心理客体或直接心理客体需得到进一步阐释,其原因是"自我意识"类似世界的意识。在我们反思时,我们倾向于从我们当下活动的世界转移开来,倾向于将我们关于世界的知识当成我们反思之前的实在。我们暗示这个知识就是实在,普理查德认为这个错误源于经验主义者知识可以当做实在来对待的主张,②这与观念论的主张南辕北辙。

　　为了澄清这些心理学家知识论之间错综复杂的关系,艾略特首先对事实(fact)进行了界定。艾略特指出,事实是一个关注点,只有一个项,或只能按一个项来对待。一个事实是一个观念性构建,它在一个或多或少的实践和科学兴趣中存在。它不仅是一个判断,更是个客观性断言,是个事实,含有内部判断和外部效度判断认可。③ 艾略特进一步指出,"事实并不仅仅被发现,像砖一样被摆放在那里;在某种意义上,每一个事实在其到来之前就已经有了位置。如果不牵扯到它所属的系统,事实就永远也不会是事实"。④ 艾略特解释了这句话的含义,他说事实的观念性意味着立足于一个特别的视角,意味着它排除了同一关注的其它项。无论是自然科学还是社会科学都是先验,是对某个视角的满足。科学与人的特性一样,都经过一系列的选择和取舍,使一个事实与另外一个事实匹配。它在概念形成之时已经在场,随时会发展成一个新的东西⑤。艾略特从而认为,如果我们试图得到更加真实的东西,唯一的办法是人为地区分真实与观念。然而艾略特一直强调这种生硬和截然的划分是不可能的,因为艾略特始终认为观念总是在某种程度上与其意向的实在一致,⑥也就是说实在与观念是互为内容和互为依托的两个概念,厘清两者关系

① T. S. Eliot, *Knowledge and Experience in the Philosophy of F. H. Bradley* (New York: Columbia University Press, 1989) 73.
② Ibid., 59-60.
③ Ibid., 60.
④ Ibid.
⑤ Ibid., 60-61.
⑥ Ibid., 63.

T. S. Eliot in Philosophical Context

的意义在于艾略特的科学的目的,即构建一个术语关系系统,这些术语由它们在这个系统中的位置决定,它们的位置也决定了它们可以被界定。一旦脱离这个系统,它们就失去了意义。[①] 另外更重要的意义也许,在于厘清这两者的关系能充分支撑艾略特对布拉德雷知识论体系的批判,并构建自己的诗学理论基础。

在第三章中,艾略特通过解析想象,指出想象作品是非个性化的,因为心理世界无法脱离语境独立存在。如果将想象作品理解成个性化的,那么这种理解只对作家本人有意义,而且批评家的理解也只是病理学角度的理解。如果把梅里美的诗歌作为病态的梦境去理解,就会失去文学意义。文学作品与创作环境有关,但与作家心理无关。想象作品包含了对真实世界的参照,[②]在真正伟大的想象作品中,内容的联系性受制于逻辑性。[③] 因此,艾略特认为他在本章的讨论目标是:指出心理世界不能从其语境中剥离出来独立存在。艾略特赞同布拉德雷的形而上学观点:观念作为客体能被捕捉,或与实在同一,或融入另外一个实在。[④] 艾略特不赞同布拉德雷将哲学与心理学相联系,或者心理事件与实在相关联的主张。布拉德雷主张把心理事件当成直接经验,这种经验与一般经验不同,它是主客体无需区分。

艾略特批判布拉德雷将形而上学与心理学混为一谈。艾略特因此提出两个质疑:我们的意识生活中除经验之外是否还有直接经验的存在?对于某个灵魂发生的事件,从这个灵魂的角度来讲究竟是不是一个事件?这两个质疑意味着布拉德雷既把作为实在的知识当成意向,又将知识当成心理事件。布拉德雷指出,如果不发生在灵魂之中,真理就不能成为真理,因为它是具有时间性的真理。艾略特认为这就是布拉德雷将形而上学当成心理学、将两者混为一谈的证明。艾略特明确指出,真理一定要独立于知觉这一真理的灵魂,知觉与真理合一是形而上学维度的思考,与发生在一个灵魂之中并无任何联系。艾略特进一步指出,真理独立于有限灵魂,有限的真理构成有限的灵魂,某个事件不可能是真理或判断。如果

① T. S. Eliot, *Knowledge and Experience in the Philosophy of F. H. Bradley* (New York: Columbia University Press, 1989) 75.

② Ibid., 76.

③ Ibid., 75.

④ Ibid., 76.

仅作为一个事件被意识到,就不是我们意识中的"真理"。在知识之中,知识事件不进入意识之中。……为得知特定的事件,必须了解事件所对应的灵魂,灵魂仅出现于事件之中。所以,灵魂是整个经验世界的瞬间,事件与灵魂都超乎于那个瞬间。如果灵魂走进现在,灵魂就是其过去的全部,就是暗含在现在中的过去,①这个主张是艾略特传统与个人才能的来源之一。另外,艾略特还坚持"认为这个原则是正确的",②这个主张成了客观对应物的哲学来源。快乐作为纯粹感觉是一种抽象,在实在中它总是一个半客体。情感实际上是客体的一部分,完全具有客观性。当一个客体或一系列客体被回忆时,快乐也在用同样的方式回忆,在客体方面被回忆,而不是在主体方面。③

　　艾略特博士论文第三章的结论是,在心理学中并不存在明确的心理客体,也没有任何区分心理世界和外在世界的标准——我们无法从内心世界寻找到构建外部世界的可能。艾略特之所以认为如此,完全是出于外部世界已经隐含在内心世界之中的观念。真实与心理或个人与客观之间的区分只是方便之举,仍处于变化之中。换句话来说,做出心理与真实的区分或是内在世界与外在世界的区分并非因为实在本该做出如此区分。心理学家的区分完全是人为的,世界和关于世界的经验是一个整体。将世界划分成为两个部分是对整体的破坏和曲解。艾略特对心理学家关于世界认识的研究与分析、对这些主张的批判是其传统观、客观对应物理论的奠基性理论核心。艾略特在其文学批评和诗歌创作中延续、发展了这些主张,并依此构建了自己的理论体系。

（四）
关于博士论文第四章"认识论者的知识理论"

　　艾略特论文的第四章和第五章的题目是"认识论者的知识理论"。在这两章中,艾略特首先关注的是知识论的内涵、结构和意义。他首先讨论了我们为什么需要知识论;然后讨论了认识论的基本内容和领域的范

---

① T. S. Eliot, *Knowledge and Experience in the Philosophy of F. H. Bradley* (New York：Columbia University Press, 1989) 77-79.

② Ibid., 80.

③ Ibid.

围问题;接下来讨论了认识论与其他相关学说的关系;最后讨论和分析了布拉德雷的认识论主张。

艾略特在第四章的工作是分析认识论者对知识的本质、知识的结构和获取知识的方法是否有进步意义。他在第三章梳理并分析了当时流行的心理学观点。他认为心理学家将世界划分为真实和观念两个世界这种做法不仅对人们认识世界毫无帮助,还容易使人们产生误解。真实与观念或认识主体与认识客体之间相互关联,互为内容,对它们进行截然分割将破坏世界的整体性。总的说来,艾略特认为心理学无助于人们对知识的认识和对知识的把握。

艾略特在第四章主要考量了知识的可能性问题。他同时指出,布拉德雷和其他的真正观念论者持真正的知识问题是知识的结构的观点。[1] 在认识论的体系中,如果有直接客体(immanent object)和超验客体(transcendent object)的区分、真实客体(real object)与非真实客体(unreal object)、先验知识(a priori knowledge)和经验知识(a posteriori knowledge)之分、现象与实在之分、被动理解与意识活动之分,以上区分可为认识知识和理解知识以及把握知识的实践过程提供一种实际性,那么是否存在更有实际意义的思想,或者是否存在思想可企及的实在呢? 又是否存在可完全验证的知识呢? 换句话说,认识论能否为人们对知识的认识提供一种全然不同于心理学同时又可靠、有效的知识论呢? 更重要的是认识论能提供的这种理论是一种完整的知识论。艾略特认为知识涉及三方面的问题:知识起源问题、知识结构问题和知识的可能性问题。

艾略特给认识论做出如下定义:认识论是知识溶解到其他方面(aspect)的过程。认知成为已知,活动成为客体,这个过程可无限循环,[2]而且能够保证科学上的确定性和形而上学上的优越性。艾略特的批判正是从这两个角度展开的。艾略特认为就其科学性而言,外在的标准与此无关;而就其形而上学的优越性而言,认识论置身于系统的构建,因而必须将自己置身于外在的视角之中,在此情形下知识所有的内在方面将完全消失。对布拉德雷来说,知识论同心理学一样都没有实质意义,原因是知

---

①   T. S. Eliot, *Knowledge and Experience in the Philosophy of F. H. Bradley* (New York: Columbia University Press, 1989) 84.

②   Ibid., 86.

识论涉及两个问题：关于客体或真理知识的问题，即假设知识存在的同时追问知识的条件；一般性知识问题，即在没有任何预设时追问知识的可能性条件。这两个问题的实质是追问认知者（the knower）与被认知之物（the known）之间的关系，这是认识论的关键所在。如此追问的人必然是二元论者，艾略特认为他们又会回到康德的路径，将世界划分为真实世界和内心世界，而事实已证明这条道路无法解决知识与经验关系的问题。[1]这在一定程度上回击了自洛克以来的英国哲学的基本共识，即持经验论主张的洛克，支持主观观念论的贝克莱，都公认根本任务是解决对知识的认识。

根据布拉德雷《表象与实在》中的主张、梅农（Meinong）和梅索（Messer）有关知识行为的主张，艾略特对有关知识的诸多认识论学说进行了批判。首先，他认为认识论的设计是种进退两难的境地。要么外在世界不多不少是给予的样子，要么认识与被认识物是可以描述的关系。前者告知世界没有真实可言，一切都呈现出不协调的状态；后者则强调世界依赖于我们的知识，主观性笼罩一切，[2]这就是所谓对认识知识和描述知识的区分。为此，艾略特选择罗素关于知识的主张作为解析对象。艾略特提到罗素给出的知识的五种形式：知识与所知没有区分，罗素认为这是观念论的知识主张；其他四种形式均主张内容与客体有区分，包括我们可以做出内容与客体之间的区分，但后者更加直接；我们可以主张在错误的时候客体是直接的，在真实的时候客体是超验的；我们主张判断是错误的时候不存在客体，当存在超验客体时是正确的；我们可以主张客体永远是超验的。[3] 艾略特认为这些主张完全基于真实世界和独立客体的假说。也就是说理解就是对物理客体的理解，是将全部物理客体彻底置于一种理想模式中形成的理解。为此艾略特特别强调：我们被迫认为某些客体是实在的，某些是非实在的，在实践中我们发现实在的程度有用。我们不能生硬地对实在进行切分，将其划分成实在与非实在，因为没有非实在，就像没有否定因素，人们将无法拥有一

---

① T. S. Eliot, *Knowledge and Experience in the Philosophy of F. H. Bradley* (New York：Columbia University Press, 1989) 86-87.

② Ibid., 87.

③ Ibid.

个有限的经验世界，①这样的世界只是一种选择性的世界。艾略特认为这种理论世界的构建有两个环节：选择某些经验，认定其真实性，同时排除其他经验构建世界；这个假设的真实世界为选择提供了一系列选择标准。这个外部世界便得到了证实其外在性的双重保障。因此内容的区别仅仅是个性的，客体性不是两类客体的区别。只要我们支持一个视角（立足点、观点），其区别便是有效的，②因为对一个视角的支持就等于对其他视角的排除。

由此可见，认识论的缺陷还在于它选择了一定的视角对世界进行观察，并依此构建相应的衡量尺度和原则。艾略特指出，认识论者认为一个意向的实在不必是真实的，尽管真实性包含在意向的实在之中。应该进行对实在的分解和切割，依据一定方法进行选择和重组后的世界才是观念中的认识论者的真实世界。在这个意义上，他们忘记了在形而上学的层面上，世界的真实性实际上是通过视角的选择来实现的，③客体世界只有真正处在一个或其他视角状态下才是真实的。这种有侧重的选择同时放弃了对世界整体性的把握。艾略特认为认识论者的问题在于实在标准的错位：实在的标准并不在于客体与主体的关系，而在于客体与意向世界的直接关系。……客体的实在性并不在客体的本身，而在于客体拥有的关系之中。而关系有关客体的多个视角（观点、立足点）能将不同的项（侧面）归于单一视角之中。在此关系中，客体本身已经发生了变化，原来纯粹的客体变成了单项（侧面）下的客体。而且艾略特认为，一个视角无需与一个人的意识同一。当我们通过另外一个关系决定客体时，也就从一个视角转向了另外一个视角。④假设认识论者这种观点成立，那么在个人意识中，一个有限中心向另外一个有限中心的运动，或是一个视角向另外一个视角的转化，就是相同的。真实世界的构成是不同侧面的观念性参照的结果，认识论者的无限的世界也是无限的视角的同一性参照。

艾略特对罗素直接客体和超验客体的区分做了分析和批判，并指出

---

① T. S. Eliot, *Knowledge and Experience in the Philosophy of F. H. Bradley* (New York: Columbia University Press, 1989) 88.

② Ibid., 90.

③ Ibid.

④ Ibid., 91.

直接客体和超验客体都不是纯然存在的。客体之为客体是关系中的一种显现，关系性越弱，客体的显现度就越弱；若没有关系，客体就无法显现。说罗素的所有客体都是超验的显然没有任何论据。为此，艾略特认为客体是一个关注的点，所谓关注点只不过是一种抽象，我们关注的任何东西都是客体。① 只不过这个客体是置放在某一个视角下的客体，是经选择的结果。

艾略特对罗素和梅农的客体主张进行了解析和批判。艾略特也反对将客体划分为真实客体和观念客体。艾略特指出，将客体划分成真实和观念的客体、高级与低级的客体这种做法只是真实程度和实在的替代品。艾略特认为罗素的所谓真实客体只不过是特定视角下的一个项（term），而非这个客体的全部。罗素则以局部代替了全体，认为所谓观念客体应包含像同一和差异这样的关系和纯粹数学客体。艾略特也反对罗素的这个主张，他认为我们像意向真实客体那样意向观念客体，在实践中意向就是同一中的差异，因此艾略特质疑罗素的这种划分。艾略特指出，实存（existence）与潜存（subsistent）是实在的两个侧面（aspect），是意向的，并未真正掌握过。它们之间的区别不是两类客体的区别，而是同类客体。实存能以潜存的方式存在，但潜存却不能够以实存的方式存在，因为它不占有时间和空间。"抽象"就是一个很好的例子，它有独立存在性，虽仍无法独立于其抽象来源。如果其抽象来源是真实客体 A，则可以设 a 为其抽象。抽象 a 同时既大于也小于真实客体 A。说抽象 a 大于真实客体 A 是因为它具有独立存在性；而说小于真实客体 A 是因为它只是一种潜存。② 截然对其进行划分会破坏对客体认识的整体性。

艾略特坚持将实存和潜存置放在对客体的整体把握中，这种立场具有一定意义，也为其后来的文学主张奠定了基础。艾略特指出，抽象拥有一个独立的实存，尽管实存并不独立于其抽象的来源；但就其作为独立实存而言，它也是客体。在使用抽象的时候，我们可以区分其逻辑意义，即意向的客体和真实意义，或说经验的一部分并不是真实的或意向的。对

---

① T. S. Eliot, *Knowledge and Experience in the Philosophy of F. H. Bradley* (New York: Columbia University Press, 1989) 98.

② Ibid., 103.

于意向的客体而言,我们总是在一定程度上取代现在的象征。① 艾略特进一步指出没有象征的实在是不可知的实在,因为象征为实在提供了一种直观。在另一个方面,象征修饰实在的证据,没有实在就没有那个象征,象征因其实在而具有生命。我们也无法截然划分和决定两个实在的界线:词和词义。因为词(实存)与词义(潜存)是一种连续,互为存在条件,尤其是词义无法脱离词而存在,亦即词并不是客体。② 艾略特给客体做出如下定义:真正的客体并不仅是共相,也并非仅是殊相,更不是共相与殊相的组合体。艾略特认为,罗素和梅农将共相和殊相作为可直接认识(direct acquaintance)的东西源于关于知识的不同起点。罗素认为我们的知识可以分成两类:亲自认识的知识和凭描述得来的知识,他指出,

> 我们对于我们所直接察觉到的任何事物都有所认识,而不需要把任何推论过程或者任何有关真理的知识作为中介。③ ……在感觉中,我们认识外部所提供的材料,在内省中,我们认识所谓内部的感觉——思想、感情、欲望等所提供的材料;在记忆中,我们认识外部感觉或者内部感觉所提供的材料。此外,我们还认识那察觉到事物或者对于事物具有愿望的"自我",这一点虽然并不能肯定,却是可能的。④

可见罗素知识的起点始于共相和感觉数据,他为此构建出了一个外部世界。艾略特批评罗素,认为他关于客体的主张接近他所批评的贝克莱,也接近他的批评对象康德的相关主张。⑤ 梅农则主张任何真实都是客体,艾略特认为梅农的主张与康德一致,将白色性和兄弟情视为先验之物,但它们毕竟不是知识。我们经验共相,也经验殊相,但知识总是有关客体,共相和殊相都是其元素,真正的客体实际上是包含实存和潜存在内的。这种在知识之外还存在一个世界的主张带来了另外一个难题,这就是时间问题。

知识与实在中的时间是知识论中的一个重要问题,它关涉两个方面:一方面,罗素认为,假如共相是客体,那么共相知识便是与时间无关的客

① T. S. Eliot, *Knowledge and Experience in the Philosophy of F. H. Bradley* (New York: Columbia University Press, 1989) 103.

② Ibid., 104.

③ 罗素,《哲学问题》(北京:商务印书馆, 2007) 35。

④ 同上,39。

⑤ T. S. Eliot, *Knowledge and Experience in the Philosophy of F. H. Bradley* (New York: Columbia University Press, 1989) 106-07.

体。原因是如果我们意向某物，而且意向的过程是暂时的，这种意向就具有时间性。但另一方面，这个意向客体在时间上会涉及通常意义上的各种感觉，在此情形下，客体所涉及的感觉和意义就不是时间性的。艾略特认为走出这种困境的出路在于实存与潜存的相对性对于客体的意义，换句话来说，就是客体既包含实存的性质，也同时包含潜存的性质。[①] 另一方面，罗素认为"查看"和"查看到客体"在时间上是两个秩序，这两种秩序无法合一。艾略特认为任何一个客体如果真正具有客体的意义，就必然是超越时间的；如果它发生变化，便不再是那个客体。也就是说，任何一个客体都独立于时间，时间顺序依我们将什么视为客体而变化。艾略特列举了一个关于太阳的例子来说明问题，真正的太阳和察知到的太阳这两个"太阳"实则是出现在两种关系中的太阳，如果说这两个太阳同时出现，那是因为观念性的关系将它们联系在了一起。[②] 实际上，艾略特的这个主张反驳了他在本章中列举的认识论者关于二元论的主张，同时也为他的文学主张奠定了基础。

（五）
关于博士论文第五章"认识论者的知识理论（续）"

非真实客体（unreal objects）的问题是这一章讨论的核心。所谓非真实客体问题是指非真实客体的存在问题和关于非真实客体断言的正确与错误问题。艾略特讨论的非真实客体的内涵包括三个方面：幻觉客体（object of hallucination）、想象客体（object of imagination）和指称客体（denoted object）。艾略特认为这些问题都是虚构的问题，认识论者做出了错误的预设，认为有一个独立而完整的外部世界存在于我们之外，它不依赖我们的主观意志而存在。艾略特试图将这个讨论作为进一步讨论所知、意义和语境问题的索引和基础。

艾略特首先讨论了涉及非真实客体的第一个问题，即幻觉客体的问题。他认为这个问题同圆形的正方形（round square）一样属于同类问题。

---

① 　T. S. Eliot, *Knowledge and Experience in the Philosophy of F. H. Bradley* (New York：Columbia University Press, 1989) 108.

② 　Ibid., 110.

它们都是非真实客体,都是不存在的客体,也都是意向的客体(intended object)。艾略特首先辨别了错觉和幻觉客体的异同,指出棍子的两种状态可以说明错觉的问题。在水中的棍子和不在水中的棍子对于观察者来说是两种不同的呈现状态,如果把不在水中的棍子当成正常状态的话,我们可以视水中的棍子为错觉,它的特性同水外的棍子可以有一种持续,这两种状态可以形成一个相互联系的整体。艾略特坚持这样的原则:情感与客观性是整个经验的两个项,具有同一性和持续性。[①] 幻觉客体没有物理存在,无法完成错觉那样一个自我证明的过程。因此,艾略特认为:幻觉与错误判断基本上没有什么不同,其中一个假设一个不存在的客体,另外一个建设一个非客观性的潜存,客体与客观性和实存与潜存的界限并不十分清楚。[②] 其次,艾略特对幻觉和实在进行了区分,并指出,幻觉与实在的区别并不是一个非客体与一个客体之间的区别,所有客体都是真实的,非真实的不是客体。……幻觉不是客体,只是实在的一个层面(sphere),它的存在既是内部的,又是外部的。而且幻觉涉及的不仅仅是矛盾客体的断言,也同时涉及主体的变化,看到鬼魂的我并不是患消化不良症的那个我。在视角变化中,有种完全变化的感觉。[③] 为此艾略特总结道,任何一个真实客体都是意向客体,而幻觉则不是我们意向客体的结果,只是意向经验所导致。

非真实客体的第二个问题是想象客体的问题。艾略特认为,人们在谈及想象客体时,通常将其与信念客体相区分,与假设(assumption)联系在一起,认为这两种客体都是错误的。艾略特认为理解一个想象客体与理解一个其他客体并没有本质的不同。[④] 他以金山为例对此进行了说明。在我们意向某物时,将我们世界中的真实客体与我们世界中的非真实客体连接在一起。由于我们世界的经验作为一个整体是真实的,而且在我们进入他人经验的世界时,他人的经验也在影响我们,所以艾略特认为假设有可能不再是假设,因为我们要依此来理解我们已知的真实

① T. S. Eliot, *Knowledge and Experience in the Philosophy of F. H. Bradley* (New York: Columbia University Press, 1989) 115.
② Ibid., 120.
③ Ibid., 120–121.
④ Ibid., 123.

的客体。① 就金山这个例子来说，只有将金子、金色和山连接在一起，才会赋予金山想象客体的真实性。

小说或其他文学作品使想象性客体具有鲜明的特色，在艾略特的文学批评中也具有显著的地位。艾略特认为，如果小说中的人物是一个想象客体，在其本质上，他不仅是一个想象客体，一个意向其所不是的客体。他必须与客体相对，在与客体相对比时，客体不仅是参照，也必定拥有与参照不同的实在方面。我们好像或接受他们，将他们当成真实的，或认为他们代表作家的一种批评。……如果我们不采取这两个极端，小说似乎对于我们就没有意义。② 艾略特认为我们可以将小说中的客体视为意向客体。小说中的人物与我们对作者心目中人物的诠释不同，虽然我们通常认为我们对人物的诠释比作者的诠释更加可信。……小说中的"关键"人物并不完全是作者有意识的构建，与此相反，他的成长是在作者个性上的寄生，是内在的必然与外在的附加。为此，我们会发现作者的批评观点与他创作的人物内在的视角并不一致。③ 艾略特试图在这里说明小说人物作为作家的创造具有介于真实和想象客体间的双重身份。作为想象客体，小说人物的性格特征、成长经历和面对冲突所做出的反应并不是凭空虚构的，他一定与创作者有千丝万缕的联系，直接或间接反映着作者的态度和意向。另外，作为想象客体，他作为真实世界的一种延续也具有真实性。我们无法对小说人物做出严格的真实或非真实的区分，将小说人物视为想象客体本身就是一种视角上的转变。④ 只有通过这个转变才能将故事中的生活投放在"屏幕上"，供人们进行反思。

想象客体呈现出三种状态：首先，一个想象客体具有两个侧面：其一是它的真实的意，因为关系缺乏，具有一定的局限性。其二是作为意向的实在，因为具有关系而存在。⑤ 这实际上是两个视角的问题，一个视角是具有少数关系的客体；另一个视角是带有一系列关系的意向客体。这两

---

① T. S. Eliot, *Knowledge and Experience in the Philosophy of F. H. Bradley* (New York：Columbia University Press, 1989) 122.

② Ibid., 123.

③ Ibid.

④ Ibid., 124.

⑤ Ibid., 125.

个视角相互依存。艾略特以小说中的人物来说明这个问题,指出当我们说一个人物是虚构的时,我们实际上在说真实的客体(这是一个视角的定义)与某种实在(这是第二个视角的定义)之间的关系。想象客体是一个高度复杂的观念性构建,它的存在只能从第三个视角来定义,第三视角也覆盖了以上两个视角。也就是说,小说人物这个意向性客体如果无法得到实现,即在作家的小说中出现,这个意向客体是无法存在的。① 虽然依照亚里士多德的说法,这个人物是比历史更加真实的人物。

其次,在创作小说时作家不仅仅去意向一个实在,也会意识到其创作观念的变化和往复,小说中的实在也会随之变化。有血有肉的人物不仅体现了作家对世界认识的观念,这些观念也会通过小说人物情感的流露得以体现。艾略特认为作家在创作时会采用多个视角,想象客体即关系的联结,②小说中的故事就是关系的构建,只有建立在关系基础上的认识才能产生知识。

最后,想象客体既不是实存,也不是潜存。虚构作品人物的存在依据小说的时空秩序而存在,小说的人物、场景和事件的真实性或存在都依赖小说的语境,既是作家生活中的一个事件,也是读者生活中的一个事件。小说中的人物并不真实存在,其真实性来源于多个视角,即作家、读者、小说中的人物分享统一参照的结果。③ 正如前面所分析的那样,虚构作品的人物虽不等同于客观世界中的真实人物,但虚构故事和故事中的人物的行为举止以及他们在故事中做的决定却具有知识性。

综上所述,艾略特认为,如果实在像认识论者所主张的观点那样是一体的,想象就是一个漂浮的观念,④理论客体与主体、外部实在与心理并无区别。

指称客体是艾略特在本章中最后讨论的问题。艾略特认为这类非真实客体与前两种不同,它们既不是信念中的,也不是半信念中的。这类客体是不指称任何东西的指称性意向客体。指称问题在罗素的知识论中有非常重要的作用。艾略特对认识论者的批评中的一个重要内容,就是清

---

① T. S. Eliot, *Knowledge and Experience in the Philosophy of F. H. Bradley* (New York: Columbia University Press, 1989) 125.

② Ibid.

③ Ibid., 125-126.

④ Ibid., 126.

理罗素《论指称》中有关知识论的矛盾。罗素在《论指称》中对指称的概念在知识论上的意义做了如下说明：

> ……我们知道太阳系在一个确定瞬间的质量中心是一个确定的点，而且，我们可以确认一些关于这个点的命题；但是，我们并没有直接亲知（acquaintance）这个点，而只是通过摹状词（description）才间接知道它。亲知什么和间接知道什么（knowledge about）之间的区别就是我们直接见到的事物和只能通过指称词组达到的事物之间的区别。①

罗素列举了一个亲知和间接知道的例子来说明并非所有的知道都是亲知，他说，"太阳系质量中心"就是一个说明。接着他又指出，

> 在直觉中，我们亲知直觉的对象；而在思想中，我们亲知具有更抽象的逻辑特征的对象。但是，我们不一定亲知由我们已经亲知其意义的词构成的词组所指称的对象。举一个很重要的例子，鉴于我们不能直接感知其他人的心灵，似乎就无理由相信我们亲知过其他人的心灵，因而我们对他人的心灵的间接知识是通过指称获得的。尽管所有的思维都不得不始于亲知，但思维能够思考我们没有亲知的许多事物。②

罗素在同一篇文章中列举了下面的例子：

> 我们可以对一个词组进行以下三种情况的区分：（1）它可以指称，但又不指任何东西，例如"当今的法国国王"；（2）它可以指一个确定的对象，例如"当今的英国国王"指某一个人；（3）它可以不明确地指称，例如"一个人"不是指许多人，而是指一个不明确的人。③

艾略特认为，依据罗素的主张，我们使用任何指称性词语时都无法确定我们指称了什么，或是我们意谓了什么，艾略特分别对罗素的三个例子进行了批判，他认为只要我们有任何关于当今国王的假设，当今国王就不是假设；如果我们知道当今法国国王不指称什么，它就什么都没有指称。艾略特还提醒我们，这个问题所涉及的并不是确实的实在与观念之间的区分，而是指称与含义的区分。人们提到喀迈拉时可以有如下理解，虽然实在中的喀迈拉并不存在，但不意味着我们脑海中的喀迈拉不存在；也就是说虽然在指称的层面上喀迈拉并没有对应着在经验中可遇到的喀迈拉客体，但在其含义的层面上，它却有仍有所指。由此可以看出，观念和词

---

① 罗素，《逻辑与知识》（北京：商务印书馆，2012）49—50。
② 同上，50。
③ 同上，49。

语均指称实在(denote realities),不过它们所指称的实在就观念和词组的指称性来说与观念和词组的意义是同一的。艾略特认为仅把词语理解为指向客体或一个可以抛在脑后的路标是错误的。喀迈拉一词或喀迈拉观念可以理解为喀迈拉实在的开始,我们也可以将当下的法国国王当做半真实的客体。词语具有指向客体的功能,但客体作为客体应该首先满足一定的条件。如果对客体进行一定的观察就会发现客体具有两种存在方式:在我们意向一个客体时,这个意向的客体就存在;当我们经验一个客体时,客体需要完整的关系才能证明其为客体。因此,非真实客体既不像梅农所认为的那样违背了矛盾律,也不像罗素所说的那样不指称任何客体。真实客体与非真实客体作为客体具有同等的真实性。[①] 艾略特的这种客体主张为他用文学来拯救西方认识论危机奠定了基础。

艾略特关于指称客体的讨论引出另外一个他并未详细讨论的语言问题。艾略特在博士论文中的语言主张是他文学理论中语言观的理论基础。语言在经验和知识中所扮演的角色并不是布拉德雷哲学重点探讨的问题。艾略特的语言观是二十世纪哲学语言转向的前奏。首先,艾略特认为语言是一种捕捉工具,名字在我们的头脑中四处游荡寻求客体,客体也在我们头脑中四处游荡寻找名称,[②]而语言则是我们在其中捕捉客体的范畴。……命名是指涉的瞬间,其指涉内容无法独立于其命名。所指涉的不是其本质(whatness),而是其(thatness)所是。如果不去指涉,它就会化为感觉而非客体;如果无法获取正确的名称,它就不是那个特定的客体。没有名称就无法拥有客体,因为每一个名称都是一整套组织经验的方法;也可以说如果没有客体,就无法得到名称。很明显,如果名称不是某物的名称,名称就没有意义,[③]也就是说语言使客体具体化。艾略特认为词语象观念一样拥有其客体性之外的存在。具有指称性的词语与观念相似,它骑在两个客体性瞬间之上。一个瞬间是指示性的声音或标记,

① T. S. Eliot, *Knowledge and Experience in the Philosophy of F. H. Bradley* (New York: Columbia University Press, 1989) 130-31.
② Ibid., 135.
③ Ibid., 134.

另一个是所指示的客体。① 可以说没有语言就没有客体，②客体需要被语言赋予形式，使其得以呈现；而语言也同样需要被客体赋予内容，变得具体明晰。其次，语言与经验的关系是艾略特关注语言的另外一个侧面。语言是组织经验的途径，艾略特对语言的重视和对语言作用的相关阐释体现了现代主义的一个特征，休姆、乔伊斯、艾略特、伍尔夫、庞德等现代主义作家在语言方面的探索和创新都体现了艾略特所坚持的语言与经验及语言与实在呈现方面的紧密联系。艾略特的语言观还预示着二十世纪哲学的语言学转向。海德格尔和伽达默尔不仅认为语言可以呈现实在，还认为语言是理解的前提条件。也就是说阐释需要语言，而理解也需要语言的帮助。

艾略特对这一章做了如下总结：我们无法划定真实世界和非真实世界的界线，更无法给出对这两个世界的明确定义；对于真实与非真实，我们也无法给出一个精确的解释，③因为真实与非真实从外在的角度来看同样真实。我们的问题在于它们的对立是内部视角造成的，我们不能用理论的视角来解释实践世界，因为这是实践世界的视角，我们只能解释这个已经展开在桌子上的世界。……理论超出了实践的范围。④ 然而对个体来说，每个有限中心对客体的理解都是真实的，那么无数有限中心的世界又如何组成一个整体世界呢？真实世界是每个有限中心对共同意义和共同参照的分享，⑤每个有限中心必须与其他有限中心同享一个参照系统，理解才能成为可能。共同体的构建也必须在个体的有限中心的相互连接下才能走向整体。

（六）
关于博士论文第六章"唯我论"

在艾略特论文的最后一章，艾略特梳理和分析了唯我论者的主张，并

① T. S. Eliot, *Knowledge and Experience in the Philosophy of F. H. Bradley* (New York: Columbia University Press, 1989) 129.
② Ibid., 132.
③ Ibid., 138.
④ Ibid., 136.
⑤ Ibid., 138.

提出了他著名的视角理论。在前五章中,艾略特分别讨论了心理学家对经验与知识的认识、认识论者对经验与知识的认识。在第六章中,艾略特则分别就心理学家和知识论者对主观世界和客观世界的划分进行了批判,对如何认识世界提出了整体论的主张。唯我论者是艾略特关注的另一个对经验与知识抱有偏差观念的对象,艾略特在这一章梳理和分析了唯我论者的主张,并提出了视角理论。艾略特试图用视角理论解决如何将不同的世界融合在一起的认识论问题。为了说明这个问题,艾略特首先引用了布拉德雷在《表象与实在》"唯我论"一章中对唯我论的反思和批评。

布拉德雷指出,"唯我论者"的说辞是,在"我"之外没有任何存在之物,我无法超越经验,所谓经验必须是我的经验;尽管我的世界不是整个世界,但对于我来说是经验中的我的心灵状态,了解宇宙就要依据我的理解。① 布拉德雷在分析唯我论时说,依照唯我论者的主张,经验可分为直接经验和间接经验。直接经验具有可感性,间接经验则是在直接经验的基础上构建起来的。"我的经验"不仅是直接经验,也是构建间接经验的要素。首先,布拉德雷认为这种区分或者过分强调"我的经验"超出了实在的限度,或说因为强调"我的经验"而无法支撑实在,也就是说这个"我的经验"构成的世界是一个不完美的世界。布拉德雷还强调,即使承认主体和客体之分,我们也无法接受唯我论者的主张;也就是说,超越"我的经验"是有必要的,然而超越之后将进入一个更大的宇宙。因此布拉德雷总结道:自我并不是一个栖息之地。② 布拉德雷反对唯我论的另一个主张是这样的,唯我论者在陈述这个经验或者"我的经验"的同时,实际上也同时承认了这个或者"我的经验"是整体经验的一部分,因此唯我论的主张没有任何意义。③ 布拉德雷认为,唯我论者不承认他者存在,没有在对世界的认识之上考量其他人的经验,实际上是一种自杀。④ 布拉德雷还认为,唯我论者从自我的意义上来讲,"我的经验"只在直接的与料接触的瞬间具有实在意义,这实际上是对"我的经验"本身的否定。因为我的过去同我的现在相容并和谐,我过去的昨天由我的此刻重新构

① F. H. Bradley, *Essays on Truth and Reality* (Oxford: The Clarendon Press, 1914) 218–19.
② Ibid., 220–221.
③ Ibid., 222.
④ Ibid., 225.

建而成,记忆也以此刻为基础得到构建。这与其他人的过去与现在相容并和谐,也同其他人的现在相容并和谐。① 在这里"我的经验"实际上就艾略特在上一章中所提到的有限中心,"我的经验"是一个局部,从"我的经验"出发的对世界的理解只能是对整体理解的一个视角,只有把尽可能多的"我的经验"置放在一个框架之内进行协商才能达成共识,实现共同体的构建。

　　视角理论是艾略特抵制唯我论的方法。艾略特认为每个"我的经验"或者"这个经验"都是对个体的定义。个体经验对布拉德雷来说是"有限中心"(finite center)。艾略特将布拉德雷的"有限中心"看做视角(point of view),试图用他的视角理论来分析和批判唯我论。他指出,没有视角对客体进行辨别和区分就没有对错之分,外部实在是不同视角选取和构建的结果,用这种方式来构建外部世界是信念的结果。一方面我们要假定真理世界的存在才能识别错误;另一方面,我们通过错误的识别和呈现构建真理世界。② 一个"有限中心"是具有客观性的客体,并不意味着它对其他"有限中心"具有同样的客观性。客观性和物性只是实在的项,在这些"有限中心"的世界之外没有客观世界,③但当一个"有限中心"与另外一个"有限中心"发生关系时,这两个"有限中心"形成的两个世界才能相互交融合、形成同一。如艾略特所说,我们所面对的第一个客体是"半客体",属于其他"有限中心",并非我们直接意向的结果。我们自己的经验是我们意向客体世界的结果。在我们经验的同时,我们会感觉到自己的有限中心模糊地与其它有限中心存在同一性的趋向。这种同一性逐渐将自己塑造成外部世界,有两个自我延续的世界,分别向对方发展,直到同一。通过调整自己的行为举止及与他人协作,我们能够实现一个同一的世界。④ 同一世界的获取是艾略特演化出传统或道德想象作用的批评思想的基础。

　　艾略特视角理论的本质与核心是同一性问题。在上述讨论中,同一性的内涵包括三方面:第一,同一性具有时间性和暂时性。艾略特认为两

---

① F. H. Bradley, *Essays on Truth and Reality* (Oxford: The Clarendon Press, 1914) 225–226.
② T. S. Eliot, *Knowledge and Experience in the Philosophy of F. H. Bradley* (New York: Columbia University Press, 1989) 142.
③ Ibid., 141.
④ Ibid., 142–143.

T. S. Eliot in Philosophical Context

个人从一个视角去观察一个客体并不意味着两个心灵具有完全相同的意象,两个心灵中的意向实际上属于两个实在世界。艾略特引用布拉德雷的说法,认为这种现象实际上只是一个视角,即一个有限中心超越自己的经验,实现了同一性。不过这种同一性是有时间性和客观性的,所谓同一性是暂时的。第二,同一性是差异中的同一。艾略特列举了一个用同一个棒子击打头部的例子来说明问题,他说如果我们被同一个棒子两次击打了头部,虽然棒子是相同的,我们的经验却是不同的。所谓同一性只是观念意义上的同一,即差异中的同一。第三,同一性是独立性(absolute)与非独立性(derived)的综合。所谓独立性是指"我的心灵"被囿于有限中心之中,是一个视角对世界感知的结果,"我"无法摆脱这种状态。而所谓非独立性是指"我的心灵"是过去诸多心灵的延续,使我们能够与传统相沟通。艾略特进一步指出,没有任何心灵是原创性和绝对性的。在人们追问实在世界之时,视角是有限中心的主体,但有限主体也需要他者的阐释。尽管这种阐释并非直接经验,但这一过程实际上也是一种自我构建的过程。① 在这个过程中通过重新审视自己,使自己不断地适应新的语境,人性才能得到升华。

艾略特对他的视角理论做了如下总结:视角(或有限中心)拥有一个世界,每一个有限中心都不能自给自足。当我们认定我们处在一个视角(或有限中心)或拥有一个自己的视角的同时,也就承认了有其他视角的存在,将其他有限中心或视角视为半客体(half object)。在我们关注一个他者时,我们已经处在第三者的感觉之中(feeling),它也可以称为构建在直接经验基础上并超越直接经验的自我。这种视角(或有限中心)的差异实际上是程度上的差异。当一个有限中心对另外一个产生影响时,这种影响只是经验上的改变,而非完全不同的视角或中心。所谓视角(或有限中心)就是自我的一种观念性构建,经验只是其中的一个侧面。一个视角(或有限中心)对于其他视角(或有限中心)来说,其意向同一个客体在真实的意义上没有任何共同之处,然而在观念上或在实践中却能或多或少形成对共同体的阐释。② 同时占有几个视角使我们变化不定,我

---

① T. S. Eliot, *Knowledge and Experience in the Philosophy of F. H. Bradley* (New York: Columbia University Press, 1989) 144-146.

② Ibid., 147-148.

们自我超越也使我们变化不定。

艾略特视角理论的意义拒斥了唯我论的核心主张,即以我为中心去面对经验和知识的主张。艾略特指出,他反对唯我论并不意味着支持多元论。在这一点上他认同布拉德雷的观点,即一个经验中心或低于或高于自我和非自我的区分。自我或灵魂是一种知性构建(an intellectual construction),绝不是简单的与料,而是对直接经验的超越。灵魂的生命不会包含在一个持续的世界中,而是一直浸淫在将不同的世界(视角)组合成统一的世界的痛苦之中。灵魂会不断融合各种各样的作为单子的灵魂,不仅要阐释其他灵魂,也要阐释自己的灵魂。而且有限中心并不都是同样大小,视角的查视范围随着内容而变化。……越是具有个性,越是和谐;越是独立,越能拥有对待社会的视角。两个视角只有对应于一个客体时,才能显现出不同,人们才能对其进行辨别和区分,才能更清楚地认识到自己的处境和地位。① 如果有机会同时拥有众多视角,我们就有机会拥有更多的预设和更多研判的可能性。② 艾略特认为基于这一点,唯我论者无法证明自我是一种直接与料,因而唯我论者的主张也就失去了任何意义。另外艾略特视角理论的意义还在于指明唯我论无法真正阐释知识与经验的关系。艾略特认为,我们没有任何事物的直接知识:直接给予只不过是彩虹一端的一袋金子。知识是不同程度的事情:无法把手指放到一个数据上说我知道这个。更重要的是,世界是一种构建,单一视角或有限中心无法实现世界的构建。经验主义者主张我们在流变的世界中可以拥有直接知识,或拥有感觉数据,或可以直接把握共相,这显然是不可能掌握的事情。③ 知道与被知道之物共同作用才能够构成知识,我仅仅是我的客体的一种状态。④ 换句话说,知道某物的断言与客体是否具有独立性并无关联。

---

① T. S. Eliot, *Knowledge and Experience in the Philosophy of F. H. Bradley* (New York: Columbia University Press, 1989) 149.

② Ibid., 148.

③ Ibid., 151.

④ Ibid., 152.

（七）
关于博士论文第七章"结论"

在结论中,艾略特对论文前六章的结论进行了综合,宣称他的论文虽然对布拉德雷《逻辑学原理》中的一些逻辑学和心理学观点和主张进行了驳斥,但基本主张和观点与布拉德雷《表象与实在》中的学说却是一致的。艾略特认为布拉德雷的真理程度说、实在说和内在关系说等思想是他博士论文的基础理论和论证的重要原则,明确表示他抵制用"意识"或"心灵"等作为阐释经验与知识关系的原则。[①] 通过对布拉德雷哲学中知识与经验关系的分析,特别是对布拉德雷认识论的出发点和核心直接经验的解析和批判、对于真实性和观念性两个概念的阐释、对心理学家有关知识与经验的主张的分析和批判、对认识论者关于知识与经验的分析和批判以及对唯我论者的分析和批判,艾略特全面梳理了自古希腊到布拉德雷及布拉德雷同时代西方认识论的基本认识,提出了自己关于认识论的相关主张。艾略特认为,包括康德、贝克莱、布拉德雷在内的观念论者和洛克、休谟等在内的经验论者以及利普斯等心理学家,对知识论分别提出了自己的主张,但每个理论的主张都是通过一个特定的视角提出的对世界或实在的论述,即布拉德雷理论中的有限中心或莱布尼茨的单子都具有一定的局限性。世界处在变化之中,每个视角或有限中心抑或是单子以自己相对不变的视角去观察和认识一个在不断变化的世界,自然无法全面认识实在,其理论自然是局部和片面的。这也意味着任何理论均具有一定的缺陷,而实践智慧则不断纠正和调和理论中的缺陷。

首先,艾略特从各类理论对客体的主张入手对论文进行了总结。艾略特认为所有客体都不具备心理性;心理活动具有生理学活动或逻辑活动特性,均独立于心理活动,比心理活动更加原始。[②] 如果人们从心理学家或认识论者的视角去认识世界或者获取知识,人们就会发现,越是深入心理活动的研究,对人的心理活动进行缜密的分析,或越是深入认识论的

---

① T. S. Eliot, *Knowledge and Experience in the Philosophy of F. H. Bradley* (New York: Columbia University Press, 1989) 153.

② Ibid.

研究,将世界进行对象化,割断其历史性和文化性,他们所发现的东西就越少。进一步讲,如果人们切断"心理"和"物理"世界,对两个世界剪切分类,心理就消融在有趣、微妙的机制之中;而物理世界则暴露出其心理构建的面目。如果试图发现机械性,在心理中发现、考察鲜活的人,也只能在世界之外发现此类事物。[1] 然而,只考察心理世界或只考察外部世界都是对人类整体经验的一种割裂,都是对整体性的破坏。

追问客体的问题,实际上也是对知识问题的追问。知识不是关系的问题,不能够通过分析来解释。[2] 人们在宣称知道什么之时,其心灵(mind)并没有与客体进行直接接触,艾略特还认为主体是否独立于客体的讨论也没有什么实际意义。从理论上来说,我们的所知仅仅摆放在我们的面前供我们进行纯粹性思索。而主体"我"或"自我"并不清晰地意识到自己的存在,人们真正的情形是一个感觉到的整体,其中存在着知识的瞬间,或者说在这个整体中存在具有时间性的知识。不过,艾略特进一步认为,客体处在一个不断变化的过程之中,随之而来的是客体性和感觉也不断发展和变化。我们察看了一个客体,只意味着我们用一种与身体有特殊关系的方式察看了客体。[3] 自我最原始的形式是身体,身体是精神自我的延续,即身体的延续。自我的出现或在场是知识的重要环节。以这种方式定义的知道或知识应该被定义为关系性的知识。自我与客体之间的联系是关系性的。从这个意义上来说,知识是一种关系。自我被客体化,而且作为主体与自我相联系,同时也作为自我的延续,这是认识论意义上的知识。[4] 艾略特分别就心理学和认识论对知识的分析和讨论进行了讨论和分析,他认为从理论上进行对知识的追问和研究都具有一定的局限性。

认识客体和把握客体是认识过程必不可少的环节。客体一词意味着某种类型的经验和与那个经验相关的理论;如果失去相关性,超出一定的范围,理论就失去意义。科学试图将所有的客体、不同种类的客体简化为一种客体,这种客体中最典型的是数学客体,数学将一切客体换算成数学

---

① T. S. Eliot, *Knowledge and Experience in the Philosophy of F. H. Bradley* (New York: Columbia University Press, 1989) 154.

② Ibid.

③ Ibid., 154-55.

④ Ibid., 155.

关系。在换算的过程中,不符合数学关系的内容将被多次转换为数学关系。这个转换和化约的过程是将实在的复杂性进行简化的行为,科学对解决自然界问题虽然具有无可比拟的效用,但人的世界的问题就不能用狭隘的科学来解决。为了充分实现认识,艾略特的路径将认识客体进行分类,并找出各自的认识途径。他将客体分成四大类:(1)事物(things),归属于这类客体的是对低级的层次的客体;(2)半客体(half objects),归属于这类客体的是观念;(3)双客体(double objects),这类客体来自两个视角,如心理意象、幻觉、小说中的客体,在其自身的世界中占据时间与空间,在另外一个实在中占据我们的时间与空间;(4)参照客体(objects of reference),归属于这类客体的是非真实客体,即意向中的客体。① 艾略特认为,我们唯一知性掌控实在的方式是将其转换成客体,这是由于我们生活于其中的世界以这种方式构造而成。② 在客体的转换过程中有一个视角的转换,客体随着主体视角的不同而发生转化,因此各种理论也都是从一个视角去观察客体的结果。形而上学理论试图将所有视角整合成唯一视角,并依此定义真理,并不将历史学家的关注作为考量内容。对客体转换的阐释历史学家、文学批评家和形而上学家的视角不同,他们的阐释也因而具有差异。不过阐释与描述只不过是程度上的区别。艾略特对真正的批评家提出了三点要求:(1)应该尽量避免以公式化作为标准来衡量真理;(2)应该永远用近似来取代实事;(3)应该在经验中寻找真理而不是用计算和测量作为真理的标准。艾略特给出的原因是真理,人们所经历过的真理都具有局部性和碎片性,所以当批评家进行阐释之时也应该将每一个阐释都置放在一定语境中,历史的、社会的、文化的甚至是宗教因素,甚至各种相互矛盾的阐释,也应该考虑进来。批评家在着眼于现实的同时,更应该对不同时代、不同文明的思想进行重新阐释。③ 认识论危机的主要症结是用过去的经验代替现在的经验,另一个症结是用不同的图式来阐释现在的经验。人们只有不断对过去的经验重新进行阐释,在阐释的过程中不断协商,才能构建新的统一图式,进而解决认识论危机。

---

① T. S. Eliot, *Knowledge and Experience in the Philosophy of F. H. Bradley* (New York: Columbia University Press, 1989) 163-164.

② Ibid., 159.

③ Ibid., 164.

其次,经验是知识的起点,对经验的追问是艾略特论文的两个重要方面之一。经验中有两个侧面:实在性和观念性。实在性与观念性之区分无法体现在客体之中,而是在于关系。换句话来说,关系才是定义实在性与观念性的标准,所谓实在性与观念性均是在表象中才能够得到凸显,因此实在与观念、心理与非心理及主动与被动都是表象中的表达。为此,艾略特提出对知识客体的追问无需探讨认知的过程或外部世界的本质。也就是说,认识论者将世界如此划分的主张没有任何意义。如果以实在去阐释表象,就可能利用表象的实在去阐释表象;如果以表象去阐释实在,则无法认识实在。从另外一个角度来说,如果不去如此划分世界,在面对一个客体时,就会出现或只出现客体的特性,即"那个"的性质,也就是殊相;因而无法识别其本性,即"什么"的性质,也就是其共相。所有重要的真理都是私自的,一旦它们具有普遍意义,就不再是真理。它们成为实事,至多成为公共的特性,最糟是流行语。① 这意味着绝对的哲学基本上是没有出路的,因为这种哲学否定辨证过程。艾略特指出,我们以事物这个术语为基础进行思维,并不意味着实在事物只有一种元素构成。事物是相对的,它只在经验这个语境中存在。实在自始至终都是经验,而且实在也只有在意向的客观性中才凸显存在。主体与客体只有在情感中才得以显现,站在我们这个角度,这种断言是真实的;然而站在他人的角度,我们的感觉就未必真实。在一个层次上的真实世界可能在另外一个层次上便是一个新世界,如果从经验的视角来看待这个问题就会十分明了。艾略特反复强调,世界是以每个有限中心为核心元素的构建,每一个有限中心的视野中的经验都是绝对经验,都有自己的原则和构建过程,都遵循自己构建的规律。但与此同时,每一个有限中心的经验又是相对的,有限中心的经验都要经过一个超越自己的过程,在超越自己的同时,也逃离了自己的禁锢。每一个有限中心做出的判断或下的断言只有在这个有限中心的语境中才是真实的或正确的,超出这个范围判断和断言就会失去意义,或是减弱其意义精确性。为此,艾略特认为视角越宽泛,观察到的东西越全面,所做出的判断或下的断言就越接近正确。一切均始于经验,定义经验即用一个概念来取代经验;原始的经验本身就是一个概念,而且很有可

---

① T. S. Eliot, *Knowledge and Experience in the Philosophy of F. H. Bradley* (New York: Columbia University Press, 1989) 165.

能是大家都接受的概念。无论构建什么样的理论,实在都会发生变化。理论一旦形成,其经验内容都与起始点有所不同。对于理论构建者来说,理论体系所体现的实在与表象的统一是显而易见的,对于外部的人来说则可能是一头雾水。贯通论也好,对应论也罢,都会面临如此遭遇。尽管如此,理论还会发挥作用,因为真理如果不是我的真理,它就无法成为真理,只有相对性。① 只有大量掌控材料,只有通过增加和发展内容,才能增强对知识控制的可能性。②

经验与知识的问题可以视为思维与存在的问题,也可以理解为主体与客体的关系问题。艾略特的博士论文的主题切中的正是西方哲学当时的焦点问题,即如何认识世界这个认识论问题。自古希腊到现代,西方哲学一直沿着柏拉图和亚里士多德所制定的技术路线发展,形而上学主张是西方认识世界的主导。笛卡儿开启了西方哲学的怀疑之路,人类理性开始成为文明世界的标准和标志。到了 17、18 世纪,经验主义开始与理性主义并驾齐驱,形而上学趋于势微,认识论取而代之。认识论形成两大流派,一派主张世界是与料世界,已经存在;人们在经验外部世界的过程中,通过使自己的经验与外部世界达成一致来认识世界,这是以洛克、休谟等为代表的经验主义的观点。另外一个流派主张人是认识世界的主体,人类的知识和人类所认识的世界是人类知性的一种构建。这一派认为只有通过人类理性和心灵的作用才能把混沌的世界构建成依据先验的范畴所认识的世界,这是康德等观念论者的主张。艾略特的博士论文的主题切中的正是西方哲学的焦点,即我们如何认识世界的问题。回答的核心是知识与经验的关系问题,可以从思维与存在关系的角度进行思考。

无论是从知识与经验的关系的视角,还是从思维与存在的视角去思考,关键都在于如何回答主体与客体的关系这个哲学的基本问题。洛克、休谟等从经验主义出发,康德、贝克莱等从观念论出发,利普斯等从心理学角度出发分别提出了如何认识世界的方案,但并无使人信服的理论,针对这些问题的争论未有停歇。

艾略特在哈佛大学学习期间就开始关注这些问题,在课程论文中对

---

① T. S. Eliot, *Knowledge and Experience in the Philosophy of F. H. Bradley* (New York: Columbia University Press, 1989) 168-169.

② Ibid., 166.

这个问题进行了深入的探讨。他在未发表的讨论康德哲学的三篇文章里谈到，①从亚里士多德在他的《范畴篇》中给出的 10 种认识范畴（其中包括本体、数量、性质、关系、地点、时间、状态、具有、主动、被动）到康德在《纯粹理性批评》中提出的四大类范畴（其中包括量、质、关系和模态，而且每一种范畴又包含三个种类），人类为如何认识世界逐渐奠定了基础。艾略特在《论康德的范畴》中指出亚里士多德的范畴是认识思考实在的方式，②不过，艾略特认为亚里士多德的范畴既各自独立，又相互说明对方。③ 艾略特并不同意康德关于先验判断与因果判断相分离的观点，他指出只有在判断已经可能之时，知觉才能被采用。人的心理范式应该是概念与知觉的统一，④因为理念与流变相互依赖，你中有我，我中有你。⑤艾略特认为康德将客体分成现象与物自体无法令人接受，⑥不过他仍同意康德是为了解决主客体关系，而并非将主客体划分为两种不同类型的观点。⑦ 艾略特认为康德将经验划分为形式与物质的目的是分别确立经验的法则，形式与物质只不过是经验的内部与外部两个相（aspect），艾略特认为范畴无法超越经验，因为范畴是经验的一部分。范畴作为知识的工具应该在经验之外，因此信念（faith）有存在的必要，这也预示着他在博士论文中将会使用这个概念。⑧ 除了经验主义和观念论对知识问题的研究外，心理学在这个领域的研究也显露头角。相关的探究越来越深入，越来越细致，有关知识论的研究就越来越复杂，相关争论也越来越激烈，却始终没有使这场争论画上一个完结的句号，认识论的核心问题（即我们知道什么和如何知道这两个问题）并没有令人满意的答案。

处在 19 世纪和 20 世纪之交的布拉德雷试图通过预设以"绝对"

---

① Herbert Howarth, *Notes on Some Figures behind T. S. Eliot* (Boston：Houghton Mifflin Company, 1964) 65-77.

② 转引自 M. A. R. Habib, *The Early T. S. Eliot and the Western Philosophy* (Cambridge：Cambridge University Press, 1999) 103。

③ M. A. R. Habib, *The Early T. S. Eliot and the Western Philosophy* (Cambridge：Cambridge University Press, 1999) 103.

④ Ibid., 108.

⑤ Ibid., 101.

⑥ Ibid., 111.

⑦ Ibid., 112.

⑧ Ibid.

为核心的理论体系来弥合经验论和观念论的争论与不足。布拉德雷哲学的核心是绝对的"预设"。"绝对"是自柏拉图以来西方哲学与神学中的一个重要概念,但在布拉德雷的哲学体系中,"绝对"已经不是一个静止的概念。它始于直接经验,经过关系阶段达到最高阶段绝对。首先,布拉德雷认为人类的经验是一个整体,是主体与客体不分的状态。布拉德雷认为观念直接与实在对接,并没有在经历主体与外在客体之间进行调节。经验中的与料并不是明确的客体,而是一个持续的物质。他认为经验主体与经验是一体,不存在主客体之分的时刻。① 其次,经验进入关系阶段,以人类的判断为标志。布拉德雷认为只要人们进行判断,经验就被割裂为关系。由于关系是经判断而来,判断使经验的整体性遭到了破坏,所以经过判断形成的知识均有一定的缺陷。布拉德雷要通过一个超越关系的预设来弥补判断对经验的整体性破坏,不过,无论是直接经验还是绝对都是布拉德雷用来克服主客体对立的方法和手段。对于布拉德雷来说,唯一的实在就是绝对,绝对在内部将所有其他部分从整体上联系在了一起。② 布拉德雷试图说明只有在绝对的统领下,在关系中被判断割裂的整体才能得到恢复。

在布拉德雷的哲学体系中,实在的标准是个体性、自我存在和非矛盾律。任何不能满足整体性的现象就是自我矛盾的,是有限的。《实在与表象》的第一部分分析了自亚里士多德以来以范畴为基础的认识论,并指出所有这些范畴均从某一个角度观察世界,是整体的抽象,是有限的。有限即表象,是实在的定语;正因为是定语,所以仍不是实在。③ 直接经验最接近实在,因为直接经验使整体性得以体现,在直接经验中,主客体部分和多样性隐含在统一性之中。④ 布拉德雷的直接经验处在关系层面之外,是经验尚未进入固定范畴和关系的阶段。布拉德雷的目的是克服

---

① M. A. R. Habib, *The Early T. S. Eliot and the Western Philosophy* (Cambridge: Cambridge University Press, 1999) 131.

② Ibid., 130.

③ F. H. Bradley, *Appearance and Reality: A Metaphysical Essay* (Oxford: The Clarendon Press, 1930) 430.

④ Ibid., 198-199.

康德以认识主体为核心的理论，①使经验本身将思想、情感和感觉凝合在一起。对于布拉德雷来说，唯一独立的实在便是涵盖所有层次关系的绝对，局部视角观察的是表象，而全视角观察的表象才是实在。② 布拉德雷一方面继承了黑格尔哲学体系中的核心概念，另一方面又与黑格尔和经验主义存在着主要区别：(1)他强调用一元论来抵抗经验主义的多元论；(2)他强调关系的内在性，唯一的实在是绝对；(3)他强调主体与客体没有严格的界限；(4)要求超越康德的现象与物自体的区分。由此可见布拉德雷利用黑格尔的核心思想形成了自己的哲学体系。

（八）
关于博士论文的意义

艾略特的论文讨论了布拉德雷哲学中经验与知识客体之间的关系。经验与知识的关系是布拉德雷哲学或布拉德雷认识论要解决的核心问题，实际上就是我们如何认识世界或者我们如何构建世界的问题。这些问题不仅是布拉德雷所提出的哲学问题，也是艾略特的文学实践和文学理论关注的问题，对这些问题的探索贯穿了艾略特一生。要理解艾略特的文学实践活动和他的理论成就，就必须追问艾略特如何面对和回答这些问题。艾略特曾经这样评论过但丁和卢克莱修：他们是哲学诗人，并不是哲学家；他们是诗人，不过他们用情感和感觉构建了一个与哲学家们等值的哲学体系。③ 艾略特的诗歌实践也可以用他自己对但丁和卢克莱修的评价来定义，即他的文学实践构建了一个哲学体系。艾略特的博士论文是理解艾略特"哲学体系"的核心，他的博士论文具有五个聚焦点，这五个聚焦点也是他在博士论文中所关注的五个问题，艾略特对这五个问题的阐释与解答成为理解艾略特文学创作实践和文学理论的关键。

布拉德雷的直接经验主张是艾略特的博士论文在这个框架下关注的第一个焦点。艾略特认为布拉德雷虽然解决了主体与客体的对立问题，但这只是一种预设上的修正。在布拉德雷的哲学体系中，感觉（feeling）

---

① M. A. R. Habib, *The Early T. S. Eliot and the Western Philosophy* (Cambridge：Cambridge University Press, 1999) 132.

② Ibid., 133.

③ Wilson Knight, *The Wheel of Fire* (London and New York：Routledge, 1989) xv.

是不可分割的经验整体,即直接经验。它是有限中心的聚合,是实在,是主客体不分的状态。而且这个状态是一种即刻的感觉状态,所谓实在性就意味着当下性。艾略特认为布拉德雷的主张虽然解决了主体与客体的对立问题,但这只是一种假象,因为意识就是对某种对象的意识,感觉如果不是对某物的感觉就无法用语言表述这种感觉,也就是说艾略特不赞同布拉德雷所谓直接经验的假说。艾略特试图依此说明在我们对经验进行描述和阐释的过程中,主体和客体相互渗透,相互包容,无法截然划分。但如果不对经验进行切分,像布拉德雷努力的那样将经验构建为一个整体,我们就无从认识经验并对其进行描述和阐释。艾略特认为,现实中经验中的主体和客体,即"我"思考、"我"经验实际上是一种观念性构建。[1]艾略特认为经验是实在,我们唯一可以观察实在的方式是表象,即关系的客体世界。布拉德雷关注的是系统的形而上学体系,艾略特则拒绝考虑超出实际认知世界范围的任何内容。艾略特指出,"我们可以确切地指出不存在(直接经验)这个阶段"。[2] 他还在《莱布尼茨的单子与布拉德雷的有限中心》一文中指出,他所理解的有限中心就是直接经验。[3]

艾略特认为布拉德雷关于直接经验和有限中心的论述是"非真实的抽象"。虽然在布拉德雷的直接经验中,主体与客体是一个整体,但在分析时可以将其分成"自我"和这个自我的"客体"。实际上,主体与客体是意识的一种构建,是观念性的。艾略特认为,在实际经验中,拥有经验的"我"和经验客体像原子一样是一种观念性构建。[4] 麦林森认为艾略特在他的博士论文中使用了布拉德雷的体系,但他只是把它当成一种假设,即认为某个经验的主题与客体都是感觉的一部分,感觉将它们合成在一起。不过,艾略特坚持认为"感觉"(feeling)在客体世界中没有立足之地,感觉与情感(emotion)都是"感觉",具有作为客体的特殊地位。感觉的导

[1] T. S. Eliot, *Knowledge and Experience in the Philosophy of F. H. Bradley* (New York: Columbia University Press, 1989) 19.

[2] Ibid., 16.

[3] Ibid., 205.

[4] Ibid., 16.

因与情感客体可以由意识进行区分,不过在主体经验中它们被融合在一起。① 艾略特的这种认识使我们了解到了从经验中创建主体性自我与客观物概念的过程。

艾略特对布拉德雷直接经验的批判意在为情感的知识可能性进行辩护。艾略特认为,在经历普通情感的时候,如果我们能够意识到这种情感并将其呈现出来,作为反思的客体应该同其他客体一样可以进行分析和定性,所有的情感也均可以客体化的形式加以分析和研究,情感经过这样的处理后可以被认为是知识的内容。艾略特在他的诗歌中将情感拟人化,之后作为旁观者来观察和评判情感,这正是他理论的一个范例。② 与此同时,艾略特并不排斥抽象思维和思想经验。艾略特认为人们同时拥有这两种经验。除了上述提到的情感经验外,我们最普通的、最熟悉的是思想经验,虽然它与情感经验不可分离。这与他后来的客观对应物等文学主张是一致的。

观念是艾略特博士论文在经验与知识的框架中关注的第二个焦点。艾略特认为观念是半客体,他这种观点与当时流行的心理学家的观点并不一致。艾略特半客体主张的意义在于:首先,作为半客体,观念可以在意义与存在之间进行调节。艾略特认为当我们使用观念时,观念与外部世界相连接,或者我们的心灵通过观念达到对外部世界的理解。当我们停止使用观念时,观念便消失在实在之中。假如我们像心理学家那样将观念当成客体,那么我们就应该像处理其他客体那样处理观念,而这显然是一个错误。艾略特在论梅农的文章中进一步指出,科学处理的是单一类型的客体,而心理学的客体则不能够被认定为科学的客体,因为其中涉及立足点改变的问题,也就是说心理学的客体可以从两个角度来观察,或是物理的存在,或是事实的指涉。③ 艾略特在反对心理学从内部将客体的不同项当成不同物的同时,也批评了以康德、梅农和罗素为代表的认识论,他认为认识论试图从知者和客体的关系来描述实在,这是只有多元实在主义者才采取的方法。如果认识论者不将思想与实在隔离开,知识便

---

① Jane Mallinson, Making the Truth: A Reading of T. S. Eliot's Dissertation and His Early Criticism, *Man and World* 21(1998) 453-68.
② George Whiteside, T. S. Eliot's Dissertation, *ELH* 34 (1967) 400-24.
③ M. A. R. Habib, *The Early T. S. Eliot and the Western Philosophy* (Cambridge: Cambridge University Press, 1999) 140.

不会成为难题(problematic)。知识不是关系,我们与实在世界接触并不需要范畴或心理工具来做中介。①

艾略特认为,观念的另外一个重要作用就是构建联系性。艾略特以时间来说明他的观点,现在、过去与未来的联系是一种观念式的构建。过去与未来的观念真实是因为其与现在贯通一致,②这样观念的重要意义就可以凸显出来,即凸显出观念对实在的指向。艾略特认为:"我们意指的实在是一种观念性的建构……观念是某种真实的东西,否则它就不会是一种观念……"。③ 在认识的过程中,我们通过求同存异、清除关系中的不和谐因素、调和各种视角异同,建立起一个有机的理想的关系整体。只有进入关系世界,才能建立起这个真实的世界,即观念的世界。在这个有机的整体中,整体可以修饰局部,局部亦可以影响整体;新因素的加入,在趋同于整体、贯通于整体的同时,对整体也形成一定影响;整体在这个前提下,也会重新调整自己。④

语言与实在的关系是艾略特博士论文关注的第三个焦点。在这两者之间的关系中,语言扮演了重要的角色。语言通过对经验的描述、阐释创造了实在的形式。⑤ 艾略特对语言的关注集中体现在他对想象客体的讨论上,这为其后来的文学创作在理论上做好了准备。艾略特认为有形的物(tangible things)与想象中的物(imagined things)均为表象,两者具有同样的真实性。如果故事中的观念与故事时间同一,这个观念就是正确的,否则就是错误的。艾略特认为:"故事中的理想的世界可认作实在",⑥这个世界等同于有形的表象世界。⑦ 艾略特这个主张的意义在于对语言力量的强调。他指出,所有的客体,无论是物理的、想象的、记忆

① M. A. R. Habib, *The Early T. S. Eliot and the Western Philosophy* (Cambridge: Cambridge University Press, 1999) 141.

② Ibid., 138-139.

③ T. S. Eliot, *Knowledge and Experience in the Philosophy of F. H. Bradley* (New York: Columbia University Press, 1989) 35.

④ John J. Soldo, Knowledge and Experience in the Criticism of T.S. Eliot, *ELH* 35 (1968): 284-308.

⑤ Jane Mallinson, *T. S. Eliot's Interpretation of F.H. Bradley: Seven Essays* (Dordrecht: Kluwer Academic Publishers, 2002) 7.

⑥ T. S. Eliot, *Knowledge and Experience in the Philosophy of F. H. Bradley* (New York: Columbia University Press, 1989) 32.

⑦ Ibid., 37.

的,还是希冀的,都是同一的,都具有两个方面:内容(content)或本质(essence),即观念。艾略特认为:观念不仅仅是符号,象征并不仅仅是象征,它是象征内容的继续。① 观念是其客体的继续,没有客体就无法存在;客体没有相应的观念也无法存在,因为观念需要语言进行表述。"……没有语言,我们也没有客体"。② 艾略特对罗素等的语言观也进行了尖锐的批判,他认为罗素等对语言本质的误解不仅阻碍了哲学的进步,也阻碍了我们对文本的理解。

艾略特对语言的关注并没有仅仅停留在他的博士论文中。在他后来的文论中,他曾经把对语言的关注提高到一个至关重要的作用。他批评黑格尔及其追随者不顾语言的特点,过分夸大语言的抽象功能。他指出,抽象的语言、不具体的语言、含混不清的语言使批评患上了疾病;哲学家的思想污染了文学与批评,腐蚀了语言,以至于使语言改变了意义。③ 舒斯特曼认为艾略特在语言方面的观点与休姆一致。④ 艾略特在对语言的讨论中特别注重命名的作用;通过这种构建,人们可以认识世界;而且在这个过程中,命名意义重大。命名就是一种呼唤,命名将一个物理事物或一个概念、情感招致当下,将其客体化,使其能够呈现出来,从而使我们理解呈现出的对象。艾略特将其称之为情感行为,当我们说爱或者恨时,实际上是将爱或恨客体化,使我们能够对此有所感觉或察觉。⑤ 也就是说,在这个过程之中,通过命名人们可以从"那个"(thatness)的殊相中看到对象的"什么"(whatness),即共相。命名的过程也是理解和表述的过程。在命名的过程中,实在得到了标注,从而搭建了我们与实在之间的通道。

艾略特认为在实践中,诗人是语言大师,同时也是语言的奴仆。诗人一方面要保持和维护语言的正常使用,使语言与时俱进,使其成为现代生活含蓄、准确和令人满意的表达;同时他也应该延伸和改进语言,使语言

---

① T. S. Eliot, *Knowledge and Experience in the Philosophy of F. H. Bradley* (New York: Columbia University Press, 1989) 132.

② Ibid., 133.

③ T. S. Eliot, *The Sacred Wood: Essays on Poetry and Criticism* (West Valley City: Waking Lion Press) 9.

④ Richard Shusterman, *T. S. Eliot and Philosophy of Criticism* (London: Gerald Duckworth, 1988) 24.

⑤ T. S. Eliot, *Knowledge and Experience in the Philosophy of F. H. Bradley* (New York: Columbia University Press, 1989) 23.

能够表达常人无法表达的情感,扩大语言的涵盖能力;去发现常人无法发现的事物,表达常人无法表达的情感。① 诗人还应该牢牢把握住他所接触到的实在,向他的读者报告掌握的东西。他之所以能够这样做是因为他有充分的语言驾驭能力和充分的语汇来描述所见所闻。不过诗歌的语言不应该太独特,也不应该距离日常生活太远,因为太独特的语言和陌生的语言不能够与他人分享。② 应正确地理解语言的本质,在保存和守护语言传统的同时,也需要语言的创新,不然就无法把握变化中的实在。舒斯特曼认为艾略特的语言主张切合了 20 世纪哲学的语言转向,③在艾略特的眼中,我们的思维和情感均受制于语言,每一种语言都有其丰富的源泉,也具有一定的局限性。但它们并不能完全限制我们的理解,因为哲学家、科学家和艺术家会不断地创造性地使用语言,外国文学会不断地与本土文学交流,新的语汇会不断涌现,去表达新思想和新情感。语言是人类经验的构建媒介,也是人类反思和服务于现实世界的工具。人类的经验、需求和情趣发生变化时,语言也应该随之变化。

实在与视角的关系问题是艾略特博士论文关注的第四个焦点。实在是一种构建,这是康德观念论的主张。艾略特进一步发展了康德的构建主义主张,并在这个基础上形成了他的传统观。首先,艾略特同意布拉德雷关于实在的论述,即实在就是关系的"充裕"(fullness of relations)。但艾略特强调"充裕"并不是客体的功能,而是我们的实际兴趣。外部世界是一种各种不同视角的选择和组合的构建。④ 对艾略特而言,如果从外部观察,世界是由各种不同的有限中心构成的;但如果从内部观察,世界则是由各种客体组成的。所以艾略特认为实在是一种程式(reality is a convention),⑤认为实在并不是作为主体的我们与外在的关系,而仅是我们的立足点反应,是不同的主体视角对无动于衷的外在的一个投射。艾

---

① T. S. Eliot, *On Poetry and Poets* (New York: Farrar, Straus and Giroux, 2009) 20,169.

② T. S. Eliot, *To Criticize the Critic and Other Writings* (Lincoln and London: University of Nebraska Press, 1991) 134.

③ Richard Shusterman, *T. S. Eliot and Philosophy of Criticism* (London: Gerald Duckworth, 1988) 180-183.

④ T. S. Eliot, *Knowledge and Experience in the Philosophy of F. H. Bradley* (New York: Columbia University Press, 1989) 142.

⑤ Ibid., 98.

略特指出，真实世界是我们的意，这个世界只有通过视角认定真实才能实现。① 人们将世界中的一部分人为地划归为真实是错误的，其症结是错误作为非真实物没有被超越。在这个过程中所超越的只不过是一个视点，这第三个视点其实也包括了前两个视点；上述与黑格尔的三个视点相互交错，联系紧密。② 由此可见，艾略特认为实在是一种多维的构建；在这个构建的过程中，康德式的主体构建显得单一，不够充裕；艾略特指出，"实在并不仅仅被发现，像砖一样被摆放在那里。在某种意义上，每一个事实在其到来之前已经有了位置，如果不牵扯到它所属的系统，事实就永远也不会是实在"。③ 布拉德雷认为：占有空间更加宽阔，占有时间更加长久的事物更加实在。④ 显而易见，艾略特的实在观来自布拉德雷关于实在的论述。

　　艾略特也发展和丰富了布拉德雷的实在观。布拉德雷的实在观强调时间和空间的充裕性，而艾略特除了实在的空间和时间的维度外，还增加了历史和传统的维度。舒斯特曼对艾略特的传统观进行了归纳，认为艾略特的传统观包括两个方面。其一，传统是统一的叙事。欧洲是一个整体，其叙事包含了自古希腊以来的神话、戏剧、历史及其他形式的文本，其叙事形式和内容高度统一。其二，传统作为阐释是对传统的理解、重构和完善。传统并不仅仅是一系列史实，更是一个包含可以聚合史实、赋予史实以意义和重要性的结构。⑤ 艾略特的传统观是一个演化的过程，相关的讨论散见于他的批评文本之中，并随着他批评家角色的确立发生了一定的转变，甚至可说是巨大的转变。他青年时期在《传统与个人才能》中强调的是客观性和文学的纯洁性，而成熟时期的观点则更加温和，强调传统应该不断地进行批评和变化，同时也强调将文学置于更广阔的非文学

---

① M. A. R. Habib, *The Early T. S. Eliot and the Western Philosophy* (Cambridge：Cambridge University Press, 1999) 141-142.

② Ibid., 142.

③ T. S. Eliot, *Knowledge and Experience in the Philosophy of F. H. Bradley* (New York：Columbia University Press, 1989) 60.

④ F. H. Bradley, *Appearance and Reality*：*A Metaphysical Essay* (Oxford：The Clarendon Press, 1930) 328.

⑤ Richard Shusterman, *T. S. Eliot and Philosophy of Criticism* (London：Gerald Duckworth, 1988) 83.

语境中考量。①

共同体构建是艾略特博士论文关注的第五个焦点。艾略特对共识性和共同体在客观性中的作用在他的博士论文中进行了充分的说明,②即实在是一种程式,一种约定,是以实际需要为目的的构建。而这种构建的终极目标是思想和文化合一的共同体。其中自我知识、自我发展和自我认同在很大程度上是一种社会构建与划分,其基础是参与共同体的阐释者的共识。③ 共同体与传统是相互依存的关系;共同体的构建需要传统,而传统可以长久地维持共同体的共性,是取得更多共识的基础。传统通过自己的权威性和语言来实现思想和知识及社会交往,所以在一定程度上,语言学习意味着向权威学习。语言学习强化传统的作用,同时也加强了共同体的意识。对于艾略特来说,共同体并不是一种静态。每一代人都需要根据社会和文化的变化不断对共同体的内容进行阐释和重新构建,在与传统的不断对话中对共同体进行调整。具有特殊意义的是,艾略特共同体的构建并不是通过哲学来完成的,而是通过文学和故事,以他诗歌中的叙述—探索者的求索过程的"具体共相"的形式来完成的。"具体共相"的方法正是艾略特研究布拉德雷哲学的重要成果之一。

艾略特的博士论文以论证情感与客体的持续性为开端,支持布拉德雷的相关主张;但与布拉德雷在几个问题上却分道扬镳,既不接受主观唯心主义,也不接受客观唯心主义。他认可布拉德雷绝对唯心主义真理程度的学说和内部关系说,认为心理主义和认识论都不具有实体性(substantial),同时认为布拉德雷的绝对与康德的物自体都是假言性的(hypothetical)。世界是来自有限中心经验的一种构建,语言是构建和呈现的基本工具。艾略特与布拉德雷最大的分歧来自于他对实践的强调。艾略特认为实践涵盖理论④真实的唯一标准就是信念(faith),认为我们无法利用范畴来界定经验,也无法利用范畴所提供的清晰的认识框架。每一个

---

① Richard Shusterman, *T. S. Eliot and Philosophy of Criticism* (London: Gerald Duckworth, 1988) 157.

② T. S. Eliot, *Knowledge and Experience in the Philosophy of F. H. Bradley* (New York: Columbia University Press, 1989) 140, 142, 144, 98, 136, 161.

③ Richard Shusterman, *T. S. Eliot and Philosophy of Criticism* (London: Gerald Duckworth, 1988) 171.

④ T. S. Eliot, *Knowledge and Experience in the Philosophy of F. H. Bradley* (New York: Columbia University Press, 1989) 155, 169.

经验都是一个矛盾体,它永远超越自己,也永远无法逃脱自己,①唯一的方法就是接受辩证法,接受真理度的概念。② 真理程度的主张是艾略特文学实践的一个重要组成部分,艾略特在诗歌中竭尽全力挖掘古希腊以来西方文明的思想资源,同时也不断吸收东方文明的优秀成果,再不断扩大视域,通过故事构建认识图式;这些也成为艾略特传统观的一个重要思想来源。

　　如果我们将艾略特一生的创造划分成两个阶段的话,那么艾略特的博士论文《F.H.布拉德雷哲学中的知识与经验》便是他创造的第一个阶段,也是他哲学学习阶段的巅峰之作。这个阶段又包括三个小阶段:哈佛大学阶段作为哲学的起点;欧洲游学阶段是彷徨和探索阶段;他的哲学实验和博士论文阶段则是哲学研究的落脚点。艾略特的博士论文既是他对自己前期学习和探索的一个总结,也是他试图通过文学来认识世界和阐释世界以及呈现世界的开始。艾略特哲学学习的内容和过程,特别是他的博士论文,不仅是他思想形成过程的重要索据,更是理解他诗歌、戏剧和文学理论的核心参照。哲学学习和哲学研究无疑是艾略特研究的核心问题,核心的关键就是艾略特在1916年完成的博士论文《F.H.布拉德雷哲学中的知识与经验》。艾略特虽然放弃了职业哲学研究和教学工作,但如何认识这个世界、知识与经验的关系如何、如何呈现我们所认识的世界等问题依旧伴随艾略特终生。艾略特的博士论文也就成了他在文学、文化和批评领域跨界探寻如何认识世界和呈现世界的罗塞塔石碑,破译这块石碑上的碑文是理解艾略特所有文学实践和文学理论的钥匙。

---

① T. S. Eliot, *Knowledge and Experience in the Philosophy of F. H. Bradley* (New York: Columbia University Press, 1989) 166.

② Ibid., 144−145.

第五章

艾略特诗歌创作中的知识
与经验

　　本章有三个要旨:第一,评述艾略特早期诗歌创作的哲学体现,重点分析《J.阿尔弗雷德·普罗弗洛克的情歌》中知识与经验的关系;第二,评述艾略特中期诗歌创作的哲学体现,重点分析《荒原》中知识与经验的关系;第三,评述艾略特晚期创作的哲学体现,重点分析《四个四重奏》中知识与经验之间的关系。

　　本章主要讨论知识与经验的关系在艾略特诗歌创作中的具体呈现。知识与经验的关系也可以理解为艾略特关注的理智的满足和情感的满足之间的关系。在艾略特诗歌作品和文学批评中理智与情感的冲突贯穿始终。艾略特试图重新构建理性王国和情感王国的关系,把个人经验与整体经验融为一种以故事的形式体现的理性,即"具体共相"。本章对知识与经验关系的探讨有助于厘清和查明艾略特的哲学学习及其博士论文与其诗歌创作实践的关系;同时,在分析艾略特各时期诗歌代表作的基础上,本章阐明了艾略特以"具体共相"作为化解和拯救欧洲文明危机方法的机理。

(一)

20 世纪初的"认识图式"危机

　　19 世纪末 20 世纪初,各种思潮交相涌现,各种"认识图式"应运而生,西方社会进入多元化认识图式的时代。此前,人类对自然世界的认识得到了相应的、持续性的、具体的、有进步意义的发展,因此产生了对同一的认识图式的渴望和追求。自然科学以严谨的逻辑推理、精确的测量和计算,突飞猛进地发展,为人类对外部世界的阐释不断提供新的图式。尤为突出的是,牛顿定律的解决方案为人类对自然世界的认识提供了趋向于同一的图式。图式的同一性是人类在自然科学领域取得突破和重大进展的根本基础。然而,令人类社会沮丧的是,人类对自身世界的阐释理论虽然也交错产生,却没有一种理论对人性和人的世界做出一锤定音式的阐释。对于自身,人类社会不仅没有获得像认识自然世界那样的同一图式,而且陷入深刻的困扰和失望。自现代以来笛卡尔所确立的人的存在观念遭到了普遍的质疑和不断的批评,濒临崩溃的边缘。

　　原有的图式也已消失,而新的图式尚未得到确立,其结果是阐释人自身世界图式的理论呈现出杂多的势头。自然世界与人自身世界的差异在于人类活动的多样性,对自然世界的认识或科学只是人类经验的一部分。人类活动还包括社会的、文化的和政治的元素,这些元素各自有所不同,各自遵循自己的法则行事。虽然人类的各种活动最终会构成一个统一的有机体,但人类的各种活动不能够使用一个公分母进行化约。在人类世界中认识自我、构建自我从而实现自我,是自古希腊以来西方文明的最高追求。

　　笛卡尔的近代自明原则、康德的超验原则、针对理性主义的经验主义原则和近现代心理学虽然为人类世界的认识和阐释提供了各种图式,但却无法给出与阐释自然界相等值的图式和方法。混杂的图式无法为人们提供一个统一、可信的依靠,无论是在形而上学层面,还是在道德伦理层面,抑或是在审美层面,哲学的影响都日渐式微。哲学的势微为心理学提供了构建阐释图式的机会和可能性。然而心理学在这个阶段也无法为哲学提供明晰、确切的论证。图式杂多的结果造成了一副残缺不全的宇宙图景,无所适从的人类陷入了难以名状的窘境。图式的混乱使人类无法选择出像科学所提供的那样的几近统一的图式。人类认识乃至人类文明陷入了前所未有的危机。人关于自我认识的危机直接导致对实在把握的焦虑,这一焦虑也成为现代性的典型特征。认识论危机出现是因为人对生活整全性的认识遭到了前所未有的冲击。世界在人的面前支离破碎,人现有的"认识图式"已经无法应对一个变化了的世界,并且在杂多的图式面前不知所措,因此无法把握自己和自己所面对的世界。

面对困惑和危机,艾略特另辟蹊径,以诗歌作为构建同一性的整全认识图式的路径,以构建多元的文明图景为路线,试图以"具体共相"(con-crete universals)提供一个全新的解决危机的方案。这个整全方案的核心是以人的认识自我、构建自我从而实现自我为核心,是对人的行动过程的一种探索,而不是对抽象的形而上学教条、抽象的道德义务或心理学意义上的对人的行为的阐释。艾略特所提出的方案就是构建"具体共相"。"具体共相"是他全部思想的阿基米德支点,也是他的"魔灯"。艾略特试图站在西方文明整全体这个制高点,利用这盏"魔灯",重新审视西方文明,发现文明的问题和症结,从而找到对策。艾略特试图以此为拯救欧洲文明认识论危机提供整全统一的图式。

"具体共相"是布拉德雷哲学中的概念,艾略特在布拉德雷概念的基础上进行了重新构架。他结合长期的哲学学习和研究,从西方文明史的优秀传统(比如古希腊罗马神话、古希腊戏剧、古希腊哲学、中世纪宗教文化传统、文艺复兴时期的但丁等作品)中凝练出与思辨哲学相对应的原则、范式和概念,通过以人为核心的故事来审视现代性给人带来的认识论危机;通过具体的人去应对万变的生活,来发现欧洲文明陷于困境的原因,用具体的人面对生活抉择时做出的选择来进行反思和自我批评,从而构建统一的认知和行动的图式,并以此为基础制定恢复和拯救欧洲文明的药方,使欧洲文明摆脱困境。艾略特这种选择就本质而言是苏格拉底式的理性探索的延续。

艾略特的"具体共相"是一个以人类历史法则为出发点的整全性概念。他曾对古希腊以来的西方哲学传统、柏拉图的哲学方式、亚里士多德哲学体系中诗学的作用、康德的道德哲学、19 世纪末 20 世纪初的各派哲学进行过深度挖掘和整理。他认同哲学能够帮人类认识世界,尤其是为人类自身世界提供范式性的阐释,但也同时认为以逻辑为前提演绎推论缺乏具体内容,公理和原则,尤其是康德的道德律试图给出一个普世的图式,具有一定缺陷。这些意在帮助整个人类认识自身世界的法则和公理缺乏具体的考量和审视,缺乏人在具体的道德环境下对这些道德律的反应。他认为文学能够与哲学携手,文学也可以与哲学一样为人类认识自己提供一种哲学难以企及的理性方式。他先后创造了"传统观"、"情感分离"、"客观对应物"及"非个性化原则",试图将构建实在的重任落实在诗歌上。艾略特的探索不仅仅体现在早期的《J. 阿尔弗雷德·普罗弗洛克的情歌》和中期的《小老头》、《空心人》和《灰色的星期三》、《荒原》和《四个四重奏》中,也体现在《磐石》、《大教堂谋杀案》、《全家团聚》、《鸡尾酒会》、《机要秘书》、《老政治家》、《老负鼠的群猫英雄谱》等戏剧中。艾略特的戏剧创作利用戏剧形式,以人物的行动为重点,把事实与评价,或者说,把诗歌、戏剧中的具体故事和故事的道德价值结合起来。他通过人物对具体生活事件的思考和反应来展示人物的生活,展示人的困境与宗教关怀和道德选择,从而达到构建实在的目的。

艾略特构建"具体共相"的方式,就是从优秀的传统作品中寻找构建人类文明繁荣的基本构成要素,通过这些要素构建一些基本原则来维护文明的秩序,并以此对文明的衰落施以精神性救赎。在秩序的构建过程中,艾略特将人类经验视为一个整全体。整全体中的每一种经验,科学经验、历史经验、文化经验、哲学经验、艺术经验、日常生活经验、个体经验、共同体经验、社会经验、宗教经验,等等,都是整体的有机组成部分。在这个整体中,人是核心,因此个人的道德目的亦是其中的一个部分,在一个较广的目的之下,个人的行为追求实现较大的整体[1]。对于艾略特来说,人类经验的每一个侧面都是观察整全体的一个维度,一种视角,都能够为人类提供理解人类自身和周围世界关系的可能性。

（二）

早期诗歌：对知识与经验问题的探究

艾略特的早期诗歌已经开始对知识与经验关系的探究。他在创作1910 年的诗歌《忧郁》时就已表现出对知识的渴望和对无能为力的忧虑。诗歌中的叙事者面对杂乱的现象无法辨认和识别自己的目标。他在失去了身体的人群中,在"无边女帽、带边丝帽、有意识的优雅姿势/不断重复"[2]之中无所适从,而且他"用这肆无忌惮的/无关的东西,替代了/你头脑中的自制"。[3]　诗中的女帽、丝帽和优雅的姿势[4]充满叙事者的脑海,他

---

[1]　张家龙,《布拉德雷》(台北:东大图书公司, 1997) 149。

[2]　艾略特,《荒原:艾略特文集·诗歌》,汤永宽,裘小龙等译 (上海:上海译文出版社, 2012) 359。

[3]　同上。

[4]　同上。

T. S. Eliot in Philosophical Context

根本看不到各种帽子下面整全的人,更谈不上能够透过这些表象看到人的精神实质。生活空荡、虚无,使人无精打采。星期天的人群不仅无法完成自己的宗教使命,甚至无法把自己的身份呈现在人们面前。对于一个现代人来说,倦怠、瘫痪、焦虑、绝望和怀疑都是现代信仰的前奏。《忧郁》是艾略特在诗歌中展现现代人失去精神寄托图式、在杂多的图式面前踟蹰不前及无法抉择的具体反映,同时也是艾略特对现代人的道德评价。[1]

早在《哈佛呼声》等诗歌中,艾略特已开始探索用语言构建实在,《夜曲》是其中一首。在这首诗歌中,艾略特开始尝试使用拉福格式的语言构建模式,对自我意识、多视点叙事、时间表现的注重和对意象叠加产生的象征意义的使用都是这方面的努力。艾略特在这些诗歌中的另外一个尝试就是明确了他在一生中都试图解决的问题:生活与文学形式的关系,即文学功能如何在生活中体现的问题,也就是如何用文学来呈现认识、对道德选择的评价及这些评价如何在哲学层面上为人们提供可依靠的图式。[2] 在《夜曲》中,罗密欧和朱丽叶站在大门前,在月下争论爱情的真谛,月亮对此感到乏味,但仍然很客气。重新思考爱情这类的永恒主题,重温古典或回到经典的源头,是在现代社会生活方式发生巨大变化之后,构建现代认识图式的一种方式。正像拉福格评论波德莱尔时所说,"提醒你:不要认真地对待我,你知道。所有这些都是骗人的。我在装腔作势。我甚至可以给你解释我是如何做的。"[3]诗人一方面将显微镜和放大镜下的生活展示给读者,另一方面将他们的工具也提供给读者。

在《情歌》之前的《夜曲》中,艾略特就开始运用拉福格式的面具和木偶的象征方法。他所描写的罗密欧,手中拿着帽子,与情人朱丽叶为爱而无休止地争吵,眼看着仆人将自己的情人刺死。血在月光下从情人的身上流出,罗密欧却面带微笑,对是否还需要"永远相爱?"身怀疑虑。这首《夜曲》以一种轻浮、疏远的诗句结束了来势似乎强烈、以性命为代价的

---

① Ronald Schuchard, "First-rate Blasphemy": Baudelaire and the Revisited Christian Idiom of T. S. Eliot's Moral Criticism, *ELH* 42(1975) 276–95.

② M. A. R. Habib, *The Early T. S. Eliot and the Western Philosophy* (Cambridge: Cambridge University Press, 1999) 33.

③ 转引自 M. A. R. Habib, *The Early T. S. Eliot and the Western Philosophy* (Cambridge: Cambridge University Press, 1999) 34。

爱情。"所有女性读者以泪洗面，才是所有真正的情人寻求的完美高潮！"①

艾略特在 1910 年 1 月 12 日创作的《幽默》是对拉福格诗作的模仿，他在其中直接道明对拉福格的模仿，

> 我的一个小傀儡已呜呼哀哉，
> 虽然还未对游戏感到腻，
> 但是，头部弱，身体已衰，
> （一个跳娃娃有这样的骨子）②

面对这样一个小傀儡的死去，诗人开始追忆小傀儡的形象与其做过的一些事情。小傀儡长着一张普普通通的脸，一张可能被忘却的脸，常常"半是声势赫赫，半是哀求连连"，还能吹奏最流行的乐曲。他还能够长篇大论，也能向人们提出各种问题。虽然如此，诗人最后还是认为这个面具是一副怪样。约翰·索尔多认为艾略特在这首诗中有至少两个突破点，第一是口语的使用，如："你到底是谁的瞪眼"和"最新的样式，在地球上，我发誓"，以及小傀儡提出的一系列问题等，这些诗句完全是口语化的。第二是幽默作为移情的使用。这首诗中，诗人的自我意识观看自己的面具，艾略特在"情歌"中已经能很成熟地运用这种方法。他在《大风狂想曲》中描绘了一种倒行逆施，倒行逆施等同于堕落。螃蟹在洋底爬行；街灯在大风中摇晃，像在疯狂地敲鼓；月亮失去了记忆，她在蹂躏一朵纸玫瑰。

艾略特的早期诗歌展现了他对诗人和诗歌功能的思考和探索，诗人是在一个认识图式如此支离破碎的世界中，通过诗歌中的人对物理世界和精神世界的感悟，表达对失去统一一图式的惊恐和疯狂，体现了诗人对这样的世界的判断能力和辨别能力，同时也体现出诗人的批判能力。为了拯救堕落中的西方世界，艾略特倡导诗人和诗歌都要在历史和传统之中挖掘可以供诗人构建统一图式的良方和营养，以使西方的集体心理得到充分抵御疯狂的免疫能力。关于艾略特的早期诗歌有学者认为，从这些诗作可看出艾略特认为柏格森关于直觉的概念无法充分说明和解释经验中的问题。而保罗·道格拉斯则认为艾略特早期诗歌所关注的问题是

---

① 艾略特，荒原：《艾略特文集·诗歌》，汤永宽，裘小龙等译（上海：上海译文出版社，2012）356。
② 同上，357。

诗歌创作的本质问题,艾略特在此时遇到了困惑。

《J. 阿尔弗雷德·普鲁弗洛克的情歌》是这一时期的代表作,在这首诗中诗人在哲学和文学两种语境中探索自我存在的意义,这表现出他重新构架西方文明中的文学和哲学求索模式的尝试。《情歌》不仅继承了包括文学和哲学在内的西方文明传统,同时也融入了柏格森思想以及波德莱尔、拉福格、魏尔伦(Paul Verlaine)、兰波(Jean Nicolas Arthur Rimbaud)和马拉美(Stephane Mallarmé)的思想和诗歌模式。艾略特《情歌》中的叙述人遭遇现代版的艰难险阻,通过自问、对话的形式用哲学性的沉思方式去探索和沉思永恒的事物。在西方文明的进程中,有两种求索模式,其一是荷马史诗式,《奥德赛》是这种形式的充分展现;其二是苏格拉底式,柏拉图的哲学对话是这种形式的典型。荷马式的求索方式是诗歌中的人物历尽千难万险,这是来自古希腊的哲学方式。理论或者沉思(theōria)的含义是将对象展开给人观看。理论生活或者沉思生活(bios theōrēitikos)是古希腊所提倡的真正自由的生活方式。柏拉图几乎所有涉及苏格拉底的对话都是对这种生活的展示。艾略特试图让《情歌》的叙事者在新现代的环境中重新开始这项征程。

求索的根本是解惑,而解释缘起于困惑,《情歌》中的叙事者面对19世纪末20世纪初"认识图式"的杂多状况感到十分困惑,无所适从。《情歌》以叙述者简短的敦促为开篇,"那么就让我们去吧,我和你……"①诗人在诗歌后面的内容中交代了"去"的目的,即进行一次求索。诗歌中的求索场景从《奥德赛》中的大海移植到了现代城市的大街,《奥德赛》中惊心动魄的历险转化成为面对女人的经历。然而求索的模式并没有变化,沉思的本质依然因循着古希腊的传统。沉思的具体做法就是展开,使人能够观看。诗人艾略特为读者提供了这样一个观看的场景,一个躺在手术台上已经被麻醉等待手术的患者。读者如同在手术室中观看手术一样,观看诗歌中讲述的求索。抑或是诗人将诗歌中的求索故事置放在一个舞台上,让读者作为戏剧的观众,这样就能够清晰地观看诗人的沉思全过程。

在《情歌》中,求索还处在目的性模糊的阶段,诗中的叙述者在诗歌一开始就发出求索的敦促。他一再催促,让我们去吧,让我们去吧,去开始求索。然而叙述者开始求索的征程后却不明自己求索的目的。求索目

---

① 艾略特,《荒原:艾略特文集·诗歌》,汤永宽,裘小龙等译(上海:上海译文出版社,2012)3。

的化成一个令人困惑的问题:"那是什么?"面对图式杂多引发的普遍精神危机,艾略特并没有让普鲁弗洛克以一种英雄的方式,在一个宏大的场景中去抗争。诗歌中所展现出来的普鲁弗鲁克的世界完全是一个个人的小世界。他面临着一个重大问题,一个重要抉择,不过他所关心的重大问题和重要抉择只是自己是否还要去熟悉的沙龙;要不要去见那些珠光宝气、附庸风雅、陶醉于自己的生活的女性。他很难做出决定。于是他安慰自己,说自己清楚地知道:"我不是哈姆雷特王子,生下来就不是;/我只不过是一个侍从爵士,""我"用满口华丽的辞藻,给别人出出主意,逢场作戏,插科打诨,"几乎是个丑角"。① 他所能够做的,只能是用咖啡勺子量出自己的生活。最后他自己把自己的窘境归咎为自己老了。

普鲁弗洛克所面临的问题和他处理问题的方式是欧洲象征主义的一个继续,他的"病态",如同托马斯·曼在《魔山》中刻画的"病态",是在欧洲蔓延了几十年的"世纪病"的一个变种。如果说早年的"世纪病"的病人还有些医治或自治的办法,普鲁弗洛克已经病入膏肓,无可救药。从这个意义上来看,普鲁弗洛克的问题既是他自己的问题,也是欧洲和西方文明问题的一部分。他的忧郁是个人的忧郁,也是波德莱尔的巴黎的忧郁,更是遍及欧洲的忧郁。

其次,艾略特将普鲁弗洛克的忧郁不绝放置在手术台上,展示给围观的医生和护士,从而也展示在读者的面前,让众人观察这个人物。镜头忽而拉近,忽而拉远,忽而由远及近,忽而由近及远,忽而又将镜头置放在人物的内心。艾略特为读者理解人物提供了一个内心和外部世界全景式的展示。读者在这个阅读环境中需要自己将这些镜头编辑加工,剪切成自己的普鲁弗洛克版本。艾略特在这里制造了极具戏剧化的场景和极具戏剧冲突的情节,随之而来的当然是极具戏剧化的效果。重压在普鲁弗洛克心中的问题,完全不是哈姆雷特式的生与死,而是能否去造访女士云集的沙龙。然而,面对如此轻飘的问题,普鲁弗洛克却表现出哈姆雷特式的犹豫不决。这种雷声隆隆后却雨点稀疏的反讽制造了强烈的反差,冷嘲热讽的效果十分鲜明。用咖啡勺子测量自己的生活,认真地整理自己已经失去男性特点的稀疏头发,怜惜自己的瘦胳膊瘦腿,赶时髦地卷起自己

---

① 艾略特,"杰·阿尔弗莱特·普鲁弗洛克的情歌",《四个四重奏》,裘小龙译(桂林:漓江出版社,1991)12。

的裤脚,普鲁弗洛克仿佛成了一个插科打诨的小丑,同时也是一个肉体被钉在墙上、神经被幻灯投射到屏幕上的标本。病态的普鲁弗洛克在制造一种戏剧效果的同时,也在制造着一种令人啼笑皆非、酸楚的气氛。这种气氛并不具有悲剧性,因为普鲁弗洛克并不是英雄。这种使人难以界定的戏剧效果恰恰是普鲁弗洛克病态的特点。病态的普鲁弗洛克不乏同类,乔伊斯的布鲁姆、普鲁斯特的"我"都与他同病相怜。

第三,正像我国学者陆建德指出的,艾略特是一个"改变表达方式的天才"。① 面对普鲁弗洛克这样的人物,艾略特没有因循守旧地使用英诗旧有的韵律方式,而是采取了一个改良的方式。这种方式使艾略特摆脱了韵律的桎梏,用新的方法更好地表现了新的内容。他用口语化的语言不断地在劝慰自己:"我"还有时间,"我"还有时间为自己的优柔寡断寻找借口。不仅如此,艾略特还在多处使用这种语言来表现人物的心理矛盾和变化,用"我敢吗? 我敢吗?"对自己的决定提出质疑,用别人的口吻"他的头发多么稀!""可他的胳膊腿多么细",加重自己做出决定的艰难程度,增加自我讽刺的强度。艾略特使用平淡的语言制造了诗性极强的艺术效果,并使之与借用的掌故相连来加强这种效果。"将来总会有时间",同后面多次重复的"将来总会有时间,总会有时间"("有时间给你,有时间给我,/还有时间一百次迟疑地想,/还有时间一百次地出现幻象和更改幻象")以及诗中多次类似的重复形成韵律上的呼应。而且,这种呼应还延伸到《新约·传道书》:"每一件事情都有一个季节,天底下每个日都有一个时间:有时间去生,有时间去死,有时间去种植,有时间去挖掘,……"②也延伸到安德鲁·马弗尔(Andrew Marvell)的《致怕羞的情人》中的"只要我们有足够的余地和时光"③。这种联想不仅无限放大了普鲁弗洛克的懦弱,而且将普鲁弗洛克置于一个更广阔的历史场景之中,使他对时间和光阴的感觉融入历史的长河。场景交切和并置方法的使用使讽刺更加鲜明,反差更加强烈。普鲁弗洛克对吸引他的世界无法释怀。普鲁弗洛克所观察到的场景也是几十年前波德莱尔、拉福格、魏尔伦、兰波和马拉美等象征主义诗人的场景。艾略特在诗中使用那些"不登大

---

① 陆建德,"艾略特:改变表达方式的天才",《外国文学评论》03(1999)47—56。

② 艾略特,"杰·阿尔弗莱特·普鲁弗洛克的情歌",《四个四重奏》,裘小龙译(桂林:漓江出版社,1991)6—13。

③ 屠岸,编译,《英国历代诗歌选》(上册)(南京:译林出版社,2007)181。

雅之堂和新奇得近乎怪诞的比喻"把他的人物表现得恰如其分、淋漓尽致。

《情歌》中的叙述者内心充满现代人在现代语境中对实在认知的困惑，他难以用他曾经确信的图式去理解现代社会，艾略特努力为他探索出认知这个时代所需要的新的图式构件，进而综合而成一种新的"认识图式"。实际上这个人物应该说是拉福格哈姆雷特式皮埃罗的诠释和延续。皮埃罗诞生于拉福格的《道德传奇》。拉福格之所以在许多诗歌中从不同的侧面刻画哈姆雷特或利用皮埃罗来说明哈姆雷特，是因为拉福格认为哈姆雷特体现了一种哲学反思，即麦金泰尔所说的"哈姆雷特式图式困惑"。在《哈姆雷特》中，从德国回到丹麦的哈姆雷特面临三种"认识图式"对他的影响：北欧传奇中的复仇图式、文艺复兴宫廷图式、马基雅维利式权利图式①。麦金泰尔认为哈姆雷特进退两难的境地是对图式选择的困惑。而这种困惑在一定程度上也是叔本华式的。拉福格的哈姆雷特或皮埃罗将文学作为一种哲学思考，或将哲学作为文学创作的源泉和素材。拉福格的《道德传奇》更明显地体现了这个概念。这更符合艾略特对文学和哲学的思考。

艾略特试图通过诗歌来构建一种统一的图式，使他的叙事者在彷徨和犹豫之中能够找到一个立足之地。艾略特的图式构建是一项庞大的工程，而《情歌》是他这项工程的奠基之作。在《情歌》之中，艾略特的图式构建使用了许多构件：古希腊以来形成的求索模式；柏格森对时间与意识的反思；拉福格过滤而来的基督教元素，如施洗者约翰、莎乐美等形象；象征主义大师对城市的反思等。这些构件集中在《情歌》的叙事者普鲁弗洛克身上。这个游荡于自己内心和外部都市生活的双重世界的人，既难以抚平自己的内心，无法用旧有的图式锁定自我，也无法找到应对外部世界的图式。这是一个既不再想与自己过去的生活认同也没有决心与之决裂的人的一场内心的斗争。

《情歌》的意义在于，首先诗歌使用了一个忧郁、彷徨的形象来表达20世纪初一种普遍的焦虑心态。这种焦虑心态的根源当然是一种普遍的精神危机。正如瓦莱里在1919年所指出的：

---

① Alasdair Macintyre, *The Tasks of Philosophy: Selected Essays*, Volume I（New York：Cambridge University Press, 2006) 6–7.

　　我们这些人，文明，现在我们知道我们的寿命是有限的。

　　我们听说过，有些世界全部消失，有些帝国连同他们所有的人和武器直沉水底，连同他们的科学院和他们的纯粹科学及应用科学，连同他们的语法、他们的词典、他们的古典派、浪漫派、他们的批评和批评之批评，一齐坠入几世纪的不可勘探的深渊。①

深渊感是现代性的一个共通感，当然也是艾略特《情歌》叙述—求索者的感受。《情歌》的韵律体现出艾略特深受拉福格的启发，诗歌中讽刺的使用明显如此。在诗中，"在你的茶盘上提起而又放下一个问题"，"我用咖啡勺子衡量出我的生活"等诗句，均带有拉福格的痕迹。艾略特还像拉福格一样十分完美地使用了场景交切技巧，使主体与客体、城市与大自然、梦幻与现实、浪漫与讽刺、诗性语言与口语、俗语与俚语等在诗行中交错出现，创造了一种奇特的效果。拉福格风格的使用也使艾略特在无序的现代生活中找到了一种理解支离破碎的状态和创造秩序的可能性，即一种图式的构建模式和构建图式所包含的元素。

　　可以说，拉福格的影响最重要的意义在于为艾略特提供了一种突破哲学困境的希望。拉福格对艾略特和庞德的影响表现在四个方面：首先，是诗体方面的影响，他主张用自由诗体，这为摆脱弥尔顿式五音步诗的影响提供了范式；其次，拉福格的主要表达方式是讽刺，这为庞德和艾略特提供了表达方法；第三，拉福格是一位技巧大师，特别善于使用场景交切，善用俗语、科技、城市和模糊不清的情感，它们相互交织，组成诗句；第四，拉福格诗歌的城市化也对现代诗人有非常大的影响。艾略特不断使用拉福格的工具来拓展自己的希望，他在后来的诗歌创作中不断丰富拉福格的技巧，并把场景交切转变成他在《荒原》中使用的并置方法，庞德将它改造成叠层法（layering），并应用到自己的《诗章》之中。② 艾略特在《艾兹拉·庞德诗选》的序言中说："我在1918—1919年创作的诗歌的形式完全是从拉福格和伊丽莎白晚期戏剧中学来的"。他还在1917年8月写给罗伯特·尼科尔的信中说："我记得我是多年以前在哈佛大学接触到拉福格的，完全是阅读西蒙斯的书的结果，后来才在巴黎读到他的诗歌。……我对他比对任何人都心存感激，我不认为在那一年，那一特殊时

① 保尔·瓦莱里，《瓦莱里散文选》，唐祖论，钱春绮译（天津：百花文艺出版社，2006）221。
② Jules Laforgue, *Poems of Jules*, Laforgue, trans. Peter Dale (Anvil Press Poetry, 2004) 13–18.

刻,有任何人对于我的意义超过他"。① 约翰·索尔多在《艾略特与拉福格》一文中指出,艾略特通过拉福格找到了一种逃避情感的方法,他后来在《传统与个人才能》中曾论及出处。

1930 年,艾略特在介绍《火之转轮:莎士比亚悲剧的阐释》时说:"最伟大的诗歌如同最伟大的散文一样具有双重性。诗人与你同时在两个层面上交流。思想和意向构成第一个术语(语汇);[原始]鼓声构成第二个术语[语汇]。"1923 年,他在另一篇文章《一个鼓的敲击》中将鼓点与诗歌进化的核心机制联系在一起,诗歌和戏剧有同一源头,它们都在这种原始的节奏之中哀悼我们已经丢失的鼓。② 保罗·道格拉斯指出,"潜意识过程对诗歌创作的价值在艾略特的批评中并不是一个很小的困惑"③。艾略特曾说他发现这个关于"夜间心理"(night-mind)的问题非常没趣。"然而如果没有同原始的存在的接触,艾略特的其他批评信念就会失去意义。"④《情歌》无论在形式上还是在内容上都是各种传统和思想的首次重大碰撞,这里不仅汇聚了拉福格的元素,也包含有波德莱尔的影响,同时也有英国传统的交叉。与此同时,《情歌》也是柏格森的时间观念和意识观念的一次实验。《情歌》当然也是对布拉德雷知识与经验关系学说的探索和批判。

《情歌》的意义是多方面的,这些成就的取得都离不开艾略特对拉福格的学习。在"情歌"之后,艾略特的诗艺脱胎换骨,他变成一位成熟的诗人。对于艾略特来说,这首诗是一个重要的开端,因为它使诗人找到了一种表达方式,找到了一种诗歌语言,为他以后的诗歌发展做好了准备。这首诗在现代主义文学的发展进程中具有标志性意义,被认为是现代主义巅峰之作之一的《荒原》延续和拓展了这首诗歌的表现形式,在更广阔的场景上展示了人性的痛苦挣扎。

---

① T. S. Eliot, *The Letters of T. S. Eliot: Volume 1: 1898−1922*, ed. Valarie Eliot, Hugh Haughton (New Haven: Yale University Press, 2011) 191.

② Paul Douglass, *Bergson, Eliot, and American Literature* (Lexington: The University Press of Kentucky, 1986) 86.

③ Ibid.

④ Ibid.

（三）
《荒原》：“具体共相”的构建

　　《荒原》代表了艾略特的最高艺术成就，是 20 世纪最有影响的英语诗歌，是艾略特实现“具体共相”构建的一次伟大实践。诗人在《荒原》中调动了各种西方文明资源：维吉尔、但丁、玄学派诗人、雅各宾派戏剧家、帕斯卡尔、丁尼生（Alfred，Lord Tennyson）、波德莱尔、惠特曼（Walt Whitman）、庞德等作品的元素。① 艾略特将这些资源作为凝练“具体共相”的构件，将这些构件综合成他试图拯救西方文明危机、构建一个可以理解欧洲文明危机并以此来拯救危机的图式。这种图式既是经验的呈现，也是对经验的认识和反思。

　　詹姆斯·乔治·弗雷泽（James George Frazer）的《金枝》和杰西·韦斯顿（Jessie Laidlay Weston）的《从祭仪式到传奇》从人类学的角度阐释了“仪式”对理解和呈现人类经验的意义，艾略特的《荒原》与这两部著作的意图类似。艾略特以文学叙事或者说文学故事的方式展现出以阐释西方文明意义为目的的求索模式。《情歌》展现的是现代城市夜幕下的求索，是个人企图摆脱自我认识的困惑，《荒原》的求索则是对整个西方文明面临危机的追本溯源，是对人在危机下精神和行动的查验，同时也是对危机对策的求索。

　　《荒原》中的叙述—求索者在求索的过程中发现和展示的西方危机是双重的。其双重性的表现之一是叙述—求索者的语境是冬天的死亡与春天的复苏恢复循环的过程。诗歌中的叙述—求索者以这样的诗句开篇，

> 四月是最残忍的月份，从死去的土地里
> 培育出了丁香，把记忆和欲望
> 混合在一起，用春雨
> 搅动迟钝的根蒂。②

这是大自然周而复始的转换，生命既由死亡结束，也由死亡催生。循环既

---

① Harold Bloom, ed., *T. S. Eliot's The Waste Land* (New York: Chelsea House Publishers, 1986) 1.

② 艾略特，《荒原：艾略特文集·诗歌》，汤永宽，裘小龙等译（上海：上海译文出版社，2012）79。

是世俗意义上的,也是宗教意义上的。死亡的葬礼既是古老的祈求五谷丰登的方法和手段,也是对死去亡灵的诰祭,也是对死去灵魂的复活的召唤。春意也催生了叙述—求索者的记忆,有关他与玛丽在霍夫加登花园的爱恋经历。然而在记忆之中,他的玛丽的回忆是"一堆破碎的形象"。玛丽就是他个人意义上的循环秘钥,是他的风信子姑娘。这个风信子姑娘就是韦斯顿整理的圣杯传奇中圣杯的携带者,也是鱼王传奇中的拯救者。叙述—求索者历尽千难万险,到头来,他一句话也说不出来,"眼睛也看不清楚",他甚至自己不知道是活着还是已经死去,一片茫然。① 艾略特的叙述—求索者找回风信子姑娘的故事无疑展示了危机的深重和克服危机的艰难。

　　双重性表现之二,死亡不仅意味着第一次世界大战中尸横遍野的状况,还象征着信念的破灭和人类无所适从的境遇。叙述—求索者在人群中认出了他的战友"梅利",他叫住了他,

> 斯特森!
> 你不就是在梅利和我一起在舰队里吗!
> 去年你栽在你花园里的那具尸体,
> 开始发芽了没有? 今年会开花吗?②

然而没有人回应他的问话。死神夺走了无数的欧洲人,城市变得虚幻,人们无暇顾及他人,行色匆匆,"每个人眼睛都盯着自己的脚尖。"③这些活下来的人与死人没有什么区别,伦敦大街上活着的人和死去的人成为杂乱不分的现代"荒原"。这个"荒原"是弗雷泽和韦斯顿"荒原"的现代主义文学版本,它所展现的是第一次世界大战给欧洲带来的精神毁灭。正像《荒原》第一诗节的标题"死者的葬礼"所暗示的那样,只有埋葬死亡,才能恢复生机。艾略特在诗歌的第一节中并没有抽象地去评论第一次世界大战给欧洲人造成的物质上和精神上的影响,而是让叙事者重新踏上求索的征程,让叙事者具体地去感受这场灾难给人造成物质和心灵上的创伤。叙述—求索者在人群中的熟人是死去的战友,活着的人低头前行,对他人漠不关心。而冷漠和对他人的漠不关心应该是人间的最大的悲

---

① 艾略特,《荒原:艾略特文集·诗歌》,汤永宽,裘小龙等译（上海:上海译文出版社,2012）80—81。

② 同上,83。

③ 同上,82。

剧。由此可见,求索模式的意义并不完全在于对生活状态进行缜密的分析,得出确切、明晰的结论,而是在于将人物置放在特定的场景之中,从人物对各种事件的反应中寻求具体事件对人的生活方式的影响,从而得出理解和应对已经发生变化了的生活方式的认识途径和方法。

求索之旅实际是发现之旅,因为识别和辨认新鲜事物是使异化于自己的环境重新熟化的过程。求索之旅更是重新搭建自己的认识图式的过程,而这个过程是求索之旅的核心。求索起因于面对图式杂多状况的困惑。人们发现原有"认识图式"仍然占据重要的地位,同时新的"认识图式"层出不穷,而且旧图式难以应付已经变化了的社会状况中出现的新问题。摆放在人们面前的既有旧有的图式,也有不断涌现出来的新图式,人们在进行选择的时候无所适从。求索在这种情形下诞生。西方文明中荷马史诗中的求索、柏拉图笔下苏格拉底的求索、奥古斯丁式的自我求索、但丁式的自我求索、韦斯顿的英国的圣杯求索、莎士比亚(William Shakespeare)笔下哈姆雷特式的求索、卢梭式的自我求索,都源于图式的困惑。图式的困惑也就是认识危机,化解危机最好的方式就是求索者寻求解决危机的方法。在求索的过程中,求索者的核心任务并不是找到某种方法,而是将求索的过程展示出来,使人们不断体会和理解危机的深刻程度、人在危机中的困惑和无能为力以及化解危机的必要性。

在《荒原》的第二节"弈棋"中,叙述—求索者继续展示了第一节所展示的恢复循环密钥的艰难,而这种展示也是双重性的。首先,叙述—求索者呈现了两种不同的经验。经验之一是感性经验,即布拉德雷所说的直接经验。经验之二就是知性经验,即对感性经验的认识和总结。艾略特的叙述—求索者通过三条线索将这两种经验拼配成读者对危机的感受和认识。女性是这场危机的重要元素之一。珠·斯佩尔斯认为,艾略特在第二节诗中创造了一个荒原中立体式的女性形象,她聚合了艺术、历史、神话和现代生活中厄运缠身的女性经验。线索一是,艾略特在这一节中首先汲取了莎士比亚笔下的克莉奥佩特拉和奥菲莉亚两个形象的特征,又在此基础上结合了其他受损害和受侮辱的女性形象的特征。[1] 诗歌在开头引入的是高贵但诡计多端的克莉奥佩特拉,她端庄地坐在金碧辉煌

① Jewel Spears Brooker, *Reading The Waste Land: Modernism and the Limits of Interpretation* (Amherst: The University of Massachusetts Press, 1999) 95.

的宝座上,然而,宝座的上方却悬"挂着菲罗墨拉变形的图画,她被野蛮的国王/那么粗暴地强行非礼"①。另外一个则是癫疯而忧伤、正在走向死亡的奥菲莉亚,她祈求哈姆雷特,"今天晚上我心情很乱,是的,很乱。陪着我。/跟我说话。"②。线索二,托马斯·米德尔顿的《女人提防女人》中的婆母和儿媳。婆母在隔壁弈棋为戏,儿媳则被乘隙诱奸。③ 线索三,两个在酒吧中对话的女性,一位已怀有身孕,等待丈夫从战场上归来,担心她的丈夫能否给她带来安全感。这三条线索就是三种经验,而这三种经验,通过三个层面的故事,一起展示了荒原在肉体上和精神上对女性的双重摧残。与此同时,这三个故事也展示了失去了女性活力的荒原恢复生机的难度。

　　叙述—求索者在《荒原》第三节"火戒"中的经历是对现代欧洲文明危机的一种理性思索。这一思索在两个层面上展开。在一个层面上,艾略特启动了作为东方思想资源的佛教;在另外一个层面上,他启动了西方的基督教。在佛教的"火戒"中,佛陀提出并回答了三个问题。问题一,什么起火了? 答案:所有感官,眼睛、鼻子、舌头和身体以及心灵和这些感官接受的内容在起火。问题二,起火的缘由是什么? 答案:激情、憎恨、迷恋、生育、年迈、死亡、忧伤、哀悼、痛苦、悲伤和绝望。问题三,如何扑灭这些火焰? 答案:察知感官和心灵起火的过程本身会产生一种对快乐和知识的背弃,这种背弃就会将火扑灭。④ 在基督教义中,特别是在奥古斯丁的《忏悔录》中,奥古斯丁对自己在迦太基城的罪孽、肉体的欲望及其引起的后果进行了忏悔。艾略特的叙述—求索者走在泰晤士河边,欲望过后,"河上的娇娃美女已经离去。……城里头的逍遥公子们,/也已经离去,没留地址",而泰瑞西士,"虽然双目失明,跳动在两个性别之间,/长着皱巴巴女性乳房的老头,却能看见"。⑤ 打字员和情人毫无热情地欢

---

① 艾略特,《荒原:艾略特文集·诗歌》,汤永宽,裘小龙等译(上海:上海译文出版社,2012)85。

② 同上,85—86。

③ 同上,85。

④ 转引自 Jewel Spears Brooker, *Reading The Waste Land: Modernism and the Limits of Interpretation* (Amherst: The University of Massachusetts Press, 1999) 121。

⑤ 艾略特,《荒原:艾略特文集·诗歌》,汤永宽,裘小龙等译(上海:上海译文出版社,2012)91。

愉,"唔,现在完事啦;谢天谢地,这事儿总算已经过去"。① 之后,打字员又孤零零地在房间散步,根本没有理会情人已经离开。艾略特的叙述——求索者经历了佛陀、奥古斯丁和一对情人的禁欲和失去欲望的鲜明对比过程。佛陀的《火戒》和奥古斯丁的《忏悔录》提供了只有禁欲才能得到精神救赎的范本诗歌,现代世界里的一对情人则展示了禁欲也得不到精神救赎的现代深渊。

叙述——求索者唯一的出路便是祈求春天的早日到来,催生死去的希望,《荒原》的最后一节"雷霆的话"提供了这种可能性。雨水对于荒原意味着起死回生的生命之源。然而雷声并非意味着降雨。如何诠释雷声便成为叙述——求索者必须要完成的使命。叙述——求索者对雷霆话语的诠释沿袭了《荒原》前几节的探寻路线。在西方的神话、宗教和传奇中,拯救危机、使局势转危为安的往往是一个英雄人物,如:艾略特提及的古希腊神话中的英雄、韦斯顿的《从祭仪式到传奇》②和弗雷泽的《金枝》中的施魔法者、佛教中的佛陀、基督教中的耶稣基督以及奥古斯丁、但丁《神曲》中的求索者。然而,这些传统中的英雄对如何拯救现代荒原都无能为力。

艾略特的叙述——求索者虽无法解决难题,但《荒原》的意义并非完全是要找到拯救西方文明危机的密匙,而是要通过故事来展示探寻的整个过程以及人身处危机的状态。读者首先目睹了叙述——求索者经历类似耶稣式的被告发蒙难的痛苦挣扎的过程,"他过去活着的现在已经死亡/我们过去活着的现在怀着一丝忍耐/正面临死亡"③。接着,读者又见证了只见岩石不见水的绝望,因为这里没有摩西权杖点石为水的奇迹。④ 叙述——求索者循着雷声向山上攀行,"但听得无雨的干雷徒然地轰鸣"⑤。叙述——求索者听到雷声不见雨水,在幻觉中似乎听到了水声,

---

① 艾略特,《荒原:艾略特文集·诗歌》,汤永宽,裘小龙等译（上海:上海译文出版社,2012）93。

② Jessie L. Weston, *From Ritual to Romance* (New York: Cover Publications, Inc., 1997) 107－129

③ 艾略特,《荒原:艾略特文集·诗歌》,汤永宽,裘小龙等译（上海:上海译文出版社,2012）99。

④ *Exodus* 17, Numbers 20:11.

⑤ 艾略特,《荒原:艾略特文集·诗歌》,汤永宽,裘小龙等译（上海:上海译文出版社,2012）99。

> 假若这里有岩石 也有水 而水 是一泓泉水 岩石中一个水潭 假若只有水声 不是蝉鸣也不是干枯的野草在歌唱 而是从一座岩石那边传来的水声 那儿一只画眉正在松林中歌唱 滴答嘀嗒嗒嗒嗒 但是没有水。①

没有水,不但无法起死回生,也见不到复活的耶稣,他询问,

> 那个总在你身旁走的第三个人是谁? ……我不知道那是男人还是女人——但在你另一边的那个人到底是谁?②

在这种失望之上又叠加了母亲的哀伤、低泣和伦敦桥的倒塌、巨塔的倒塌乃至整个文明的坍塌,"耶路撒冷 雅典 亚历山大/维也纳 伦敦/ 一切化为幻影"。不过叙述—求索者在这一片废墟之上仍然抱有希望,在岸边垂钓,期盼着拯救、新生和永恒。

　　艾略特的叙述—求索者经历了风信子姑娘无望的爱情后,心灵受到沉重打击,心力交瘁,然而这仅仅是悲剧的开始。叙述—求索者此后观察到了没有爱情的婚姻,一种比失去爱更加恐怖的经验。在"荒原"上求索,任何欲望都将成为泡影,艾略特的叙述—求索者不得不放弃对命运的抗争,学会接受命运的安排。由此,艾略特的《荒原》在一个层次上,通过其叙述—求索者从雄心勃勃像古代英雄一样为拯救文明危机而求索,到真正发现危机之深重、拯救之艰难直至接受命运的故事,给读者提供了一种丰富的情感经验。这种经验是整个西方文明危机救赎的经历的高度统一。在另外一个层次上,这种高度统一的经验又是一种理性的思辨,从个人危机到民族和国家的危机,从个人的拯救尝试到民族和国家应对危机的各种努力,艾略特找到了他可以在混乱和相互矛盾的经验中,通过直接经验来锁定价值观念的立足点。弗莱认为想象经验统一体现在所有文学作品之中,诗人自己的创作活动本身就是统一想象经验的一种方式;艺术家也可以在古典作品中学到这个方法。《荒原》作为这样一个象征的关键所在是它将所有支离破碎的意象碎片凝聚在自己的周围,调动读者的想象力和情感,描述了现代社会的无序状态及其结果。而且正如柏格森在《时间与自由意志》中所指出:

> 在事实上,我们经历了意识先后的种种状态;虽然后面的状态不包括在前面的状

---

① 艾略特,《荒原:艾略特文集·诗歌》,汤永宽,裘小龙等译(上海:上海译文出版社,2012)99。

② 同上,100。

态之内,我们经历前面一状态时对后面一状态有着一种模糊的或不大模糊的观念。这种观念事后变为动作却不显得是确定的而且是可能的。但在观念与动作之间发生了一些几乎不知不觉的中介过程,整个这过程对于我们具有"自成一类"的形式被称为努力感。从观念到努力,从努力到动作,进展是那样的连续不断,以致我们无法知道在观念与努力之间观念在哪里结束,动作在哪里开始。由此可见,我们在某种意义上仍然可以说未来预存于现在之内。①

艾略特的《荒原》不仅是对过去的一种反思,而且是对未来的一种预测。不过《荒原》的反思和预测的依据并不是哲学思辨和逻辑推理,而是叙述—求索者探寻的故事。艾略特将叙述—求索者的个人故事升华为整个欧洲文明的求索历程。叙述—求索者并没有将求索锁定在个人的困惑和解惑的意义上,而是利用欧洲文明中的危机解决传统模式,一个自荷马《奥德赛》以来经由柏拉图、圣奥古斯丁、但丁、莎士比亚、卢梭和乔伊斯等确立的发现模式。而且艾略特在这个模式的基础上又融入了东方的求索元素,给传统的欧洲模式注入了新的生机。这样《荒原》中的叙述—求索者个人以整个人类文明为背景、以欧洲传统模式为核心进行的个人的求索就超越了个人的范围,叙述—求索者个人的动机就转化为整个欧洲人的动机,叙述—求索者个人的追问同时也转化为整个欧洲的追问,叙述—求索者个人的求索就转化为整个欧洲的求索。也就是说,艾略特通过个人的故事与欧洲的故事的结合,即个体与整体的结合,用故事理性的方式最大限度地实现了他"具体共相"的意义。

(四)
《四个四重奏》:道德想象的呼唤

《四个四重奏》是对道德想象的呼唤。所谓道德想象,就是通过具体的故事或叙事把抽象的道德律令传达的内容具体地呈现出来,用故事理性来取代规范道德律令。换句话说,道德想象就是将伦理道德规范的指导功能置放在一个具体环境中发挥示范作用。艾略特早在他的康德研究的第三份报告("康德实践理性批判中的伦理研究")中就对康德构建的先验道德法则、纯粹理性的绝对命令进行了批判。艾略特认为,康德在《实践理性批判》中又回到了他在《纯粹理性批判》中已经克服了的二元

---

① 柏格森,《时间与自由意志》,吴士栋译 (北京:商务印书馆, 1958) 157。

对立。艾略特指出,康德在他的伦理学体系中将自然世界与自由世界对立起来,将思辨客体与实践理性对立起来,这样的伦理原则无法指导生活实践。艾略特在他的这个研究报告中提出了自己的解决方案,他的解决方案的机理是在经验的框架之下实现两者的统一,解决方案的核心是亚里士多德伦理学中的"中道"观。艾略特在论述亚里士多德的"中道"观时指出,"中道"意味着对平衡的需求,即人的行为在欲望驱使下的不平衡。这种不平衡需要"中道"来消解。而"至善",即文化和教养,是实现平衡的关键。艾略特通过"至善"来平衡和消解"欲望过剩"引起的伦理道德失衡的方案,解决了康德将道德世界和自然世界二分的问题①。自古希腊以来,每一个时期的重要哲学家(包括赫拉克利特、柏拉图、康德等)都试图将道德上升到法则的地位来统领人的生活。然而他们的尝试往往起不到应有的作用,其重要问题正如艾略特在康德研究报告中指出的那样:道德律令过于注重道德法则的独立性和单一性,或者过于强调普世性,忽视了道德律令的历史语境和现实语境。也可以说,这些道德律令通过逻辑推演,利用抽象语言来阐释道德规范。而荷马、亚里士多德、奥古斯丁、但丁、莎士比亚等哲学家和文学家则以另外一种方式和语言来呈现道德在人生活中的作用。

艾略特在哲学和文学这两种理解世界、描述世界和呈现世界的语言中选择了文学,将道德想象的实现作为自己文学实践的首要任务。伯克指出,艾略特援引的思想源泉是一种超越个人经验和事件的视野,是对相对主义(relativisim)和文化构建主义(culture constructionism)的挑战。艾略特在创作实践中坚持他的保守主义思想三原则:悲剧意识(基督教中的原罪教义表达,深受乌纳穆诺的影响)、人类智慧和共同体生活(life of community)。正是艾略特的这三个原则消除了康德伦理主张带来的负面影响。科克认为,艾略特所惧怕的并不是人类的理性,尤其是正确的理性,而是那种被击溃的理性②。陀思妥耶夫斯基、尼采、卡夫卡(Franz Kafka)、马拉美、瓦莱里(Paul Valery)、克劳代尔(Paul Claudel)、布拉德雷、布拉克(George Braque)、毕加索(Pablo Picasso)等思想家和艺术家从

① Jewel Spears Brooker, ed., *T.S. Eliot and Our Turning World* (New York: Palgrave, 2001) 55-56.
② Russell Kirk, *Eliot and His Age: T.S. Eliot's Moral Imagination in the Twentieth Century* (Wilmington: ISI Books, 2008) xxi.

纷纷反对将伦理和宗教价值变成单纯的习惯和空洞的姿态,谴责这种虚伪的客观性,转向"内在的自我",他们深信只有通过对自己心灵的探索才能发现和认识真理。于是"在一个没有上帝或上帝被搁置起来的世界里,他[们]不是在空虚的教堂里而是在他[们]自己的内在中寻求上帝。"①艾略特力图探寻一种有别于康德设计的感性直观的方法②,用文学叙事或文学故事,即"具体共相",来解决这个问题。

《四个四重奏》就是一次成功的尝试,在诗中,艾略特从规范伦理与个性化道德实践冲突、二元对立的弥合、语言的作用这三个方面,在"具体共相"的故事中或者说道德想象中,呈现了世纪之交困惑的人的探索,同时也提出了解决方案。首先,规范伦理与个性化道德实践的冲突自现代以来一直是哲学家无法解决的问题。规范伦理和道德律令在一定程度上为人的行为提供了准则性指引,但其强调道德法则的单一性和独立性,切割了道德法则与文化传统、社会环境、政治环境之间密不可分的关系,尤其是切割了道德法则与自然法则之间的关系,无视自然法则对人的道德法则的作用,因此无法完全约束具体的个人行为。而且普世化的行为准则总是会给具体的人的生活带来困惑。《四个四重奏》通过四种探求呈现了艾略特在叙述—求索中的困惑,也揭示了拯救危机的艰难。艾略特在第一部分"燃烧的诺顿"中引用了赫拉克利特对逻各斯的阐释,"尽管'逻各斯'对每个人来说都是普遍的法则,但多数人似乎却按照他们自己独特的法则生活。"③对赫拉克利特来说,人们对恒久的逻各斯无法了解,也无法按其行事。因此他得出这样的结论:逻各斯虽然是公器,但"许多人的生活却显示出他们似对之各有私议"。④ 也就是说,逻各斯没有取代或者无法取代"私议"这种个性化的、实践性的智慧。艾略特第二次引用的是"上升的路和下降的路是同一条路。"⑤赫拉克利特对逻各斯

---

① 约瑟夫·祁雅理,《20世纪法国思潮:从柏格森到莱维·施特劳斯》,吴永宗,陈京璇译(北京:商务印书馆,1987)48。

② 亨利·E·阿利森,《康德的先验观念论———一种解读与辩护》,丁三东,陈虎平译(北京:商务印书馆,2014)33。

③ 艾略特,《荒原:艾略特文集·诗歌》,汤永宽,裴小龙等译(上海:上海译文出版社,2012)233。

④ 赫拉克利特,《赫拉克利特著作残篇》,楚荷译(桂林:广西师范大学出版社,2007)12。

⑤ 艾略特,《荒原:艾略特文集·诗歌》,汤永宽,裴小龙等译(上海:上海译文出版社,2012)233。

的定性和对其功能局限性的认识与艾略特对亚里士多德《尼各马可伦理学》中"中道"导引的实践智慧的理解、对亚里士多德《诗学》中诗歌作用的理解、对布拉德雷"具体共相"的理解基本一致。艾略特认为，自笛卡儿以来（特别是康德以来）的道德主张脱离了人的具体的文化、历史、社会、政治，特别是自然规律的语境，是一种抽象的理性主张，不能够为人的道德实践提供一种可视的图景，无法指导人的实际生活。这些建立在普遍人性基础上的道德律令适用于整个人类，人们难以将这些教条与自己的生活实践联系在一起。只有将人的求索过程和求索者的艰难困苦呈现出来，人们才能通过具体的道德故事构建布拉德雷的"具体共相"，即一种实践理性，才能真正起到对人生活的引导作用。

艾略特在《四个四重奏》中并没有沿袭笛卡儿追问和构建逻各斯的方式，也没有遵循康德对道德基础的机理进路对人的行为准则立法，为人提供道德律令。艾略特的《四个四重奏》像他的《情歌》和《荒原》一样，因循了西方文明自古希腊以来的另外一条道德教化路线。荷马的《奥德赛》、柏拉图对话中的的苏格拉底、奥维尔（George Orwell）的《变形记》、维吉尔的《埃涅阿斯纪》、但丁的《神曲》是艾略特个性化道德构建的样本。他的《四个四重奏》通过四个诗节，即叙述—求索者的四个个性化的探寻经历，将叙述—求索者的具体道德实践呈现给读者。读者跟随叙述—求索者，与他一起耳闻目睹并感受他探寻中的困惑、他探寻的艰难、他在探寻中的反思。在这个过程中，读者对他探寻的目的更加了解，对他将拯救个人危机与人类文明危机融为一体的举动更加赞叹。站在整个文明之巅的叙述—求索者的重大发现就是，人类文明如同大自然的轮回，不断地在毁灭中重生。人类不能够永远停留在现在，不能滞留在现在的困惑与痛苦之中，因为，

> 现在的时间与过去的时间
> 两者也许存在于未来之中，
> 而未来的时间却包含在过去里。
> 如果一切时间永远是现在
> 一切时间都无法赎回。①

---

① 艾略特，《荒原：艾略特文集·诗歌》，汤永宽，裘小龙等译（上海：上海译文出版社，2012）233。

也就是说，只有在人类经验的整体中来思考人类的危机，即将人的世界与自然世界相结合，才能够理解危机的意义，才能够找到摆脱危机的方法。人类只有不断去探索，去发现，用新的语言去表述新的现实，才能通过时间去征服时间，才能在结束之时开启新的未来。

《四个四重奏》中叙述—求索者的个人道德实践首先是一个个人的经验和感受的过程，其次是一个个人感受被客体化的过程。虽然这是两个过程，但是在叙述—求索者那里我们看到了二者合二为一。经验主体（叙述—求索者）依赖其情感客体而存在，被读者察看到；与此同时，情感客体失去感觉客体无法存在。这两者是一个统一体，就像我们观察红色的花朵一样，红色花朵的红色脱离不了感受它的主体。① 在《四个四重奏》中读者看到的叙述—求索者的探寻，并没有任何伦理道德讨论的场景，更没有教条地讨论人应该如何去生活。读者所看到的是他在诺顿"沿我们没有走过的那条走廊／朝着我们从未打开的门／走入玫瑰园"，看到"在一盆玫瑰花的花瓣上尘埃飞扬"，又跟随他"穿过第一道门，／进入了我们最初的世界"。② 在东库克尔村，叙述—求索者经历了"一座座房屋不断竖立起来又倒下去"，房屋化为瓦砾，"被运走，被毁坏，被复原"。③在干燥的赛尔威吉斯，叙述—求索者经历并感受了大河"四季更替的脾气不改"，大海"那洪亮的大钟／被从容不迫的海啸敲响"，④而人们"一天天一刻刻留下长长的足迹，／而感情沉湎于生活在／破损的岁月里"，感叹"哪里是他们的终点"⑤。在《四个四重奏》最后一个场景"小吉丁"中，叙述—求索者经历了一个春季的幻境，他看到"树篱因为雪花暂时开放一身披白／这是比夏花更突然的绽放，／既无满枝蓓蕾也无凋零枯萎"，他感慨地问道，"夏天在哪里呀这不可想象的／零夏？"⑥。紧接着，叙述—求索者做了这样的假设，"倘若你这样来"，而且沿着恰当的路线，在五月份，你会看到山楂树满树开放的白色鲜花，"倘若你到这里来／不论你走那条

① T. S. Eliot, *Knowledge and Experience in the Philosophy of F. H. Bradley* (New York: Columbia University Press, 1989) 30.

② 艾略特，《荒原：艾略特文集·诗歌》，汤永宽，裘小龙等译（上海：上海译文出版社，2012）233—35。

③ 同上，244。

④ 同上，257—58。

⑤ 同上，259。

⑥ 同上，270。

路，从哪里启程"，你都会在英国得到死者与你交流思想①的体验。艾略
特的叙述—求索者就是通过这样的日常化的造访感受来讲述个人的道德
体验的。读者也在这样的故事中，不断地从叙述—求索者呈现的情感中，
构建和重新构建自己的道德行为准则。

　　显然，艾略特的努力是对康德构建道德法则方法的一种制衡。康德
关注的是如何将普通的道德理性知识过渡到哲学的道德理性上，然后再
过渡到道德形而上学层面，最后上升到纯粹实践理性层面，从而构建普世
的、人人都能够遵守的道德定律。康德在孤立场景中构建的法则无疑使
艾略特的叙述—求索者感到困惑。康德的道德图式自然无法满足艾略特
叙述—求索者的生存需求，因此他只能另辟蹊径，在更广阔的空间和时间
中，在更为整全的经验中寻求自己的解决方案。这种道德想象使艾略特
的叙述—求索者在个人探寻中获得解决危机的智慧。他如此获取的智慧
不仅是他个人的智慧，而且是西方文明传统的一部分。艾略特通过道德
想象为他的叙述—求索者重新构建了一个他可以遵循的图式，也为解决
西方文明的危机提供了一个解决方案。

　　另外，艾略特的《四个四重奏》是弥合主体与客体、现象与本质、主观
与客观等二元对立的一个典范，他在诗歌中设计了一个解决二元对立的
预设。这个预设与艾略特对布拉德雷的研究密切相关。虽然艾略特不完
全赞同布拉德雷为解决二元对立设定的"绝对"预设，但艾略特将过去、
现在与未来视为一个时间整体的做法在一定程度上应和了布拉德雷的主
张。《四个四重奏》的叙述—求索者在时间这个整全经验之中观察和体
会四季的循环往复，这是艾略特对时间哲学思考的具体呈现，体现了艾略
特所思考的静止与变化的辩证和实在与观念的辩证。这两种辩证弥合了
主体与客体、现象与本质、个人与共同体、静止与变化、毁灭与重生的二元
对立，使对立的双方互为依靠，互为作用，最后达到统一。因为只有在两
者的统一之中，才能够从整体上把握循环往复的意义，真正地理解和阐释
人的世界。早在1913年，艾略特在哈佛大学康德课程的研究报告中已基
本形成了这个思想：二元对立的双方具有相互包容性；二元对立的双方具

① 艾略特，《荒原：艾略特文集·诗歌》，汤永宽，裘小龙等译（上海：上海译文出版社，2012）
　　271—272。

有程度上的相对性和视角上的相对性。① 后来，他在对布拉德雷思想的研究和博士论文中又对这种对立统一的思想加以系统化。具体来说，这两种辩证是由春、夏、秋、冬四季轮回和大地、水、空气和火四种元素的相互作用体现的，这并不是大自然简单意义上的重复，而是死而复苏所带来的希望的呈现。在赫拉克利特的哲学中，"火"是指战争或对立与冲突；火是核心元素，是一切变化的推动者；变化不仅有规律而且可以用尺度来衡量，其中也包括时间。这应该是赫拉克利特的逻各斯②。

世界的存在就是一种对立统一，这种统一不是静止不动的统一，而是变化中的统一，具体表现为创造就是毁灭，毁灭同时也是创造。世界之所以存在就是因为这种对立，这种对立必然会导致统一。这样，艾略特的叙述—求索者所观察和经历的"时间现在和时间过去，/也许存在于时间将来，/而时间将来包容于时间过去"③与尤金·奥尼尔（Eugene O'Neill）《进入黑夜的漫长旅程》第二幕第二场中的描述相同。玛丽·卡文·蒂龙曾说过："过去就是现在，不是吗？它也是未来。我们都试图忘却这一点，可是生活不允许我们这么做。"④这些经历便是艾略特站在两次世界大战后人类文明的"荒原"上思考的具体呈现。道格拉斯指出，《四个四重奏》中"燃烧的诺顿"邀请我们打开视觉之门。诺顿庄园在 18 世纪 40 年代曾一度被烧毁，在 20 世纪 30 年代又被重建，它体现了起死回生的可能。《四个四重奏》的其他三部又我们让返回到我们曾走进的那扇门。

我们在"小吉丁"结尾之处所看到的世界，已经是一个转化了的世界，在这个世界之中，历史已不再被定义为噩梦和混沌，而是一个自我发现的开放的过程，充满了痛苦，当然，也充满了增长和神圣的爱。诺顿庄园起死回生，这对诗歌的叙述—求索者来说成为思考时间和永恒旋转的静止点⑤。艾略特的叙述—求索者在这个历史遗迹上观察到的是时间经

① Jewel Spears Brooker, ed., *T.S. Eliot and Our Turning World* (New York：Palgrave, 2001) 49-50.
② Grover Smith, *T.S. Eliot's Poetry and Plays: A Study in Sources and Meaning* (London：University of Chicago Press, 1974) 256.
③ 艾略特，《四个四重奏》，裘小龙译（桂林：漓江出版社，1991）182。
④ Eugene O'Neill, *Long Day's Journey into Night* (London：Yale University Press, 2002) 91.
⑤ Paul Douglass, *Bergson, Eliot, and American Literature* (Lexington：The University Press of Kentucky, 1986) 99.

验整体上的循环,他在更大的时间和空间中对人的世界和自然世界进行思考,使人的世界与自然世界的历史相互印证,以期为未来提供更加明智的判断。站在这个制高点上,艾略特的叙述—求索者看到"可能发生过的和已经发生过的/指向一个目的,始终是旨在现在。"①现在是过去的延续,也是未来的可能。然而"……人类/难以接受太多的现实",试图"抚慰早被忘却的战争",得到"脱离实际欲望的内心自由,/从行动与痛苦中超脱出来的舒坦,/从内心与外部冲动中超脱出来的和平"。艾略特的叙述—求索者意识到,"过去的时间和未来的时间/给予人的不过是一点点醒悟",而"醒悟不在时间之中",然而"只有通过时间,时间才能被征服"。② 艾略特的这种思考不仅仅是对赫拉克利特和布拉德雷的一种回应,也在某种程度上契合了柏格森对时间的思考,柏格森从过去得出了他的绵延,过去就是包含特殊与一般的一种本体论的回忆,它从来不是存在,因为它总是在消逝着,总在变成过去,因而它既是现在又是未来。现在既是过去的存在,也是未来的存在,但永远不是先前的存在,它总是它所不是的东西③。时间是一个抽象的数字和概念,然而艾略特将时间同历史事件结合在一起,通过对四个历史遗迹的造访,将时间的循环主题事件化,使其故事化,赋予时间以丰富的内涵。时间的伸缩与流变具有了可视性,时间成为一种可以展示"具体共相"的特殊表现。

　　艾略特《四个四重奏》中的诺顿庄园、东科克尔村、赛尔维吉斯和小吉丁四个场景的设置对于艾略特的叙述—求索者来说就是时间的事件化和故事化。艾略特时间的事件化和故事化就是在时间框架下观察人的世界,观察人的世界与自然世界的对应关系,为站在世纪之交的十字路口上困惑痛苦、无法辨别方向、身处危机中的人类提供认知图示,寻找救赎方法。"没有历史的民族不能从时间里得救,"④在时间下呈现历史才能拯救历史,才能明晰现在的处境,才能筹划未来。与此同时,在时间下考量

①　艾略特,《荒原:艾略特文集·诗歌》,汤永宽,裘小龙等译(上海:上海译文出版社,2012)233—34。

②　同上,237—39。

③　约瑟夫·祁雅理,《20世纪法国思潮:从柏格森到莱维·施特劳斯》,吴永宗,陈京璇译(北京:商务印书馆,1987)48—49。

④　艾略特,《荒原:艾略特文集·诗歌》,汤永宽,裘小龙等译(上海:上海译文出版社,2012)281。

历史也是艾略特"具体共相"的构建途径。艾略特的"具体共相"也通过其叙述—求索者对这四个地方的造访和凭吊,通过个人故事的讲述,赋予抽象的时间救赎的意义。

艾略特在《四个四重奏》中透过四个故事展现了救赎过程。第一个故事是叙述—求索者在诺顿庄园的经历。艾略特的叙述—求索者首先查知到时间是一个统一体,是"一"与"多"的统一。过去、现在和未来是一个整体,过去的历史、现在的状况都指向未来,而未来也当然来自过去的历史和现在的状态。在记忆的脚步声中,他走入了"玫瑰园",他沿着第一道门走进了最初的世界,虽然还能够听到婉转的鸟鸣,但当他走进黄杨树丛时,发现水池已经干枯,生命已经不复存在。鸟儿告诉人类,它们无法忍受太多的现实。现在的情形并不乐观,"泥土里的蓝宝石和石莲花/拥塞在陷进地里的车轴旁",①而没有生长在花园之中,更没有人去精心照料。艾略特的叙述—求索者发现"这里是一片糟糕的地方",②四处一片黑暗,既没有白天,也没有夜晚,为了净化心灵,他排除了一切情爱。而且,

> ……一切物质
> 被剥夺了,没有了,
> 感性世界枯竭了,
> 幻想破灭了,
> 精神世界失去了。③

"乌云带走了太阳",自然的世界一片荒凉。大自然的失衡暗示着人的世界的失衡。很显然,艾略特的叙述—求索者体会到自然世界的失衡与人的世界的失衡都是欲望造成的,因为"欲望本身就是运动"。④ 然而叙述—求索者还是听到了孩子的声音,他虽然感到滑稽荒唐,但在虚幻之中仍存有希望。自然的世界和人的世界在这样的经验中融合在了一起。人在自然的世界之中得到了启示,因为人也是自然世界的一个有机组成部分。

第二个故事有关东科克尔村,东科克尔村是艾略特在1937年凭吊过的一个地方,艾略特的叙述—求索者在自己的求索中发现"一座座房屋

---

① 艾略特,《荒原:艾略特文集·诗歌》,汤永宽,裘小龙等译（上海:上海译文出版社,2012）236。
② 同上,239。
③ 同上,240—241。
④ 同上,243。

生死有期"。不过,倒下去的房屋会,

> 化为瓦砾一片,被扩展,
> 被运走,被毁碎,被复原,
> 原址成了空地、工厂或僻径。
> 从旧石块到新楼房。①

他意识到这是一种周而复始的运动,而且这种周而复始的运动与大自然的运动一样有生有死,是一种循环。艾略特的叙述—求索者发现他的开始之日就是他的结束之时,而他的结束之时也是他的开始之日。

第三个故事是赛尔维吉斯,艾略特的叙述—求索者在干燥的赛尔维吉斯感受到了大自然的温顺,更感觉到暴力。"……他仍一如既往,毫不留情,/狂暴,破坏,四季更替,脾气不改",②而且他的律动无处不在,在婴儿室内,在臭椿树枝上,在葡萄香味里,在家庭团聚中③。艾略特的叙述—求索者领悟到,他的心中装着的是大河,而围绕着他的是大海④。大河会阴沉、撒野、倔强,更会咆哮和宣泄,大海会惊涛拍岸,大海会咆哮怒嚎、摧毁一切。这是大自然律动的威力,然而艾略特的叙述—求索者认为这并不是真正的领悟,也不是真意的经验。他认为,"领悟真意的途径是/用不同的形式重新认识经验",其中形式之一就是对痛苦的领悟:一切都可以改变,但痛苦则不会改变。他意识到,

> 我们在别人的痛苦(我们几乎感同身受)中/比在自己的痛苦中体会得更深。/
> 因为我们自己的过去被行动的潮流所掩盖,/而别人的痛苦是一种经验,/不会被
> 今后的事件限制,耗损。⑤

观看别人的经验就是对自己经验的反思,就是一种学习,看到了他人的经历无疑会理解自己和丰富自己。叙述—求索者的不同形式之二就是对时间的领悟:时间像密西西比河一样,既是破坏者,也是守护者⑥。时间既有它有限的一面,也有无限的一面。时间之内的时刻与时间之外的时刻、

---

① 艾略特,《荒原:艾略特文集·诗歌》,汤永宽, 裘小龙等译 (上海:上海译文出版社, 2012) 244。

② 同上,256。

③ 同上,257。

④ 同上。

⑤ 同上,261。

⑥ 同上。

过去与未来都需要超越,超越之后才能够达到统一,才能不受它们的约束①。

第四个故事是小吉丁,艾略特叙述—求索者造访的最后一个地方是一个历史遗迹,这是尼古拉斯·费拉尔 1626 年建立的一个英国小村庄。他发现,这里是"永恒的时刻交叉处/这里是英国,不是其他地方。从来而且永远不是",不论你从哪条道路到这里来,不论你在什么季节来,"你得摆脱理性和观念",在这里跪拜,在这里祈祷。他在这里所经历的是"吐着火舌的黑鸽"所带来的"悬浮在空中的灰尘",是空气的死亡,是土的死亡,是水和火的死亡②。在这片被战争蹂躏的土地上,艾略特的叙述—求索者遇到了一个在烘焦的脸上长着复活鬼魂的眼睛的人,这个人虽然很亲切但难以辨认,

> 俯冲的鸽子
> 带着制热恐怖的火焰
> 划破长空,那火焰宣告
> 人涤除罪愆和过错的途径。
> ……通过烈火,从烈火里得到拯救。③

艾略特的叙述—求索者终于意识到,

> 我们所称的开端往往就是终点
> 而到了终点就是到了开端。
> 终点就是我们的出发点。④

艾略特的叙述—求索者在过去、现在和未来这个时间的整全体中,消解了理性与情感、生与死、毁灭与复原的对立与冲突,在整全体中达到了统一。

艾略特《四个四重奏》的四个探索故事是对自然世界和人的世界的哲学反思。在这四个故事中,艾略特的叙述—求索者领悟到时间是统领两个世界的纲领。自然世界在时间中经历春夏秋冬,树木花草在时间中不断循环,花开花落。江河和大海在时间中咆哮、怒吼,潮起潮落。人的世界在时间之中生老病死,繁荣昌盛,衰亡没落。只有时间的经验能够将

---

① 艾略特,《荒原:艾略特文集·诗歌》,汤永宽,裘小龙等译(上海:上海译文出版社,2012)266—267。
② 同上,272—74。
③ 同上,279—80。
④ 同上,280。

这两个时间统一起来,也只有在时间中自然世界的矛盾冲突和人的世界的各种不和谐因素才能消解。只有在时间的统领下,人才能完全了解自己,解放自己,最终获得自由。波德莱尔认为美以两种形式存在,即永恒的美和普遍的美,

> ……任何美都包含有某种永恒的东西和某种过渡的东西,即绝对的东西和特殊的东西。绝对的、永恒的美不存在,或者说它是各种美的普遍的、外表上经过抽象的精华。每一种美的特殊成分来自激情,而由于我们有我们的特殊激情,所以我们有我们的美。①

美有的时候给人的印象是单一的,但是,

> 因为在印象的单一性中区分美的多样化的成分所遇到的困难丝毫也不会削弱它构成多样化的必要性。构成美的一种成分是永恒的,不变的,其多少极难以确定,另一种成分是相对的,暂时的,可以说它是时代、风尚、道德、情欲,或其中一种,或兼容并蓄,它像是神糕有趣的、引人开胃的表皮,没有它,第一种成分将不能消化和不能品评,将不能被人性所接受和吸收。②

永恒的美和普遍的美是对立统一的,它们共同构成了美的概念。不仅如此,美的概念中还包含了十分复杂的历史、社会、文化和道德等因素。当然,这里还包含着审美对象对美的接受问题。波德莱尔并没有简单地停留在这里,他进一步指出,永恒的美是美的灵魂,而可变的部分是美的躯体。永恒依可变而存在,在变化中凸显;变化为永恒提供生存条件和空间,因永恒的存在五彩缤纷。艾略特在他的诗歌和批评中接受了这种美的崇高境界。《四个四重奏》体现了艾略特变与不变的思想,体现了他在旋转的世界中探寻静止点的思想,与波德莱尔对美的探索类似,都试图综合"一"与"多"。

　　在《四个四重奏》中,语言与实在的关系,特别是语言对实在的呈现能力,是艾略特思考的又一个核心主题。艾略特对语言问题的关注不仅契合了休姆的语言观,也契合了20世纪以维特根斯坦、海德格尔、伽达默尔以及戴维森(Harriet Davidson)和皮尔斯等哲学家为核心的哲学语言学转向。麦林森认为,艾略特的博士论文为理解艾略特的语言观,特别是

---

① 波德莱尔,《波德莱尔美学论文选》,郭宏安译(北京:人民文学出版社,1987)300。
② 同上,475。

诗人与语言的关系,提供了重要依据①。艾略特早在他的博士论文中就对语言的承载能力有明确的认识,艾略特对语言的关注并不仅限于一个诗人对修辞方法的考量,而是对语言与实在之间关系的思考。艾略特在他的博士论文中对语言过于抽象化或概念化有过批评,他指出,实在内在于词语之中,观念与短语都指代实在,它们所指代的是实在同一。但它们并不是街边的路标,它们是实在的延续,具有一定的独立性②。"观念"是半客体,存在于意义之中,换句话说,如果没有具体语境,观念就会表现出抽象性,无法呈现实在。而且观念需要语言进行表述,"……没有语言,我们也没有客体"。

艾略特认为人们常常低估了语言与实在的紧密性,一些语言已经融入了实在之中③。语言和其表述的观念延续着实在,延续着我们生活世界中的客体(表象),超出语言之外的是原始的实在。由此可以看出,艾略特与布拉德雷对观念的定义有很大区别。原因之一:前者偏好语言;原因之二:前者认为想象之物是外在于想象者的实在。"观念的,也是实在的"。④ 艾略特认为,小说中的人物与伦敦街头的行人没有区别,想象作品并不是私密的、个人的,只对作家有意义。作品中的观念等同于有形之物,是实在的,是关乎整个人类的⑤。艾略特认为,实在通过语言被建构,如果没有语言,实在就无法显现⑥。艾略特认为批评混乱的原因也来源于语言的问题。他批评黑格尔及其追随者不顾语言的特点,过分夸大语言的抽象功能。抽象的语言、不具体的语言、含混不清的语言使批评患上了疾病。他指出,哲学家的思想污染了文学与批评,腐蚀了语言,以至于语言改变了意义⑦。艾略特在语言方面的观点与休姆一致,⑧休姆认为,

① Jane Mallinson, *T. S. Eliot's Interpretation of F. H. Bradley: Seven Essays* (Dordrecht: Kluwer Academic Publishers, 2002) 1.
② T. S. Eliot, *Knowledge and Experience in the Philosophy of F. H. Bradley* (New York: Columbia University Press, 1989) 129.
③ Ibid., 133.
④ Ibid., 57.
⑤ Ibid., 75-76.
⑥ Ibid., 35.
⑦ T. S. Eliot, *The Sacred Wood: Essays on Poetry and Criticism* (West Vally City: Waking Lion Press) 2, 8, 9.
⑧ Richard Shusterman, *T. S. Eliot and Philosophy of Criticism* (London: Gerald Duckworth, 1988) 24.

如果要想清晰地表达自己,就得同语言进行斗争,寻找一种语言是解决实在呈现问题的关键①。

语言对实在呈现的困境是艾略特的叙述—求索者的重要发现,语言像音乐一样,只有在时间中才能够生存。

> 只有在时间中才能够进行;只有活着的
> 才能有死亡。语言,在讲过之后,达到
> 寂静。只有借助形式,借助模式,
> 语言或音乐才能达到静止,
> 犹如一个静止的中国花瓶
> 永久地在静止中运动。②

语言的时间性就是语言的历史性、现在性和未来性,也就是语言的实际使用场景,即语言的语境。语言脱离了语境,脱离了赋予其鲜活性的内容,就无法承载和实现自身的功能。在世纪之交,各种思潮竞相交替,艾略特的叙述—求索者深感,

> ……语言承担过多,
> 在重负下开裂,有时全被折断,
> 在绷紧时松脱,滑动,消逝,
> 因为用词不当而衰退,因而
> 势必不得其所,
> 势必也不会持久。③

语言与实在的勾连无法实现,旧的图式难以在变化了的发展中帮助叙述—求索者搭建一条意义的通道,因为,"那是过去的一种表达法——很难令人满意:/用陈腐的诗歌形式做不着边际的研究,/使人感到难以容忍的费解。"④于是乎,叙述—求索者,

> ……走过了二十年,在人生的中途,
> 二十年大都浪费了,两次大战间的年华——
> 努力学习使用语言,每一个尝试

---

① T. S. Eliot, *Selected Prose of T. S. Eliot*, ed. Frank Kermode (London: Faber and Faber, 1975) 132, 137.
② 艾略特,《荒原:艾略特文集·诗歌》,汤永宽,裘小龙等译 (上海:上海译文出版社, 2012) 241—42。
③ 同上,242。
④ 同上,247。

> 都是一个崭新的起点，一种不同的失败
> 因为一个人得学会使用精确的语言
> 表达人们不再说的事物，或者用人们不再
> 表达思想的方式表达。①

然而语言学习过程无比艰难，因为语言承载的是哲学的思辨，是历史的记录、政治的抱负、文化的精华、诗歌的智慧，语言是人类文明得以发展的源泉，人类需要语言维持自己的生存。艾略特的叙述—求索者发现，

> 蹩脚的表达工具总在退化，
> 无法把感情表达准确，
> 表达出来的是一团糟，好像散兵游勇，
> 所以每次尝试都是一个新的开端，
> 是对无法表达内心思想的一次冲击。②

而且艾略特的叙述—求索者深知，他要做到，

> ……每个短语，
> 和句子都使用得当（这里每个词各尽其所，
> 相互搭配得天衣无缝，
> 词义减一分则不足，增一分则太过，
> 一种新与旧平易的交流，
> 普通的字用得准确而无庸俗之嫌，
> 正规的字用得精当而无迂腐之气，
> 整个儿亲密无间地在一起跳舞）每个短语每个句子是结束也是开端。③

艾略特的叙述—求索者意识到，语言的历练无法一蹴而就，更不能一劳永逸。这个过程是失而复得、得而复失、循环往复的过程，而这就是人类的存在和生存的状态。

艾略特对语言与实在呈现关系的关注还表现在跨语域中，特别是对哲学语言的使用上。时间的概念贯穿于《四个四重奏》的始终，从第一节开篇探讨的时间的现在、时间的过去和时间的未来之间的关系，到第二节开篇探讨开始与结束之间的关系、第三节开篇讨论四季变化之间的关系，

---

① 艾略特，《荒原：艾略特文集·诗歌》，汤永宽，裘小龙等译（上海：上海译文出版社，2012）253。
② 同上。
③ 同上，280—81。

到第四节对开端与终点的持续关注,这个过程本身就是一种哲学反思。麦林森认为,艾略特在诗歌中主张对哲学与艺术进行区分,却在诗歌创作中不断引进哲学语境中的语言。这种语域越界行为是他创作中的有生力量,也是艾略特试图统一理性王国与情感王国的创新①。艾略特通过这种方式,彰显个体经验的强度,将之扩充为一种共同语言,以便完美地体现他的创作理想建构,即"具体共相"。这样,艾略特就可以通过诗歌不断完善语言,并依此来维持共同世界。

艾略特从早期诗歌《情人》,到中期《荒原》,再到晚期《四个四重奏》,完成了"具体共相"的构建。艾略特通过"具体共相"实现了用叙事或故事来呈现对西方危机进行探索、寻求拯救办法的全过程。所谓"具体共相"就是布拉德雷所强调的:实在就是经验的整体性或直接经验的真实性。在这个过程中,主体与客体相互依存,没有分界②。《情歌》中的叙述—求索者的"求索"、《荒原》叙述—求索者的"求索"和《四个四重奏》中叙述—求索者的"求索",无论是在西方的文学传统中,还是在西方的历史中以及在西方的文学传统中,都是一个共相性的概念。但是布拉德雷和艾略特都认为"求索"概念只为表述寻求一种解决问题的方法,只能起到一个标记性(a signpost)的作用,③而起不到呈现实在的作用,这样"求索"的概念就是抽象的。"求索"这个概念如果缺乏寻求的具体内容,就不具有知识性,因为知识性的必备条件是具体的共相性。而所谓具体共相性就是主体属性中包含着他性。④ 实际上这种"具体共相"的理解在某种意义上是对亚里士多德诗学主张的一种回归。迈克尔·福斯特(Michael Foster)认为,亚里士多德的共相(universal)或形式(form)既包含本质,也包含存在。也就是说,共相或形式既能够说明一类事物的本

---

① Jane Mallinson, *T. S. Eliot's Interpretation of F. H. Bradley: Seven Essays* (Dordrecht: Kluwer Academic Publishers, 2002) 2.

② T. S. Eliot, *Knowledge and Experience in the Philosophy of F. H. Bradley* (New York: Columbia University Press, 1989) 29.

③ Ibid., 129.

④ J. W. Scott, G. E. Moore, H. Wildon Carr, G. Dawes, Symposium: Is the "Concrete Universal" the True Type of Universality? *Proceedings of the Aristotelian Society* 20(1919-1920) 125-56.

质,也能代表这一类事物的个性。这种双重的代表性是实在的基本意义①。依据亚里士多德的观点,实在是一个具有本质和存在的统一体。布拉德雷和鲍桑奎也持有类似的观点。布拉德雷认为,如果判断只是观念的结合,就不会有直言判断②。布拉德雷在他的《逻辑原理》中指出:

> 实在即自己的存在。也可以换一个说法:实在是个别事物。……人们时常以为"实在是个别事物"便意味着实在的东西抽象、简单,或只是个别的,这是个错误。内在的差异并不排斥个别性,而一个事物自己的存在更不是凭着排斥他物的关系。③

也就是说,作为实在的个别事物的存在与他物有着密切关系,它本身并不完全个别。布拉德雷进一步指出:

> 个别事物绝不只有特殊性,从它本身的内部差异对比来看,确实还是普遍性。……我们不是习惯于说,而且很相信,实在的东西在时间上是存在于连续的瞬间,在空间里是可以变换场所的吗?像这样的实在明明是显露而且持续于殊异中的同一,当然是一个实在的普遍性。④

艾克通(Harry Burows Acton)对布拉德雷的这个观点做了进一步阐释,他说布拉德雷的个别事物并不是构成世界的简单的、不可分的实体,而是具有复杂性和多样性的单独的实体。这个实体的同一性在于占据不同时间和空间的同一性。差异中的实体就是共相。布拉德雷的"具体共相"实则是在差异之中保持了同一性的实体。⑤ 存在或实在表现于个别事物之中,能够在差异之中保持同一性的个别事物就是"具体共相"。

鲍桑奎将"具体共相"的功能归结为三点:其一,构建事物之间的规律。因为鲍桑奎认为人类具有一种不满足于发现个别事物特性的倾向,他们总是具有发现其他事物特性的欲望,他们构建事物之间的规律,并从学习规律中受益;其二,规律性知识不具备实在性,因为实在性存在于个别事物之中;其三,弥补知识的缺陷。鲍桑奎认为从规律中学习来的知识具有两个缺陷,首先规律性知识过于注重趋同性而忽视差异性,容易以偏

---

① B. Michael Foster, The Concrete Universal: Cook Wilson and Bosanquet, *Mind* 40(1931): 1-22.

② H. B. Acton, The Theory of Concrete Universals, I, *Mind* 45 (1936) 417-31.

③ 布拉德雷,《逻辑原理》(上册),庆泽彭译(北京:商务印书馆,1964)49。

④ 同上,49。

⑤ H. B. Acton, The Theory of Concrete Universals, I, *Mind* 45 (1936) 417-31.

概全;其次规律性知识注重共同性而忽视个别事物本身的特性①。综上所述,"具体共相"能够发挥哲学思辨无法企及的作用,尤为重要的是"具体共相"具有可视性,能够使读者有身临其境的感觉,因而有更强烈的道德感染力和教育性。艾略特的诗歌创作正是利用了自己哲学研究的成果,在他的主要诗歌创作(特别是《情歌》、《荒原》和《四个四重奏》)中,通过三个叙述—求索者实现了"具体共相"的构建。

首先,《情歌》中的叙述—求索者的求索之旅体现了面临认识危机、试图拯救自己的探索过程。他的经历一方面是一个个性化的经历,是一个发现和自我发现的过程,是一个寻找和发现真理的过程,体现了"真理就是内在的自我在认识自己的过程中理解自我并从而理解存在"。② 他是一个麻醉后被放在手术台上的病人,他是一个不知道自己要去做什么的人,他是一个一而再再而三推迟对自己提问的人,他在浓雾中,在黑夜里,在自己陌生的世界中进行探索。而另外一方面,他也是一个共相性的探索者,他的身上体现了哈姆雷特的困惑,体现了波德莱尔城市幽魂的无家可归,体现了拉福格小丑的窘迫,体现了瓦莱里《海滨墓园》、《年轻的命运之神》、《我的浮士德》中的探索者共同的命运。他所面临的不仅仅是是否去参加一次聚会这个难题,他所感受到的不仅仅是对是否去见一个女人的犹豫不决,他所面临的和感觉到的是他那个时代的人的共同恐惧:对"寿命的有限"的恐惧,对看到"装载着财富和精神的巨大船舶的幻影"的恐惧,对"坠入几个世纪的不可勘探的深渊"的无限恐惧。③ 可以说他是一个悲剧性的人物,他的不幸在于他所经历的是地狱,因为引导但丁经历地狱、炼狱和进入天堂的维吉尔在他的时代已经不复存在。

其次,《荒原》中的叙述—求索者既是一个个人英雄,也是一个西方文明的英雄。作为一个古老传奇中的英雄,他必须克服各种艰难困苦,为他的人民带来生命之水,使荒原恢复生机。作为一个西方文明的现代英雄,他必须在战火的废墟上寻找恢复文明的生命之水。在他的身上凝聚了西方文明中各式各样的英雄精神,他要经历维吉尔的埃涅阿斯和但丁的探寻者"我"的冥府,他向往着大地回春,向往着万物生机勃勃。然而

---

①　H. B. Acton, The Theory of Concrete Universals, II, *Mind* 46 (1937) 1–13.

②　约瑟夫·祁雅理,《20世纪法国思潮:从柏格森到莱维·施特劳斯》,吴永宗,陈京璇译(北京:商务印书馆, 1987) 48。

③　保尔·瓦莱里,《瓦莱里散文选》,唐祖论,钱春绮译(天津:百花文艺出版社, 2006) 221。

他所听到、所看到、所感觉到的一切都令他无比失望。他只能听到隆隆的雷声,见不到春雨的降临。《荒原》中叙述—求索者生活在历史语境之中,生活在社会语境之中,同时也生活在政治语境之中。他体现了一个世纪之交无法待在原有的图式中的人的绝望,这不仅仅是他个人的绝望,也是那一个时代的人的绝望。

最后,《四个四重奏》中的叙述—求索者对时间和语言的奥秘进行了破解。在探索过程中,他的个性探索和共同体的共相性达到了完美的统一。这种统一正是艾略特从布拉德雷那里继承来的"具体共相"方法的具体实践。在这首诗中,叙述—求索者造访了四个历史遗迹,他在诺顿看到了大火和毁灭后的重生,感受到时间的过去和现在会共同造就时间的未来。历史造就了现在,而未来就包含在历史和现在之中,时间只有通过时间才能被征服。在东科克尔村,他看到被毁坏的房屋又被重新盖起,旧的木材燃起了新火,斗转星移、四季更迭、男女交合、牲畜交媾,他自己的开始预示着自己的结束,开始和结束永远是一个循环。在干燥的赛尔维吉斯,叙述—求索者经历了大自然的神秘和无情,大河奔腾,大海怒吼,大自然就像在织毛衣,把过去、现在与未来拆开、拉直、分开,再编织在一起。他终于明白了用不同形式去重新认识经验才是真正的领悟。在小吉丁,叙述—求索者经历了吐着火的黑鸽频繁地对英国轰炸,他经历了恐怖的俯冲的火焰对物质和精神造成巨大破坏,许多熟人被烧焦了脸,他看到一张张面孔、一处处地方都消失了。尽管如此,他意志坚定,不会停止探索,而且探索的终端又是新的开始。叙述—求索者另外一个困惑和重大发现就是语言在构建实在方面有重要作用。他逐渐发现去年的语言只能表达过去的思想,而明年的话语必须等待另外一个声音。由此可以看出《情歌》、《荒原》和《四个四重奏》中的叙述—求索者的个人探索凝聚着西方文明的智慧,探索者直面每一个难题,将其铺展开来,置放在读者面前,使读者与探索者感同身受,让"具体共相"、文学叙事或文学故事构成的理性共同承担哲学的使命,从而去实现构建认识图式的宏伟目标。

第六章

艾略特文学批评理论中的
知识与经验

　　本章有四个要旨:第一,考察白璧德、桑塔亚那及鲁一士这三位哲学家对艾略特构建文学批评理论的影响;第二,考察西蒙斯、拉福格和波德莱尔的思想对艾略特构建文学批评理论的影响;第三,考察柏格森和康德的思想对艾略特构建文学批评理论的影响;第四,考察布拉德雷的思想对艾略特文学批评理论构建的影响以及博士论文《F.H.布拉德雷哲学中的知识与经验》在艾略特文学批评体系中的地位和作用。

　　本章通过这四方面的考察,厘清艾略特的文学批评理论的哲学意义及深层机理,力图证明他的文学批评理论是其哲学追问的文学形态。不论在哲学思考中,还是在文学批评理论中,他始终关注两个相同的问题:我们如何知道我们所知道的? 我们如何利用语言来表述我们所知道的? 本章力图围绕艾略特对两个问题的思考和解答,以哲学意义为进路,系统性地建构艾略特的文学批评理论。

（一）
艾略特的文学理论家地位

　　艾略特是 20 世纪重要的文学理论家,其文学史地位已得到确立。他的批评理论著作和文章主要包括他个人结集出版的《圣林:论诗歌与批评集》(1920)、《向约翰·德莱顿致敬》(1924)、《致兰斯洛特·安德鲁斯:论风格和秩序文集》(1928)、《但丁》(1929)、《兰贝斯会议后的感想》

(1931)、《文选》(1932)、《诗歌的用途和批评的用途》(1933)、《信奉异教神祇:现代异端邪说入门》(1934)、《基督教社会的概念》(1939)、《为了给文化一词下定义所做的评论》(1948)、《诗歌的音乐》(1942)、《古典文学和文学家》(1942)、《什么是文学杰作》(1945)、《弥尔顿》(1947)、《论诗歌和诗人》(1957)以及《评批评家》(1965)。在这些评论集之外,艾略特还在《个人主义者》《雅典娜神庙》和《泰晤士报文学增刊》上发表了许多书评。李赋宁先生认为,艾略特的批评文章可以分三大类,第一类是主张诗歌必须强调客观性,第二类是讨论诗歌的形式和风格,第三类是探讨文学和文学批评与其他学科之间关系。① 该分类主张基本涵盖了艾略特的全部批评。

在艾略特众多的批评文章中,《传统与个人才能》(1919)、《玄学派诗人》(1921)、《批评的功能》(1923)、《伊丽莎白时代的四位戏剧家》(1924)、《莎士比亚和塞内加斯多葛学派哲学》(1927)、《F.H.布拉德雷》(1927)、《欧文·白壁德的人文主义》(1928)、《古典文学和文学家》(1942)、《但丁对于我的意义》(1950)、《批评批评家》(1961)等构成了艾略特文学批评的核心基础。这些批评文章中,艾略特结合自己的哲学研究、文学作品的内容和形式,以及文学作品与文化、历史、社会和政治的关系,对读者、作者和作品之间关系,对文学作品的社会功用,对作家的创作过程作出了阐释,提出了系统的主张,这些主张构成了艾略特的文学批评理论。

艾略特提出了"传统观"、"情感分离"、"客观对应物"和"非个性化原则"、"语言观"等具有划时代意义的新批评理念和概念,奠定了他作为文学批评理论家的地位,也构成了他文学批评理论的基础。艾略特的批评理论的核心问题是他哲学所关注的问题的延续。艾略特的主要批评概念是哲学与艺术张力的一种表现,也是理智满足与情感满足矛盾冲突与和解的显现,更是艾略特调和哲学和文学两种诠释世界的语言的彰显。艾略特的文学批评理论的发生、发展和成熟是一个继承和发展的过程。在这个过程中,他的批评理论体系也相应随之调整。调整的过程始终渗透着艾略特的哲学思想,他的文学批评理论在本质上与他的哲学主张始终是一致的。如果从历时性的角度考察艾略特的批评思想,会发现他的

① 艾略特,《艾略特文学论文集》,李赋宁译(南昌:百花洲文艺出版社,1994)7—8。

批评思想与前辈的思想紧密相连,他或者继承,或者不同程度地否定了前人的思想。在这个过程中,他从身处的社会与时代出发,形成了自己的体系。如果从共时性的角度去勘察他的批评思想,会发现他的每一个批评主张都是他整体思想中不可分割的一部分。

根据艾略特自己所言,他的文学批评理论发展经历了三个时期。为《自我主义者》撰写评论是第一个时期,《传统与个人才能》便发表在这个期刊上,他在其中谈到白璧德、庞德以及休姆对他的影响。为《雅典娜神庙》和《泰晤士报文学增刊》撰稿是第二个时期。他举行讲座并进行演讲是第三个时期。①

在各个时期的文学评论、讲座和演讲中,艾略特对诗人的性质和任务、文学作品的性质和作用、文学批评的性质和作用都进行了缜密的讨论和建构,这些建构同他创造的批评概念一起构成了一个完整的体系。首先,艾略特认为诗人的首要任务之一是完成"多"与"一"的统一。为了完成这个任务,诗人应具备兼收并蓄的才能。他在《诗歌的用途和批评的用途》中的《德莱顿的时代》里指出,诗人应具备模仿的能力,将所观察到的东西或其他诗人的语汇换为自己的语言。② 艾略特指出在英国诗歌中,人们之所以偏爱莎士比亚和弥尔顿(John Milton),是因为他们的主题崇高宏伟,而且可以满足"对诗歌的各种不同爱好"。③ 诗人的第二个任务是弥合思想与情感分离所造成的二元对立。为了完成这个任务,艾略特提倡向卢克莱修、但丁、歌德和多恩(John Donne)等诗人学习,因为他们是思想与情感结合的楷模。诗人的第三个任务是充分发挥道德想象的作用,使其作品承担传承高尚道德的重任。但丁是艾略特最推崇的诗人,艾略特在三篇批评文章中集中讨论了但丁的《神曲》和《新生活》创造道德世界的作用。诗人的第四项任务是语言创新。艾略特说:"语言对于我们来说,最重要的是去消化,去表达新的客体、新的情感、新的侧面……语言在健康的状态下能够展示客体,与客体十分接近,以至于两者

---

① 艾略特,《批评批评家》,李赋宁,杨自伍等译(上海:上海译文出版社,2012)9—11。

② T. S. Eliot, *The Use of Poetry and the Use of Criticism* (London: Faber and Faber, 1978) 46-47.

③ 艾略特,《艾略特文学论文集》,李赋宁译(南昌:百花洲文艺出版社,1994)53。

T. S. Eliot in Philosophical Context

很和谐。"①他提倡向莎士比亚、华兹华斯（William Wordsworth）、雪莱（Percy Bysshe Shelley）、乔伊斯学习，因为他们开创了呈现实在的新局面。

艾略特规定了批评家的任务，他认为批评的用处就是"为我们靠直觉相信的东西勉强找些理由，但找这些理由本身也是直觉"。②艾略特将批评家分为四个类型：职业批评家、业余批评家、学院派批评家和理论批评家、诗人兼评论家。职业批评家的主要任务是为新书写评论。业余批评家的主要任务是为文学作品做辩护，这类批评家的代表是乔治·圣茨伯里（George Saintsbury），他们为读者提供阅读导引。学院派批评家和理论批评家的任务是对文学作品进行道德和艺术评价，代表人物是杰弗里·M.帕尔、理查兹、燕卜荪（William Empson）和利维斯。诗人兼评论家的任务是帮助他人理解诗歌，代表人物是约翰逊、柯勒律治和阿诺德。

艾略特主张，无论哪一类批评家都要遵守的基本准则是：在历史的语境中考量和评价作品，避免断章取义；挖掘作品的永恒意义和价值以期对后人有所启迪和帮助；不能孤立地探讨作品的文学特征，应该结合道德、宗教和社会评论来综合考虑作品的价值；最权威的批评是作家对自己作品的探讨。构成艾略特文学批评理论的基础是他提出的"传统观"、"情感分离"、"客观对应物"、"非个性化原则"、"语言观"，这些观念和主张都是围绕着真理、理解与意义的形式问题所做的思考和回答。而这又可以转换为另外两个问题，一是我们如何认识外部世界，二是我们如何富有成效地表述我们所认识的世界。

艾略特对这两个问题的关注源于他在哈佛大学和牛津大学的哲学学习和哲学研究。首先，艾略特曾系统地学习和研究过古希腊哲学，这个过程从哈佛大学一直延续到牛津大学。特别是在牛津大学，艾略特在完成博士论文期间选修了两门关于亚里士多德哲学的课程，还参加了约阿欣的亚里士多德的《后分析篇》导论课程。③同时，艾略特还根据课程要求

---

① T. S. Eliot, *Selected Prose of T. S. Eliot*, ed. Frank Kermode（London：Faber and Faber, 1975）285.

② 艾略特，《批评批评家》，李赋宁，杨自伍等译（上海：上海译文出版社，2012）1。

③ T. S. Eliot, *The Letters of T. S. Eliot: Volume 1: 1898–1922*, ed. Valarie Eliot, Hugh Haughton（New Haven：Yale University Press, 2011）85.

提交了相关的课程论文。可以说古希腊哲学的学习是艾略特哲学研究和文学活动的基础,其影响贯穿于艾略特的文学实践和文学理论构建的始终。

（二）
欧文·白璧德、乔治·桑塔亚那、
乔西亚·鲁一士的哲学影响

欧文·白璧德的哲学影响

哈佛大学的三大哲学家白璧德、桑塔亚那和鲁一士的思想是艾略特文学批评理论的核心来源。在白璧德的文学观中,文学艺术作品被视为想象客体,可以用作特殊事例,其属性是不仅可以表述生活的过去,也可以表述现在,更可以预见未来。白璧德的这种文学主张对于艾略特的文学理论构建来说具有三方面的含义。首先,作为想象客体的文学作品是用文学语言对世界做出诠释,这种诠释与哲学对世界的诠释等值,都是对世界的理性阐释,具有认识论意义,可以称为世界认识图式构建的一种形式。其次,作为想象客体的文学作品,尤其是经典作品,具有教育功能,对共同体的构建具有不可或缺的作用。第三,作为想象客体的文学作品是"具体共相"的基本形式,具有道德维度和可视性,能将具体的道德行为呈现给读者。这是柏克以来的保守主义者的一致观点。J.巴尔达契诺(J. Baldacchino)在《白璧德与意识形态》一文中指出:

> 还有一种说法,认为形成于想象中的生活观念能被描述成为"意识形态",不管它们是否在概念上得到发展。想象有可能在直观的"看"中把握人的生活和现实最深刻的含义。在解释现实的环境时,想象的本性使它能利用一个人过去的全部经验,包括通过阅读学到关于遥远的时间和地点的所有东西……即使对于那些将他们对现实的看法提升到高度系统化、概念化层次的人来说,这也是他们想象中的"世界形象"或"意识形态",能够最直接地影响他们的行动,并通过他们的事例,又影响别人的行动。①

巴尔达契诺在同一篇文章中认为,按照《韦氏第三版新国际英语大辞典》有关

---

① J. 巴尔达契诺,"白璧德与意识形态问题",多人译,《人文主义:全盘反思》(北京:三联书店,2003)/25。

T. S. Eliot in Philosophical Context

意识形态的定义,应该说白璧德提出了一套意识形态的概念。因为这部大词典将意识形态定义为:"系统或是协调的观念和概念的整体,尤其是关于人的生活或文化的观念和概念"。巴尔达契诺由此得出结论:"白璧德的'意识形态'对不同文化和宗教背景的人更有吸引力"。①

艾略特在哈佛大学学习期间就对哲学和文学的关系有了明确的认识,提出文学批评是一种哲学行为,诗歌是一种理论化的表达,是一种哲学行为。他的主张明显来自白璧德的思想。白璧德认为:文学之人应该是哲人,因为文学批评和哲学所面临的问题是一致的,即寻求"一"和"多"的协调。艾略特的另一位老师桑塔亚那也有类似观点,他认为诗歌是一种理论化的表达,是一种哲学行为:

> 反对诗中有理论就像反对诗中有文字一样,因为文字也是并不具有它们所代表事物的感觉特征的象征符号。正是仅仅借助于文字投向事物的新的联系之网,在回忆往事时,诗歌方才产生。诗是原始经验的稀释、重新处理和反响,它本身是亲近事物的理论形象。②

由此可见,白璧德的相关主张也是艾略特文学理论关注的要点。白璧德不仅对艾略特文学理论中的传统观的形成具有一定影响,而且也帮助他形成了弥合情感和理性二元对立的客观对应物观念。

乔治·桑塔亚那的哲学影响

桑塔亚那曾在《诗与哲学:三位哲学诗人卢克莱修、但丁及歌德》中对三个哲学诗人的作品做出评论,这对艾略特建构文学批评理论产生了重要影响。在这部著作的结尾,桑塔亚那召唤一位能够把诗性和哲学结合起来的当代诗人的出现。艾略特不仅在文学创作实践中回应了桑塔亚那的召唤,成了一位哲学诗人,而且用文学批评理论探索哲学与文学结合的机理。

桑塔亚那的文学思想集中体现在《诗与哲学:三位哲学诗人卢克莱修、但丁及歌德》中。这部著作是桑塔亚那 1910 年在哈佛大学所做的六个演讲的结集。桑塔亚那的文学主张包括四个方面。首先,他提出文学巨著是一座丰

---

① J. 巴尔达契诺,"白璧德与意识形态问题",多人译,《人文主义:全盘反思》(北京:三联书店,2003) 131。

② 桑塔亚那,《诗与哲学:三位哲学诗人卢克莱修、但丁及歌德》,华明译(广西:广西师范大学出版社,2002)80。

碑,这座丰碑不会因为时间的流逝而失去其思想价值和尊严,它为人类提供了一个取之不尽、用之不竭的高尚精神的源泉。其次,哲学与文学的区别在于用不同的方式和不同的语言诠释世界。诗歌使用带有蜜糖的杯口的杯子使孩子喝下苦艾的苦汁,用美妙的歌声唱出晦涩的主题。哲学的最佳状态就是思想的飞驰和情感的控制,而诗歌的最佳状态就是令人销魂蚀骨地感觉到思想。第三,诗歌的情感力量使诗歌成为最富有意义的教育手段。第四个方面有关诗歌的性质与功能定义。桑塔亚那认为诗歌具有一种双重力量。它既是一种洞察力,能够帮助人们看到他们未曾看到的真理,也是一种号召力,可以召唤宇宙与其共鸣。

　　艾略特在自己的文学实践和理论构建的过程中在很多方面迎合了桑塔亚那的思想,其实也是迎合了时代的召唤。艾略特的两个系列讲演充分显示了桑塔亚那的影响。一个是1926年在剑桥大学做的克拉克演讲,另外一个是1933年在霍普金斯大学做的坦博尔演讲。1933年的演讲是在1926年在剑桥大学演讲的基础上修改而成的。这两个演讲都是对玄学派诗人的研究。"很明显,艾略特修正了桑塔亚那的[理论]框架,'尝试性地'提出了自己的三个哲学诗歌的体系"。第一种形式:一般的思想以诗歌的形式出现,如莎士比亚的《李尔王》和一些古希腊戏剧中格言式的台词;第二种形式:推理的展示,如蒲柏(Alexander Pope)的《论人》以及更高一级的阿奎那和亚里士多德式的《炼狱》,这种形式需要很高的技巧才能使思想飞扬;第三种形式:将一种只有在智力层面上能够理解的思想转换成为可见的形式,使可见的世界瞬间扩大,如约翰·多恩的某些诗歌。第三种是一种极为艰难的形式。如果在这种情形中使用前两种形式绝对达不到这样的效果。这是一种有血有肉的形式,这是一种使"直接经验"扩大的形式。艾略特认为第三种形式才是真正意义上的哲学诗歌。因为在这种形式中,情感与行为、思想和意象、思想与对应的客体及声音完美地结合在了一起。不过从另外一个意义上来说,玄学派诗歌应该是哲学诗歌的一种,因此但丁也应该是桑塔亚那意义上的哲学诗人。在1933年霍普金斯大学的坦博尔演讲中,艾略特修正了1926年的观点。他说:"总体上来说,我接受桑塔亚那关于'哲学诗歌'的定义"。① 艾略特的诗歌主

---

① T.S. Eliot, *The Varieties of Metaphysical Poetry*, ed. Ronald Schuchard (London: Harcourt Brace & Company, 1993) 48.

张实际上与现代哲学的主张一致,就是在混乱的秩序中寻求统一。需要强调的是,艾略特主张通过诗歌来实现一种崇高,而不是简单地通过诗歌反映一种哲学思想。

乔西亚·鲁一士的哲学影响

艾略特文学批评理论中的传统观和文学作品的阐释原则,是在鲁一士的理论阐释和共同体观的影响下形成的。艾略特在 1913—1914 年间选修了鲁一士的逻辑学研讨课,课程名称是"不同的科学方法比较研究"。鲁一士的课程主要包括两方面内容,一是逻辑学,二是认识论,其目标是探讨上帝存在的科学基础问题。艾略特提交了五篇课程论文,其中四篇以《哲学论文和笔记1913—1914》为标题保存在哈佛大学。

鲁一士的课程与其哲学主张对艾略特的影响表现在三方面。首先,文学是解决伦理学问题的必要途径。艾略特认为将伦理学和形而上学化约为逻辑科学的做法,与现代科学将一切化约为生物学问题一样无助于认识论问题的解决。艾略特对鲁一士的质疑为其寻求用文学解决伦理问题奠定了基础。其次,对经验整体与部分之间关系的理解与阐释奠定了艾略特传统观的基础。曼祝·简认为,艾略特关于科学方法的论文十分重要,在这篇论文中,艾略特关注的是历史阐释问题,特别是涉及过去经验与现在的关系以及同整体经验的关系问题。第三,共同体的认识进一步加强了艾略特对文学功用的认识。鲁一士在他《忠的哲学》中针对美国文化的多元性、民族的多元性和信仰的多元性问题提出了共同体的概念,他试图通过共同体的构建实现一体化。鲁一士认为,共同体和传统的构建是一个语言的阐释过程。如果没有阐释,自我和共同体的存在就失去了根基。自我通过其观念性向过去和未来延展的构建是历史和传统的一部分,也是构建共同体的基础。阐释具有社会性,是在三个层面上实现的:阐释者、阐释诉诸者和对阐释诉诸者的阐释、对前人阐释的阐释。可以通过共同体的构建也就是搭建阐释共同体实现精神的统一。鲁一士的哲学主张,特别是共同体的概念和构建共同体的过程和手段,为艾略特的文学创作实践和批评理论提供了丰富的资源。

（三）

亚瑟·西蒙斯、于勒·拉福格、波德莱尔的哲学影响

亚瑟·西蒙斯的哲学影响

西蒙斯对艾略特文学批评理论和实践的影响并不仅限于文学领域，他主张文学是一种哲学思考，特别强调象征的本质就是对实在的获取。西蒙斯的《文学中的象征主义运动》（1899）是对艾略特影响较大的一部著作。西蒙斯在书中首先引用了卡利里给象征的定义："人通过象征，或在象征之中有意识地或潜意识地生活，获得他们的存在：最认可象征含义、最珍视象征的时代是最崇高的时代"。① 西蒙斯不仅完全同意卡利里的论断，还提出："没有象征就没有文学，甚至就没有语言"②。西蒙斯的思想是对现代社会中物质利益至上的批判，因此象征主义文学为理解现代社会和批评提供了一个有力的工具。在这个工具的协助下，"可见的世界已不再是一种实在，不可见的世界也不再是一场梦"③。西蒙斯认为：从词语最初的形成过程来看，象征一直伴随始终。象征自然就成为文学的主要表达形式。虽然开始的时候有任意的痕迹，一旦词语形成一种定势，它本身就承载了一定的力量，它将一个不熟悉的实在呈现给意识，使意识"读懂"了不曾谋面的实在。

西蒙斯赞同卡利里的观点，象征包含两个要素：一个是包裹在内的隐秘因素，一个是展现因素。在象征之中，无限被包裹在有限之中，使其可视和可以理解，所以象征具有双重意义。象征的一大特点是暗示，通过文学作品的内容与形式的完美结合，使其"言已尽而意有余"④。意无穷，意绵绵，具有不尽之味，而不是言已尽，意亦尽。因此，象征主义是一种可以通过美的事物呈现永恒的美的创造手法。象征主义的最重要的努力就是为内容寻找恰当的形式。内容与形式的完美结合意味着形式的消失。这

---

① Arthur Symons, *The Symbolist Movement in Literature* (Whitefish：Kessinger Publishing, 1947) 1.

② Ibid.

③ Ibid., 2–3.

④ Ibid., 2.

T. S. Eliot in Philosophical Context

是文学艺术的最高境界。西蒙斯认为保罗·魏尔伦的艺术将他的诗歌变成了鸟儿的歌声;马拉美的艺术使他的诗歌变成了一首合唱;维利耶·德·利尔-阿达姆(Villiers de L'Isle-Adam)的戏剧成了一种精神表现。他们所有的努力就是试图将文学精神化,回避与旧修辞方法的联系,回避与旧有事物的外在联系。在象征主义的作品中,描述性的语言被取消,取而代之的是对想象力的激发,正常的诗歌节奏被打破,词义可以借助弱化的翅膀飞翔。神秘已不再是令人惧怕的因素,因为人们可以借助神秘找到落脚之处。排除了恐惧之后,人们距离自然越来越近;扫除了日常生活的琐碎之后,人们距离人性越来越近。

西蒙斯象征主义主张中有四点也被认为是艾略特文学批评理论关注的问题。第一,形式与内容的关系,强调形式服务于内容,强调形式与内容的联系。第二,方法的暗示、激发使人产生联想,言已尽而意未绝,绕梁三日而不断。第三,神秘因素成为启发和包裹含义的重要手法。第四,关注人与自然和日常生活与人性之间的关系。实质上,象征或是象征主义主张回归文学真谛、重返文学之路,这给作者和读者一次新的机遇。作家可以从文学的重负中解脱出来,摆脱外在性、修辞性和物质性的传统,获得自由。读者亦可以从象征中找到事物之灵魂。不过西蒙斯认为:"文学在获得自由的同时,也接受了一个更重的负担。因为文学如此紧密地、庄严地向我们述说,就像宗教向我们述说一样,文学的本身也变成了一种宗教,肩负着所有宗教的重任和对神圣礼仪的责任"[1]。有关法国象征主义的这些特点,哈毕巴认为:法国象征主义是一种回归程式层面之下语言任意性的一种努力,是一种向主体更深层次的飞跃,这个飞跃是对资产阶级自由性自我的否定。在强调语言的力量的程度上,象征主义的强度远远大于中世纪宗教对语言力量的重视。因此法国象征主义必须建立起一个主体,把它建构成为一种宗教,并拥有一个可以表达这个主体的文学。文学要想表达这样一个主体就需要一种权威性的语言。获取这种语言的代价自然像西蒙斯所说的那样:"文学的本身也变成了一种宗教,肩负着所有宗教的重任和对神圣礼仪的责任"[2]。西蒙斯、桑塔亚那和艾略特在

---

[1]　Arthur Symons, *The Symbolist Movement in Literature* (Whitefish: Kessinger Publishing, 1947) 5.

[2]　Ibid.

文学的哲学性和宗教性方面观点一致,从艾略特的整个创作来看,这个痕迹十分明显。

文学与哲学的关系也是西蒙斯在《文学中的象征主义》中关注的重点问题之一,其观点在艾略特对哲学家(尤其是论述布拉德雷哲学)的论述中均有反映。西蒙斯认为把文学与哲学结合起来才能创造出更加厚重和恢宏的作品。他列举的例子之一就是巴尔扎克(Honoré · de Balzac)。西蒙斯认为巴尔扎克的作品是文学与哲学结合的典范。正是这种结合使他的作品表现出更具有逻辑性、更具有典型性的人性,也正是哲学使巴尔扎克的作品摆脱了现实主义作品中惯用的照相机式反映生活的方法。巴尔扎克以一个诗人的胸怀将现实的碎片统一起来,体现了"一"与"多"的和谐。

在文学实践中,艾略特在法国象征主义诗人钱拉 · 德 · 奈瓦尔(Gérard de Nerval)那里找到了灵感。奈瓦尔是流浪汉,在世界上最繁忙的大街上找到了自己。他还是梦想家,一生都活在梦想中。他也是一个孤独的人,在自己的作品中发现了自己的存在。对于一个将生活视为小说的诗人奈瓦尔来说,他的世界就是一个梦的世界。在这个梦幻的世界中,意识既可以收缩,又可以同时扩张。它既可以大得装下整个宇宙,同时也可以小得连一个自我都难以容身。奈瓦尔的这种感受,与艾略特《情歌》中的那个"我"一样,"我"在黑夜中徘徊,无法找到自己的归宿。艾略特的"我"与奈瓦尔感受相同,在黑暗无底的世界中无法确定自己的身份。当然对于艾略特和奈瓦尔来说黑夜本身就是一个巨大的象征。黑夜使艾略特的"我"和奈瓦尔不仅看不清自己的外貌,更看不清自己的内心世界。这两个人完全被一望无际的黑暗吞噬了,所以这两个灵魂感到了极大的不安。他们看不到现实世界,也看不到自己,深陷无边的恐惧。他们或者害怕得没有气力返回到现实,或者已经迷失在返回的道路上。再或者已大彻大悟,认为黑夜就是生命的真谛。艾略特在奈瓦尔的身上和他的作品中为自己的情感找到了一个突破口。

西蒙斯对奈瓦尔的生存状态有深刻的感悟,他认为艺术家具有双重生活。他们在绝大多数情形中能够意识到幻想和想象的世界。忧郁的黑夜、焦急等待的白昼、突袭的事件,每一个事件都会干扰他们的神经,使之失去和谐,使原来悦耳的铃声变得嘶哑。艺术家能够区分出只有艺术家才能体察到的震颤。但这也存在一种危险,那就是如果不能区分出真正值得体察的震颤便会迷失自己的方向。出色的艺术家应该是那些能远离这种危险的人,因为他们有丰富的智慧,就像但丁一样,趟过地狱之河却不染污泥。对于他来说,想象是一种洞见。在他向黑暗之处望去时,他能够看到这个世界的奥秘。而蹩脚的艺术家,当他们向黑暗之处望去时,他们只能见到影子,看不到他们的轮廓。他们看到的只是应招而来的意象,并被这些意象所魅惑,他们没有能力缚住这些意象,为自己所用。带着恐惧之心进入黑夜的人往往被他们自己的幻影吓坏。西蒙斯认为奈瓦尔把词语作为象征,而不只是简单地用它们指代颜色和声音。词语所言的音素是创造暗示的工具,能把大自然所有的感性统一起来。在他人视为差异之处,看到相似之处,将所有常人不熟悉和感到陌生的事物置放在一起。这也许就提示了事物的本质,而这非常人所能及。

奈瓦尔在混沌中发现秩序的方法是一种新的美学境界,被西蒙斯称为"象征主义实践美学"①,这个方法也被艾略特应用于创作实践,它也成为现代主义作家使用的方法之一。奈瓦尔的这个境界是一种崇高的美学境界。奈瓦尔在《金色的诗句》中认为人并不是唯一的思想者,万物皆有生命,人类要尊重一切生命,

> 尊重在动物身上起作用的灵魂……
> 每朵花都是自然界初生的妖魅;
> 金属里默默隐存爱的奥秘,因为:
> 一切均可感知;影响着你的生存。②

在奈瓦尔的眼中,诗歌不是对美的赞歌,不是对美的描述,也不是反映美的镜子,它应该是本身。它应该是想象中花的颜色、气味和形式,它应该在纸面上绽放。洞见赋予人象征,而象征才能使鲜花绽放,才能使鲜花的芬芳四溢。他正是因为奈瓦尔的这种思想,发出了"词语便与无声无息的物质连接"③的感慨。这种洞悉自然奥妙的感慨是人之气与自然之气的一种感应,与中国文学主张的人与天地一气贯通的思想一致。奈瓦尔的诗歌也被认为是象征主义的宣言书。

西蒙斯对人与自然的关系、艺术与生活的关系的阐述,对想象性质的

---

① Arthur Symons, *The Symbolist Movement in Literature* (Whitefish: Kessinger Publishing, 1947) 19–20.

② 奈瓦尔,"金色的诗句",《法国历代诗歌》,江伙生译(武汉:武汉大学出版社, 1996) 214。

③ 同上。

阐述,对艺术家驾驭想象能力的区分等,是对象征主义艺术本质的总结。艺术是感物、感事、感时之作。"物色之动,心亦摇焉"①;人生境遇和社会现实也同样会使诗人产生创作冲动,使他们陈诗展义,长歌骋情,也就是钟嵘所谓"气之动物,物之感人,故摇荡性情,形诸舞咏"②之义。艺术家们使自己的感悟上升到了美学高度。不仅如此,西蒙斯还认为"真理,特别是真理的灵魂,是诗歌"③,这样诗歌与真理就结合在了一起。真理也是哲学追求的最高境界,因此诗歌也是哲学思想的一种表达。不同的是象征主义诗歌主要借助想象和象征等艺术手段来调动读者对真理的感悟,而哲学更多的是依靠推理来实现对真理的探索。奈瓦尔的诗句、他坎坷的人生经历以及他对人生的洞察,深刻地启发了刚刚走上文学道路的艾略特。西蒙斯对奈瓦尔诗作进行的鞭辟入里的分析帮助艾略特给自己的诗歌创作找到了出路。

于勒·拉福格的哲学影响

　　于勒·拉福格为艾略特文学理论的形成提供的是利用语言阐释和构建实在的基础。拉福格一生短暂,但诗歌影响深远。他在 1885 年出版了《悲歌集》,1886 年出版了《月亮圣母的仿造品》和《仙国的教谕》,《最后的诗句》在他去世后出版。他还出版了散文集《道德传奇》。拉福格的诗歌基调忧郁,形象夸张,语言多变,传情戏谑而又乖巧,在和谐之中常现不协之音。他常用俚语、俗语、新词以及技术用语,表达其借用和虚构的意义。④ 优雅的诗句经常会转变成讽刺性的诗句。西蒙斯对拉福格的诗歌给予了特殊的评价。他认为拉福格的诗歌表现出了一种忧郁,一种冷漠。他似乎是在一个面具后面观察人生,他的痛苦、失望和绝望全部隐藏在那副面具之后。他创造出新的勒内、新的维特,以冷峻的客气对待男人、女人和命运。他创造的哈姆雷特比莎士比亚的哈姆雷特更加忧郁。另外,自我怜悯是他艺术创作的一个根源。面对现代生活的躁动和不安,为摆

① 刘勰,《文心雕龙·物色篇》,周振甫译注 (南京:江苏教育出版社, 2005) 631.

② 钟嵘,《诗品》,古直笺,曾旭导读 (上海:上海古籍, 2007) 序,1.

③ Arthur Symons, *The Symbolist Movement in Literature* (Whitefish: Kessinger Publishing, 1947) 17.

④ Ibid., 56.

T. S. Eliot in Philosophical Context

脱生活的重压,逃离现实是他作品的常见主题。他 27 岁离世,不过他的"死期"十分漫长,他活着的时候就已经死去。

艾略特曾多次表示,拉福格的诗歌充满了自我意识性的讽刺。他从拉福格的诗歌中找到了自己的语言,拉福格认为,"面具"在波德莱尔那里已被娴熟地使用。艾略特的面具直接诉诸读者,摆脱所有的矜持,抛弃所有掩饰,将里面朝外,让人们看到缝制面具的针线。其策略是让读者共同参与这场游戏或现实的制作。皮埃罗或小丑是拉福格诗歌中的基本构成要素。在《巴黎圣母院月亮的模仿》中,小丑是潜意识的牧师,月亮是女牧师。对于拉福格来说,他们代表距离和一种超人类的视角。小丑形象起源于法国,到了 18 世纪,小丑演化成法国哑剧中的反派人物,身着白色小丑服装。小丑在剧中还是一种浪漫和悲剧性的人物,遇到女人时,他们往往是旁观者。小丑对女性保持一种距离也是他们对待艺术的讽刺态度。拉福格在诗歌中,逃离地球,在月球上观察地球上的芸芸众生,暗示人类生活的平庸;从月球来看,地球上的"主人公"通常是可怜的、悲剧性的或喜剧性的。

艾略特解密小丑的结构,将罗密欧和朱丽叶展示成荒诞性的人物,男女主人公不仅是小丑,还是被人操纵的木偶。正像华莱士·弗列(Wallace Fovlie)指出的那样,"[小丑]是诗人艺术实践完美的语言",诗人是"缪斯的小丑"。[①] 诗人作为小丑,质疑他的传统角色,嘲笑世界,也嘲笑自己,拒绝妥协。诗人的小丑角色对诗人的传统角色是一种讽刺,是一种颠覆。拉福格对诗人角色的感念是对叔本华悲观主义的一种诠释。

有关木偶的比喻在叔本华的哲学中是很重要的因素,在艾略特的老师们和法国象征主义者那里也是一个关键的词汇。亚当斯、白璧德、桑塔亚那都面临着相同的困惑,即如何在不断变幻、流动的现象中寻觅稳定的统一。在叔本华看来,人并不是理性的动物,而是深陷他难以控制的、非理性的、盲目的漩涡中的木偶。人类理性受控于实际的动机和意志的导向,无法导致客观真理。叔本华将生活视为"多彩的木偶演出"[②],将人类的理性比作控制木偶的线的系统,操纵木偶在世界这个舞台上演出。一

① M. A. R. Habib, *The Early T. S. Eliot and the Western Philosophy* (Cambridge: Cambridge University Press, 1999) 35.

② Ibid., 36

个天才，艺术家、诗人或哲学家，像一个操纵大木偶的人，他可以随时离开舞台，在包厢里欣赏演出。在艺术、哲学（和遁世修道神秘主义）中，理性同意志的联系被暂时搁置了起来，理性可以更自由地观察世界，可以自由于意志的实际主观限制。只有这些活动才能揭示具有多重性表象的柏拉图式的宇宙。

如果从叔本华的视角看，拉福格的讽刺就远远超出了文学的意义，它具有更广阔的哲学视野。叔本华指出："人是木偶，不是由外部的线来控制，而是由内部的机械装置来控制，这个内部装置就是生活意志。"① 人是木偶的理念同人无法摆脱自己对实际目标追求的严肃性紧密相连。严肃是讽刺的对立面，严肃是一种囚禁，是一种解放自己的能力或者客观性的缺失。从伦理和智力上来讲，唯一的解脱方式就是摆脱木偶的命运，唯一的解脱方式就是讽刺。在拉福格的诗歌中，人类不仅仅是艺术家的原始材料，人性被投射到小丑的身上，小丑成为艺术家或诗歌世界中神的木偶。而诗人必须认识到自己是现象世界的一部分，身陷无法摆脱的、具有讽刺意味或悲剧色彩的机械装置之中。他必须与这个世界保持距离，保持距离就意味着自由。只有这样，他才能够观察自己的创作行为，懂得他的自由和他进行创作的客观性。

在拉福格的世界之中，木偶代表着诗人认可人类和艺术家之间的距离，艾略特的诗歌《夜曲》被学者认为是受到拉福格的影响。艾略特在这首诗歌之前的创作就已经包含了一些拉福格的技法，自我意识、幽默、多重视角、对时间的痴迷、通过意象的累积来展现象征等。约翰·T.梅耶尔在《艾略特无声的声音》中指出，拉福格利用他的木偶创建了一个与表象世界、情感世界和资产阶级态度对立的王国。② 西蒙斯也认为，拉福格同其他法国象征主义者的差别在于，拉福格创造了一个与客观世界有距离的世界。对于艾略特和拉福格来说，这个距离就是讽刺。按照西蒙斯的说法，讽刺在这里代表着逻辑上的极端，也就是西蒙斯的象征主义的"二元性"。③ 柏拉图式的关于现实的分歧在法国象征主义者的手中，被化解成讽刺性的主体性分歧。曾经被视为具有精神和物质之分的二元性现实

---

① M. A. R. Habib, *The Early T. S. Eliot and the Western Philosophy* (Cambridge：Cambridge University Press, 1999) 36.

② Ibid., 30.

③ Ibid.

已经不再被从一个视角进行观察了。西蒙斯注意到,拉福格使用木偶是对科学的一种复仇,这种复仇的方式是讽刺中的爆笑。不过这是对宇宙经验的一种富有同情心的讽刺,同时它也是严肃的对宇宙的批评。拉福格的艺术是一种轻蔑式的冷漠,他的爆笑是一种对灵魂的爆笑,拉福格的皮埃罗是玄学性的皮埃罗。这样,拉福格在更高的层次上获得了统一,这种统一不是建筑在物质世界上的统一,而是建立在精神世界上的统一。这种艺术实际上也表达面对现实无法回避的无奈。这种距离在艾略特的概念之中就是人类和艺术情感。拉福格认为世界就是一场游戏,玩家是情感和理智。

波德莱尔的哲学影响

波德莱尔以自身的文学理论和文学实践为艾略特树立了文学与哲学相结合的典范。文学作品可以通过故事实现共同体内部认识的统一和行为的统一,使其具有构建秩序的功能,像哲学一样成为构建秩序的途径。波德莱尔认为:

> 秩序以它要制服的无秩序为前提。结构是人为的东西,它代替某种知觉和自然发展的初始混乱。纯粹是对语言进行无数次操作的结果,对形式关注不是别的,只是对表达方式经过思考的重新组织而已。古典主义作品因此意味着修正一种自然和深思熟虑的行为,而这些行为是与对人和艺术的一种清晰和理性的概念相符的。[①]

艾略特在波德莱尔身上不仅看到了他对秩序的向往、他观察事物的深刻,也在他身上学到了表达方式。更重要的是,他在波德莱尔那里学到了兼收并蓄的传统。

在考察波德莱尔与艾略特之间的关系时,不能不理清爱·伦坡(Edgar Allan Poe)与波德莱尔之间的相互影响和作用。瓦莱里认为波德莱尔与爱·伦坡相互交换价值:

> 他们中一个给另一个他有的东西;又从另一个那里得到他没有的。后者提供给前者整套新颖而深刻的思想体系。他启发他,丰富他,在大量问题上决定他的意见:写作哲学、关于认识的理论、对现代的理解和斥责、独特和某种奇异的重要

---

① 保罗·瓦莱里,《文艺杂谈》,段映红译 (天津:百花文艺出版社, 2002) 174。

性、贵族态度、神秘主义倾向、高雅和精确的品位、政治本身……整个波德莱尔沉浸于其中，得到了启发和深化。但是，作为对这些财富的回报，波德莱尔使爱·伦坡的思想获得了无限的延伸。①

"《恶之花》中有几首诗从爱·伦坡的诗中汲取了感情和内容。有几首诗中的某些句子完全是移植"。② 不过，瓦莱里认为最重要的是波德莱尔从爱·伦坡那里继承了诗歌的观念。波德莱尔不仅发表文章阐述爱·伦坡的诗歌理念，他还参照这些理念不断修正自己的诗歌观念和艺术主张。波德莱尔在爱·伦坡那里获得了丰富的精神资源，他对爱·伦坡的《诗歌原理》感触最深。"他[对这篇文章]的印象如此强烈，以至于他将文章的内容，不仅内容而且连同形式本身，都看作他自己的财富"。③《恶之花》在爱·伦坡的精神指引下，

> 符合爱·伦坡的训诫……在那里丝毫看不到长篇哲学议论。政治也根本不露面。描写很少见，但总是有意义的。但是其中一切都充满魅力，富于音乐性，有着强烈的抽象快感……奢华、形式和沉醉。④

波德莱尔的诗歌和艺术主张影响了大批他同时代的和后来的诗人，包括魏尔伦、马拉美、兰波等。"魏尔伦和兰波在感情和感觉方面发展了波德莱尔，马拉美则在诗的完美和纯粹方面延续了他"。⑤ 除了这些与波德莱尔同时代的人以外，他的影响也在艾略特身上有所体现。波德莱尔认为："一切伟大的诗人本来注定了就是批评家"。⑥ 这是因为："诗先存在，第一个表现出来，然后才由此产生诗律的研究，这就是人类劳动的无可争辩的历史"。⑦ 他还认为：一个人是一切人的缩影，个人头脑的历史是普天下人的头脑的雏形。

波德莱尔的这个观点，在艾略特的诗学中也有相关的反应，至少艾略特在他的《传统与个人才能》中也持有相同的观点。波德莱尔还认为：

> 如果全面地看一看现代诗及其最优秀的代表人物，可以很容易看出已经到了一

---

① 保罗·瓦莱里，《文艺杂谈》，段映红译（天津：百花文艺出版社，2002）177。
② 同上，178。
③ 同上。
④ 同上，180。
⑤ 同上，183。
⑥ 波德莱尔，《波德莱尔美学论文选》，郭宏安译（北京：人民文学出版社，1987）565。
⑦ 同上，565—566。

种混合状态，其性质很复杂；造型的天才，哲学感，抒情的热情，幽默的精神，根据一种变化无穷的比例配合及混合在一起。现代诗歌同时兼有绘画、音乐、雕塑、装饰艺术、嘲世哲学和分析精神的特点；不管修饰得多么得体，多么巧妙，它总是明显地带有取之于各种不同艺术的微妙之处。①

在波德莱尔的视野中，诗歌是一门综合艺术。换句话说，诗歌的目的与其他艺术门类的目的一致。

那么诗歌的目的是什么呢？波德莱尔在他为《恶之花》草拟的序言中指出，诗的目的就是要把善同美区别开来，发掘恶中之美，让节奏和韵脚符合人对单调、匀称、惊奇等永恒的需要；让风格适应主题、灵感的虚荣和危险等。波德莱尔认为：“……世界是一个复杂而不可分的一个整体，……事物就一直通过一种相互间的类似彼此表达着”。② 波德莱尔的《应和》被称为象征派的典型代表，它充分表达了这个思想。世界"在一个混沌而深邃的整体中，/广大浩瀚好像黑夜连着光明——/芳香、颜色和声音在相互应和"。③ 诗人应该独具慧眼，

> 勘破世界整体性和世界的相似性，其表现是自然中的万物之间、自然与人之间、人的各种感官之间、各种艺术形式之间，相互有着隐秘的、内在的、应和的关系，而这种关系是发生在一个统一体之中的。④

领悟世界既是"一"，不可分割，也是"多"，它以不同的方式显现自己。诗人应该通过自己的想象、自己的形象创造读懂世界这部"象形文字的字典"，洞察"一"与"多"的相辅相成。面对大千世界，用哲学家的胸怀和气度，并带着神秘主义的气息，在无序中探索有序的可能性；用艺术家的非凡想象力和创造力，构建一个新的世界，也一直是艾略特在创作中不断追求的目标。

艾略特在1930年发表《波德莱尔》一文，高度评价了波德莱尔。艾略特指出：波德莱尔在一定程度上是一个超越时代的人，同时他也是那个时代的一部分，仍有那个时代的痕迹和局限性。他在自己的身后造就了一代诗人。他是一个来自"艺术为艺术"的时代的人。他是一个不完整的但丁，因为他的地狱在深度和广度上都逊色于但丁的地狱。他更像晚期的、有局

① 波德莱尔，《波德莱尔美学论文选》，郭宏安译（北京：人民文学出版社，1987）134—135。
② 同上，4。
③ 同上。
④ 同上。

限性的歌德,像歌德代表这个时代的早期一样,他代表了这个时代的晚期。在波德莱尔身上,古典主义没有充分的体现。波德莱尔使用的意象一方面比较匮乏,充满了典型的浪漫主义诗人使用的缺乏深度的形象,无法与但丁的作品(甚至但丁早期的作品《新生活》)和莎士比亚的作品相比拟;另一方面他创造了许多当代生活的意象,特别是都市中普通日常生活的意象。它们虽是都市生活中不堪入目的那一部分,但充满张力,在释放的时候,产生了强大的能量,极具感染力,为后来的诗人创造了新的可能性。波德莱尔是一位不用常人的眼光去观察的人,他无意克服自己的弱点,因为他将弱点本身作为一件具有理论意义的案件来研究。病态和忧郁的展现在波德莱尔那里被当做一种解放思想的工具,被用来观察和剖析时代的弊病。波德莱尔在语言使用方面极具天赋,就语言方面来说,他足可称为法国的伟大诗人。人们应该将波德莱尔诗歌中完美的形式、优美的语言看成掩盖内心无序的表现,这样他的诗歌就是寻求新生活的一种方式。波德莱尔最关心的是拯救罪孽深重的负罪者,让人们从现代生活的忧郁中得到解脱。

波德莱尔在自己的诗歌和批评中所做的一切都是对人的灵魂进行探讨,这种苦涩的探讨对于艾略特来说是一面镜子,这面镜子虽然没有但丁那么广阔深远,但足以照见他灵魂的深处。这种朝向灵魂深处的探讨使得《情歌》中的"我"能够在自己的躯壳之外,在和巴黎的大街一样的地方里,在沙龙的附庸风雅的嘈杂中,在妓女的吆喝声中,看到自己的忧郁,看到自己对现代生活无力的反应。从另外一个角度来说,正像艾略特自己发现的那样,其它象征主义作品缺乏古典精神,使他能够让自己的创作更加丰富。波德莱尔对艾略特的影响并没有停止在艾略特的早期诗歌创作方面,而是持续到《荒原》,同时渗透在艾略特的批评之中。

对于艾略特来说,波德莱尔是"荒原"上的圣人,是现代精神和现代艺术家道德职责的界定者。波德莱尔的《恶之花》和《巴黎的忧郁》是对现代人精神的深刻反省。

> 谬误、罪孽、吝啬、愚昧,
> 占据人的精神,折磨人的肉体,
> 就好像乞丐喂养他们的虱子,
> 我们喂养着我们可爱的痛悔。①

---

① 波德莱尔,《恶之花》,钱春绮译 (北京:人民文学出版社, 1998) 3。

这是波德莱尔在 1855 年 6 月 1 日告诉读者的。这些话同样也是艾略特在 1922 年通过他的《荒原》试图传达给读者的内容。在《荒原》的第一部分，"死者的葬仪"的最后一行，艾略特重复了波德莱尔《恶之花》"告读者"的最后一句话："你，伪善的读者，我的同类，我的兄弟！"[1]。时隔 60 余年，现代人精神的病态不仅没有得到有效的医治，而且大有加重的趋势。哲学的乏力、文学的惨淡急需宗教道德的支援，艾略特试图将这三者合成一体去拯救濒临毁灭边缘的人类精神。建立以道德为核心的批评体系实现这个理想便是艾略特向波德莱尔持续寻求灵感的重要原因。

（四）
柏格森和康德的哲学影响

柏格森的哲学影响

柏格森的哲学思想和艺术主张曾一度是艾略特的研究重点，1910 年至 1911 年间，他在法国领略了柏格森的哲学精神。他曾在法国聆听过柏格森的周五系列讲座，一度痴迷于柏格森的哲学。这种痴迷对于一个刚从哈佛大学毕业的年轻人来说，无疑是一种自然而然的选择。艾略特在 1948 年和 1952 年曾说：他唯一一次皈依就是皈依柏格森主义，他非常渴望能够有一位像柏格森那样的哲学家用其著作、演讲以及人格来影响他。[2] 艾略特实际上从柏格森那里继承了一些他自己没有意识到的东西。有学者发现，艾略特的两个手稿中有这样的内容：第一个手稿是艾略特在巴黎聆听柏格森授课时做的笔记，笔记的内容显示出艾略特对柏格森的哲学思想有极其深刻的理解；第二个手稿被学者们认为是 1913 年或 1914 年艾略特在哈佛大学时撰写的一篇论文。[3] 在这篇论文中，艾略特已经提出了他一生为之努力的目标。后来艾略特在 1916 年牛津大学的函授课程中介绍过柏格森的哲学思想，将柏格森的哲学定性为神秘哲学和乐观主义哲学。

---

[1] 波德莱尔，《恶之花》，钱春绮译（北京：人民文学出版社，1998）5。

[2] Paul Douglass, *Bergson, Eliot, and American Literature* (Lexington：The University Press of Kentucky, 1951) 54.

[3] Ibid., 59.

尽管艾略特后来曾批评柏格森的哲学，①但柏格森的时间概念、绵延概念和创造性进化的概念不仅对他的诗歌有一定影响，如《情歌》和《四个四重奏》等，而且对他的文学批评也产生了一定的影响。② 麦希森指出，作为艺术家和批评家，艾略特认为有必要恢复思想和情感［的结合］，柏格森的直觉哲学是我们理解艾略特诗歌不可或缺的要素。艾略特延续了柏格森创造进化的思想，认为舞者必须投身于直觉的创造之中才能融化到整体之中，才能使舞蹈富有生命力。③ 柏格森哲学体系中生命冲动的观念、时间与自由的观念、直觉的观念、物质与精神关系的观念、道德与宗教关系的观念都对艾略特的文学批评理论和诗歌创作产生过重大影响。

艾略特赞同柏格森有关世界和人类经验的主张，变化是生活的基本特征，也是经验的最基本的特征。自然界变化的形式多姿多彩，表面上并没有规律，但对于生命的冲动来说却不然。它是一种持续不断的纯粹变化，是一种与过去和未来不可分割的流。因此，它既是新的形式，又是过去的一种延续。生命冲动通过内在的直接成长使生命不断创新。它在不断地创造，不断地生成，持续不断地向不可预测的方向发展。人类理性的基本倾向是通过制造假象阻隔我们对实在的认识，艺术是我们战胜这种倾向的有力武器。它可以保持我们的生命力，让我们持续不断地成长。语言可以战胜变化，因为语言具有双重来源，进化和神启，这就意味着语言必须通过不断个性化才能获得新生。诗人既是探索者，又是预言家。语言的开端与结束同传递信息的实用主义概念无关，而是同由直觉而来的经验相联，④因此艾略特认为，静止意味着死亡，静止就等于不存在。"诗人制作诗歌，形而上学家制作形而上学，蜜蜂制作蜂蜜，蜘蛛分泌线状物体；你很难说这些制作者当中任何人相信或不相信：他只管制作"，⑤因为没有制作活动，他们就将结束自己的"生命"。艾略特文学批评理论中所关注的情感分离问题也有柏格森影响的痕迹。艾略特对自多恩以后

① Peter Ackroyd, *T. S. Eliot: A Life* (New York: Simon & Schuster, 1984) 41.
② Nancy Duvall Hargrove, *T.S. Eliot's Parisian Years* (Gainesville: University Press of Florida, 2009) 40.
③ Paul Douglass, *Bergson, Eliot, and American Literature* (Lexington: The University Press of Kentucky, 1951) 82.
④ Ibid., 64.
⑤ 艾略特，《艾略特文学论文集》，李赋宁译（南昌：百花洲文艺出版社，1994）164.

的诗歌变化的评价是：丁尼生和布朗宁（Robert Browning）是那种不能够将思想和情感相结合的诗人，他们无法在诗歌中让人们像能够嗅到玫瑰花那样感觉到他们的思想，而多恩则同他们相反，一种思想就是一种经验。

艾略特的观点与柏格森和布拉德雷的主张一致，强调直觉应该与理智相结合，融为一体。[①] 这就是所谓的嗅到玫瑰花便能够"视见"玫瑰的思想。艾略特继承了这两位哲学家试图用"直觉"或"直接经验—绝对"预设来超越主客二分、情感与理智二分所带来的难题。艾略特文学批评理论的另外一个主张"客观对应物"也植根于伯格森的美学思想。[②] 艾略特在构建自己的文学理论时，立足于柏格林的"知觉"和布拉德雷的"直接经验—绝对"预设。他也由此得出了静止就是死亡的结论。要想避免死亡就得进行创造，创造就是自由，自由是摆脱死亡的核心，如果我们的行为来自我们的性情，那么我们的行为是自由的，艺术家和艺术自己的关系与此相同。良好的艺术会起到赋予人们自由的作用，这样的艺术能够给人类以整体生活的意识。如果艺术能够提供整体性，它就是成功的；如果不能，那就是一种失败的艺术。艾略特因此认为诗歌就是要给予读者整体性的满足[③]。

康德的哲学影响

对康德的研究使艾略特在文学批评中更加关注古典主义传统，对他逐渐形成和发展的"传统观"有重要影响。如哈比卜所言，艾略特的古典主义思想，如他在秩序性和传统性等方面的主张，与他对康德思想的思考有关。他认为，艾略特的康德研究显示出他对古典哲学尤其是对柏拉图和亚里士多德的理解，这对后来他的博士论文和文学思想产生了深刻的影响[④]。布鲁克尔认为，在艾略特文学批评理论中渗透着艾略特早期康

---

① Paul Douglass, *Bergson, Eliot, and American Literature* (Lexington：The University Press of Kentucky, 1951) 81.

② Ibid., 41.

③ Ibid., 80–81.

④ M. A. R. Habib, The Prayers of Childhood：T.S. Eliot's Manuscripts on Kant, *Journal of the History of Ideas* 51 (1990) 114.

德研究的结论,尤其是艾略特的对立理论和视角理论在其《传统与个人才能》和《形而上学诗人》的经典论述中表现得尤为明显。① 传统与个人才能是人类文明经验中不可或缺的两个侧面,从个人才能的角度来看,传统需要个人才能来不断丰富,而从传统的视角上来观察,传统为个人才能提供基础和丰富的资源。两者共同的努力才能使人类文明生机勃勃地延续下去。而情感与理智(思想与感觉)也是共生共长、相互依存的关系。这些主张在艾略特的《克拉克演讲》以及诗歌《空心人》的第五部分中都有体现。

艾略特对康德的研究尽管只有现存的三篇文章,但从哈比卜和布鲁克尔的结论中,可以看出艾略特对"一与多"问题的哲学思考直接影响了他的文学批评理论。康德通过对现象与物自体的划分,完全隔离了现象的经验世界与物自体的超验世界的联系,康德试图依此来为"上帝"的"一性"保留余地。艾略特对康德的范畴的批判、对《实践理性批判》中的二元论的批判以及对康德与不可知论不彻底的决裂的批判,都是艾略特试图解决"一"与"多"相互冲突的努力。艾略特从哲学思考,到诗歌和戏剧创作和文学文化和社会批评,直至宗教皈依,无不体现了他调解冲突的努力。抽象的哲学思辨无法完全呈现艾略特的思考,他通过戏剧和诗歌的范式给哲学思考提供了一个说明自身的条件。

研究康德的道德哲学还使艾略特在建构文学批评理论的过程中,探讨了故事叙述或文化叙事与道德律令在规范人的行为方面发挥的作用。康德建立了一整套伦理道德话语体系,在这个体系中,他建立了超验的、不受任何日常生活变化影响的规则和律法。然而艾略特认为这些规则与律法虽然依照康德的理论具有"普世的,不证自明的"特性,实则将人的理想和情感分离,使一个整全的人不思人间烟火,生活在抽象的教条之中,与人的具体生活实践脱离开来,因而无法为人们建立一个可以遵循的行为准则。真正能够在日常生活中发挥作用的是能够使人身体力行的具体的道德规范,即艾略特的"共通感",一种既不是大多数人的意见,也不是此时此刻的想法,而是成熟之人通过读书和学习而形成的,即自古希腊

---

① Jewel Spears Brooker, William Charron, T. S. Eliot's Theory of Opposites: Kant and the Subversion of Epistemology, ed. Jewel Spears Brooker, *T. S. Eliot and Our Turning World* (New York: Palgrave, 2001) 58.

以来的传统精华。①　而"共通感"可以通过诗歌、戏剧等文学作品中的道德伦理事件，而不是通过逻辑论证所得出的教条不断强化和延续。也许正是因为对共通感的认同，艾略特才选择以布拉德雷的哲学问题作为自己的博士论文研究对象。

（五）
F.H.布拉德雷的哲学影响

艾略特在《F.H.布拉德雷哲学中的知识和经验》中指出，"所有的真实都是个性化的真实，一旦它们成为公众化的真实，它们就不再成为真实，它们变成了事实，或充其量变成了公众特性（性格）；或更糟，变成口号。"②换句话说，艾略特认为理性化的客体很难捕捉真实，诗人必须克服语言的自然倾向。因此"诗人必须变得愈来愈无所不包，愈来愈隐晦，愈来愈间接，以便语言传递他的诗意，必要时甚至打乱语言的正常秩序来达到这个目的。"③这样做是因为"我们的文化体系包含极大的多样性和复杂性，这种多样性和复杂性在诗人精细的情感上起了作用，必然产生多样的和复杂的结果。"④为了表达这一复杂而变化多样的世界，诗人必然要永远寻求新的形势去适应新的内容。通过打乱语言的正常秩序，摧毁现存的固定模式，诗人能够摆脱窠臼将他的经验直觉与要表现的客体合二为一，即将感觉寄托于客体，创造出一个新的意义，诗人在这个过程中将自己融入"街舞"之中。语言作为转化的载体是有一定的局限性的。

艾略特认为语言作为外在的符号最终会成为经验的替代品，名称和它的对应客体相结合，语言成为一种象征符号，继续指代它所象征的内容。在《F. H.布拉德雷哲学中的知识和经验》中，艾略特特别关注语言和经验（情感）的分离。他指出："我们发现自我似乎依靠一个与之相互依

---

① 　T. S. Eliot, *For Lancelot Andrewes: Essays on Style and Order* (London：Faber and Faber, 1970) 67.

② 　T. S. Eliot, *Knowledge and Experience in the Philosophy of F. H. Bradley* (New York：Columbia University Press, 1964) 165.

③ 　T. S. Eliot, *Selected Prose of T. S. Eliot*, ed. Frank Kermode (London：Faber and Faber, 1975) 25.

④ 　Ibid., 25—26.

靠的世界,我们在任何地方都找不到原始和绝对的东西。"①他还指出,在直接经验中,"主体与客体的感觉合二为一"②,主体与客体的关系在这种情形下也随之消失。自我与世界的感念不复存在,自我完全消失在直接经验中,自我永恒地与世界融合为一体。因此最普遍的真理亦是最个性的真理。这种个性向非个性的转化对于艾略特来说至关重要。在《论诗人和诗歌》中,艾略特认为叶芝是一位伟大的诗人,因为他在深刻、强烈地表达自己情感的同时,把他自己极度个性化的经验转化成为普遍的象征,达到了非个性化的境地,于是一个个性的情感经历变成了一个具有普遍意义的情感经历。③

康德研究、布拉德雷研究、博士论文《F. H.布拉德雷哲学中的知识和经验》对艾略特的文学理论构建起到了更加直接的作用。艾略特的文学理论的构建是他哲学研究的延续,他的文学理论中的"传统观"、"情感分离"、"客观对应物"、"非个性化原则"以及"语言观"回应了他哲学研究的核心问题。艾略特的文学理论将文学实践视为理性,同哲学活动一起阐释和理解人类的整体经验。艾略特对"传统观"的阐释和对但丁的阐述囊括了"情感分离"、"客观对应物"、"非个性化原则"以及他的"语言观",在整体上构建了他的文学批评理论。

（六）
"传统观"：文学批评理论的核心④

艾略特的传统观是 20 世纪重要的批评概念之一,它的产生和发展同深刻的时代危机密切相关。19 世纪末 20 世纪初,欧洲文明支离破碎,西方社会普遍感到自己被"投入了无休止的征服与创造、丧失与获得的漩涡之中",⑤困惑迷茫的人们陷入深度恐慌。卡尔·雅斯贝斯(Karl

---

① T. S. Eliot, *Knowledge and Experience in the Philosophy of F. H. Bradley* (New York: Columbia University Press, 1964) 146.

② Ibid., 202.

③ Ibid., 299—301.

④ "(六)'传统观'文学批评理论的核心"中的全部重复观点都已发表,秦明利,"对此在的把握——论 T.S 艾略特的传统观",《国外文学》04 (2011) 21—29。

⑤ 卡尔·雅斯贝斯,《时代的精神状况》,王德峰译 (上海:上海译文出版社, 2008) 2。

Jaspers）断言：它是"世界的终结与最后审判日"；①艾略特也在《批评的界限》中感叹：这是"一个充满不确定性的时代，一个人类在新科学面前茫然不知所措的时代，一个自然而然的共同信仰如此少的时代"。② 面对如此深重的危机，T. E. 休姆从认识人的本性入手，提出必须对人施以纪律才能化解危机，使欧洲文明重回正轨③；雅斯贝斯倡导用教化的方法来抵挡危机对文明的侵蚀④；F. R. 利维斯在《重新估价：英国诗歌的传统与发展》和《伟大的传统》中也提出了同样的观点；科林斯·布鲁克斯在《现代诗歌与传统》中对传统大加赞赏。然而，艾略特认为这些观点只是权宜的治标之计，为此他提出了自己的传统观。他从定性这场危机入手，从认识论和本体论的角度揭示存在的本质及意义，将传统视为具有真理意义的观念，以此来重新构建文明的基础，解决"一个语言无法表现新客体、新感情和新领域的时代"⑤所面临的所有问题。

　　传统观是艾略特所有思想的核心，完整性、历史意识、语言的作用、情感客体化、共同体的构建、创新的意义是其内涵所在。他围绕这六个方面阐释了人与其所在世界的事实性关系，即此在的状况，试图通过构建传统观去把握此在，以求为时代提供恢复秩序的确定性，使欧洲文明能够发展和延续下去。

传统观内涵

　　普遍认为，《传统与个人才能》是艾略特倡导传统的宣言，是艾略特传统观的集中体现，实际上它只是构成艾略特传统观的一个部分。艾略特的传统观是一个庞大复杂的体系，艾略特一生都在不断地丰富和构建它。从 1917 年开始在《自我主义者》上撰写反思当代诗歌的文章⑥，到 1919 年发表《传统与个人才能》，再到 1933 年发表《追随奇特的众神》和

---

① 卡尔·雅斯贝斯，《时代的精神状况》，王德峰译（上海：上海译文出版社，2008）5。

② 艾略特，"批评的界限"，《艾略特文学论文集》，王恩衷编译（北京：国际文化出版公司，1989）297。

③ T. E. Hulme, Romanticism and Classicism, ed. Karen Csengeri, *The Collected Writings of T. E. Hulme* (New York: Clarendon Press Oxford, 1994) 59.

④ 卡尔·雅斯贝斯，《时代的精神状况》，王德峰译（上海：上海译文出版社，2008）93—104。

⑤ 艾略特，"诗人史文朋"，《艾略特诗学文集》，王恩衷编译（北京：国际文化出版公司，1989）24。

⑥ 同上，24。

1949 年发表《文化定义论》，艾略特对于传统的认识反映在他对哲学、批评、诗歌、戏剧以及宗教的思考中①。

艾略特主张传统是统筹世界、使其具有整体性和系统性的方式。艾略特认为，世界是实在的，而实在的唯一标准是完整性（wholeness）和贯通性（cohesion）②。实在的世界经由无数复杂的有限中心（finite centres）构建而成，具有整体性和系统性，也就是完整性。构建世界的整体性和系统性，也就是统筹③，是通过沟通既绝对又相对的有限中心来实现的，传统正是这样一种统筹方式④。传统，是一个血液循环系统⑤，是一个既具有整体性也具有系统性的意义（meaning）的构成物，是创造性的结果。在传统中，生命得到构建，这种构建本身就是实存或实在世界的体现。传统作为历史传承物与当下保持着距离，需要被学习和理解，继承传统就是返回生命本身⑥，更是返回实在的世界。欧洲及西方的文明传统是一个整体，作为部分的、某一特定时期的传统囊括在此前的所有艺术作品中。传统是国家和民族文明的整体形式，系统性地由作为有限个体的个别艺术品组成，所有个别作品与传统的关系是个别与整体的关系。诠释与继承这一文明传统将为人们呈现出世界的整体性和系统性。

维护传统需要历史意识（historical consciousness），这种历史意识应为诗人的本质。艾略特所谓的历史意识是诗人创作的前提状态，是一种在当下理解和构建过去、现在、未来的能力，是一种领会和继承传统的能力。他曾指出，"历史意识含有一种领悟，它既能理解过去的过去性，还能理解过去的现存性"。⑦ 传统正是过去的过去性和现存性的统一，领悟过去的过去性和现存性就是领悟传统。在诗歌创作方面，诗人要有历史

---

① Cianci Giovanni, Jason Harding, ed., *T. S. Eliot and the Concept of Tradition*（New York：Cambridge University Press, 2007）46.

② Adrian Cunningham, Continuity and Coherence in Eliot's Religious Thought, ed. Macmillan, *Eliot in Perspective: A Symposium*（London：Graham Martin, 1970）211—31.

③ T. S. Eliot, *Knowledge and Experience in the Philosophy of F. H. Bradley*（New York：Columbia University Press, 1964）198.

④ Ibid., 166.

⑤ 艾略特，"什么是经典作品？"《艾略特诗学文集》，王恩衷编译（北京：国际文化出版公司，1989）188—205。

⑥ 洪汉鼎，《诠释学——它的历史和当代发展》（北京：人民出版社，2001）116。

⑦ 艾略特，"传统与个人才能"，《艾略特诗学文集》，王恩衷编译（北京：国际文化出版公司，1989）2。

意识,要有意识地维护传统。诗人在创作时,不仅要观照他那个时代的现时性,而且还要注意"自荷马以来欧洲整个的文学及其本国整个文学有一个同时的存在,组成一个同时的画面"①。呈现和继承古希腊以来的文学传统是诗人的义务和责任。进行创作时,诗人既要考虑文学的历时性,又要考虑其共时性,应该把自己的诗歌织入由历时性和共时性搭建而成的文本体系中。也就是说,诗人在本质上应该是具有历史意识的人:他把自己植入传统的体系,把个体设定在荷马以来的整个欧洲文学进程中;他站在现在观察过去,观察与过去的诗人的关系,观察过去的语言同现在语言的关系,力求在诗歌中体现人类对自己的认识和理解,从而在当下这一结点统一过去、现在和未来,表现人类所处时代的精神状态。

语言是传统的表现形式,解决语言退化问题是认识和坚持传统的前提和保障。艾略特认为,语言是继承传统的表现形式,如果语言退化,传统将无法发挥作用。20世纪初,艾略特与休姆、庞德、普鲁斯特、乔伊斯、弗吉尼亚·伍尔夫、托马斯·曼(Thomas Mann)等现代主义作家一样,认为语言在退化。在他看来,当下的语言作为一种实存形式,本应揭示传统,但实际却在遮蔽传统。因此,他倡导语言革新,祛除僵化了的语言意义,恢复语言体现诗人感受力的功能,从而把传统有效地继承下去。如果不赋予言语以新意,言语则没有意义②,因为人们的"生活方式因受到我们周围各种各样物质变化的压迫也发生着变化",语言也必须变化去适应人类情感表达的需求,"除非我们有少数几个能将不同一般的感受性和不同一般的文字支配力结合起来的人,否则我们自己的能力——不仅是表达能力,甚至是对粗陋情况的感受力——将会衰退"③。活着的作家有责任延续已故作家的生命力,帮助语言发展,维持语言表现广阔而微妙的感觉和情愫的品质和能力④。传统,或者说是文学传统,是已故诗人和作家的生命力的集合;然而,随着人类意识不断地发展,表现传统的语言

① 艾略特,"传统与个人才能",《艾略特诗学文集》,王恩衷编译(北京:国际文化出版公司,1989)2。

② T. S Eliot, *Selected Essays: 1917–1932* (New York:Harcourt, Brace and Company, 1932) 181.

③ 艾略特,"诗的音乐性",《艾略特诗学文集》,王恩衷编译(北京:国际文化出版公司,1989)186。

④ 同上。

逐渐形式化和僵化,传统的生命力也因此从现代语言中褪去。因此,恢复语言的生命力就是维护传统。

　　情感客体化使传统得以呈现,进而使传统继承得以实现。在艾略特看来,艺术作品中蕴含着传统,古希腊、古罗马神话、中世纪民间传说、东西方古典文学作品都是传统的载体。现代艺术家若想通过语言或其他艺术形式呈现传统,就要寻求情感对应物(emotional equivalent)[1],以客体的形式把个体情感幻化为作为人类经验整体的传统以及作为传统的人类精神[2]。从传统到艺术家,再从艺术家到艺术作品,情感客体化(the objective correlative)使传统得以呈现,这个过程如同将光的概念解释给盲人,只有通过光与其他物体的关系才能实现使盲人对光的理解。拿诗人来说,诗人将情感经验客体化,通过客观对应物使个人情感与客体融为一体,作用于读者[3],使他们感受传统,使学习和理解传统成为可能。艾略特之所以选择情感客体化作为呈现传统和实现传统继承的方式,是因为他认为纯粹的情感是一种快感,而快感是一种抽象概念,在实在之中具有半客体性(partially objective);如果情感被艺术家有效地客体化,就能在他人心中唤起快感[4],从而让人们透过可视的情感对应物看到、接受并继承传统[5]。艾略特曾指出,但丁、邓恩(John Donne)、歌德在自己的艺术作品中为人类认识世界的经验找到了情感对应物[6],使传统得以呈现,从而使传统继承得以实现。

　　神话、民俗和宗教是构建通识性共同体的基础,要充分利用和积极维护。在艾略特看来,宗教是构建传统的重要模式,维护宗教能够起到恢复秩序的作用。1916年到1919年期间,艾略特在牛津大学讲授拓展课程,该课程共6讲,在第二讲中他提出,鉴于20世纪混乱的现实状况,强调艺

---

[1]　Wilson Knight, *The Wheel of Fire* (London and New York: Routledge, 1989) xv.

[2]　艾略特,"玄学派诗人",《艾略特诗学文集》,王恩衷编译 (北京:国际文化出版公司,1989) 25—34。

[3]　T. S. Eliot, *Knowledge and Experience in the Philosophy of F. H. Bradley* (New York: Columbia University Press, 1964) 25.

[4]　Ibid., 80.

[5]　Richard Shusterman, *T. S. Eliot and Philosophy of Criticism* (London: Gerald Duckworth, 1988) 34.

[6]　艾略特,"但丁","哈姆雷特","哲人歌德","玄学派诗人",《艾略特诗学文集》,王恩衷编译 (北京:国际文化出版公司,1989) 72, 9, 263, 25;艾略特,"莎士比亚和塞内加斯多葛学派",《艾略特文学论文集》,李赋宁译 (南昌:百花洲文艺出版社,1994) 163—167。

术的形式和规约是必要的,维护宗教的纪律和权威与坚持"原罪说"也是必要的,因为它们是构建传统的模式①。艾略特在 1933 年发表《追随奇特的众神》之后,进一步整理了有关传统的观点②,加入了宗教的内容,呼应了此前已强调过的神话、民俗和宗教作为传统构建模式的重要意义。他还在《诗歌的社会功能》、《基督教社会的理念》、《阿诺德与佩特》和《文化定义札记》中,强调宗教的意义,否定"把文化抬高到宗教的地位,使宗教受到肆无忌惮的攻击"③。关于神话,艾略特在《尤利西斯:秩序与神话》中指出,神话在本质上是一种控制方式,一种构造秩序的方式,一种赋予庞大、无效和混乱的当代历史以形状和意义的方式④。关于民俗,艾略特通过研究习俗和仪式发现,它是既有变化性又有稳定性的人类意识中相对稳定的部分,是人类认识世界的范式,是人类文明发展中构建传统的形式。艾略特利用和维护神话、民俗和宗教,目的是构建具有通识性的共同体,实现传统对恢复人类文明秩序的作用。

传统需要创新,就文学传统而言,创新是变化了的传统,是传统在当代的延续,是历时性和共时性的融合。艾略特认为,真正的传统并不敌视变化,没有经过反思的传统并非真正意义上的传统⑤。伟大的诗人总是在创新中、在新作品中体现自己与过去的关系、自己与传统的关系。新作品的出现不会破坏传统的整体性,因为传统会重新修订和调整自己,新旧相互渗透,形成一个发展的新的整体。新的作品因其体现了过去经典作品的风骨而彰显艺术价值、美学价值乃至道德价值,过去的经典作品也通过新作品彰显现代性和永恒的价值。新作品的出现实际上是一个事件,是"以前的所有作品同时遭逢的一个新事件"⑥。诗人在这个事件中明确了自己与过去的关系,使新与旧保持相互协调的适应状态。艾略特指出,

① Ronald Schuchard, *Eliot's Dark Angel* (New York: Oxford University Press, 1999) 26.

② Richard Shusterman, *T. S. Eliot and Philosophy of Criticism* (London: Gerald Duckworth, 1988) 207.

③ 艾略特,"阿诺德与佩特",《艾略特文学论文集》,李赋宁译 (南昌:百花洲文艺出版社,1994) 216。

④ 艾略特,"尤利西斯:秩序与神话",《艾略特诗学文集》,王恩衷编译 (北京:国际文化出版公司, 1989) 282—85。

⑤ T.S. Eliot, *After Strange Gods: A Primer of Modern Hersey.* (London: Faber and Faber Limited,1933) 19.

⑥ 艾略特,"传统与个人才能",《艾略特诗学文集》,王恩衷编译 (北京:国际文化出版公司, 1989) 3。

诗人不应该无视过去,将过去"当成乱七八糟的一团",诗人也不应该盲目地以一两个自己崇拜的作家或某一个时代为楷模来"训练自己",诗人必须怀揣比"自己的心灵"宏大的"本国的心灵"、"欧洲的心灵",这是一个不断拓展、不断吸收、不断变化的心灵。在本质上,这是一个"精炼化"和"复杂化"的过程,在这个过程中,"莎士比亚、荷马或马格达林时期作画人的石画"非但没有被抛弃,反而作为经典被保留了下来①。艾略特一再声明,变化就是一种对传统的保护,诗人的作用是催化新的艺术作品,在新的作品中,历时性和共时性交融,现在与传统交汇。传统在创新中获得新的能量后,将继续延续下去。

"传统观"与此在

艾略特的传统观以其丰富的内涵,在完整性、情感体现形式、历史性、共同体的构建、语言的作用及创新作用合围成的多维视角中,将人植入其自身的存在语境,探讨人和他所在的世界的关系,即,此在的本己方式。他对此在状态进行了全面的阐述,试图通过传统观实现对此在的把握,从而揭示"此在是在世界中的存在",具体表现在下面六个方面:

完整性是此在存在状态的一种呈现方式,对这种方式的理解是此在的本质性要求,因为完整性是实现理解的前提。完整性、此在和理解这三者之间的关系具体表现在两个方面:一方面,"完满性前把握"也就是假定世界是一个整体,这是理解的必要形式条件,对我们"现行实际关系中所获得的前理解进行意义预期","设定被理解的东西本身必须是意义完整统一的",只有进行这样的设定才能对意义预期进行检验,"并获得正确的理解";另一方面,"人们只能通过个别来理解整体,并通过整体来理解个别"②。这一个别与整体的关系是通过诠释循环来实现的。在这个循环中,个别和整体是一种辩证关系,而且互为前提,从而能够保持"互为条件的统一性"③。在艾略特的传统观中,他将欧洲文学视为一个整体,欧洲文学是由众多个别作家的作品组成的,其中,每一部作品都是这

---

① 艾略特,"传统与个人才能",《艾略特诗学文集》,王恩衷编译（北京:国际文化出版公司,1989）3。

② 乌多·蒂茨,《伽达默尔》,朱毅译（北京:中国人民大学出版社,2010）59。

③ 同上,60。

个整体的一部分。对于个别作品的理解被置放到欧洲文学这个整体中来观察,从历史的纵向和与其他作品关系的横向去理解作品,只有这样才能保证对个别作品的理解。这个从整体到个体、又从个体回到整体的循环保证了理解的实现。而解释性理解过程总是部分与整体的意义与部分与整体关系的运动①,"从个别来理解整体,而又必须从整体来理解个别"②。在这个过程中,只有解释者发现矛盾,才能对原来持有的前见进行重新认识③。而且,"整体性所规定的各个部分本身同时也规定着这个整体,这样才能明确理解意指整体的意义预期"④。这正是艾略特将欧洲文明设定为一个传统整体的用意,他的目的是强调在整体与个体之间的交流中发现矛盾与冲突,从而不断地修正对文明的理解。艾略特主张,古希腊和罗马文学是欧洲文学有机整体的一个组成部分,如果抛弃了这个部分,人类将受伤严重,古典文学的功用彰显无疑。应该"用新的印象去修正旧有的印象。一种印象需要持续地被新的印象修饰和修正才能够被保存下来……在印象系统中占有一席之地"⑤,从而为理解创造充分的条件。这就是为什么艾略特在《批评的功能》⑥中重申《传统与个人才能》中的论断:经典或传统是一个理性秩序,新的作品进入之后,这个秩序要重新调整,新旧相适应,形成新的整体。欧洲文学是一个有机整体,艺术家如果要获得独一无二的地位,首先自己必须做出一定的牺牲。他指出,圣伯夫的优点在于他将文学当做一个整体⑦,将莎剧作为一个整体来研究才能真正理解莎士比亚作品的意义⑧。然而,强调整体性并不意味着部分向整体屈服,而是整体与部分在相互解释的过程中都发生变化,在这个过程中的某一时刻达成了一个协议。

① 洪汉鼎,"哲学诠释学的基本特征",《中国诠释学》第六辑(济南:山东人民出版社,2009)28。
② 伽达默尔,《诠释学Ⅰ:真理与方法》,洪汉鼎译(北京:商务印书馆,2007)395。
③ 洪汉鼎,"哲学诠释学的基本特征",《中国诠释学》第六辑(济南:山东人民出版社,2009)28。
④ 伽达默尔,《诠释学Ⅰ:真理与方法》,洪汉鼎译(北京:商务印书馆,2007)395。
⑤ T. S, Eliot, *The Sacred Wood* (London: Faber & Faber, 1997) 14.
⑥ 艾略特,"批评的功能",《艾略特诗学文集》,王恩衷编译(北京:国际文化出版公司,1989)61—71。
⑦ T. S. Eliot, Experiment in Criticism, *Tradition and Experiment in Present-Day Literature* (New York: Books for Libraries Press, 1968) 204.
⑧ Wilson Knight, *The Wheel of Fire* (New York: Routledge, 2001) xx.

历史意识是按照生存的世界脉络去把握此在的一种能力。历史意识是对此在坐标的一种锁定。这个锁定并不是使此在与时间和空间隔绝，恰恰相反，它超越时间和空间使存在的过去与现在紧密相连，使现在与未来紧密相连。艾略特在自己的传统观中曾经反复强调历史意识的重要性，并敦促作家在创作过程中不但要理解过去的过去性，而且还要理解过去的现存性①。历史意识，或者伽达默尔的效果历史意识，实际上是对"真知灼见"或"智慧"（即传统和权威）的一种认可②。"我们发现我们自己总是与我们所要理解的传承物处于相关联的这样一种处境"，这是"我们自身作为历史存在的本质"③，"一切自我认识都是从历史的在先给定的东西开始的，……它是一切主观见解和主观态度的基础"④。然而，传统作为"前理解"，在一定程度上限定了理解，导致人们对世界观察的局限性⑤。这是因为，在"前理解"的限定下，理解者走入某一境地，同时也就意味着排除了其他境地⑥。人的视域是有限的，正像布瑞安·李所说：人们无法既看到花瓶的图案，又看到模特的脸面⑦。没有一种解释能够穷尽所有意义，每一种解释都只能解释某一个侧面的意义。此在的这种处境也是"视域"概念的本质所在。不过也正是因为这一点，理解者也迎来了视域融合的机遇，不同"视域"的交互构成了人类理解的基础，人们了解的解释越多，理解也就越深⑧。每一个体永远不会是单独的客体，单独的个体透过关系与其他个体相连，封闭的视域导致文化封闭的情形不会存在。人类生活的历史性决定了他们永远也不会站在一个"视域"中，因此也就不存在一个绝对意义上封闭的"视域"。我们移入一个"视域"，

---

① 艾略特，"传统与个人才能"，《艾略特诗学文集》，王恩衷编译（北京：国际文化出版公司，1989）2。

② 伽达默尔，《诠释学 I：真理与方法》，洪汉鼎译（北京：商务印书馆，2007）377。

③ 同上，410。

④ 同上，411。

⑤ T. S. Eliot, *Knowledge and Experience in the Philosophy of F. H. Bradley* (New York: Columbia University Press, 1964) 144.

⑥ Brian Lee, *Theory and Personality: The Significance of T. S. Eliot's Criticism* (London: Athlone Press, 1979) 103.

⑦ Ibid.

⑧ E. D. Hirsch, *Validity in Interpretation* (London: Yale University Press, 1967) 128.

"视域"随我们而动,过去的视域以及人类生活的视域永远处于变动之中①。我们的物理经验永远也不能限制我们的视域,语言、图书、我们参与的文化都会使我们的视域超越我们自己。过去、异族的文化等都会进入我们现实的视域②。艾略特通过历史意识对视域进行拓宽和融合,以实现对此在的把握。

语言作为一个真理事件既有揭蔽功能,又有遮蔽功能,是此在的表现形式。艾略特的传统观把语言当成此在的一种形式,实则是赋予了语言一种本体论的意义。语言形式是人类意义分享的最基本单位③,是人类的居所④,"我们在一种严格的意义上隶属于语言,(听从)表现(倾听)语言的告诫","所谓隶属的东西是从传承物的诉说而来的东西"⑤,因为人类的历史遗产"遗留在语言里",通过语言得以显现、传承。无疑,语言也同时具有揭蔽的功能,它就像"在完全的黑暗中真理的一道闪电"⑥,把真理揭示给我们。没有语言我们无法在世界中找到我们自己⑦。语言同时也是构建存在的一个真理事件。"语言作为人类历史的卓越见证者超越了人的各自的自我理解,语言成了我们可以参与的真理事件"⑧。如果语言出了问题,不能"如此精确地呈现客体"⑨,"不再能传达一种有形的东西,而已经变成了抽象的号码"⑩,就意味着语言变质了,它就无法充当传统的媒介,无法起到承载真理的作用,反而会遮蔽真理。对于艾略特来说,"表达艺术情感的唯一方法是寻找一个'客观对应物'"⑪,艾略特的

---

① Harriet Davidson, *T. S. Eliot and Hermeneutics: Absence and Interpretation in The Waste Land* (London:Louisiana State University Press,1985) 50.

② Ibid.

③ 乌多·蒂茨,《伽达默尔》,朱毅译 (北京:中国人民大学出版社, 2010) 62。

④ 海德格尔,"语言",《在通向语言的途中》,孙周兴译 (北京:商务印书馆, 2008) 2。

⑤ 洪汉鼎,《诠释学——它的历史和当代发展》(北京:人民出版社, 2001) 209。

⑥ 伽达默尔,《诠释学 I:真理与方法》,洪汉鼎译 (北京:商务印书馆,2007) 554。

⑦ Robert J. Dostal, *The Cambridge Companion to Gadamer* (Cambridge:Cambridge University Press, 2002) 66.

⑧ 洪汉鼎,《诠释学——它的历史和当代发展》(北京:人民出版社, 2001) 209。

⑨ 艾略特,"诗人史文明",《艾略特诗学文集》,王恩衷编译 (北京:国际文化出版公司, 1989) 24。

⑩ 艾略特,"浪漫主义与古典主义",《"新批评"文集》,赵毅衡 选编 (北京:中国社会科学出版社, 1988) 19。

⑪ 艾略特,"哈姆雷特",《艾略特诗学文集》,王恩衷编译 (北京:国际文化出版公司, 1989) 13。

"客观对应物"实际上是能够承载情感的"一系列事物、场景,一连串事件"①,而构建这些对应物的材料是语言,因此语言的最大问题莫过于"情感与'用语言构建的'对应物"的错位,作家的情感找不到适当的语言材料来体现。艾略特还主张要对语言进行经营,"意义要和声音合二为一"②,语言才不至于僵死,才能生机勃勃,富有独特的生命力,才有"能力汲取和表现新客体、新的感情以及新的领域"③,实现对此在的呈现。

情感客体化是将现象带入直观、揭示现象的特征,这是充分把握此在方式的途径。"我们看到……的意识时,关于什么(Wovon),即一个存在者如此这般的对象性质,变成可见的了"。④ 文字、符号或表达式是精神客观化物,"没有语言,我们也没有客体",⑤它们固定了人的生命和精神。如果没有这些客观化物,就无法接近他人的精神⑥,精神通过与客体结合成为一个可视整体。人类的情感就在这些客观物上得以寄托和固定,通过这类客观化物,"人类内心的事件和过程外显构成一个社会的历史世界,……一个情感和反应的共有统一体是一种审美的共同体验"⑦。由于生命存在于客观化与意义构成物中,因而对于一切意义的理解就是返回到富有生气的生命之中。⑧艾略特传统观中情感的客体化就是直观地展示经验的方法。他认为,诗人将语言作为一种察知的方式,将艺术家对生命的体会投射到客观化物上。卢克莱修、维吉尔、但丁、莎士比亚都将自己对人生的理解投射到故事中的人物身上,构建一个客观化了的世界,用最直观的方式描述人存在的意义和生存状态,启迪人生,照亮人生。诗人不断突破语言的疆域,不断为人类提供新的意识,因此探讨语言的可能性意味着探讨共同体的集体意识和集体表达⑨。客体化的情感使人察知到

① 艾略特,"哈姆雷特",《艾略特诗学文集》,王恩衷编译(北京:国际文化出版公司,1989)13。

② 艾略特,"诗人史文明",《艾略特诗学文集》,王恩衷编译(北京:国际文化出版公司,1989)22。

③ 同上,24。

④ 海德格尔,《存在论:实际性的解释学》,何卫平译(北京:人民出版社,2009)3。

⑤ T. S. Eliot, *Knowledge and Experience in the Philosophy of F. H. Bradley* (New York: Columbia University Press, 1964) 98.

⑥ 洪汉鼎,《诠释学——它的历史和当代发展》(北京:人民出版社,2001)108。

⑦ 同上,110。

⑧ 转引自洪汉鼎,《诠释学——它的历史和当代发展》(北京:人民出版社,2001)113。

⑨ Jitendra Kumar, Consciousness and Its Correlatives: Eliot and Husserl, *Philosophy and Phenomenological Research* 28 (1968) 332-52.

周围的表象,把握到关于实在的知识,把握到此在的本质。

神话、民俗和宗教的聚合作用是此在的构建模式。在神话、民俗和宗教的构架下,人们可以建构各种形式的共同体。共同体意味着人们彼此达成一致,共享某种通识①,共同体也意味着承认人的理解的有限性。因为就理解而言,每一个阐释都有一定的错误,否则就不是阐释②,因为人的视点都有有限性③;另外,每一代人都有自己的新观点④;视点的变化导致理解的不同。共同体建立有益于建立和调整人与流传物的关系、理解和参与流传的进程、实现教化作用⑤,进而促进对此在的把握。为了克服解释的歧义性带来的影响,艾略特十分重视神话、民俗和宗教对传统保持的作用,他认为它们均是构成一个民族精神的血脉,它们是实在世界的体现,因为这个世界的存在建筑在不同的"有限中心"对共同意义的分享和共同参照系(共识)的分享之上⑥。对共同意义和共同参照系的分享(共识)无疑会克服"有限中心"之间的隔阂。它(们)是过去丰富现在的手段,在两者的合作之中,思想与情感得到妥协⑦。而妥协就是共同体构建的核心,就是此在的本质。共识、共同体在构建实在的过程中发挥了很大的作用⑧。在艾略特的眼中,神话、民俗和宗教使人能够迅速地被植入一个可以分享的视域之中,并在由这个巨大的网络形成的伦理共同体、道德共同体中寻找自己的坐标,实现与传统的贯通一致⑨。艾略特在《传统与个人才能》、《什么是古典主义》、《基督社会的观念》以及《文化定义札

---

① Joel Weinsheimer, *Philosophical Hermeneutics and Literary Theory* (London: Yale University Press, 1991) 15.

② Wilson Knight, *The Wheel of Fire* (London and New York: Routledge, 1989) xxii.

③ T.S. Eliot, *The Use of Poetry and the Use of Criticism* (Cambridge: Harvard University Press, 1986) 134−135.

④ T. S. Eliot, Experiment in Criticism, *Tradition and Experiment in Present-Day Literature* (New York: Books for Libraries Press, 1968) 198.

⑤ 乌多·蒂茨,《伽达默尔》,朱毅译(北京:中国人民大学出版社,2010) 67。

⑥ T. S. Eliot, *Knowledge and Experience in the Philosophy of F. H. Bradley* (New York: Columbia University Press, 1964) 136.

⑦ T. S. Eliot, *After Strange Gods: A Primer of Modern Hersey* (London: Faber and Faber, 1933) 30.

⑧ T. S. Eliot, *Knowledge and Experience in the Philosophy of F. H. Bradley* (New York: Columbia University Press, 1964) 161.

⑨ 乔治娅·沃恩克,《伽达默尔:诠释学、传统和理性》,洪汉鼎译(北京:商务印书馆,2009) 103。

记》中始终主张,过去是现在的一部分,共同体是个体的一部分,传统并不是过去和死亡,而是现在与鲜活。在共同体的框架之下,有限中心找到了沟通的渠道。通过共同体,实现了对整体与个体、主体与客体、文化与自然、有限与无限等困扰现代主义时期的作家们的二元对立的超越。更确切地说,传统中的神话、民俗和宗教所形成的情趣共同体、思想共同体、宗教共同体和语言共同体从不同的侧面使文明的秩序得到有效实现,这是此在的一个构建过程,正是在这个过程中此在得到显现。

创新是理解,是视域的拓宽与融合,是对此在的把握。此在一方面与其他在者相同,拥有自己的事实性,但另一方面它也具有自己的特性,"它不是既定现成的、固定不变的、僵硬地摆在那里并由静观来发现的东西,它是一种超越性的生存,更多地表现为一种可能性"①。传承物的意义无法穷尽②,人们每一次创新,每一次面对传承物,都是一次将传承物带入历史的尝试,待到事物进一步发展到一定程度时,传承物才会被理解。"理解不只是一种复制的行为,而始终是一种创造性行为"③。传承物的这种属性加之人类理解的有限性为创新留下了无限的空间。哈利特·戴维森在分析艾略特《传统与个人才能》时指出,艾略特所关注的是创造性源泉的问题。他认为艾略特的诗歌试图通过外在的实在、客观对应物而不是内在的状态来表达他的诗意。真正的创造性的主宰者是"不稳定的文化之手",诗人只起到了一个催化的作用。文化既是主观的,又是客观的;它既创造,也被创造;既是有时限性的,又是无限的;既是个性的,又是普遍性的,自我成为文化矩阵的落脚点,却无法超越文化④。换句话说,对过去传统的理解意味着"将它转换到我们的语境之中,在它里面倾听一种对于我们时代的问题的回答"⑤。传统给予我们时代问题的答案实际上赋予了传统一个新意。传统通过吐故纳新,实现了视域的拓宽与融合。艾略特在文学实践中特别强调与他人合作,他在一篇未发表的演说中指出,要与那些已故作家建立私密的关系,这种关系可以改变我

---

① 艾略特,"哈姆雷特",《艾略特诗学文集》,王恩衷编译(北京:国际文化出版公司, 1989) 13。

② 伽达默尔,《诠释学 I,真理与方法》,洪汉鼎译(北京:商务印书馆,2007) 506。

③ 同上,403。

④ Harriet Davidson, *T. S. Eliot and Hermeneutics: Absence and Interpretation in The Waste Land* (London: Louisiana State University Press, 1985) 5.

⑤ 让·格朗丹,《哲学解释学导论》,何卫平译(北京:商务印书馆, 2009) 185。

T. S. Eliot in Philosophical Context

们双方①。他在 1950 年发表的《但丁对于我意味着什么》中将经典作家看做备受尊敬的兄弟、玩伴。艺术品的创作与其他形式的创作一样是一件痛苦与不愉快的事情，是一种为了艺术做出的牺牲，是一种死亡。创作等于死亡，即个性服务于传统，融于传统，并以非个性化的形式表现出来②。除了强调合作，艾略特也特别注意影响的问题。《批评批评家》（1961）和《论诗歌与诗人》（1957）是艾略特的晚期批评文论，他在文中指出所谓影响便是一种去自我化的行为③，去自我化的过程就是被影响的过程，影响可以使作者受孕，而且影响是双向的。在 1955 年发表的《智者歌德》中，他更是将歌德与布雷克视为智者，觉得与他们相处可以使自己也成为智者。不难看出，艾略特的合作观和影响观都强调传统和影响意味着削弱作者的权威性，都是一种去自我化的行为。艾略特在评论卢克莱修时将行为的意义说得十分明确，卢克莱修具有同样的特性，他将自己淹没在一个系统之中，使自己与这个系统融合在一起，获得了超出自己的东西④。这就是创新的意义所在，是对此在的更好把握。

艾略特的传统观所包含的六方面（完整性、历史意识、语言的功能、情感客体化、共同体的构建和创新的意义）共同呼应了他对恢复欧洲文明秩序的关切。在艾略特的视点上，"现存的艺术经典本身就构成了一个理想的秩序"⑤，它是一条金线，可以将深藏在这些作品中的迷宫串联起来，让它们彼此说明、相互印证，共同支撑起西方文明。这个秩序的构成体并非僵化不变，它始终处于开放状态⑥。人类通过接受、修改流传下来的传承物，同时不断地修复这个系统，最终达到恢复秩序的目的。经过一生的构建，艾略特的传统观完成了从文学到宗教再到文化嬗变的发展，

① Richard Badenhausen, *T. S. Eliot and the Art of Collaboration* (Cambridge: Cambridge University Press, 2004) 218.

② T.S. Eliot, *To Criticize the Critic and Other Writings* (London: University of Nebraska Press, 1965) 125–35.

③ T.S. Eliot, *The Use of Poetry & the Use of Criticism* (Cambridge: Harvard University Press, 1986) 47.

④ Richard Badenhausen, *T. S. Eliot and the Art of Collaboration* (Cambridge: Cambridge University Press, 2004) 114.

⑤ 艾略特，"传统与个人才能"，《艾略特诗学文集》，王恩衷编译（北京：国际文化出版公司，1989）2。

⑥ Piers Gray, *T. S. Eliot's Intellectual and Poetic Development: 1909–1922* (Sussex: The Harvester Press Limited, 1982) 168.

然而,无论是从文学的角度,还是从宗教的视角,抑或从文化视点来探讨传统的问题,他始终都围绕着此在的"实际性"(facticity)本质特征来对传统的性质与意义进行描述和阐释。他想"打破板结",把事情本身的意义展现出来,"或者释放出来",希望像柏拉图的洞穴寓言所描述的那样,让"被束缚的奴隶走出洞穴,见到本真世界"①,把握此在。从本质上讲,此在就是理解的在先结构和在先形式,艾略特倡导传统观,目的就是构建一个"理解的成见结构"来应对混乱的秩序。艾略特认为传统可以抵制历史主义,②是具有超越性、开放性和反思性的精神客观化物;他认为与传统交流、对话和协商,可以调整过去与现在的关系,重新构建过去与现在的联系,从而推动文明有序前行。

(七)
"三论但丁":文学批评实践③

但丁为艾略特"情感的正统性"(orthodoxy of sensibility)建立了文学批评理论和创作实践的楷模。1920 年以后,艾略特就不再使用古典主义与浪漫主义这两个概念去表述他的批评核心。罗纳德·斯哥查尔德(Ronald Schuchard)认为,艾略特在其早期的论文和书评中一直在寻求他后来称之为"情感的正统性"的概念。这个概念主张生活的基础具有悲剧性和宗教性,以客观、绝对的道德价值为支撑。

艾略特在 1919 年和 1920 年连续发表文章,把但丁作为这种正统性的主要代表。在这些文章中,艾略特认为现代社会对人的不完美性的视而不见导致离经叛道,导致社会的堕落(见艾略特《论但丁》、《论布雷克》、《论外国人的思想》等文章)。在肉体和灵魂激烈的对抗面前退缩导致诗人的孤独,导致诗人的高傲自大,导致诗人将自己视为上帝,导致诗人试图扮演上帝的角色,去拯救世界。这是一种夸大自身力量和个人洞察力的表现,这种思想导致一种脱离现实的相对道德观的产生。在这种

---

① 海德格尔,《存在论:实际性的解释学》,何卫平译(北京:人民出版社,2009) 16。
② Giovanni Cianci, Jason Harding, eds., *T. S. Eliot and the Concept of Tradition* (New York: Cambridge University Press, 2007) 13.
③ "(七)'三论但丁':文学批评实践"中的全部重要观点都已发表,秦明利,"艾略特三论但丁",《英美文学研究论丛》01(2009),62-75。

思想的影响下,艾略特逐渐接受了休姆的观点,即所谓的古典主义就是以原罪的信念为核心的严谨的律法。从艾略特对浪漫主义诗人叶芝和布雷克的批评中可以清晰地看到他反对浪漫主义主张的观点。不过,艾略特在早期的观点中,并没有否定布雷克和叶芝早期作品中的艺术性和他们诗歌中的美学价值。同样,艾略特晚期在对劳伦斯的批评中也关注他作品的道德因素。而道德因素在文学作品中的作用,对艾略特和休姆来说,是使一个诗人成为一个伟大的诗人、一部作品成为伟大作品的最重要的因素。

艾略特之所以将但丁作为他的古典主义模式是因为但丁将理智和情感有机地结合在一起,但是但丁毕竟距离现代社会有相当大的距离。艾略特在波德莱尔的身上发现了但丁的气质。波德莱尔身上至少存在着一种反浪漫主义的倾向,这种倾向从本质上来说是基督教式的。尽管艾略特认为"他自己发现了基督教",他还不知道他的发现会带来什么后果,但他知道基督教对于他那个时代来说是必要的。艾略特接着又在《安德鲁·迈尔维尔(Andrew Melville)》和《玄学派诗人》等文章中对波德莱尔做了进一步阐述。他认为法国文学中 17 世纪的大师拉辛和 19 世纪的大师波德莱尔非常相似,他们不仅是语言大师,而且是伟大的心理学家,是最伟大的人类心灵的探索者。"像多恩或者波德莱尔或拉福格一类的诗人都可以被认定为一种态度、一个情感系统或一个道德系统的发明者",因此艾略特虽然认为波德莱尔在深度和广度方面逊色于但丁,但认为他可以与但丁站在一个行列,因为他们有别于荷马、乔叟(Geoffrey Chaucer)和卢克莱修这些宗教诗人。艾略特的观点在《论但丁》中可见一斑。艾略特这样评论但丁:当你阅读他的诗歌的时候,你就会发现他是一个经过哲学训练的人。

艾略特认为但丁的诗歌中有三个方面使他成了伟大的诗人。首先,但丁是一个风格大师,使用其他语言创作的诗人都能够从但丁那里找到灵感,他的诗歌语言简洁,修辞清新,意象朴实;第二,但丁非常善于使用寓言,在但丁的诗歌中,一个寓言就是一种洞见,诗意与寓言融合得天衣无缝;第三,但丁的诗歌展现了人类情感的无限深度。在同一篇文章中,艾略特还指出,一个人的个人信念与他作为诗人的信念是两个概念,应该加以区分。但是在一篇诗作中,这两个概念是联系在一起的:诗人所说的就是他的真实信念。同时,作为一个批评家,在实践中,他也很难将他的个人信念与他对诗歌的欣赏截然分开,因为艾略特认为"诗人制作诗歌,形而上学家制作形而上学,蜜蜂制作蜂蜜,蜘蛛分泌线状物体;你很难说这些制作者当中谁相信或不相信:他只管制作。"因为没有制作活动,他们就将结束自己的"生命"。

艾略特与但丁的对话和协商终生未辍。除了散见于自己诸多文章中的对但丁的评论外,T. S.艾略特还曾先后公开发表过三篇专门阐释但丁及其创作的评论文章。它们分别是 1920 年的《论但丁》、1929 年的《论但丁》和 1950 年的《但丁对于我意味着什么》。在这三篇文章中,艾略特以但丁对自己文学创作的影响为始发点,集中阐述了自己的诗歌创作主张和文学批评思想。从发表时间来看,三篇文章前后间隔 30 年,穿越了艾略特大部分的创作历程,其间,诗人的文学创作也经历了从早期到晚期的发展过程,但从思想发展轨迹来看,它们所体现出的诗人的创作主张和理论思想是一脉相承的,这三篇文章因而成为我们追溯这位诗人和批评家诗歌创作和批评思想发展轨迹的一个重要依据。它们印证了 1910 年以后但丁对艾略特文学创作的影响日渐浓重的原因,[①]使我们看到,从早期的《J·阿尔弗莱德·普鲁弗洛克的情歌》、《小老头》、《荒原》,到中期的《灰色的星期三》,再到晚期的《四个四重奏》以及多部宗教剧,但丁的痕迹为何无处不在。更重要的,这三篇文章还体现出但丁在艾略特文学批评体系中的作用和地位,使我们看到,艾略特如何以其哲学博士论文《F. H.布拉德雷哲学中的知识与经验》为发端,不断延续和发展自己的整体思想体系。

---

① T.S. Eliot, *To Criticize the Critic and Other Writings* (London: University of Nebraska Press, 1991) 195.

艾略特论但丁(1920)①

艾略特 1920 年的《论但丁》收录在他公开发表的第一部文学批评论著《圣林》中,这篇文章的核心是对保罗·瓦莱里观点的反驳。瓦莱里认为,由于时代的变迁,曾一度被社会接受的"哲学诗人"已经变得不可忍受。艾略特从两个角度对瓦莱里的论点进行了批驳:一方面艾略特认为古典"哲学"诗歌在当时具有意义,现在仍然富有价值;另一方面,他反对瓦莱里将古代诗歌中的"哲学"因素和"诗性"因素分割开来的观点。

艾略特在卢克莱修和但丁的身上找到了反驳瓦莱里的例证。艾略特认为卢克莱修是一个出色的诗人,他富有观察力的诗歌表达了一种有秩序的人类生活。他找到了一种用诗歌阐述哲学体系的方式,能够徜徉于哲学和诗歌之中,自如地穿梭往来,是这种艺术的创新者。从卢克莱修的身上可以看出,哲学家的目的是为了探讨理念的本身,而诗人则是去实现理念。这并不意味着诗歌不可以在某种程度上是哲学性的。诗人也可以探索理念本身,不过不是为了论证,而是为了审视。原始的哲学形式不应该是诗性的,但是诗歌可以被哲学理念所渗透,当这个理念可以被直接接受时,诗歌便可以探讨这个理念。如果将诗歌和哲学截然分开,就意味着将但丁和他同时代的人扫地出门。

比起卢克莱修,但丁具有优势。在但丁自己所处的时代,神话和神学已经融入了生活,哲学是其诗歌的一个要素,寓言则是他诗歌的脚手架。在分析但丁诗歌的时候,不仅要看他的意图,而且还要研究他诗歌的框架、形式和所表达的情感。也就是说在对他诗歌进行阐释的时候,不仅要注意他的教化意图、他的寓言式的框架,而且还要注重对其诗歌所表达的情感的分析。但丁《神曲》的核心是它的情感结构。这个结构是有秩序的人类情感的度量衡,是我们理解《神曲》的关键所在。但丁深入挖掘人类最丑恶的品性,将其与人类其他情感联系在一起,最全面、最有秩序性地展示了人类的情感。这种艺术家对恐惧、肮脏和令人憎恶的情感描绘的动机,也就是否定的动机,实际上是对美的追求和表现。他成功地实现

---

① T.S. Eliot, *The Sacred Wood and Major Early Essays* (New York: Dover Publications, Inc., 1998) 93–100.

了从否定到肯定的过程。情感的结构在寓言脚手架的支撑下得到了充分的展现,从最感性的情感表达到最理性的情感表达,直至最具有精神性情感的表达。

艾略特对《炼狱篇》第 16 到第 18 章是这样评价的,"我们不是在这里学习哲学,我们是在观察作为世界一部分的哲学。诗人的目的是陈述一种洞见,如果生活的洞见不包含人类心里对生活形成的想法,它就会不全面"。① 但丁最伟大的功绩就在于他通过诗歌表述了一个近乎完美的人类洞见。当然,将他诗歌的局部放置在一个整体中的时候,他诗歌的完美性才能得以体现。艾略特总结到,"诗人的目的不是去刺激——这一点甚至都不能够作为他成功的检验——而是使其平稳;读者的状态仅仅是观察诗人用词语捕捉到[东西]的特殊方式。但丁比任何诗人都成功地处理了哲学的问题,他不是将它视为一种理论或他自己的评论或反思,而是作为一种观察到的东西。"②

艾略特认为但丁的《神曲》将哲学和诗歌结合起来,并创造了一个将感情客体化的典范;但丁的诗歌体现了一种对秩序和整体性的追求,体现了"一"与"多"统一的理想。

艾略特再论但丁(1929)③

与其说艾略特 1929 年的《论但丁》是回应前人对但丁的一些离奇的理解以及对叶芝和庞德对但丁的比较偏激的阐释,倒不如说它是一篇但丁诗歌的导读。艾略特认为,理解但丁的最佳方式应该是反复阅读《神曲》,然后阅读《新生活》,接下来再去阅读但丁所读过的书籍。之所以要如此细读文本,是因为但丁的时代已经久远,他的思想和情感不为现代人所谙熟。对但丁的理解需要的不是信息,而是知识。要想获取这种知识,就要甄别他的思想和情感方式与现在人们的思想和情感方式的异同。只有接受他的思想方式,才能进一步读懂他的作品。

---

① T.S. Eliot, *The Sacred Wood and Major Early Essays* (New York: Dover Publications, Inc., 1998) 100.

② Ibid.

③ T.S. Eliot, *Selected Essays: 1917–1932* (New York: Harcourt, Brace & Company, 1932) 199–237.

在这里,艾略特对但丁的认识涉及以下几点:第一,但丁诗歌的整体性;第二,但丁诗歌的普遍性;第三,但丁的寓言方法的作用;第四,诗歌的结构;第五,诗歌的技巧与风格;第六,诗歌与情感;第七,诗人的信仰与诗歌内容的关系。

艾略特认为,首先,但丁的诗歌必须作为一个整体来阅读,从中摘出一两行、一两首看不出其伟大之处。这与阅读莎士比亚是一样的,单一的戏剧是他所有创作的局部,只有阅读莎士比亚所有的戏剧,才能理解其中某一部剧作的真正含义。但丁的贝娅特丽齐主题是理解整个《神曲》的基础,但这个主题应该与但丁的《新生活》联系在一起。如果将《神曲》视为一个整体,再去理解其他任何某个部分,相对来说就容易得多了。《神曲》作为一个整体,只有莎士比亚的所有戏剧能够与之媲美,《新生活》可以与莎士比亚的十四行诗进行比拟。但丁和莎士比亚分享了现代世界,没有第三者可以与之相提并论,"莎士比亚提供了最广阔的人类激情;但丁赋予了人类激情以高度和深度,二者相互补充"。[①] 艾略特认为但丁的《新生活》对理解《神曲》具有重要意义。《新生活》是但丁的一部早期作品,《神曲》中的风格和主题在这部作品中依稀可见。一般说来,对《新生活》的研究分为两种流派:一种认为这部作品具有自传性;另一种则认为这部作品具有寓言性。艾略特更倾向于后者,认为贝娅特丽齐是一种抽象品质、智慧或道德的化身。他认为,《新生活》给读者的启示是不要希冀更多给予,而是审视死亡,去发现生活所无法给予的东西。《新生活》属于"灵幻文学",但是其哲学思想是天主教的幻灭哲学。

其次,艾略特认为,但丁诗歌的普遍性为读者提供了一把理解其诗作的钥匙。与莎士比亚相比,但丁的诗歌虽然不是包罗万象,却有着丰富的细节。但丁创作《神曲》所使用的中世纪意大利语,相当接近拉丁语,它既是地方性的,又在欧洲具有普遍意义。说《神曲》易读,并不意味着但丁所使用的意大利语简单,或他的诗歌内容简单,而是但丁使用了当时最具有普遍意义的语言。尽管他的思想有些晦涩,但语言流畅、透明。从运用语言的能力来看,但丁当属欧洲第一人。从文化的角度来看,但丁身处的文化也不是现代意义上的意大利文化,它更应该是整个欧洲的文化。

---

① T.S. Eliot, *Selected Essays: 1917–1932* (New York: Harcourt, Brace & Company, 1932) 226.

因此但丁的巨大优势是他在创作时期,意大利在语言上和地理上都还是欧洲的中心。他的思维方式是整个欧洲当时的思维方式,他的方法也是全欧洲能够理解的方法。对于一个外国人来说,但丁容易被读懂的重要原因是他所处的时代更具有统一性。欧洲的解体是从但丁之后开始的,到 20 世纪初达到了高潮。

第三,艾略特认为,寓言框架的使用是《神曲》的优势所在,这种方法的运用能够给自信的诗人提供清晰可见的视觉意象(visual image)。但丁的视觉想象(visual imagination)与现代画家的静画不同,它是一种心理习惯。遗憾的是人们已经将这种习惯忘却了。但丁的这种心理习惯与他使用的寓言方法相辅相成,因此具备这种思维方式的(欧洲)读者,尽管意大利语可能不如但丁,但还是能够完全欣赏但丁。因为寓言方法并不是意大利本土的,而是欧洲的。也就是说作者和读者共享一个寓言框架,这个框架下的读者自然能够理解使用这种方式创作的作品。读者与作者的参照系统协调一致,使读者的阅读成为一种享受。

第四,就诗歌的本身而言,艾略特认为,诗歌的局部是为整体服务的,如果脱离了整体,局部的优美、宏大就失去了意义,并且破坏了诗歌的整体。他对《地狱篇》中尤利西斯的描写赞赏有加,不仅认为这个部分比丁尼生的《尤利西斯》要立体化,而且觉得更重要的是这部分完美地为整个诗歌提供了支撑。

第五,艾略特认为,人们可以从《地狱篇》中学到诗歌创作的真谛,伟大的诗歌完全可以用最经济的词语、最庄严的比喻、最优雅的语言来写就。人们可以从但丁的身上学到更多的诗歌创作方法和技巧。学但丁不能东施效颦,如果一味去模仿,又不具备但丁那样的天分,就注定永远只是一个平庸的诗人。

第六,诗歌是情感的表达。从《炼狱篇》中能够领略到直白的哲学陈述是如何演变成诗歌的;从《天堂篇》中可以感受到稀缺的美是如何成为伟大诗歌的材料的。人们还能了解莎士比亚比但丁懂得更广泛、更多样性的人类生活;而但丁则懂得更深层次的堕落和更高层次的欢乐。炼狱之火与地狱之火不同,在地狱,痛苦来自被惩罚之人,他们在自己的变态中挣扎;而在炼狱之中,火焰的折磨被赎罪者有目的和有意识地接受。在但丁这里,赎罪的人情愿受苦痛,而维吉尔地狱中的人则不同,因为在但丁这里,赎罪的人看到了被赐福的可能性。

T. S. Eliot in Philosophical Context

第七,诗人的信仰与诗歌内容的关系。在谈到但丁对圣托马斯·阿奎那的恩义时,艾略特强调,但丁也大量地阅读和使用了中世纪其他哲人的思想,但丁到底在多大程度上借用了阿奎那或其他哲人的思想,并不是艾略特所关心的内容,他关注的重点是但丁的信仰。艾略特认为,"……你不能对但丁的哲学和神学信仰视而不见,或是跳过那些清晰地表达这个内容的诗行;另外一方面[它们]并没有呼唤你也去相信它们的含义"。① 在阅读但丁的《神曲》时,懂得一些天主教知识有助于理解诗歌中的意义,但这与个人信仰无关。这是一个有知与无知的问题,而不是信仰与怀疑的问题。对于理解但丁的诗歌来说,最关键的问题是要把他的诗歌作为一个整体来看,每一个部分都离不开整体,对每一个部分的理解都会为对全篇的理解提供有力的支撑。

但丁的身上体现了一个重要的区别:作为诗人的但丁的信仰与作为一个普通人的信仰之不同。像但丁这样一个伟大的诗人,不依靠信仰去创作《神曲》是难以想象的。但是个人的信仰一旦进入诗歌就会变成另外一种东西,这在作为哲学诗人的但丁那里体现得尤为明显。而歌德和卢克莱修这两位诗人写就的只是他们的信仰。《博伽梵歌》则与此不同,艾略特认为,它也是一部像《神曲》一样伟大的哲学诗歌,一部可以将理解和信仰分开的史诗。为此艾略特觉得歌德的信仰常常会导致他的不信,而但丁则不然。艾略特认为这种现象的原因就是但丁是一个更纯粹的诗人。因此我们不应因为但丁的诗歌大量应用了阿奎那的哲学而将但丁视为阿奎那,更不应该因为但丁表现了阿奎那的哲学而将阿奎那视为但丁。所以没有必要为了理解但丁而去阅读阿奎那的《神学大全》。不过人们带着一种勘查新大陆和理解局部与整体关系之谦逊的态度,去阅读但丁那些富有哲学意义的诗行是必要的。一旦阅读到这样的诗行,人们首先应该注意的是不应该为了查阅个别诗行中的出处,而大量翻阅诗歌所涉及的参照,为了查证《炼狱篇》第 16 和第 17 章中出现的关于灵魂的内容,而去参阅亚里士多德《论灵魂》("De Anima")。艾略特劝告读者一定要记住他们所进入的是一个诗歌世界中的哲学境地,而不是一个哲学世界。

---

① T.S. Eliot, *Selected Essays: 1917–1932* (New York: Harcourt, Brace & Company, 1932) 218.

艾略特三论但丁(1950)①

1950 年,艾略特发表了第三篇评论但丁的文章《但丁对于我来说意味着什么》。艾略特说,这篇文章与 1929 的论但丁相比,未有创新。但该文还论及拉福格和波德莱尔等除但丁之外的其他诗人,这篇文章却绝非一次无用的赘言,它实际是艾略特再次借助但丁,总结性地提出他在当时的文学主张。

艾略特认为,但丁有三个方面值得人们不断地向他学习。首先,但丁不仅锻造了炉火纯青的诗歌技艺,而且也是一个虔心的实践者。在他的诗歌实践中,他努力去服务于语言,做语言的仆从,而不是去做语言的主人。他无限地拓展了语言的可能性,极大地促进了语言的繁荣。第二,但丁扩大和加深了人类感情的范围,他的身上体现了这样一种品质:诗人不仅应该而且能够比常人发现和感觉更多的光谱和声音,更重要的是应该发现和感觉到常人无法感知的光谱和声音震颤背后的东西,并且帮助他们发现和感觉到他们凭借自己的力量无法实现的东西。但丁的《神曲》全面地展示了人类的感情,从被剥夺的绝望到对美的展示。诗人应该去探讨那些用语言无法表达、那些常人无法感觉的东西。如果他们捕捉到了实在,这些探索者应该向他们的同类报告他们的探索结果。艾略特认为上述两点联系紧密不可分割。诗人的任务是使常人理解他们靠自己的力量无法理解的东西,这就要求诗人应该占有大量的语言资源,在发展语言、丰富词义的过程中,使语言能够帮助常人看到他们无法看到的实物,感觉到他们无法自己感觉到的情感。第三,但丁在诗歌中所传递的感情是具有普遍意义的人类情感,他通过努力使自己的诗歌走出了意大利,也使自己成了整个欧洲的伟大诗人。因此艾略特指出,"但丁的意大利语在一定程度上来说,在我们开始阅读他的那一刻就是我们的语言",②他的诗歌所体现出来的一切可以为所有欧洲人提供范式,铭刻在任何一个欧洲人的心中,并融化到自己的母语之中。③

---

① T.S. Eliot, *To Criticize the Critic and Other Writings* (London: University of Nebraska Press, 1991) 125–35.

② Ibid., 135.

③ Ibid.

T. S. Eliot in Philosophical Context

　　如果将艾略特在上述三篇文章中的思想置放在一个连续的系统中进行考量,就会发现他思想的演化进程及其持续性,均源于他在 1916 年完成的博士论文《F. H.布拉德雷哲学中的知识与经验》。麦林森认为,艾略特 1950 年评论但丁的文章,是他前两篇但丁评论文章的总结,是他博士论文中哲学和艺术主张的延续,同时也是他早期文学批评思想的实践。[①]确实如此,艾略特的博士论文不仅是他研究布拉德雷哲学思想的成果,更是他自身思想体系的发端。在这一体系中,哲学与艺术的关系问题,即"对理智的满足与对情感的满足之间的矛盾",[②]主宰着诗人的诗歌创作和文学批评,并由此衍生出艾略特文学批评思想体系中的三大核心理念:"客观对应物"、"理性与情感的分离"和"非个性化原则"。这三大理念在艾略特论但丁的三篇文章中,应该说是清晰可辨。

　　这三篇文章让我们看到,对于艾略特来说,哲学与艺术的关系实质上是思想与情感之间的协调,而《神曲》正是这种协调关系的典范。但丁使"情感"成为一个"客体",用以承载主观的思想。通过语言对经验的描述,这种承载得以实现,这正是艾略特博士论文的核心思想。在论文中,他论证了如何通过对经验的描述来构筑实在(reality)的过程。艾略特认为,"实在内在于观念,否则这个观念就不是那个实在的观念"。[③]艾略特在他的博士论文的结论部分还指出,"'客体'一词意味着某种特定的经验和所涉及的那个经验的理论……我们唯一能够理智地把握实在的方法就是将其变成客体,这种做法的充分理由是我们所生活的世界就是如此建构的"。[④]因为世界的构造如此,所以要想认识世界,就必须使实在转化为客体,找到相应的"对应物"。艾略特认为,莎士比亚所欠缺的就是找到一个恰当的经验来表达哈姆莱特难以言表的情感。[⑤]而但丁在《地狱篇》中做到了这一点,地狱各个层面上的形形色色的人物就是但丁要表达情感的投射对象,通过这些人物,读者能够更清晰地看到但丁的喜怒

① Jane Mallinson, *T. S. Eliot's Interpretation of F. H. Bradley: Seven Essays* (Dordrecht: Kluwer Academic Publishers, 2002) 33.

② Ibid., 2.

③ T. S. Eliot, *Knowledge and Experience in the Philosophy of F. H. Bradley* (New York: Columbia University Press, 1964) 5.

④ Ibid., (1989) 159.

⑤ T.S. Eliot, *Selected Essays: 1917–1932* (New York: Harcourt, Brace & Company, 1932) 125.

哀乐、爱恨情仇。在但丁那里,思想与情感融合为一个有次序的系统。[1]
依此为原则,艾略特在《情歌》中将人物的独白作为客观对应物来展现人
性的黑暗面。"不难看出,杰·阿尔弗雷德·普鲁弗洛克就是一个像但
丁被谴责的灵魂一样身受折磨的人"。[2] 当然,艾略特的其他作品(如《小
老头》、《荒原》、《四个四重奏》和《家庭团聚》)中类似的人物也都是被用
来展现诗人思想的,正如艾略特在《哈姆雷特与他的问题》一文中所指出
的,"用艺术形式表现感情的唯一方法是找到一个'客观对应物',换句话
说就是一套客体、一种情形、一连串事件,它们将成为构成某种特殊感情
的配方;这样,一旦这些最终将终止于感觉经验上的外在事实给定,那种
感情就会旋即被唤起。"[3]将感情融于一个客体,才能使没有经历过这类
感情的人理解这种感情,才能使读者理解普鲁弗洛克等在现代世界痛不
欲生的感觉。而使感情客观化的必由之路是用语言来名状感情。艾略特
的这个观点完全是他博士论文哲学思想在文学批评领域中的应用。他在
博士论文中指出,客观对应物是"感情和客体性的统一和延续……是经
验整体的两个不同侧面"。[4] 通过客体来表述和强化感情是艺术家的工
作。感情只有完全被客体化的时候才能够被理解。"客观对应物"的概
念是艾略特直接从亚历克修斯·迈农(Alexius Meinong)"意向性"(in-
tentionality)的概念演化而来的,不过迈农的思想应该归功于弗朗兹·布
伦塔诺(Franz Brentano)[5]。艾略特在他博士论文的第一章"论我们直接
经验的知识"中,深入地讨论了意向性的特性,阐释了意识的客体化功能
在特殊的创造性模式中的作用,其中对应关系在意识中扮演着决定性的
角色,在意向性的驱使下为意识提供了着陆点,即客体。由此可以看出,
他的"客观对应物"的概念绝不仅仅是一个文学公式,而是一个哲学

[1]　T.S. Eliot, *The Varieties of Metaphysical Poetry*, ed. Ronald Schuchard (London: Harcourt
　　Brace & Company, 1994) 120.

[2]　Peter Lowe, Dantean Suffering in the Work of Percy Shelley and T.S. Eliot: From Torment to
　　Purgation, *English Studies* 85(2004): 324-343.

[3]　T.S. Eliot, *Selected Essays: 1917-1932* (New York: Harcourt, Brace and Company, 1932)
　　124-125.

[4]　T. S. Eliot, *Knowledge and Experience in the Philosophy of F. H. Bradley* (New York: Colum-
　　bia University Press, 1989).

[5]　Jitendra Kumar, Consciousness and Its Correlatives: Eliot and Husserl, *Philosophy and Phenom-
　　enological Research* 28(1969) 332-352.

概念。

在文章中，通过论述但丁的伟大，即《神曲》融人类的普遍情感于哲学的思考之中，艾略特再一次强调理性与情感不可分离，批判了自但丁之后的诗人将二者彼此剥离的创作理念，这一观点 1921 年在《玄学派诗人》一文中曾有充分体现。在该文中，艾略特批评了理性与情感分离的文学现象，指出这一现象自 17 世纪出现以来，一直未曾得到有效纠正。他指出，理性与情感的分离一方面来自多恩以后英国诗歌创作思想的变化，尤其是浪漫主义的一些唯情感为上的追求；①另一方面，而且是最重要的方面，是语言功能的弱化。其实这里的情感与理性的分离是一种哲学判断。这个判断十分清晰地表明艾略特对弥尔顿等人的诗歌传统感到遗憾，批评他们在诗歌中将思想和情感对立起来的做法，批评他们不寻求统一的倾向。对于艾略特来说，将思想和情感相互割裂就意味着陷入布拉德雷的有限中心，②也就意味着沟通的不可能性。诗歌情感在艾略特的手中是用来实现个体和共性有机统一的工具。统一的重要形成过程就是思想和情感的结合。

在布拉德雷的"联结与思想"中有两个原则：接近（contiguity）或整合作用（redintegration）原则，即接近律或整合作用律；也就是先前刺激源引起反应后，同一刺激源的组成部分再次出现时能够引起同样完整的反应。这个原则是一个通过展现个体引起联结反应的重新组合的过程；另外一个原则是融合律（blending or coalescence or fusion），即不同因素中相同特征的内容可以全部或部分地融合在一起。艾略特认为诗人的目的就是要在不同的物质与思想中寻求相同的特征，在诗歌中重新创造或合成一个有机的统一体。无论是作者创作之时，还是读者阅读之际，在一定程度上都受这两个法则的支配和制约。联结融合了情感和思想，为作者和读者提供了一个共同的参照。艾略特的这些观点也是布拉德雷的思想。布拉德雷在其第一部著作《批判历史的前提假设》中指出，经验原本是一个有机整体；我们的个体从中抽象出一部分不完整的、有限的经验。不具有批判性的历史学家头脑中只有一个含混不清的经验，而具有批判性的历

---

① T. S. Eliot, *Knowledge and Experience in the Philosophy of F. H. Bradley* (New York：Columbia University Press, 1989) 228.

② Ibid., 202.

史学家则将整个经验视为一体,他不断地将部分组成一个新整体。[①] 不过布拉德雷这里的系统概念是一种将个人情感的、理智的和感觉因素合成为一的统一,一个接近于布拉德雷直接经验的囊括观察者和被观察者的整体。在布拉德雷的另外一篇文章《论真理和贯通》中,布拉德雷认为他的这个系统结构越庞大、接受的"新事实"越多,他的世界就越宽阔,越和谐。他的结构越庞大、接受个体事实越多,他的结构就越有确定性。他认为,"如果我们能够成为囊括一切的有秩序的整体,我们的确定性就变成了绝对。因为我们做不到这一点,我们应该对相对的或然性感到满意"。[②] 布拉德雷是说,任何一个单独的判断都不会孤立地产生意义,它必须在一个结构中才有意义。而人的经验是有局限性的,所以对事实的阐释就不会是完美的。人所建立起来的判断体系越大,结构越复杂,内容越丰富,就越会使判断更加有意义。艾略特的批评概念"统一的情感"或"视角"就来源于此。

艾略特还通过这三篇文章进一步强调了诗人应该具有的特质,指出诗人应将个性融入普遍性,指出诗歌以平凡见普遍、以平凡见伟大的重要性。艾略特在总结但丁的成就时指出,但丁作为一个诗人,把自己当成语言的仆人,在服务于语言的过程中,开拓了语言的新疆域,极大地丰富了语言。对语言的探索成为他对群体集体意识的探索,使他的个性融入到集体的共性之中。但丁帮助读者拓宽了他们的光谱,扩大和加深了感情的范围。他通过不断地弱化个性,使读者能够分享他发现的人类情感,赋予常人表达他们自己情感的言语。但丁通过自己的努力使他传递的感情成为具有普遍意义的人类情感。艾略特在他著名的《传统与个人才能》及后来的许多评论文章中,尤其是在他论但丁的三篇文章中,将"非个性化"视为他理想中的诗人的一个特质,但丁成了他举一反三的典范。他在 1943 年《诗歌的社会功能》一文中指出,行为古怪或疯癫的作家与真正的诗人之间的区别在于,前者可能具有独特的感觉,但它[感觉]却不能够与他人分享,因此它毫无用处;而后者发现了情感的新变化,而且能够被他人使用。在表达他们[情感新变化]的时候,真正的诗人同时也发

---

① 布拉德雷,《批判历史学的前提假设》,何兆武、张丽艳译(北京:北京大学出版社,2007)88、89、94。

② F. H. Bradley, On Truth and Coherence, *Mind* 18(1909) 329–42.

展和丰富了他所说的语言,①这是因为诗歌虽然源自情感,但不是感情的放纵,而是感情的脱离;不是个性的表现,而是个性的脱离。② 任何对个人情感的真实描述,都来自这种经验之外的另外一种经验。在寻求与主观感情相联系的外部经验的过程中,诗人与外部经验融为一体。这种融为一体的前提就是,诗人应该有个性和感情。③ 但丁身体力行,为艾略特提供了"个性脱离"的方法和榜样,《神曲》中的寓言方法为艾略特提供了一条通道,《新生活》中"青年时期的经验"与哲理性的诗人的分离为艾略特提供了榜样。④ 在"主体与客体为一体"的状态下,诗人才能生动地表达他的个人感受。⑤ 在集体的、民族的甚至在普遍的人类情感之中,诗人才能在真正意义上抒发个人的感情。

总的来说,艾略特对但丁直接或间接的评论跨越了文学和哲学的语境界限,体现了他的哲学和文学主张,再现了其博士论文《F.H.布拉德雷哲学中的知识与经验》中有关布拉德雷的研究观点。通过这三篇文章,我们不仅看到艾略特有关诗歌和哲学的一致性主张,还从一个侧面看到他的创作思想和批评主张的连贯性。正如艾略特在 1952 年所说,"哲学家试图使我们观察实在的一个侧面;诗人试图使我们看到另外一个侧面。这是两种思考方式。"⑥

文学是与哲学具有同等地位的一种理性思维,是艾略特文学批评理论的结晶,与艾略特哲学学习的三个阶段所受到的影响紧密相关。哈佛大学阶段是他哲学思想的起点,欧洲游学阶段是他进行哲学实验的时期,博士论文阶段是他确定自己哲学落脚点的时期。艾略特的博士论文既是他对自己前期学习和探索的一个总结,也是他开展哲学实践的一个出发点;它不仅是他思想形成过程的重要依据,而且更重要的是成了理解他的诗歌、戏剧和文学理论的核心参照。知识与经验的关系问题是一个知识论的问题,具体地说,就是我们如何知道我们所知道的知识和我们如何用

① T. S. Eliot, *On Poetry and Poets* (New York: Farrar, Straus and Giroux, 2009) 9–10.
② T. S. 艾略特,《艾略特文学论文集》,李赋宁译(南昌:百花洲文艺出版社,1994) 11。
③ 同上。
④ T. S. Eliot, *Knowledge and Experience in the Philosophy of F. H. Bradley* (New York: Columbia University Press, 1989) 116.
⑤ Ibid., 30.
⑥ 转引自 Jane Mallinson, *T. S. Eliot's Interpretation of F. H. Bradley: Seven Essays* (Dordrecht: Kluwer Academic Publishers, 2002) 75。

语言来呈现这些知识,这无疑是艾略特研究的核心问题。艾略特在他1916 年完成的博士论文《F. H.布拉德雷哲学中的知识与经验》中讨论并回答了这个问题。但艾略特认为布拉德雷的哲学在回答这些问题的时候存在一定的不足;在讨论人的实践性方面,特别是在讨论人的伦理和道德行为方面,文学理论和实践能够提供更加丰富的内容。艾略特认为人的实践活动包括两个方面的内容,其一是如何感觉,其二是如何思维,这两个内容不仅是哲学讨论的领域,也是文学要涉猎的内容。文学可以通过语言为经验的表述创造实在的形式。文学的理论和实践能够更具体地对人的行为举止起到示范作用,因而文学是与哲学具有同等地位的一种理性思维。这一主张是艾略特文学理论的结晶。

结　语

艾略特的"认识图式"

　　艾略特一生都致力于探索和建构一种化解西方现代社会危机的新"认识图式",或者说一种哲思与诗思结合的"认识图式"。这种可以称为"认识图式"的新图式,与康德通过感性直观和先验范畴构建的"概念图式"相对。这种"认识图式"是通过文学叙事或文学故事,对集历史、文化、社会、政治和伦理道德资源于一身的"具体共相"的筑建,面向的是 19 世纪末 20 世纪初以来的现代社会。

　　在艾略特的时代,尤其是在 19 世纪末 20 世纪初,承载着西方千年文明的现代社会进入了新旧交替时期,旧图式的权威已解体,没有能力应对新实在阐释的挑战。自笛卡儿以来西方文明所构建的理性主义传统,经过启蒙运动的深化,构建了新的理想与抱负,然而启蒙运动所依据的思想根源又对启蒙以来的理想与抱负及实施方案提出质疑和批判,不仅受到与之抗衡的经验主义的攻击,更受到实用主义、相对主义和各种形式的怀疑主义的抗拒。匡正失衡的秩序需要整章立矩,建构新的统一的认识图式。新图式的构建过程通常是新旧时代认识图式的角力过程,人们通过对旧有图式的再次阐释,重新整合历史、文化、社会、政治和伦理道资源,建构新图式。

　　康德的"概念图式"曾经试图稳固理性主义的阵地,提出一整套认识论体系和道德伦理体系来调整受到怀疑主义和经验主义攻击的体系,修补遭到质疑的认识图式。他筑建起用感性直观和先验范畴作为支撑的"概念图式",用超验的形而上学体系调和认识论中的二元对立,用普世的道德律令指导和约束人的行为举止。然而,康德并没有脱离笛卡尔解决认识论问题的路径,他仍然坚持用普遍有效的原则和方法去构建他的"概念图式"。柏格森也曾做出类似的努力,他创建了以生命冲动为统领的生命哲学体系,在生命冲动的框架下,世界被分成向上的生命运动和向下的物质运动,两种运动的本质是时间,去解决认识问题的唯一方法就是直觉。尽管柏格森采取的非理性主义的路径与康德大相径庭,但是柏格森试图用生命冲动来构建他的认识图式的做法仍然没有摆脱二元对立的传统,他的哲学同康德一样采取的是对人类经验进行切割分析的方法,破坏了人类经验的整体性。他们二人的认识图式无法解决 19 世纪末 20 世纪初的认识论危机。

白璧德、桑塔亚那、鲁一士力图从不同的角度构建新图式。白璧德建构了新人文主义思想,主张以"人的法则"来抵御"物的法则";桑塔亚那建构了他的怀疑主义哲学,倡导用语言和神话来阐释人的经验;鲁一士建构了他的"忠"的哲学,强调宗教指导人的认识和生活的作用。波德莱尔用象征主义手法通过诗歌将城市的阴暗面作为客体及其反思的对象;西蒙斯大力提倡把象征作为哲学思考的方式,以象征的方法来构建认识图式;拉福格构建了自己的面具说,提出戴着面具去观察人生的认识图式。他们构建图式和方法的共同之处是他们提倡用文学故事作为反思工具,用具体的故事来构建认识图式。但他们的理论和实践努力无论从理论的深度、理论的广度、理论的系统性和可操作性及影响方面都远不及康德和柏格森的方案。他们构建的图式虽然有助于解决认识论的危机,但都无法维持业已失衡的西方文明秩序。

现代性为 19 世纪末 20 世纪初的欧洲带来了认识图式的复杂变化,各种图式竞相出现,艾略特以诗人和批评家的身份让自己面向现代社会的纷杂状况。他认为,社会的事实化、方法化和度量化使整体性遭到肢解和遮蔽,人类经验不断被割裂,被分割,整体性难以保存,人们无法唯一是从。在这种图式技术化倾向受到了强烈质疑和严重冲击的情况下,西方文明赖以生存的古希腊传统和先诗歌后哲学的教化范式难以维持,文明秩序大乱阵脚,如何为维持文明秩序提供统一的图式成为西方有识之士的历史责任和社会责任。

艾略特的所有创作活动都围绕着如何构建具有统一性的新图式,为此,他对认识图式的建构理论机理、构建图式的目标和构建图式的途径进

T. S. Eliot in Philosophical Context

行了详尽的梳理和缜密的研究,艾略特发现现有的认识图式之所以无法解决图式统一性的问题、认识论危机之所以凸显,是因为缺乏对人类经验整体阐释的设计。笛卡儿和康德的图式设计都延续了一条"科学化"的技术路线,他们的设计都试图将人类的理性作为理论的立基,试图建构一个确定的、明晰的、逻辑性的、可以形成概念和公理的、具有普世化价值的图式。自笛卡尔以降的理性主义者,基本上在这条技术路线上进行各种各样的图式设计。艾略特在他的康德研究报告《康德范畴研究报告》、《康德批评与不可知论的关系研究报告》和《康德〈实践理性批判〉伦理学研究报告》中就曾经批评理性主义者过于强调范畴真与模态真的分离,忽视二者之间的相互联系、相互依托的倾向。艾略特认为范畴真和模态真的对立实际上是情感与思想的对立,范畴真与模态真的分离就是情感与思想的分离。这是理性主义机械性地理解科学导致的偏差,这是机械论、实证主义、历史主义、心理主义的理论根源,也是导致怀疑主义和相对主义的主要原因。在这种思想的主导下,精确性、确定性、量化性、衡量性成为建构图式的标准。以这种思想构建的认识图式用维持自然秩序之道理规定人的世界的行为规范和行动准则,用公理、公式和逻辑演绎的技术路线取代历史和传统进路,成为治理人之世界的统领。艾略特在他的博士论文《F. H.布拉德雷哲学中的知识与经验》中对这种偏颇地理解人类经验的主张进行了批评,他指出以理性主义思想为主导的心理学家将世界截然划分为主体世界和客体世界的做法破坏了世界的整体性。艾略特在他1926年的《克拉克演讲》中更是批评这种做法是试图用"理性之光"来揭示世界之秩序和人心灵之秩序,这样的图式无法拯救认识论的危机。

艾略特在为建构"认识图式"而进行的分析和梳理的过程中,重新审视了认识论所涉及的两个基本问题,一个是我们如何认识世界,另外一个是我们如何用语言呈现世界。艾略特认为认识论的基本问题虽然可以切分为两个方面,但不能把这两个问题视为各自独立的问题。它们是互为依存、互为作用、相互支撑的统一体。艾略特关于认识论基本问题的认识是在他哲学学习和研究的过程中逐渐形成的。在这个思想的形成过程中,古希腊哲学思想和古希腊文明为艾略特提供了丰富的思想资源:他不仅从对赫拉克利特、柏拉图和亚里士多德的著作的研读中得到启迪,也从荷马史诗、古希腊神话传说和古希腊戏剧中获得灵感。可以说,艾略特的古典学熏陶是一种哲思与诗歌的结合,是哲思和诗思的平衡。哲思澄鉴博映，沦心众妙，洞志灵源，使艾略特把握了古希腊先哲关于实在的精髓，而诗思体大思精，为天地之心，心生而言立，言立而文明，实为自然之道。诗思使艾略特深谙诗歌之为诗歌实乃道之文，而道是自然之道和人之道的高度和谐统一。

古希腊哲思和诗思的结合，使艾略特初步意识到人类认识图式的构建需要将人类经验作为一个整全体来考量。哲思和诗思分别属于各自的语言系统，分别从两个视角、两种视域对人类经验进行诠释，而且两种语言诠释相结合才能对人类经验进行一种比较全面的理解和阐释。艾略特的这种认识为他寻求构建更加全面的阐释人类经验的认识图式奠定了哲思和诗思相结合的思想基础和理论基础。

艾略特在他的认识图式构建的过程中还得到了白璧德、桑塔亚那和鲁一士思想的帮助。这三位哈佛大学教授是理性主义的主要批评者，他们从各自的角度坚持将人类整全经验的阐释作为认识论的图式。艾略特研究并挖掘柏格森思想，也因为他反对理性主义片面地理解人类经验。艾略特在法国象征主义诗人波德莱尔和拉福格以及批评家西蒙斯那里学习了"认识图式"构建的呈现方法，在此基础上，应该说艾略特对布拉德雷哲学的研究和他的博士论文《F.H.布拉德雷哲学中的知识与经验》对他认识图式的建构起了关键的作用。布拉德雷对认识论基本问题的回答使艾略特完成了对自己"认识图式"的基本设计。艾略特认为布拉德雷的哲学实际上是围绕着"实在为何"和"如何呈现实在"来筑建的。布拉德雷主张实在为"一"，"一"始终贯穿在一切实在的东西之中。实在往往以多样性和差异性呈现在人们面前，不过差异性和多样性并不抵触，它们在"一"框架下呈现出差异性和多样性。布拉德雷指出："实在是单个的。实在的积极性把一切差异都包括在一种无所不包的和谐之中，在这个意义上实在是一"。[1]

据此，艾略特建构了囊括人类各种经验为一体的"认识图式"。他将历史经验、文化经验、哲学经验、科学经验、艺术经验、日常生活经验、个体经验、共同体经验和社会经验以及宗教经验视为人类经验整全体不可分割的组成部分，从哲学和文学两个视角理解、阐释和呈现人类经验，建构了文学与哲学相结合的"认识图式"。在这个理论框架下，艾略特追求在

T. S. Eliot in Philosophical Context

---

① 张家龙，《布拉德雷》（台北：东大图书公司，1997）10，转引自 Bradley.AR, 123。

更高的立足点上、用更广阔的视域纵览人类经验,以更加真实地理解和认识人类经验、拯救西方文明的认识论危机。

　　艾略特的具体认识图式的构建途径主要有两条,一条是文学创作实践,一条是文学理论构建。他试图通过这两个途径来纠正自笛卡儿(尤其是康德)以来视哲学为唯一的人类认识论和伦理道德指导的偏差,并依此来平衡"认识图式"构建模式的结构,克服几百年来形成的文化短视。在古希腊文明中,人们一直把诗歌和戏剧(统称文学叙事)或文学故事、诗歌吟诵及表演视为对人进行教化的主要途径,这种途径成为柏拉图及其他古希腊哲学家建构城邦的核心。文学叙事或文学故事成为与思辨理性等值的实践智慧。艾略特构建的时代的认识图式以筑建人类整体为目标,从希腊的求索传统中得到启示,利用"具体共相"的方法,通过《情歌》个人的求索历程、《荒原》集体求索的历程和《四个四重奏》共同体的求索历程,为理解人类整体经验提供可以直观的人类情感客体。在这三首分别代表艾略特诗歌创作不同时期的作品中,艾略特把他对那个时代人类面临的认识困惑呈现在读者面前。与此同时,艾略特也将古希腊神话、史诗、戏剧和哲学思想,以及古罗马时期、中世纪和近现代文学艺术作品精髓和哲学思想植入诗歌之中,使其成为人类经验演化的投射。这两种人类经验的结合为人们提供了一个更加真实的实在,使处在困惑中的人们在历史和文明的语境中更清楚地理解和认识了自身的存在状况。艾略特的诗歌在这里发挥了人们借以重新审视自身的作用。

　　艾略特的文学批评理论构建也因循了哲思与诗思整合的路线。艾略特虽然没有出版过系统的、以基本原则为基础的文学理论专门论著,他的文学理论思想虽然散见在他短小而具有真知灼见的书评、对作家和作品精妙细致的分析性论文和演讲之中,但是他的五个文学主张——"传统观"、"情感分离"说、"客观对应物"说、"非个性化"主张和"语言观"——构成了一个完整的文学理论体系。艾略特的"传统观"可以视作他文学理论的基石,这也是他文学理论的基本原则。"传统观"在理论上就是实在,是一个视阈融合的"一"。"传统观"显示在"一"的框架下,人类对世界的感觉经验各有不同,具有差异性。这种差异性既包括历史的差异性、文化的差异性,也包括社会的差异性和政治的差异性。每一个人的感觉虽然都是一个"有限中心"或"我的经验",但无法独立存在。个人的生活要与共同体的生活发生联系,个人要成为共同体的一部分,才能维持个人的生存。共同体的存在是个人存在的前提和基础;维持共同体的存在需要个人不断地放弃自己的个性,不断地经历"非个性化"的过程,将个性融入到共性之中,以此来维护共同体的利益,也就是维护个人的利益。哲学是对这种人类状态的阐释,文学实践和文学理论也同样是对人的生活的多样性和复杂性的阐释。相对于哲学而言,文学作品在一定意义上是一个在更广阔的文化和历史背景上对人类经验的理解和呈现。呈现就是揭示,而揭示就是认识。文学叙事或文学故事是对人类生活本质、功能和生存状态的呈现,因而具有哲学品性。

艾略特文学理论中的"情感分离"说也属于艾略特认识论中认识世界的一部分。诗歌中情感分离的缘由在于人们认识图式的改变。艾略特在《玄学派诗人》、《克拉克演讲》和对但丁的评述中多次强调笛卡尔以后人们过于强调哲思而忽略了情感表达的意义,结果导致以抽象的教条而不是"具体共相"指导人性培养。艾略特特别推崇桑塔亚那在《三个哲学诗人》中的主张,认为只有将哲思和情感相结合才能充分表达人类的整体经验。卢克莱修、但丁和歌德是古希腊传统的延续,他们身上体现了"多"与"一"的对立统一。

艾略特文学理论中的另外两个核心概念"客观对应物"说和"语言观"回答了艾略特认识论中如何用语言来呈现世界的问题。艾略特在文学实践中利用布拉德雷"具体共相"的概念来阐释人的整体经验,他在《传统与个人才能》、《玄学派诗人》、《克拉克演讲》、《波德莱尔》、《古典文学与文学家》和对但丁的评述中在批判思想与情感脱节的同时,提出恢复这种自古希腊以来的优秀传统,那就是让情感依托思想,即找到承载情感的客观物,使情感客体化,以实现对人类经验的呈现。艾略特文学理论中的"语言观"也来自他的哲学学习和研究,他的"语言观"是他回答我们如何呈现世界的关键所在。艾略特在自己的赫拉克利特研究、柏拉图研究、亚里士多德研究和康德研究(尤其是布拉德雷研究和他的博士论文《F.H.布拉德雷哲学中的知识与经验》)中逐渐认识到解决语言与实在关系的问题是他回答前面提到的两个认识论问题的关键,也是他实施构建的"认识图式"的最终实施前提。艾略特充分认识到语言的模糊性制约了人们对实在的理解和阐释,我们如何认识世界、如何用语言呈现世界的核心就是语言问题。艾略特对语言的认识也应和了 20 世纪哲学的语言学转向,在一定程度上超出了维特根斯坦语言游戏说的范围,与海德格尔和伽达默尔的语言观具有同样重要的意义。

　　艾略特用一生的文学创作实践和文学批评实践,出色地回答了"我们如何认识世界"和"我们如何用语言呈现世界"这两大难题,以此为化解现代社会的危机贡献了解决方案——一种基于哲思与诗思相结合的新认识图式。本书通过追溯艾略特哲学学习和哲学研究的全过程,试图澄清哲学在艾略特创作实践和文学理论构建中一以贯之的作用,同时指出哲学和文学都无法独立完成阐释人类经验的作用,只有文学与哲学的结合才能使人类经验整体得到充分的诠释。人类经验整体指向本体,同时指向包括人在内的自然本身。可以说艾略特的创作活动是现代性悖论的一种折射,也是解决现代性悖论的一种方案。

参考文献

艾略特的著作

[1] T. S. Eliot, *Selected Essays: 1917-1932* (New York: Harcourt, Brace & Company, 1932).

[2] T. S. Eliot, *After Strange Gods: A Primer of Modern Hersey* (London: Faber and Faber, 1933).

[3] T. S. Eliot, *Tradition and Experiment in Present-Day Literature* (New York: Books for Libraries Press, 1968).

[4] T. S. Eliot, *For Lancelot Andrewes: Essays on Style and Order* (London: Faber and Faber, 1970).

[5] T. S. Eliot, *Selected Prose of T. S. Eliot*, ed. Frank Kermode (London: Faber and Faber, 1975).

[6] T. S. Eliot, *T. S. Eliot's The Waste Land*, ed. Harold Bloom (New York: Chelsea House Publishers, 1986).

[7] T. S. Eliot, *The Use of Poetry and the Use of Criticism* (Cambridge: Cambridge University Press, 1986).

[8] T. S. Eliot, *Knowledge and Experience in the Philosophy of F. H. Bradley* (New York: Columbia University Press, 1989).

[9] T. S. Eliot, *To Criticize the Critic and Other Writings* (London: University of Nebraska Press, 1991).

[10] T. S. Eliot, *The Varieties of Metaphysical Poetry*, ed. Ronald Schuchard (Orlando: Harcourt Brace & Company, 1993).

[11] T. S. Eliot, *T. S. Eliot*, ed. Harold Bloom (Philadelphia: Chelsea House Publishers, 2003).

[12] T. S. Eliot, *On Poetry and Poets* (New York: Farrar, Straus and Giroux, 2009).

[13] T. S. Eliot, *The Letters of T. S. Eliot: Volume 1: 1898-1922*, ed. Valarie Eliot, Hugh Haughton (New Haven: Yale University Press, 2011).

[14] T. S. Eliot, Report on the Relation of Kant's Criticism to

Agnosticism, Three Essays on Kant (King's College Library, Cambridge, John Davey Hayward Bequest).

[15] T. S. Eliot, *The Sacred Wood: Essays on Poetry and Criticism* (West Valley City: Waking Lion Press).

[16] T. S. Eliot, Three Essays on Kant (King's College Library, Cambridge, John Davey Hayward Bequest).

[17] 艾略特,四个四重奏,裘小龙译(桂林:漓江出版社,1985).

[18] 艾略特,艾略特诗学文集,王恩衷编译(北京:国际文化出版公司,1989).

[19] 艾略特,艾略特文学论文集,李赋宁译(南昌:百花洲文艺出版社,1994).

[20] 艾略特,荒原:艾略特文集·诗歌,汤永宽,裘小龙等译(上海:上海译文出版社,2012).

[21] 艾略特,批评批评家,李赋宁,杨自伍译(上海:上海译文出版社,2012).

[22] 艾略特,现代教育和古典文学,李赋宁,王恩衷等译(上海:上海译文出版社,2012).

艾略特研究著作

[1] Adrian Cunningham, *Eliot in Perspective: A Symposium*, ed. Graham Martin (London: Macmillan, 1970).

[2] Barry Spurr, *Anglo-Catholic in Religion: T. S. Eliot and Christianity* (Cambridge: The Lutterworth Press, 2010).

[3] Benjamin G. Lockerd, *Aethereal Rumours: T. S. Eliot's Physics and Poetics* (Lewisburg: Bucknell University Press; London: Associated University Press, 1998).

[4] Brian Lee, *Theory and Personality: The Significance of T. S. Eliot's Criticism* (London: Athlone Press, 1979).

[5] D. K. Rampal, ed., *A Critical Study of T. S. Eliot: Eliot at 100 Years* (New Delhi: Atlantic Publishers & Distributors, 2003).

[6] David E. Chinitz, ed., *A Companion to T. S. Eliot* (Wiley: Wiley-Blackwell, 2009).

[7] Dushiant Kumar Rampal, *Poetic Theory and Practice of T. S. Eliot* (New Delhi: Atlantic Publishers & Distributors, 2003).

[8] Eric W. Sigg, *The American T. S. Eliot: A Study of the Early Writings* (Cambridge: Cambridge University Press, 1989).

[9] George Whiteside, T. S. Eliot's Dissertation, *ELH* 34 (1967).

[10] Giovanni Cianci, Jason Harding, eds., *T. S. Eliot and the Concept of Tradition* (New York: Cambridge University Press, 2007).

[11] Grover Smith, *A Study in Sources and Meaning T. S. Eliot's Poetry and Plays* (Chicago and London: University of Chicago Press, 1974).

［12］ Harriet Davidson, *T. S. Eliot and Hermeneutics: Absence and Interpretation in The Waste Land* (London: Louisiana State University Press, 1985).

［13］ Herbert Howarth, *Notes on Some Figures behind T. S. Eliot* (Boston: Houghton Mifflin Company, 1964).

［14］ J. Donald Childs, *From Philosophy to Poetry: T. S. Eliot's Study of Knowledge and Experience* (London: The Athlone Press, 2001).

［15］ Jane Mallinson, Making the Truth: A Reading of T. S. Eliot's Dissertation and His Early Criticism, *Man and World* 21(1998).

［16］ Jane Mallinson, *T. S. Eliot's Interpretation of F. H. Bradley: Seven Essays* (Dordrecht: Kluwer Academic Publishers, 2002). ·

［17］ Jason Harding, ed., *T. S. Eliot in Context* (Cambridge: Cambridge University Press, 2011).

［18］ Jefferey M. Perl, *Skepticism and Modern Enmity: Before and after Eliot* (Baltimore: The John Hopkins University Press, 1989).

［19］ Jewel Spears Brooker, *Reading "The Waste Land": Modernism and the Limits of Interpretation* (Amherst: The University of Massachusetts Press, 1999).

［20］ Jewel Spears Brooker, ed., *T. S. Eliot and Our Turning World* (New York: Palgrave Macmillan, 2001).

［21］ Jitendra Kumar, Consciousness and Its Correlatives: Eliot and Husserl, *Philosophy and Phenomenological Research* 28(1968).

［22］ John J. Soldo, Knowledge and Experience in the Criticism of T.S. Eliot, *ELH* 35 (1968).

［23］ Joseph Maddrey, *The Making of T. S. Eliot: A Study of the Literary Influences* (Jefferson: McFarland & Company, Inc., 2009).

［24］ Keneth Asher, *T. S. Eliot and Ideology* (Cambridge: Cambridge University Press, 1998).

［25］ Louis Menand, *Discovering Modernism: T. S. Eliot and His Context* (New York: Oxford University Press, 2007).

［26］ M. A. R. Habib, The Prayers of Childhood: T. S. Eliot's Manuscripts on Kant, *Journal of the History of Ideas* 51(1990) 93–114.

［27］ M. A. R. Habib, *The Early T. S. Eliot and the Western Philosophy* (Cambridge: Cambridge University Press, 1999).

［28］ Manju Jain, *T. S. Eliot and American Philosophy: The Harvard Years* (Cambridge: Cambridge University Press, 2004).

［29］ Marin Warner, *A Philosophical Study of T. S. Eliot's Four Quartets* (New York: The Edwin Mellen Press, 1999).

［30］ Nancy Duvall Hargrove, *T. S. Eliot's Parisian Years* (Gainesville: University Press of Florida, 2009).

[31] Paul Douglass, *Bergson, Eliot, and American Literature* (Lexington: The University Press of Kentucky, 1986).

[32] Peter Ackroyd, *T. S. Eliot* (London: Hamish Hamilton, 1984).

[33] Peter Lowe, Dantean Suffering in the Work of Percy Shelley and T. S. Eliot: From Torment to Purgation, *English Studies* 85(2004).

[34] Piers Gray, *T. S. Eliot's Intellectual and Poetic Development: 1909-1922* (Sussex: The Harvester Press Limited, 1982).

[35] Richard Badenhausen, *T. S. Eliot and the Art of Collaboration* (New York: Cambridge University Press, 2004).

[36] Richard Shusterman, *T. S. Eliot and the Philosophy of Criticism* (New York: Duckworth Publishers, 1988).

[37] Ronald Schuchard, "First-Rate Blasphemy": Baudelaire and the Revisited Christian Idiom of T. S. Eliot's Moral Criticism, *ELH* 42(1975).

[38] Ronald Schuchard, *Eliot's Dark Angel: Intersections of Life and Art* (New York: Oxford University Press, 1999).

[39] Russell Elliott Murphy, *Critical Companion to T. S. Eliot: A Literary Reference to His Life and Work* (New York: Facts On File, Inc., 2007).

[40] Russell Kirk, *Eliot and His Age: T. S. Eliot's Moral Imagination in the Twentieth Century* (Wilmington: ISI Books, 2008).

[41] 陈庆勋, 艾略特诗歌隐喻研究 (上海:上海人民出版社, 2008).

[42] 邓艳艳, 从批评到诗歌:艾略特与但丁的关系研究 (北京:中国社会科学出版社, 2009).

[43] 董洪川, "荒原"之风:T.S. 艾略特在中国 (北京:北京大学出版社, 2004).

[44] 蒋洪新, 艾略特的《四个四重奏》与基督教思想,《外国文学研究》03(1997).

[45] 蒋洪新, 论艾略特的《四个四重奏》的时间主题,《外国文学》03(1988).

[46] 蒋洪新, 印度思想与《四个四重奏》探幽,《外国文学研究》02(1996).

[47] 刘燕, 现代批评之始:T.S.艾略特诗学研究 (桂林:广西师范大学出版社, 2005).

[48] 陆建德, 艾略特:改变表达方式的天才,《外国文学评论》03 (1999).

[49] 张剑, T.S.艾略特:诗歌和戏剧的解读 (北京:外语教学与研究出版社, 2006).

康德的著作

[1] Kant, *The Critique of Pure Reason*, trans. Paul Guyer, Allen W. Wood (Cambridge: Cambridge University Press, 1999).

[2] Kant, *Prolegomena to Any Future Metaphysics and the Letter to Marcus Herz, February 1772*, trans. James W. Ellington (Indianapolis: Hackett Publishing Company, Inc., 2001).

[3] Kant, *The Critique of Judgment*, trans. Chris Baldick, James Creed Meredith

（New York：Oxford University Press，2008）

［4］ Kant, *Fundamental Principles of the Metaphysics of Morals*, trans. Thomas Kingsmill Abbott（Charleston：CreateSpace Independent Publishing Platform，2014）.

［5］ 康德，实践理性批判，邓晓芒译（北京：人民出版社，2003）.

［6］ 康德，纯粹理性批判，邓晓芒译（北京：人民出版社，2013）.

［7］ 康德，逻辑学讲义，许景行译（北京：商务印书馆，1991）.

康德哲学研究著作

［1］ 阿利森，康德的先验观念论———一种解读与辩护，丁三东，陈虎平译（北京：商务印书馆，2014）.

［2］ 韩水法，批判的形而上学（北京：北京大学出版社，2009）.

布拉德雷的著作

［1］ F. H. Bradley, On Truth and Coherence, *Mind* 18(1909).

［2］ F. H. Bradley, *Essays on Truth and Reality*（Oxford：The Clarendon Press，1914）.

［3］ F. H. Bradley, *Appearance and Reality: A Metaphysical Essay*（Oxford：The Clarendon Press, 1930）.

［4］ F. H. Bradley, *Ethical Studies*（Oxford：The Clarendon Press, 2006）.

［5］ 布拉德雷，逻辑原理(上、下册)，庆泽彭译（北京：商务印书馆，1964）.

［6］ 布拉德雷，批判历史学的前提假设，何兆武，张丽艳译（北京：北京大学出版社，2007）.

布拉德雷哲学研究著作

［1］ Martin F. Sorensen, *F. H. Bradley: Hegelian or Kantian?*（The Sand Hill Review Press, 1969）

［2］ Phillip Ferreira, *Bradley and the Structure of Knowledge*（Albany：State University of New York Press, 1999）.

［3］ Robert D. Mack, *The Appeal to Immediate Experience Philosophic Method in Bradley, Whitehead and Dewey*（New York：Heights King's Crown Press, 1945）.

［4］ W. J. Mander, *An Introduction to Bradley's Metaphysics*（Oxford：Clarendon Press, 1994）.

［5］ 张家龙，布拉德雷（台北：东大图书公司印行，1997）.

柏格森的著作

［1］ Henri Bergson, *An Introduction to Metaphysics*, trans. T. E. Hulme（London：Collier Macmillan, 1913）.

［2］ Henri Bergson, *Oeuvres*（Paris：Presses Universitaires de France, 1959）.

T. S. Eliot in Philosophical Context

［3］Henri Bergson, *Melanges* (Paris：Presses Universitaires de France, 1972).

［4］柏格森, 时间与自由意志, 吴士栋译 (北京：商务印书馆, 1958).

［5］柏格森, 形而上学导言, 刘放桐译 (北京：商务印书馆, 1963).

［6］柏格森, 道德与宗教的两个来源, 王作虹, 成穷译 (贵阳：贵州人民出版社, 2007).

［7］柏格森, 材料与记忆, 肖聿译 (南京：译林出版社, 2011).

柏格森哲学研究著作

［1］Albert Thibaudet, *Le Bergsonism* (Paris：Tome I, 1939).

［2］Paul Douglass, *Bergson, Eliot and American Literature* (Lexington：The University Press of Kentucky, 1986).

［3］Philippe Soulez, Frédéric Worms, *Bergson: Grandes Biographies*, ed. Frédéric Worms (Paris：Flammarion, 1997).

桑塔亚那的著作

［1］George Santayana, *Famous Persons and Places* (London：Charles Scribner, 1944).

［2］George Santayana, *The Sense of Beauty: Being the Outline of Aesthetic Theory* (New York：Dover Publications, 1955).

［3］George Santayana, *Skepticism and Animal Faith* (New York：Dover Publications, 1955).

［4］George Santayana, *The Life of Reason* (New York：Prometheus Books, 1998).

［5］George Santayana, *The Essential George Santayana Collection* (Houston：Halcyon Press Ltd., 2010).

［6］George Santayana, *The Life of Reason and Other Works* (Houston：Halcyon Press Ltd., 2010).

［7］桑塔亚那, 诗与哲学：三位哲学诗人卢克莱修、但丁及歌德, 华明译 (桂林：广西师范大学出版社, 2001).

鲁一士的著作

［1］Josiah Royce, *The Philosophy of Josiah Royce*, ed. John K. Roth (Cambridge：Hackett Publishing Company, 1982).

［2］洛依思, 忠的哲学, 杨缤译 (上海：青年协会书局, 1936).

鲁一士哲学研究著作

［1］Grover Smith, ed., *Josiah Royce's Seminar, 1913－1914: As Recorded in the Notebooks of Harry T. Costello* (New Brunswick：Rutgers University Press, 1963).

［2］ John J. McDermott, ed., *The Basic Writings of Josiah Royce* (Chicago & London: The University of Chicago Press, 1969).

白壁德的著作

［1］ Irving Babbitt, *Literature and the American College* (Washington: National Humanities Institute, 1986).

［2］ Irving Babbitt, *Rousseau and Romanticism* (New Brunswick: Transaction Publishers, 1991).

［3］ 白壁德, 法国现代批评大师, 孙宜学译 (桂林:广西师范大学出版社, 2002).

［4］ 白壁德, 卢梭与浪漫主义, 孙宜学译 (石家庄:河北教育出版社, 2003).

［5］ 白壁德, 民主与领袖, 张源, 张沛译 (北京:北京大学出版社, 2011).

［6］ 白壁德, 文学与美国的大学, 张沛等译 (北京:北京大学出版社, 2004).

其他著作

［1］ Alasdair Macintyre, *The Tasks of Philosophy: Selected Essays*, I (New York: Cambridge University Press, 2006).

［2］ Arthur Symons, *The Symbolist Movement in Literature* (Whitefish: Kessinger Publishing, 1947).

［3］ B. Michael Foster, The Concrete Universal: Cook Wilson and Bosanquet, *Mind* 40(1931).

［4］ E. D. Hirsch, *Validity in Interpretation* (London: Yale University Press, 1967).

［5］ Eugene O'Neill, *Long Day's Journey into Night* (London: Yale University Press, 2002).

［6］ H. B. Acton, The Theory of Concrete Universals, I, *Mind*. 45 (1936).

［7］ H. B. Acton, The Theory of Concrete Universals, II, *Mind*. 46 (1937).

［8］ James George Frazer, *The Golden Bough* (New York: Cosimo, Inc, 2009).

［9］ Jessie Weston, *From Ritual to Romance* (New York: Cosimo, Inc, 2007).

［10］ Joel Weinsheimer, *Philosophical Hermeneutics and Literary Theory* (London: Yale University Press, 1991).

［11］ John Passmore, *A Hundred Years of Philosophy* (London: Penguin Books, 1957).

［12］ J. W. Scott, G. E. Moore, H. Wildon Carr, G. Dawes, Symposium: Is the "Concrete Universal" the True Type of Universality? *Proceedings of the Aristotelian Society* 20 (1919−1920).

［13］ Peter Winch, *Ethics and Action* (London: Routledge & Kegan Paul, 1972).

［14］ Robert J. Dostal, *The Cambridge Companion to Gadamer* (Cambridge: Cambridge University Press, 2002).

［15］ T. E. Hulme, *The Collected Writings of T. E. Hulme*, ed. Karen Csengeri (New

T. S. Eliot in Philosophical Context

York：Clarendon Press Oxford，1994）.

[16] T. E. Hulme, *Further Speculations*, ed. Sam Hynes（Lincoln：University of Ne-braska Press，1962）.

[17] T. E. Hulme, *Selected Writings*, ed. Patrick McGuinness（New York：Routledge：2003）.

[18] Wilson Knight, *The Wheel of Fire*（New York：Routledge，1989）.

[19] 波德莱尔，波德莱尔美学论文选，郭宏安译（北京：人民文学出版社，1987）.

[20] 波德莱尔，恶之花，钱春绮译（北京：人民文学出版社，1998）.

[21] 蒂茨，伽达默尔，朱毅译（北京：中国人民大学出版社，2010）.

[22] 冯契主编，外国哲学大辞典（上海：上海辞书出版社，2008）217.

[23] 伽达默尔，诠释学Ⅰ,Ⅱ：真理与方法，洪汉鼎译（北京：商务印书馆，2007）.

[24] 格朗丹，哲学解释学导论，何卫平译（北京：商务印书馆，2009）.

[25] 古廷，20世纪法国哲学，辛岩译（南京：江苏人民出版社，2004）21.

[26] 海德格尔，在通向语言的途中，孙周兴译（北京：商务印书馆，2008）.

[27] 海德格尔，存在论：实际性的解释学，何卫平译（北京：人民出版社，2009）.

[28] 韩水法，批判的形而上学（北京：北京大学出版社，2009）.

[29] 赫拉克利特，赫拉克利特著作残篇，楚荷译（桂林：广西师范大学出版社，2007）.

[30] 黑格尔，精神现象学(上、下卷)，贺麟，王玖兴译（北京：商务印书馆，2010）.

[31] 洪汉鼎，哲学诠释学的基本特征,中国诠释学,第六辑（济南：山东人民出版社，2009）.

[32] 洪汉鼎，诠释学——它的历史和当代发展（北京：人民出版社，2001）.

[33] 刘勰，文心雕龙·物色篇，周振甫译注（南京：江苏教育出版社，2005）.

[34] 卢克莱修，物性论，方书春译（北京：商务印书馆，1981）.

[35] 罗素，哲学问题（北京：商务印书馆，2007）.

[36] 罗素，西方哲学史，张作成译（北京：北京出版社，2007）.

[37] 罗素，逻辑与知识（北京：商务印书馆，2012）.

[38] 洛克，人类理解论，关文运译（北京：商务印书馆，1959）.

[39] 麦金泰尔，伦理学简史，龚群译（北京：商务印书馆，2003）.

[40] 莫伟民，姜宇辉，王礼平，20世纪法国哲学（北京：人民出版社，2008）.

[41] 奈瓦尔，金色的诗句，法国历代诗歌，江伙生译（武汉：武汉大学出版社，1996）.

[42] 帕斯卡尔，思想录：论宗教和其他主题的思想，何兆武译（上海：上海人民出版社，2007）.

[43] 祁雅理，20世纪法国思潮：从柏格森到莱维·施特劳斯，吴永宗，陈京璇译（北京：商务印书馆，1987）.

[44] 屠岸编译，英国历代诗歌选（南京：译林出版社，2007）.

[45] 涂纪亮，美国哲学史(上、下)（武汉：武汉大学出版社，2007）.

［46］ 瓦莱里，文艺杂谈，段映红译（天津:百花文艺出版社，2002）.

［47］ 瓦莱里，瓦莱里散文选，唐祖论，钱春绮译（天津:百花文艺出版社，2006）
221.

［48］ 汪堂家，孙向晨，丁耘，17世纪形而上学（北京:人民出版社，2005）.

［49］ 沃恩克，伽达默尔:诠释学、传统和理性，洪汉鼎译（北京:商务印书馆，
2009）.

［50］ 沃森，20世纪思想史，朱进东，陆月宏，胡发贵译（上海:上海译文出版社，
2006）.

［51］ 休谟，人性论，关文运译（北京:商务印书馆，2005）.

［52］ 亚里士多德，诗学，陈中梅译注（北京:商务印书馆，1996）.

［53］ 雅斯贝斯，时代的精神状况，王德峰译（上海:上海译文出版社，2008）.

［54］ 尤昭良，塞尚与柏格森（桂林:广西师范大学出版社，2004）.

［55］ 詹姆士，多元的宇宙，吴棠译（北京:商务印书馆，1999）.

［56］ 赵毅衡选编，"新批评"文集（北京:中国社会科学出版社，1988）.

［57］ 张汝伦，现代西方哲学十五讲（北京:北京大学出版社，2004）.

［58］ 张世英编，新黑格尔主义论著选辑（北京:商务印书馆，1997）.

［59］ 钟嵘，诗品，古直笺，曹旭导读（上海:上海古籍，2007）.

T. S. Eliot in Philosophical Context

[1] Arthur Symons, *The Symbolist Movement in Literature* (Whitefish: Kessinger Publishing, 1947).

[2] Asher Keneth, *T. S. Eliot and Ideology* (Cambridge: Cambridge University Press, 1998).

[3] Barry Spurr, *Anglo-Catholic in Religion: T. S. Eliot and Christianity* (Cambridge: The Lutterworth Press, 2010).

[4] Benjamin G. Lockerd, *Aethereal Rumours: T. S. Eliot's Physics and Poetics* (London: Associated University Press, 1998).

[5] Benjamin G. Lockerd, ed., *T. S. Eliot and Christian Tradition* (Madison: Fairleigh Dickinson, 2014).

[6] Brian Lee, *Theory and Personality: The Significance of T. S. Eliot's Criticism* (London: Athlone Press, 1979).

[7] David E. Chinitz, ed., *A Companion to T. S. Eliot* (Wiley: Wiley-Blackwell, 2009).

[8] David Moody, *The Cambridge Companion to T. S. Eliot* (Cambridge: Cambridge University Press, 1995).

[9] Derek Traversi, *T. S. Eliot, The Longer Poems: The Waste Land; Ash Wednesday; Four Quartets* (New York: Harcourt Brace Jovanovich, 1976).

[10] Dushiant K. Rampal, *Poetic Theory and Practice of T. S. Eliot* (New Delhi: Atlantic Publishers & Distributors, 2003).

[11] E. D. Jr. Hirsch, *Validity in Interpretation* (New Haven and London: Yale University Press, 1967.

[12] Eric Sigg, *T. S. Eliot: A Study of the Early Writings* (Cambridge: Cambridge University Press, 1989).

[13] Giovanni Cianci, Jason Harding, eds., *T. S. Eliot and the Concept of Tradition* (New York: Cambridge University Press, 2007).

[14] F. H. Bradley, *Appearance and Reality: A Metaphysical Essay* (Oxford: The Clarendon Press, 1930).

[15] F. H. Bradley, *Essays on Truth and Reality* (Oxford: The Clarendon Press, 1914).

[16] F. H. Bradley, *Ethical Studies* (Oxford: The Clarendon Press, 2006).

[17] F. H. Bradley, On Truth and Coherence, *Mind* 18(1909).

[18] F. H. Bradley, *The Principles of Logic* (Hawaii: University Press of the Pacific, 2003).

[19] George Santayana, *Famous Persons and Places* (London: Charles Scribner, 1944).

[20] George Santayana, *The Essential George Santayana Collection* (Houston: Halcyon Press Ltd., 2010).

[21] George Santayana, *The Sense of Beauty: Being the Outline of Aesthetic Theory* (New York: Dover Publications, 1955).

[22] George Santayana, *Skepticism and Animal Faith* (New York: Dover Publications, 1955).

[23] George Whiteside, T. S. Eliot's Dissertation, *ELH* 34 (1967).

[24] George Santayana, *The Life of Reason* (New York: Prometheus Books, 1998).

[25] George Williamson, *A Reader's Guide to T. S. Eliot: A Poem-By-Poem Analysis* (New York: Syracuse University Press, 1998).

[26] George Santayana, *The Life of Reason and Other Works* (Houston: Halcyon Press Ltd., 2010).

[27] Grover Smith ed., *Josiah Royce's Seminar, 1913-1914: As Recorded in the Notebooks of Harry T. Costello* (New Brunswick: Rutgers University Press, 1963).

[28] Guy Stock, *Appearance versus Reality: New Essays on Bradley's Metaphysics* (Oxford: Oxford University Press, 1998).

[29] H. B. Acton, The Theory of Concrete Universals, I, *Mind* 45 (1936).

[30] H. B. Acton, The Theory of Concrete Universals, II, *Mind* 46 (1937).

[31] Harriet Davidson, *T. S. Eliot and Hermeneutics: Absence and Interpretation in The Waste Land* (London: Louisiana State University Press, 1985).

[32] Henri Bergson, *Oeuvres* (Paris: Presses Universitaires de France, 1959).

[33] Henri Bergson, *Melanges* (Paris: Presses Universitaires de France, 1972).

[34] Henri Bergson, *An Introduction to Metaphysics*, trans. T. E. Hulme (London: Collier Macmillan, 1913).

[35] Henri Bergson, *Creative Evolution*, trans. Henry Holt (New York: Dover Publications, 1998).

[36] Henri Bergson, *Laughter: An Essay on the Meaning of the Comic*, trans. Cloudesely Brereton, M. A. Fred Rothwell (Rockville: Arc Manor Publisher, 2008).

[37] Herbert Howarth, *Notes on Some Figures behind T. S. Eliot* (Boston: Houghton Mifflin Company, 1964).

[38] Hugh Kenner, *The Invisible Poet: T. S. Eliot.* (San Diego: Harcourt, Brace & World, 1959).

[39] Irving Babbitt, *Character and Culture: Essays on East and West* (New Brunswick: Transaction Publishers, 1995).

[40] Irving Babbitt, *Democracy and Leadership* (Indianapolis: Liberty Fund Inc., 1979).

[41] Irving Babbitt, *Literature and the American College: Essays in Defense of the Humanities*, ed. Russell Kirk (Bowie: National Humanities Institute, 1986).

[42] Irving Babbitt, *On Literature, Culture, and Religion*, ed. George A. Pannichas (New Brunswick: Transaction Publishers, 2005).

[43] Irving Babbitt, *Rousseau and Romanticism* (New Brunswick: Transaction Publishers, 1991).

[44] J. Donald Childs, *From Philosophy to Poetry T. S. Eliot's Study of Knowledge and Experience* (London: The Athlone Press, 2001).

[45] James Allard, *The Logical Foundations of Bradley's Metaphysics: Judgment, Inference, and Truth* (Cambridge: Cambridge University Press, 2004).

[46] James E. Jr. Miller, *T. S. Eliot: The Making of an American Poet, 1888–1922* (London: Penn State University Press, 2001).

[47] James George Frazer, *The Golden Bough* (New York: Cosimo, Inc., 2009).

[48] Jane Mallinson, Making the Truth: A Reading of T. S. Eliot's Dissertation and His Early Criticism, *Man and World* 21(1998).

[49] Jane Mallinson, *T. S. Eliot's Interpretation of F. H. Bradley: Seven Essays* (Dordrecht: Kluwer Academic Publishers, 2002).

[50] Jason Harding, ed., *T. S. Eliot in Context* (New York: Cambridge University Press, 2011).

[51] Jefferey M. Perl, *Skepticism and Modern Enmity before and after Eliot* (Baltimore: Johns Hopkins University Press, 1989).

[52] Jessie Weston, *From Ritual to Romance* (New York: Cosimo, Inc., 2007).

[53] Jewel Spears Brooker, ed., *T. S. Eliot and Our Turning World* (New York: Palgrave Macmillan, 2001).

[54] Joel Weinsheimer, *Philosophical Hermeneutics and Literary Theory* (London: Yale University Press, 1991).

[55] John J. McDermott, ed., *The Basic Writings of Josiah Royce*, *II* (Chicago & London: The University of Chicago Press, 1969).

[56] John J. McDermott, ed., *The Basic Writings of Josiah Royce*, *I* (New York: Fordham University Press, 2005).

[57] John J. Soldo, *Knowledge and Experience in the Criticism of T. S. Eliot*, ELH 35 (1968).

［58］ John K. Roth, ed., *The Philosophy of Josiah Royce* (Cambridge: Hackett Publishing Company, 1982).

［59］ John Passmore, *A Hundred Years of Philosophy* (London: Penguin Books, 1968).

［60］ John Worthen, *T. S. Eliot: A Short Biography* (London: Haus Publishing, 2011).

［61］ Joseph Maddrey, *The Making of T. S. Eliot: A Study of the Literary Influences* (London: McFarland & Company, Inc. Publishers, 2009).

［62］ Josiah Royce, *The Philosophy of Loyalty* (Nashville: Vanderbilt University Press, 2012).

［63］ Josiah Royce, *The Problem of Christianity*, intro. Frank M. Oppenheim (Washington: The Catholic University of America Press, 2001).

［64］ Josiah Royce, *The Sources of Religious Insight* (The Perfect Library, 2014).

［65］ Josiah Royce, *Studies of Good and Evil: A Series of Essays upon Problems of Philosophy and of Life* (Whitefish: Kessinger Publishing Co., 2003).

［66］ Jules Laforgue, *Poems of Jules Laforgue*, trans. Peter Dale (Anvil Press Poetry, 2004).

［67］ Kant, *The Critique of Pure Reason*, trans. Paul Guyer, Allen W. Wood (Cambridge: Cambridge University Press, 1999).

［68］ Kant, *Prolegomena to Any Future Metaphysics and the Letter to Marcus Herz, February 1772*, trans. James W. Ellington (Indianapolis: Hackett Publishing Company, Inc., 2001).

［69］ Kant, *The Critique of Judgment*, trans. Chris Baldick, James Creed Meredith (New York: Oxford University Press, 2008)

［70］ Kant, *Fundamental Principles of the Metaphysics of Morals*, trans. Thomas Kingsmill Abbott (Charleston: CreateSpace Independent Publishing Platform, 2014).

［71］ Kenneth P. Kramer, *Redeeming Time: T. S. Eliot's Four Quartets* (Cambridge: Cowley Publications, 2007).

［72］ Louis Menand, *Discovering Modernism T. S. Eliot and His Context* (New York: Oxford University Press, 1987).

［73］ M. A. R. Habib, *The Early T. S. Eliot and the Western Philosophy* (Cambridge: Cambridge University Press, 1999).

［74］ Manju Jain, *T. S. Eliot and American Philosophy: The Harvard Years* (Cambridge: Cambridge University Press, 2004).

［75］ Martin Warner, *A Philosophical Study of T. S. Eliot's Four Quartets* (New York: The Edwin Mellen Press, 1999).

［76］ Martin F. Sorensen, *F. H. Bradley: Hegelian or Kantian?* (San Francisco: The Sand Hill Review Press, 1969).

［77］ Martin Heidegger, *Basic Writings*, ed. David Farrell Krell (New York: Harper

Perennial Modern Classics, 2008).

[78] Martin Heidegger, *Being and Time*, trans. Joan Stanbaugh (Albany: State University of New York, 1996).

[79] Martin Heidegger, *What Is Called Thinking?*, trans. J. Glenngray (New York: Harper Perennial, 1976).

[80] Martin Heidegger, *Poetry, Language, Thought*, trans. Albert Hofstadter (New York: Harper Perennial Modern Classics, 2001).

[81] Martin Heidegger, *Contributions to Philosophy (of the Event)*, trans. Richard Rojcewicz, Daniela Vallega-Neu (Bloomington: Indiana University Press, 2012).

[82] Paul Douglass, *Bergson, Eliot, and American Literature* (Lexington: The University Press of Kentucky, 1986).

[83] Peter Ackroyd, *T. S. Eliot: A Life* (New York: Simon & Schuster, 1984).

[84] Peter Winch, *Ethics and Action* (London: Routledge & Kegan Paul, 1972).

[85] Phillip Ferreira, *Bradley and the Structure of Knowledge* (Albany: State University of New York Press, 1999).

[86] Piers Gray, *T. S. Eliot's Intellectual and Poetic Development: 1909-1922* (Sussex: The Harvester Press Limited, 1982).

[87] Randall E. Auxier, *Time, Will, and Purpose: Living Ideas from the Philosophy of Josiah Royce* (Chicago: Open Court, 2013).

[88] Richard Badenhausen, *T. S. Eliot and the Art of Collaboration* (Cambridge: Cambridge University Press, 2004).

[89] Richard Shusterman, *Eliot's Dark Angel* (New York: Oxford University Press, 1999).

[90] Richard Shusterman, *T. S. Eliot and the Philosophy of Criticism* (New York: Columbia University Press, 1988).

[91] Robert D. Mack, *The Appeal to Immediate Experience Philosophic Method in Bradley, Whitehead and Dewey* (New York: Heights King's Crown Press, 1968).

[92] Robert J. Dostal, *The Cambridge Companion to Gadamer* (Cambridge: Cambridge University Press, 2002).

[93] Ronald Schuchard, *Eliot's Dark: Angel Intersections of Life and Art* (New York: Oxford University Press, 1999).

[94] Ronald Tamplin, *A Preface to T. S. Eliot* (Beijing: Peking University Press, 2005).

[95] Russell E. Murphy, *Critical Companion to T. S. Eliot: A Literary Reference to His Life and Work* (New York: Facts On File, Inc., 2007).

[96] Steve Ellis, *Dante and English Poetry: Shelley to T. S. Eliot* (Cambridge: Cambridge University Press, 1983).

[97] T. E. Hulme, *The Collected Writings of T. E. Hulme*, ed. Karen Csengeri (New

York: Clarendon Press Oxford, 1994).

[98] T. E. Hulme, *Selected Writings*, ed. Patrick McGuinness (New York: Routledge: 2003).

[99] T. S. Eliot, *Selected Essays: 1917−1932* (New York: Harcourt, Brace & Company, 1932).

[100] T. S. Eliot, *After Strange Gods: A Primer of Modern Hersey* (London: Faber and Faber, 1933).

[101] T. S. Eliot, *The Cocktail Party* (Boston: Mariner Books, 1964).

[102] T. S. Eliot, *Murder in the Cathedral* (Boston: Mariner Books, 1964).

[103] T. S. Eliot, *Selected Poems* (Boston: Mariner Books, 1967).

[104] T. S. Eliot, *Four Quartets* (Boston: Mariner Books, 1968).

[105] T. S. Eliot, *Tradition and Experiment in Present-Day Literature* (New York: Books for Libraries Press, 1968).

[106] T. S, Eliot, *For Lancelot Andrewes: Essays on Style and Order* (London: Faber and Faber, 1970).

[107] T. S. Eliot, *The Complete Poems and Plays: 1909−1950* (San Diego: Harcourt Brace Jovanovich, 1971).

[108] T. S. Eliot, *Notes Towards a Definition of Culture* (London: Faber and Faber, 1973).

[109] T. S. Eliot, *Selected Prose of T. S. Eliot*, ed. Frank Kermode (London: Faber and Faber, 1975).

[110] T. S. Eliot, *Christianity and Culture* (Boston: Mariner Books, 1977).

[111] T. S Eliot, *T. S. Eliot's The Waste Land*, ed. Harold Bloom (New York: Chelsea House Publishers, 1986).

[112] T. S. Eliot, *The Use of Poetry and the Use of Criticism* (Cambridge: Cambridge University Press, 1986).

[113] T. S. Eliot, *Knowledge and Experience in the Philosophy of F. H. Bradley* (New York: Columbia University Press, 1989).

[114] T. S. Eliot, *To Criticize the Critic and Other Writings* (London: University of Nebraska Press, 1991).

[115] T. S. Eliot, *T. S. Eliot: Collected Poems, 1909−1962* (San Diego: Harcourt Brace Jovanovich, 1991).

[116] T. S. Eliot, *The Varieties of Metaphysical Poetry*, ed. Ronald Schuchard (Orlando: Harcourt Barace & Company, 1993).

[117] T. S. Eliot, *The Waste Land, Prufrock and Other Poems* (New York: Dover Publications, 1998).

[118] T. S. Eliot, *T. S. Eliot*, ed. Harold Bloom (Philadelphia: Chelsea House Publishers, 2003).

T. S. Eliot in Philosophical Context

[119] T. S. Eliot, *Complete Poems and Plays* (London: Faber & Faber Poetry, 2004).

[120] T. S. Eliot, *The Waste Land, Four Quartets and Other Poems* (HarperCollins Publishers Ltd, 2005).

[121] T. S. Eliot, *The Love Song of J. Alfred Prufrock and Other Works* (Houston: Halcyon Press Ltd., 2009).

[122] T. S. Eliot, *On Poetry and Poets* (New York: Farrar, Straus and Giroux, 2009).

[123] T. S. Eliot, *The Letters of T. S. Eliot: Volume 1: 1898–1922*, eds. Valarie Eliot, Hugh Haughton (New Haven: Yale University Press, 2011).

[124] T. S. Eliot, *The Letters of T. S. Eliot: Volume 2: 1923–1925*, eds. Valarie Eliot, Hugh Haughton (New Haven: Yale University Press, 2011).

[125] T. S. Eliot, *The Letters of T. S. Eliot: Volume 3: 1926–1927*, eds. Valarie Eliot, Hugh Haughton (New Haven: Yale University Press, 2011).

[126] T. S. Eliot, *The Sacred Wood: Essays on Poetry and Criticism* (West Valley City: Waking Lion Press, 2011).

[127] T. S. Eliot, *The Early Works of T. S. Eliot* (Charleston: CreateSpace Independent Publishing Platform, 2012).

[128] T. S. Eliot, *The Waste Land* (Charleston: CreateSpace Independent Publishing Platform, 2013).

[129] T. S. Eliot, *Poems* (Charleston: CreateSpace Independent Publishing Platform, 2015).

[130] T. S. Eliot, Report on the Kantian Categories, Three Essays on Kant (King's College Library, Cambridge, John Davey Hayward Bequest).

[131] T. S. Eliot, Report on the Relation of Kant's Criticism to Agnosticism, Three Essays on Kant (King's College Library, Cambridge, John Davey Hayward Bequest).

[132] Thomas Howard, *Dove Descending: A Journey into T. S. Eliot's Four Quartets* (San Francisco: Ignatius Press, 2006).

[133] W. J. Mander, *An Introduction to Bradley's Metaphysics* (Oxford: Clarendon Press, 1994).

[134] Wilson Knight, *The Wheel of Fire* (New York: Routledge, 1989).

[135] 阿克罗伊德, 艾略特传:二十世纪外国大诗人丛书, 刘长缨, 张筱强译 (北京:国际文化出版社, 1989).

[136] 阿利森, 康德的先验经验论———一种解读与辩护 (北京:商务印书馆, 2014).

[137] 艾略特, 四个四重奏, 裘小龙译(桂林:漓江出版社,1985)

[138] 艾略特, 基督教与文化, 杨民生, 陈常锦译 (成都:四川人民出版社, 1989).

[139] 艾略特, 艾略特诗学文集, 王恩衷编译 (北京:国际文化出版公司, 1989).

[140] 艾略特, 情歌·荒原·四重奏, 汤永宽译 (上海:上海译文出版社, 1994).

[141] 艾略特，艾略特文学论文集，李赋宁译（南昌：百花洲文艺出版社，1994）.

[142] 艾略特，传统与个人才能：艾略特文集，卞之琳，罗经国，李赋宁等译（上海：上海译文出版社，2012）.

[143] 艾略特，荒原：艾略特文集？诗歌，汤永宽，裘小龙等译（上海：上海译文出版社，2012）.

[144] 艾略特，批评批评家：艾略特文集？论文，杨自伍等译（上海：上海译文出版社，2012）.

[145] 艾略特，现代教育和古典文学：艾略特文集？论文，杜维平，吴学鲁等译（上海：上海译文出版社，2012）.

[146] 巴尔达契诺，白璧德与意识形态问题，林国荣，达巍译，人文主义：全盘反思（北京：三联书店，2003）.

[147] 白璧德，法国现代批评大师，孙宜学译（桂林：广西师范大学出版社，2002年）.

[148] 白璧德，卢梭与浪漫主义，孙宜学译（石家庄：河北教育出版社，2003）.

[149] 白璧德，文学与美国的大学，张沛，张源译（北京：北京大学出版社，2004）.

[150] 白璧德，性格与文化：论东方与西方，张宜学译（上海：上海三联书店，2010）.

[151] 白璧德，民主与领袖，张源，张沛译（北京：北京大学出版社，2011）.

[152] 波德莱尔，波德莱尔美学论文选，郭宏安译（北京：人民文学出版社，2008）.

[153] 柏格森，形而上学导言，刘放桐译（北京：商务印书馆，1963）.

[154] 柏格森，生命与记忆：柏格森书信选，陈圣生译（北京：经济日报出版社，2001）.

[155] 柏格森，创造进化论，姜志辉译（北京：商务印书馆，2004）.

[156] 柏格森，笑，徐继曾译（北京：北京十月文艺出版社，2005）.

[157] 柏格森，道德与宗教的两个来源，王作虹，成穷译（贵阳：贵州人民出版社，2007）.

[158] 柏格森，材料与记忆，肖聿译（南京：译林出版社，2011）.

[159] 柏格森，思想与运动，杨文敏译（合肥：安徽人民出版社，2013）.

[160] 布拉德雷，逻辑原理(上、下册)，庆泽彭译（北京：商务印书馆，1964）.

[161] 布拉德雷，批判历史学的前提假设，何兆武，张丽艳译（北京：北京大学出版社，2007）.

[162] 陈嘉映，海德格尔哲学概论（上海：上海三联书店，1995）.

[163] 陈庆勋，艾略特诗歌隐喻研究（上海：上海人民出版社，2008）.

[164] 陈卫平，施志伟，生命的冲动：柏格森和他的哲学（上海：上海三联书店，1988）.

[165] 德勒兹，康德与柏格森解读，张宇凌译（北京：社会科学文献出版社，2002）.

[166] 邓艳艳，从批评到诗歌：艾略特与但丁的关系研究（北京：中国社会科学出版社，2009）.

[167] 蒂茨，伽达默尔，朱毅译（北京：中国人民大学出版社，2010）.

[168] 董洪川，"荒原"之风：T. S. 艾略特在中国（北京：北京大学出版社，2004）.

[169] 段怀清，白璧德与中国文化（北京：首都师范大学出版社，2006）.

[170] 段俊晖，美国批判人文主义研究——白璧德、特里林和萨义德（北京：北京大学出版社，2013）.

[171] 冯契主编，外国哲学大辞典（上海：上海辞书出版社，2008）.

[172] 伽达默尔，诠释学 I、II：真理与方法，洪汉鼎译（北京：商务印书馆，2007）.

[173] 格朗丹，哲学解释学导论，何卫平译（北京：商务印书馆，2009）.

[174] 古廷，20 世纪法国哲学，辛岩译（南京：江苏人民出版社，2004）.

[175] 海德格尔，形而上学导论，熊伟，王庆节译（北京：商务印书馆，1996）.

[176] 海德格尔，在通向语言的途中，孙周兴译（北京：商务印书馆，2004）.

[177] 海德格尔，存在论：实际性的解释学，何卫平译（北京：人民出版社，2009）.

[178] 海德格尔，存在与时间（修订本），陈嘉映，王庆节译（北京：三联书店，2014）.

[179] 海德格尔，海德格尔文集：荷尔德林诗的阐释，孙周兴译（北京：商务印书馆，2014）.

[180] 韩水法，批判的形而上学（北京：北京大学出版社，2009）.

[181] 赫拉克利特，赫拉克利特著作残篇，楚荷译（桂林：广西师范大学出版社，2007）.

[182] 黑格尔，逻辑学，梁志学译（北京：人民出版社，2002）.

[183] 洪汉鼎，诠释学——它的历史和当代发展（北京：人民出版社，2001）.

[184] 黄宗英，艾略特：不朽的诗魂（长春：长春出版社，1999）.

[185] 蒋洪新，走向《四个四重奏》：艾略特的诗歌艺术研究（长沙：湖南人民出版社，1988）.

[186] 蒋洪新，英诗的新方向：庞德、艾略特诗学理论与文化批评研究（长沙：湖南教育出版社，2001）.

[187] 江玉娇，诗化哲学：T？ S？ 艾略特研究（上海：复旦大学出版社，2010）.

[188] 康德，纯粹理性批判，邓晓芒译（北京：人民出版社，2013）.

[189] 康德，逻辑学讲义，许景行译（北京：商务印书馆，1991）.

[190] 康德，实践理性批判，邓晓芒译（北京：人民出版社，2003）.

[191] 库珀，托·斯·艾略特（上海：上海外语教育出版社，2008.9）.

[192] 刘燕，艾略特（成都：四川人民出版社，2001）.

[193] 刘燕，现代批评之始：T. S. 艾略特诗学研究（桂林：广西师范大学出版社，2005）.

[194] 卢克莱修，物性论，方书春译（北京：商务印书馆，1981）.

[195] 罗素，哲学问题，何兆武译（北京：商务印书馆，2007）.

[196] 洛克，人类理解论，关文运译（北京：商务印书馆，1959）.

[197] 洛依思，忠的哲学，杨缤译（上海：青年协会书局，1936）.

[198] 麦金泰尔, 伦理学简史, 龚群译 (北京:商务印书馆, 2003).

[199] 米德, 十九世纪的思想运动, 陈虎平, 刘芳念译 (北京:中国城市出版社, 2003).

[200] 莫迪编, 剑桥文学指南:托·斯·艾略特 (上海:上海外语教育出版社, 2000).

[201] 莫伟民, 姜宇辉, 王礼平, 二十世纪法国哲学 (北京:人民出版社,2008).

[202] 奈瓦尔, 金色的诗句, 法国历代诗歌, 江伙生译 (武汉:武汉大学出版社, 1996).

[203] 帕斯卡尔, 思想录:论宗教和其他主题的思想, 何兆武译 (上海:上海人民出版社,2007).

[204] 祁雅理, 二十世纪法国思潮:从柏格森到莱维·施特劳斯, 吴永宗, 陈京璇译 (北京:商务印书馆,1987).

[205] 桑塔亚那, 诗与哲学:三位哲学诗人卢克莱修·但丁及歌德, 华明译 (桂林:广西师范大学出版社,2001).

[206] 桑塔亚那, 社会中的理性, 张源译 (北京:北京大学出版社,2008).

[207] 屠岸编译, 英国历代诗歌选 (南京:译林出版社,2007).

[208] 涂纪亮, 美国哲学史 (武汉:武汉大学出版社,2007).

[209] 瓦莱里, 瓦莱里散文选, 唐祖论, 钱春绮译 (天津:百花文艺出版社,2006).

[210] 沃恩克, 伽达默尔:诠释学、传统和理性, 洪汉鼎译 (北京:商务印书馆, 2009).

[211] 沃森, 20世纪思想史, 朱进东, 陆月宏, 胡发贵译 (上海:上海译文出版社, 2006).

[212] 希尔, 欧洲思想史, 赵复三译 (桂林:广西师范大学出版社,2007).

[213] 亚里士多德, 诗学, 陈中梅译注 (北京:商务印书馆,1996).

[214] 雅斯贝斯, 时代的精神状况, 王德峰译 (上海:上海译文出版社,2008).

[215] 杨劼, 白璧德人文思想研究 (广州:暨南大学出版社,2013).

[216] 尤昭良, 塞尚与柏格森 (桂林:广西师范大学出版社,2004).

[217] 詹姆士, 多元的宇宙, 吴棠译 (北京:商务印书馆,1999).

[218] 张家龙, 布拉德雷 (台北:东大图书公司,1997).

[219] 张剑, 艾略特与英国浪漫主义传统 (北京:外语教学与研究出版社,1996).

[220] 张剑, T. S. 艾略特:诗歌和戏剧的解读 (北京:外语教学与研究出版社, 2006).

[221] 张汝伦, 现代西方哲学十五讲 (北京:北京大学出版社,2004).

[222] 张世英, 新黑格尔主义论著选辑 (北京:商务印书馆,1997).